KB026441

황영림
황가의 추녀
"후훗, 즐겁네요!"
황경창
황가의 무관/
영림의 작은오빠
제를 치르기 위해, 남령으로—!

황경행
황가의 무관/
영림의 큰오빠
"어디가?"
주혜월
주가의 추녀
풍

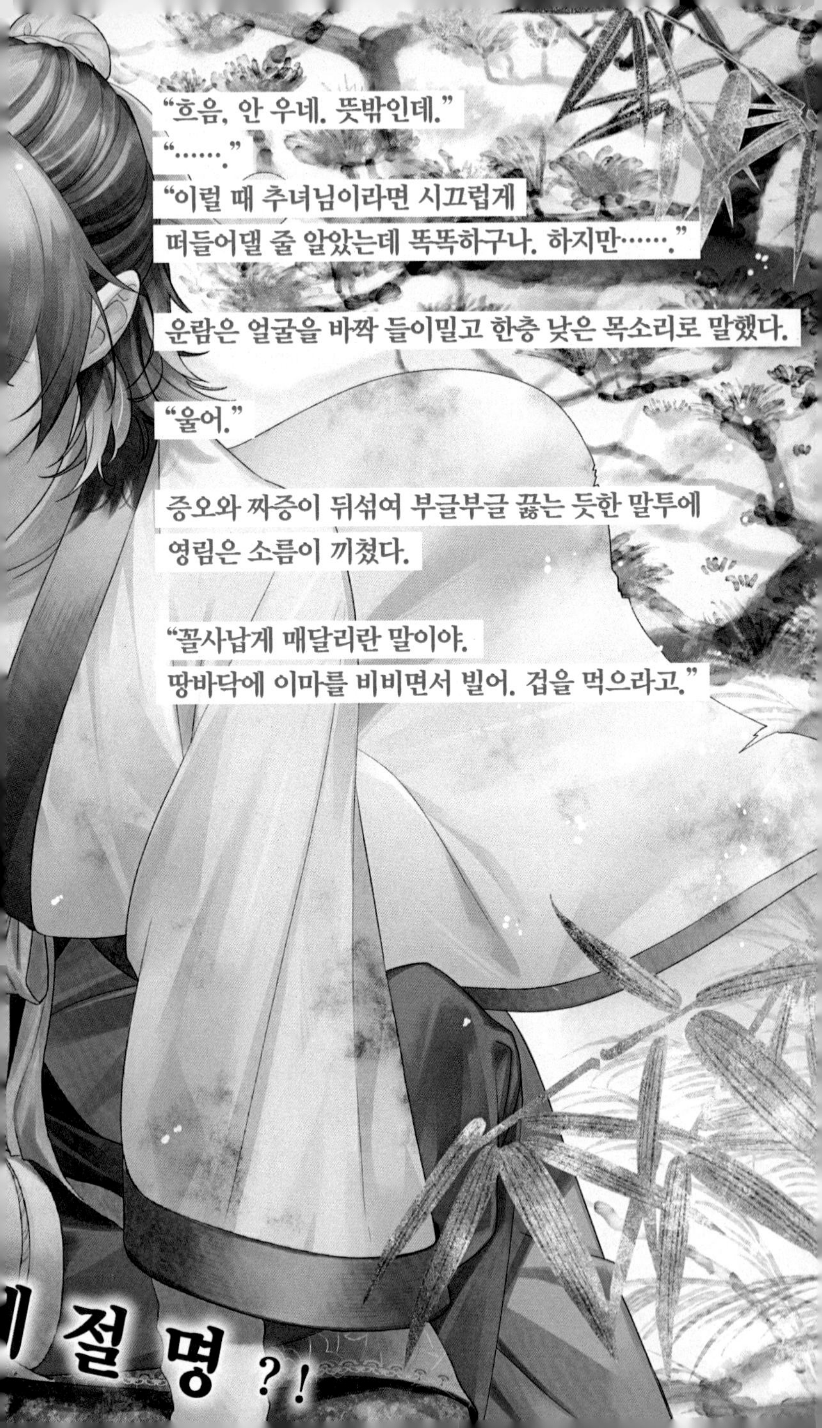
“흐음, 안 우네. 뜻밖인데.”
“…….”
“이럴 때 추녀님이라면 시끄럽게
떠들어댈 줄 알았는데 똑똑하구나. 하지만…….”
운람은 얼굴을 바짝 들이밀고 한층 낮은 목소리로 말했다.
“울어.”
증오와 짜증이 뒤섞여 부글부글 끓는 듯한 말투에
영림은 소름이 끼쳤다.
“꼴사납게 매달리란 말이야.
땅바닥에 이마를 비비면서 빌어. 겁을 먹으라고.”
절명 ?!

못 미더운 악녀입니다만
~추궁접서 교체전~
3
Satsuki Nakamura
일러스트 : Kana Yuki
옮김 : 김예진

인물소개

황영림

황가의 추녀. 아름답고 자애롭다.
만인에게 사랑받으며 '전하의 호접'이라 불린다.
병약해서 늘 누워 지낸다.

뒤바뀜

주혜월

주가의 추녀. 주근깨투성이에 화장이 짙다.
'추궁의 시궁쥐'라 불리며 미움받는 존재.
영림을 질투한다.

영요명

미장부이며 문무 양면으로 뛰어난
황태자. 영림과는 사촌지간.
어릴 적부터 영림을 사랑했다.

진우

후궁의 풍기를 단속하는
취관장으로, 비정한 처형인.
황제의 피를 물려받았다.

리리

혜월 직속 상급 궁녀.
난폭한 성격에 흥분하면
시정의 말투가 튀어나온다.

황동설

영림 직속 필두 궁녀.
냉정하고 침착하며 무표정하지만
영림에게 지극한 충성을 맹세했다.

황견수

황후. 영림의 백모.
단호한 사고방식의 소유자이며
관록이 있다.

주아미

전 귀비.
황후 다음가는 두 번째 지위였으나
추방당했다.

금청가

금가의 추녀.
영림 다음가는 황후 후보라고 자부한다.

현가취

현가의 추녀.
최연장자로 무슨 일이든 빈틈없이 해낸다.

남방춘

남가의 추녀.
최연소로 시가 짓기에 능하다.

《상관도》

서령을 다스리며 금을 관장하는 일족.
상징하는 계절은 '가을', 방향은 '서', 색은 '백'.
나무와 상극이며 또한 물을 낳는다.
현실적이고 상인 기질이 있는 자와
예술가 기질이 있는 자로 나뉜다.
직계일수록 예술가에 가깝고,
아름다움과 철학을 중시한다.
아름다움을 칭송하면서
그것으로 돈을 벌 수도 있는
사람들이 많다.

북령을 다스리며 물을 관장하는 일족.
상징하는 계절은 '겨울', 방향은 '북', 색은 '흑'.
불과 상극이며(이김),
또한 나무를 낳는다(도움).
냉담하고 비인도적인 행위를 태연하게
자행하는 자가 많다.
반면 특정 대상에게는 강하게
집착하는 일도 있다.
무예에 뛰어난 자가 많다.

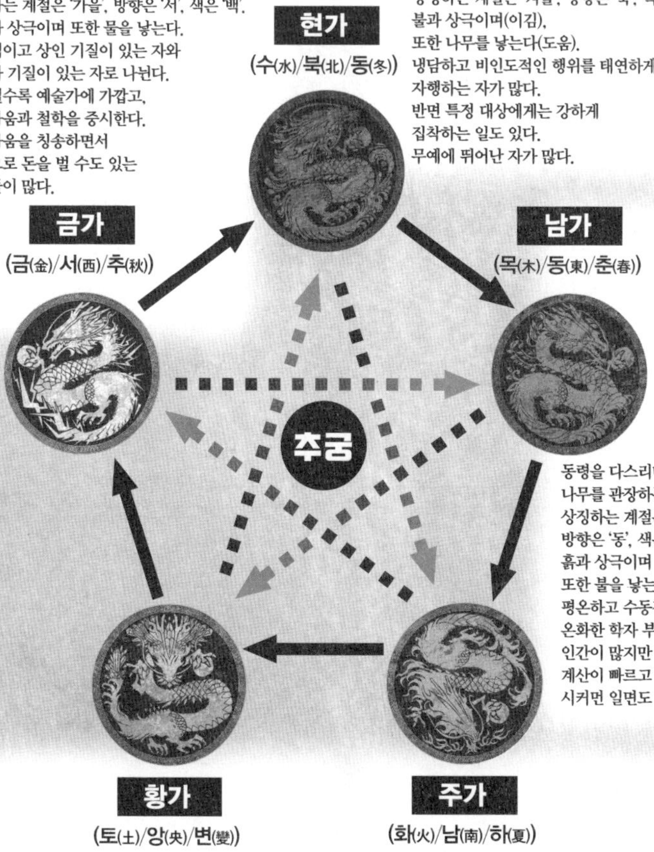

동령을 다스리며
나무를 관장하는 일족.
상징하는 계절은 '봄',
방향은 '동', 색은 '청'.
흙과 상극이며
또한 불을 낳는다.
평온하고 수동적,
온화한 학자 부류의
인간이 많지만 반면
계산이 빠르고 뱃속이
시커먼 일면도 있다.

직할령을 다스리며 땅을 관장하는 일족.
상징하는 계절은 '환절기', 방향은 '중앙', 색은 '황'.
물과 상극이며 또한 금을 낳는다.
순박하고 솔직하며 남 돌보기 좋아하는 사람들이 많다.
직계일수록 개척정신이 왕성하고,
대지처럼 꿈쩍하지 않는다.
어떠한 천재지변도 '저런' 하고 넘기는 사람들이다.

남령을 다스리며 불을 관장하는 일족.
상징하는 계절은 '여름', 방향은 '남', 색은 '홍'.
금과 상극이며 또한 흙을 낳는다.
과격한 성격이며 화려한 것을 좋아하는 자가 많다.
감정의 기복이 격심하고 이치보다 정을 우선한다.
격렬하게 미워하고 격렬하게 사랑하는 사람들이다.

→ 상생
■ ■ ■ → 상극
※( ) 안은 상징하는 것

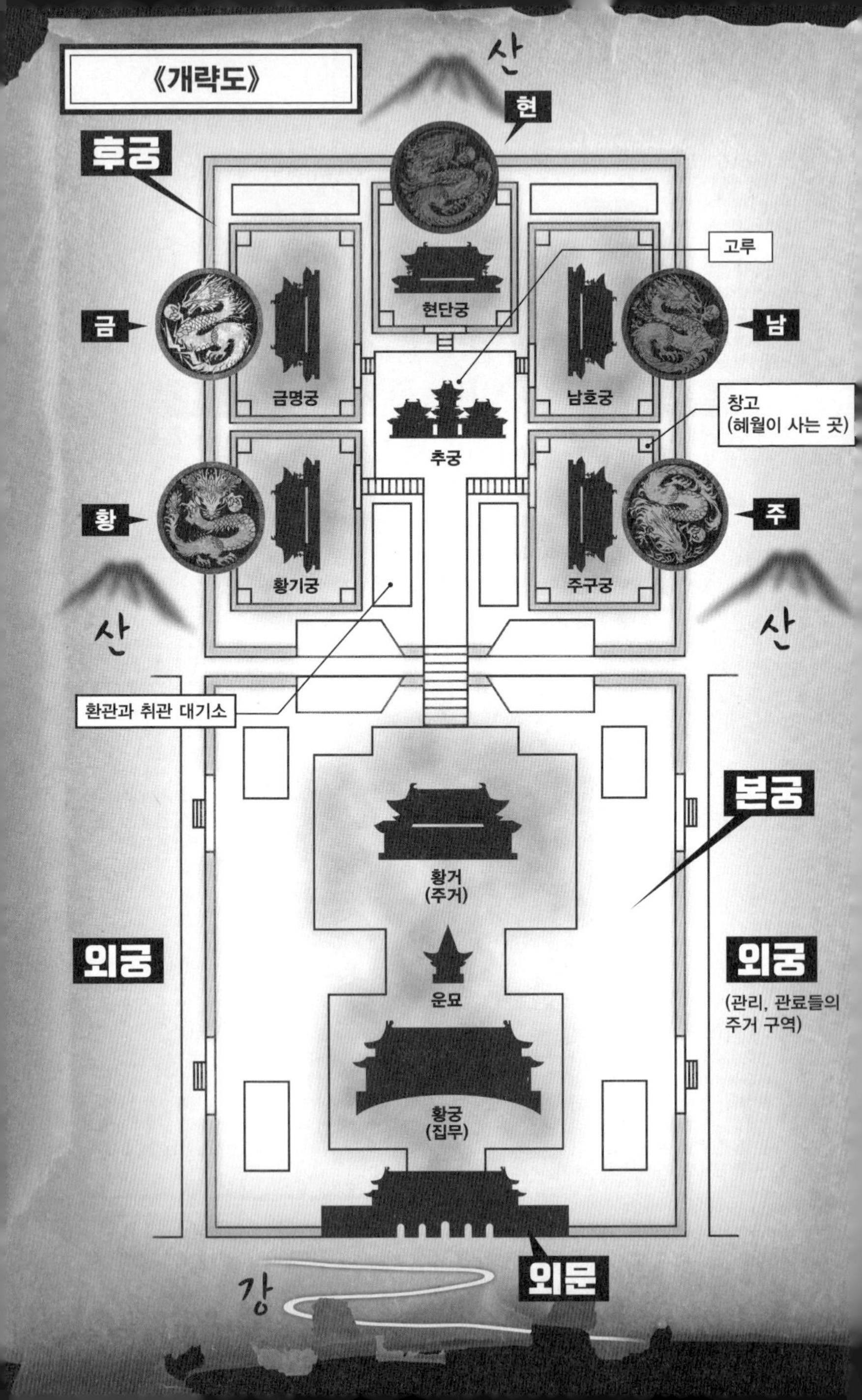
《개략도》
산
현
후궁
고루
현단궁
금
남
금명궁
남호궁
창고
(혜월이 사는 곳)
추궁
황
주
황기궁
주구궁
산
산
환관과 취관 대기소
본궁
황거
(주거)
외궁
외궁
(관리, 관료들의
주거 구역)
운묘
황궁
(집무)
외문
강

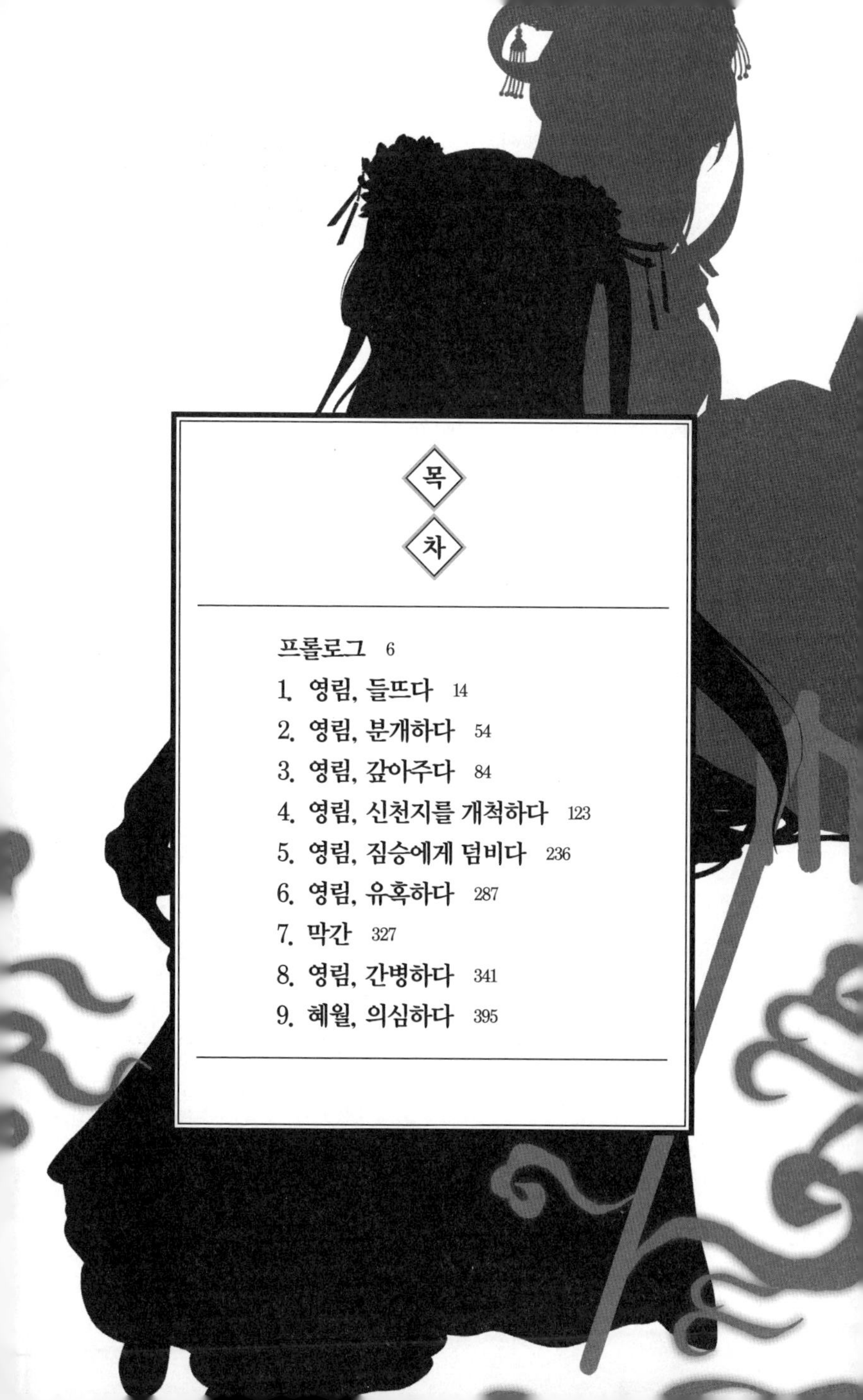

목차

프롤로그

그날도 하늘에는 두터운 먹구름이 가득하고 가랑비가 뚝뚝 떨어졌다.

"그래서……, 이제 어쩔 건데……."

험준한 산기슭을 손톱으로 할퀸 것처럼 간신히 만든 논밭, 그리고 그 사이사이에 뒤섞여 있는 초라한 오두막 안에서 남자들의 잔뜩 지친 목소리가 울려 퍼졌다.

빠진 이에 비쩍 마른 몸. 대충 풀어헤친 채 제대로 묶지 않아서 너저분함이 눈에 띄는 머리.

옷은 누덕누덕 기워 입어서 한눈에 봐도 빈민이라는 사실을 알 수 있는 그들은 아까부터 낡아빠진 멍석에 마주 앉아 한숨만 푹푹 내쉬고 있었다.

"어쩌긴 뭘 어째……. 지금보다 세금이 더 올라가면 더는 못 해 먹지."

"그렇지 않아도 올해는 냉해가 심해. 계속 날이 흐려서 벼도 전혀 안 자라고, 이대로는 병에 걸려서 죽을 거야."

"그럼 **이 이야기**에 응할 거야, 호룡(豪龍)? 이렇게……, 거창하기 짝이 없는 얘기에."

남자들이 떨떠름한 말투로 한 마디씩 하자 상석에 앉아 있던 거구의 남자——호룡이 짜증스러운 듯 바닥을 내리치며 탁한 목소리로 언성을 높였다.

"마을 부두령 셋이 그렇게 넋이 빠져 있으면 되겠어? 형님이 죽은 지금, 우리가 마을을 지켜야 한다고. 알겠어? 길은 하나뿐이야. 재앙을 부르는 악녀 **주혜월을 덮쳐서 매운 맛을 톡톡히 보여주는** 거지! 그럼 천재지변도 그칠 거야."

호룡은 이 마을 두령의 동생으로, 두령이 죽은 지금 조카들과 함께 마을을 다스리는 지위를 갖고 있었다.

호룡의 사자후는 마치 천둥처럼 주위에 울려 퍼졌다.

부두령 셋은 긴장한 표정을 지으며 벽을 뚫어 만든 창밖을 내다보았다.

도통 그칠 기미가 없는 비를 바라보면서 어두운 하늘에 매달리듯 양손을 맞잡고 "하늘이시여, 부디 분노를 멈추어 주소서" 하고 중얼거렸다.

이 마을 주민——아니, 주가에 속한 남령의 주민들은 하나같이 불의 기운이 많아서인지 감정적이었다.

쉽게 동요하고 겁을 집어먹는 그들은 저주나 재앙 등을 유난히 두려워하는 기질이 있었다.

호룡 또한 미간을 찌푸린 채 창을 흘끔 내다보며 불안을 억누르듯 목소리를 낮추었다.

"향장의 말에 따르면, 이 냉해는 추녀가 될 자질이 없는 여자를 억지로 입궁시켜 조정이 더럽혀지는 바람에 하늘이 노하셔서 일어났다는군. 듣고 보니 주혜월이 느닷없이 추녀가 된 작년부터 남령에는 끊임없이 재앙이 일어났어."

"그건 그래. 작년엔 가뭄이었고 올해는 냉해야."

"얼굴도 아름답고 성품도 자애로우셔서 남령의 자랑이었던 주귀비님도 갑자기 추방당하셨으니 말이야. 올해 우리 세금이 올라간 것도 주가가 천자님의 분노를 샀기 때문인 건 아닐까? 이젠 모든 게 엉망진창이야."

"굶주림이 심할 땐 왕도에서 죽을 보내주곤 했는데, 우리가 있는 곳까지 전혀 오지 않잖아. 죽이 줄어든 것도 다 주혜월 탓인 거 아냐?"

남자들이 차례차례 입을 열자 호룡은 "향장도 그렇게 말했지"라며 고개를 끄덕였다.

"그렇기 때문에 분수를 모르는 그 계집에게 하늘을 대신해서 벌을 내려줘야 해. 그럼 이 먹구름도 걷히고 논밭에도 햇볕이 내리쬐겠지. 우리의 고생을 치하하는 의미로 세금도 반으로 줄여줄 수 있다는 게, 위에서 내려온 통지의 내용이야."

"반으로……."

남자들의 눈빛이 달라졌다.

그렇지 않아도 살기 팍팍한데 가뭄과 냉해로 고통까지 받게 되니, 그들도 한계에 부딪힌 상태였다.

"반이라. 그건 엄청나네."

"하지만 고귀한 신분의 여자를 납치해서 괴롭히다니……, 그거야말로 천벌 받을 짓 아냐?"

"그 어마어마한 일을 대체 누가 맡아서 할 건데?"

생활고에서 벗어날 수만 있다면 향장의 제안에 덥석 달려들고 싶은 심경이다.

하지만 그런 더러운 역할을 받아들였다가 천벌을 받게 될까 봐 두려웠다.

도통 결론을 내지 못하는 동료들의 애매한 태도에 호룡은 혀를 차며 방 한구석을 쳐다보았다.

“어이, 운람(雲嵐). 너도 뭐라고 말 좀 해 봐라. 형님이 후계자로 지명한 건 너잖아.”

다 쓰러져 가는 집의 한구석, 멍석도 깔려 있지 않은 흙바닥에 젊은 청년이 드러누워 있었다.

나이는 스물 정도로 보였다.

다른 남자들과 마찬가지로 낡아빠진 옷에 짧은 머리였다. 다만, 볕에 그을린 적갈색 머리카락을 윗부분만 모아서 뒤로 묶어 내렸다. 그러자 가무스름한 피부의 야성미 있는 미모가 드러나서 주변 여자들은 모두 청년을 보면 무심코 눈으로 좇곤 했다.

“딱히 뭐——. 삼촌이 알아서 해.”

깍지 낀 손을 베고 누운 채 입이 심심한지 잔가지를 물고 있는 청년은 시골의 방탕한 남자 그 자체였다. 가벼운 말투로 대꾸한 운람은 나른하게 몸을 뒤척거리더니 옆으로 누워 남자들을 바라보았다.

“당신들도 내가 정해버리면 곤란할 거 아냐.”

육식 짐승 같은 날카로움이 숨어 있는 경멸적인 그 미소를 본 남자들의 안색이 일제히 변했다.

“나 참, 저게 무슨 태도야.”

"두령도 왜 이런 녀석을 아들 취급한 건지."

"글쎄, 그게 그 멍청한 두령의 첫 실수였지. 거슬러 올라가 보면 지금의 재앙도 두령이 이 **혼혈** 녀석을 마을에 끌어들였기 때문일지도——."

——퉤!

그러나 몸을 일으킨 운람이 갑자기 잔가지를 내뱉는 바람에 남자들은 말을 멈추었다.

이 청년은 어차피 마을에서 소외받는 존재다. 하지만 변덕스러운 그를 너무 자극하면 반격당할지도 모른다는 게 두려웠다. 건장하고 젊은 청년의 육체와 지혜로운 머리는 마을 안에서도 두드러지게 뛰어났기 때문이다.

"……."

운람은 눈을 가늘게 뜨고는 한쪽으로만 책상다리를 한 다리의 무릎을 손가락으로 톡톡 쳤다.

남자들이 무의식적으로 숨을 들이켠 그때, 운람이 갑작스럽게 입을 열었다.

"——언질을 받아 오면 되는 거지?"

"뭐……?"

무슨 말인지 알아듣지 못한 호룡과 남자들이 입만 떡 벌렸다.

운람은 몸에 붙어 있던 흙을 툭툭 털어낸 뒤 자리에서 일어나 섰다.

"증거 문서. 향장한테 '제가 마을 사람들에게 이런 일을 명령했습니다. 세금도 내리겠습니다' 하는 글을 받아 와야지. 그렇지 않으면 실패했을 때 천민들은 금세 꼬리자르기를 당할걸."

"어? 아……."

"글은 내가 읽을 수 있으니까 괜찮아. 하하, '학문은 사람을 구한다'는 말이 진짜였네. 협박 수단도 될 수 있고."

운람은 날카로운 눈동자를 가늘게 뜨고 벽을 파내 만든 창밖으로 펼쳐진 구름을 노려보았다.

"주혜월. 그 여자 하나만 톡톡히 괴롭히면 하면 마을 전체가 구원받을 수 있어. 충분하네. 좋아, 내가 할게. 한심한 댁들 대신."

다음으로 남자들을 돌아보았을 때, 운람의 수려한 얼굴에는 비웃음이 떠올라 있었다.

"추녀를 못살게 구는 게 뭐가 그리 무서워? 여자 따위, 옷만 벗기면 다 똑같잖아. 도도한 척하던 마을 처녀들도 조금만 비위를 맞춰주면 금방 다리를 벌리지. 여자란 다 그런 존재야."

"우, 운람, 너, 무슨 말을……."

"덮치기엔 너무 송구스럽다고? 그럼 돌을 던지는 건? 때리고 머리를 자르고 퇴비구덩이에 처박는 것도 상상이 안 되나?"

새파랗게 질린 호룡을 보고 운람이 코웃음을 쳤다.

"참 인정도 많으시지. ――바로 얼마 전에 우리가 그런 꼴을 당했는데 말이야."

오두막 안에 침묵이 내려앉았다.

그 안에 목소리를 스며들게 하는 것처럼 운람이 천천히 말을 이었다.

"우리가 땅바닥에 엎드려 향민들의 발을 핥는 사이, 주혜월은 재물에 질려 남들을 짓밟아댔어. 우리가 말라붙은 논밭을 경작하는 동안, 그쪽에서는 피부 관리를 했지. 굶주리고, 괴로움에 시달리고, 궁지에 몰린 우리가 가족들을 잃을 때 도성의 추녀님은 대체 뭘 하며 노셨을까?"

"……."

운람의 말에 이끌리듯 남자들의 얼굴에는 깊은 고뇌와 증오가 배어났다.

이곳에 있는 사람들은 하나같이 굶주린 백성들이다. 언제 맑게 갤지 모르는 먹구름 가득한 하늘과 무거운 세금에 짓눌려 어쩔 도리를 모르는 자들뿐이다. 개중에는 충분한 영양을 섭취하지 못해서 병이 나는 바람에 가족이 죽고 만 자도 있다.

애초부터 재앙의 존재를 믿고, 그것을 끔찍하게 두려워하는 기질의 소유자들이었다.

간신히 억누르고 있던 귀족에 대한 증오에 불을 붙이는 일은 건조한 점화구에 불씨를 지피는 것보다도 쉬웠다.

"굶주리고, 멸시당하고, 쓰레기 취급을 받았지. 우리가 당했던 일과 똑같은 일을 해 주는 것뿐이야. 그게 왜 천벌 받을 짓인데? 바보 아냐?"

운람은 끔찍하다는 듯 내뱉더니 입꼬리를 끌어올렸다.

왕도에서 태어났다면 인기 있는 배우라도 될 수 있었을, 사람의 눈을 끄는 미소였다.

"재앙을 뿌리고 다니는 그 악녀인지 뭔지에게 백성들의 마음을 똑똑히 알려줘야 하지 않겠어?"

남령 백성 특유의 적갈색 눈동자에 박력을 띠며 운람이 낮게 웃었다.

1. 영림, 들뜨다

"그럼 갑니다. 32번 문제, 약혼자가 있는 당신에게 다른 멋진 남성분이 갑자기 호의를 고백했습니다. 어떻게 하시겠습니까? 1, 거절한다. 2, 집에 돌아가 생각해 본다. 3, 받아들인다."

아름답게 관리된 추궁의 정원, 그 한구석에 있는 정자에 한껏 들뜬 목소리가 울려 퍼졌다.

'방울이 구르는 듯하다'라는 평을 듣는 아름다운 목소리의 소유자는 기품 있는 노란 낙엽 빛깔 옷을 입은 황가의 추녀——영림이었다.

그 얼굴은 오늘도 어김없이 감탄이 나올 정도로 아름다웠지만, 붓을 꽉 움켜쥐고 탁자 위로 몸을 내미는 모습은 그야말로 눈이 번쩍번쩍 빛난다고 표현해도 좋을 만큼 압박이 심했다.

"잠깐, 지금 다른 화제로 말 걸지 마! 아아……, 바로 직전에 어떻게 움직였는지조차 잊어버렸잖아."

탁자 맞은편에서 짜증스러운 얼굴로 손톱을 깨무는 상대는 주가의 추녀, 주혜월이었다.

한여름을 이제 막 지난, 아직 열기를 가득 머금은 오후.

두 사람은 이레에 한 번 돌아오는 추궁의 휴일인 이날, 정자에 나와 장기를 두고 있었다.

"방금 전 혜월 님은 병(兵) 말을 이렇게 움직이려 하셨지요. 그리고 제 말이, 이렇게. ──자, 그럼 질문입니다만.”

“그러니까 제발 입 좀 다물고 있으라고!”

아니, 장기에 몰두한 건 혜월 하나뿐이었지만.

영림은 아까부터 혜월과 이야기를 나누고 싶어 견딜 수가 없다는 듯 몸을 가만히 두지 못하고 상대에게 계속 질문을 퍼부었다.

“저기, 영림 님. 이건 이래 봬도 지도대국이니까, 우리 혜월 님이 집중하실 수 있도록 좀 살살 해주시면 안 될까요?”

혜월의 옆에서 대기하고 있던 은주 궁녀 리리가 그 모습을 보다 못해 어이없다는 얼굴로 끼어들었다.

“**이** 혜월 님이 기껏 악기 연주, 장기, 붓글씨, 그림에 도전할 마음이 생겼단 말이에요. 한 손으로 장기를 두면서 상대를 완전히 패배시키는, 사람의 마음을 완전히 꺾어 놓는 그런 행위는 좀 지양해 주시겠어요? 이 사람 나름대로 최선을 다하고 있는데 자꾸 그러면 불쌍하잖아요.”

“너, 나를 응원하는 거야, 아니면 헐뜯는 거야?”

궁녀의 거침없는 말투에 혜월이 얼굴을 움찔거렸다.

거기에 박차를 가하듯 영림 옆에서 차 시중을 들던 등황 궁녀 동설도 싸늘하게 덧붙였다.

“맞습니다, 영림 님. 여가 때마다 혜월 님을 지도하시는 데에 시간을 빼앗겨 저희 등황들과 보내는 시간을 내지 못해 짜증이 나신 건 이해하지만, 그래도 위에 선 자로서는 제자를 대할 때도 늘 온힘을 다하는 법이랍니다.”

“개인적인 원한을 은근슬쩍 섞어서 말하지 말아 줄래, 동설?”

그 말에도 역시 혜월은 눈을 가늘게 뜨며 재빨리 대꾸했다.

예전에는 동설의 통렬한 쓴소리에 매번 겁을 집어먹던 혜월이었지만, 최근 들어서는 많이 익숙해진 모양이었다. 그만큼 동설에게서 혹독한 단련을 자주 받고 있기 때문이기도 했다.

'후후, 혜월 님도 참. 이젠 리리나 동설과도 완전히 마음을 터놓으셨네. 정말 좋은 일이야.'

좋아하는 사람들끼리 '평화롭게' 대화를 나누는 모습에 영림은 흐뭇한 미소를 지었다.

다소 살벌한 느낌도 들지만, 이만큼 흉허물 없이 발언하는 데다 그 말에 틈을 주지 않고 재빨리 대꾸하는 것은 서로에게 마음을 열었다는 증거이리라. 적어도 영림에게는 그렇게 보였다.

'혜월 님과 함께 지내는 시간도, 몸이 바뀐 사건을 계기로 상당히 늘어났어. 참 즐거워.'

걸교절의 뒤바뀜 사건, 그리고 전 귀비의 추방 이후로 벌써 한 달.

황기궁 다음으로 기세가 좋았던 주구궁은 아직도 비가 부재한 상태다. 그것을 추녀 한 명의 힘만으로 이끌어 나가기 위해서는 지금의 '아무 재주 없고 무능한 시궁쥐' 상태로 계속 있을 수는 없다며 혜월은 이렇게 틈만 나면 영림에게 가르침을 청하고, 기예를 갈고닦으려 애쓰는 중이었다.

갑자기 영림에게 접근한 혜월을 보고 심술궂은 추궁 여자들은 "어머나, 갑자기 아첨하려 드는 것 좀 봐" 하고 평하기도 했지만 당사자인 영림은 소중한 친구가 자신에게 의지하는 이 상황이 기뻐서 견딜 수가 없었다.

"……나도 계속 네게 의지만 하는 건 너무 한심하다고 생각해."

장기말을 쥔 채 가만히 있던 혜월이 문득 입가를 일그러뜨렸다.

"하지만 주가나 다른 추녀들은 사람이 곤란해하고 있는데 손을 내밀어 주지도 않았단 말이야. 어쩔 수 없잖아."

억울함이 배어 나는 그 목소리에 영림은 조금 전까지 잔뜩 들떠 있던 기분을 가라앉혔다.

'맞아. 혜월 님의 입장에서 내게 의지한다는 건 고뇌 끝에 어쩔 수 없이 취한 선택일 뿐이야. 기뻐할 일이 아냐.'

그렇다. 기예를 갈고닦고 싶어도 지금까지의 소행이 불량하니, 혜월로서는 의지할 상대가 영림 이외에 없었던 것이다.

애당초 혜월이 추녀가 된 것도 주아미의 독단이나 다름없었다. 입궁 당시 주가에서는 더 총애를 받을 만한 아이를 데려가라는 목소리도 많았고, 혜월도 그 말에 짜증이 나서 주가의 재보를 마구 낭비했으니 당연히 양쪽의 관계가 좋을 리 없었다.

특히 쫓겨난 귀비의 총애에만 기대어 살고 있던 주가는 현재 그 기반이 흔들리고 있었다. 정치적인 자리에서의 존재감을 잃지 않으려 필사적으로 노력하며, 추녀를 더 조종하기 쉬운 아가씨로 바꾸고 싶어서 죽을 지경이리라. 혜월이 추녀로서의 자질을 갈고닦고 싶다고 요청해도 교사 한 명 보내주지 않았을 정도다.

하지만 이것을 기회삼아 다른 가문에게 가르침을 구해서 교류를 다져 나가면 되지 않을까——라는 생각은 혜월에겐 어려운 모양이었다.

뭐니 뭐니 해도 지금까지 다른 가문의 추녀들을 '걷어차서 떨어뜨려야 할 상대'로만 인식했던 그녀다. 청가는 자신보다 격이 높다고 여겨서 틈만 나면 험담을 했고, 얌전한 방춘은 틈만 나면 매도했다고 한다. 잘 파악이 되지 않는 가취와는 대화 한 번 나눈 적이 없는 모양이었다.

그런 상대에게 이제 와서 대체 무슨 낯짝으로 가르침을 청하란 말인가, 하는 것이 혜월의 주장이었다. 실제로 아직도 그 세 사람과는 거의 교류가 없다고 했다.

'참 안타까운 일이야. 추녀님들은 모두 각자 뛰어난 재능을 갖고 있으니, 그 전부를 흡수하면 분명 혜월 님도 아주 훌륭한 추녀가 될 텐데.'

혜월은 장기말을 든 채 고개를 홱 돌렸다.

그런 동작은 혜월의 치기를 드러내는 듯했지만 영림은 거기서 강한 승부욕을 느꼈다.

혜월에게는 높은 향상심과 역경 앞에서도 꺾이지 않는 굳은 의지가 있다.

부디 다른 사람들이 빨리 혜월의 매력을 알아차려야 할 텐데.

그렇게 생각하며 영림은 옅게 쓴웃음을 지었다.

"저는 조금도 힘들지 않답니다. 오히려 가르쳐 드릴 수 있는 게 저 하나뿐이라니 매우 영광이기도 하고……, 조금 미안한 마음도 있어요."

"미안해? 네가?"

"네. 왜냐하면 다른 추녀님들이라면 더 뛰어난 교사가 되어 드릴 수 있을 테니까요.”

영림은 진심으로 말했지만 혜월은 흥이 깨진 듯 턱을 괴었다.

“지나친 겸손도 비아냥이나 다름없어. 대체 어디 사는 누가 너보다 우수하다는 건데? 청가 님의 춤은 화려하지만 그게 전부야. 가취 님은 나만큼이나 대화가 서툴지. 방춘 님은 겁도 많고 패기도 없어.”

혜월은 스스로가 타인의 신랄한 평가에 고통 받았으면서 서슴없이 타인을 깎아내렸다.

다른 추녀들을 향한 단호한 평가를 듣고 영림은 당황스러워 눈살을 찌푸렸다.

“아니에요. 청가 님은 논리적으로 춤을 연구하시기 때문에 가르치는 것도 분명 잘하실 거예요. 가취 님은 말수는 적지만 상대방의 고민을 자기 일처럼 생각해주시죠. 방춘 님도 내성적으로 보이지만 친해지면 분명——.”

그러나 혜월이 어깨를 으쓱하는 모습을 보고 영림은 입을 다물었다.

영림이 이런 말을 할 때면 혜월이 금세 “역시 우등생이야”라고 비웃곤 했기 때문이었다.

하기야 당사자가 친해질 의사가 없는데, 그런 상대와 억지로 가까워지게 해봤자 받아들일 수 있을 리가 없다.

그것을 눈치 챈 영림은 바로 대화 방식을 바꿨다.

“뭐, 하지만 그런 혜월 님이 저에게만 마음을 열어 주신다고 말씀하시니 저는 정말이지 혼자 이득인 셈이에요. 독점할 수 있어서 무척이나 기뻐요."

"무슨……!"

그러자 혜월은 깜짝 놀라더니 귀까지 새빨개졌다.

참 사랑스러운 여성이다.

입을 뻐끔거리는 주인 옆에서 리리가 "또 저러네……." 하며 어처구니없는 표정을 짓는 것도 이젠 상당히 익숙해진 풍경이었다.

"너, 너 말이야, 정말 틈만 나면 그런 창피한 소리를 잘도 하는구나."

"창피하지 않아요. 본심이니까요."

"그, 글쎄. 말은 그렇게 하지만, 넌 사실 그 대가로 내 도력과 몸이 바뀐 생활을 노리고 있는 것뿐이잖아!"

쑥스러움이 극도로 치달은 건지 혜월이 고개를 돌리며 외치자, 영림은 슬픈 마음에 눈썹을 축 늘어뜨렸다.

"아니에요, 그건 정말 아니에요. 그야 물론, 과거에 두 차례 몸이 바뀌는 현상을 체험하기는 했지만……, 아니, 체험이랄까, 그건 정말, 무척 즐거운 한때를 만끽한 건 사실이지만……."

그러나 말하다 보니 자신감이 사라져서 결국 끝에 가서는 시선 둘 곳을 찾지 못하고 헤매고 말았다.

듣고 보니 그게 목적이 아니라고 단호하게 말하기 어려울 정도로 뒤바뀜 체험을 지나치게 즐겼으니 말이다.

"두 번이 아니잖아. 걸교절까지 포함해서 세 번이야. 음모에 말려든 게 첫 번째. 밭 개간을 너무 열심히 한 나머지 전신 근육통에 시달린 게 두 번째. 밤을 지새워 약 조합을 하는 바람에 아침에 일

어나지 못한 게 세 번째. 잊었다고 하진 않겠지."

"윽……, 면목이 없네요……."

"너, 몸을 바꿀 때마다 '이게 마지막이에요'라고 하지 않았어? 그런데 이게 뭐야? 완전히 사기잖아. 그렇게 전하께 들킬 위험을 무릅쓰고 싶어? 말로는 사람을 조급하게 만들어 놓고, 사실은 빨리 전하의 것이 되고 싶은 거구나? 정말 대단한 악녀야!"

몸이 바뀐 채로 지낸 나날을 떠올린 건지 혜월의 말투가 사나워졌다.

과거 세 차례, 영림이 리리와 함께 마음껏 자유를 만끽하는 동안 혜월은 동설에게 지독하게 괴롭힘을 당했다. 그것도 언제 요명이 찾아올지 몰라서 조마조마한 상태로.

영림은 식은땀을 흘리며 어설픈 변명을 했다.

"하, 하지만 실제로 전하께 들킨 일은 한 번도……."

"행운이 겹쳤을 뿐이야. 다음은 없어!"

그러나 반론은 그 일갈에 막혀버렸다.

맨 처음 몸을 바꾸는 주술을 건 것은 혜월 자신인데도, 그녀가 이렇게까지 몸을 바꾸는 일을 경계하는 것은 물론 요명에게 들킬 것이 두려워서였다.

――만일 제가 혜월 님과 바뀌었을 때 전하께서 정체를 알아보신다면 당신의 추녀로 계속 살아가겠다고 맹세할게요.

그 여름날, 영림은 요명에게 '내기'를 제안했다.

자기 나름대로 생각이 있어 제안한 일이었는데, 물론 그것은 혜월에게도 이득이 될 거라고 계산했기 때문이었다.

눈앞의 상대가 황영림일지도 모른다고 생각하면 요명도 혜월을 더욱 신중하게 대하고, 주구궁에도 자주 드나들 터다. 그것은 분명 주구궁을 무시하는 세력을 견제하는 힘이 되어 줄 것이다.

'하지만 뭐, 들켰을 때의 대가도 어느 정도는 치러야겠지. 내기니까.'

계속 추녀로 살아가겠다는 말은 즉, 비가 될 각오도 해야 한다는 뜻이다. 언제든 다른 아가씨로 바뀌어도 큰 문제가 없는 비 후보, 추녀가 아니라 정식 비가 된다는 이야기다.

쉽게 말하자면――요명에게 안기게 되더라도 거부할 수 없다는 뜻이다.

그것은 **본래** 추궁의 여자들이 은밀하게 기대하는 일이었다. 황태자 즉위와 함께 비로 승격하는 것이 아니라, 남자에게 선택되어 즉위보다 먼저 사실상의 비가 되는 일.

그러나 동시에 그것은 '선택받지 못한' 추녀들의 서열까지도 함께 결정짓게 된다.

지금은 아직 애매하게 남겨져 있는 다섯 사람의 순위도, 황태자의 승은을 입은 추녀를 필두로 공식화된다.

현 시점에서 아무런 두각도 드러내지 못하고 있는 혜월은 그 순간 '최하위의 현비가 될 것이라는 소문이 있는 추녀'에서 '실질적으로 최하위인 여자'가 되고 만다.

귀비에서 현비로. 그렇게 되면 주구궁의 추락은 결정적인 사실이 된다.

비가 부재한 지금 어떻게든 주구궁을 되살리려 애쓰는 혜월은 그것을 두려워하고 있었다.

'내기에서 졌을 때 영향을 받는 건 나 하나뿐이라고 생각했는데, 설마 혜월 님을 이렇게까지 궁지에 몰아넣게 될 줄이야.'

현비는 싫어, 죽어도 싫어, 하고 고함을 질러대는 혜월을 보고 영림은 미안한 마음에 사로잡혔다.

자기 자신은 비빈의 서열에 크게 관심이 없고, 지금의 현비인 현오설도 느긋하게 잘 지내고 있었기에 설마 혜월이 그렇게까지 기피하리라고는 생각도 못 했다. 감투에 대한 혜월의 집착을 잊고 있었다.

그러나 한편으로는 그렇게까지 비관할 필요는 없지 않을까, 라는 생각도 들었다.

현비라고 다들 무시하는 건 아니다. 아니, 애당초 반드시 혜월이 최하위가 되리라고 완전히 정해진 것도 아니다.

혜월은 이렇게나 향상심이 넘치는 데다 솔직하고 멋진 여성이다. 혜월이 상위를 노린다면 지금부터 노력해도 충분히 따라잡을 수도 있을 것이다.

지금의 이 상태 그대로 가다가는 최하위 확정이라는 것도 어디까지나 혜월 개인의 사견에 불과하다. 혜월은 때때로 최악의 가능성을 사실과 혼동하는 습관이 있는 모양이었다.

'게다가 들키지만 않으면 되는 거잖아?'

노력지상주의이면서 현실주의인 영림은 가볍게 그런 결론을 내린 뒤, 들고 있던 수첩을 혜월의 눈앞에 쑥 들이밀었다.

"괜찮아요, 혜월 님. 그렇기 때문에 제가 이렇게 매일같이 몸이 바뀌어도 들키지 않도록 노력을 거듭하고 있잖아요?"

영림 나름대로 걱정이 많은 혜월을 안심시키기 위해 고민하고 있었다.

"몸이 바뀌었을 때를 대비한 예상 문제집도 드디어 권수가 50권을 넘었어요. 혜월 님을 흉내 내는 연습도 매일 빠뜨리지 않고 있답니다. 이젠 완진히 전하를 속여 넘기는 미래가 제 눈앞에 펼쳐지고 있어요."

"눈앞에 펼쳐지는 건 파멸하는 미래밖에 없는데?!"

하지만 최선을 다한 주장도 혜월은 그렇게 일축해버렸다.

영림은 몸을 내밀고 한층 더 열띤 말투로 말했다.

"아니에요! 자, 보세요. 이 목의 각도. 혜월 님은 이야기를 들을 때 살짝 목을 기울이는 습관이 있잖아요. 웃을 때 입꼬리는 이렇게 치켜올리죠. 화가 나서 부채를 집어던질 때의 입사각은 이 정도. 소리 높여 웃을 때는 맨 앞에 힘을 주고 '아하하하하핫, 정말 꼴좋구나'——."

"그! 만! 해!"

혼신의 흉내 연기를 선보였으나 어째서인지 혜월은 장기판 위의 말을 전부 쓸어버릴 기세로 고함을 지를 뿐이었다.

"설마 지금까지의 그 어처구니없던 문답들도 전부 예상 문제집인지 뭔지에 수록할 생각은 아니겠지?"

"당연히 그래야죠. 신은 세부 사항에 깃드는 법. 전혀 현실적이지 않은 상황까지 전부 예상하고, 사고회로의 습관을 배움으로써 흉내의 정밀도가 보다 올라가는 거에요."

"그러니까 남자분이 내게 다가오는 일 따위는 전혀 현실적이지 않은 상황이란 뜻이야?!"

혜월이 눈꼬리를 치켜올리자 영림이 다급히 양손을 내저었다.

"설마, 그럴 리가요! 하지만 우리는 모두 전하 외의 남자분을 접할 기회가 전혀 없잖아요. 그런 의미예요. 그렇지만 연애 소설에서는 흔히 볼 수 있는 상황이니 일단은 확인해 두고 싶어서요."

사실 영림은 연애 소설에 아무런 흥미도 없다.

자신의 반려는 요명이라는 현실이 어린 시절부터 계속 눈앞에 들이밀어져 있었기 때문이다.

"전하 외의 남자분을 접할 기회가 없다……."

혜월은 어째서인지 멍한 눈빛으로 영림을 응시했다.

"둔감한 여자 같으니."

"네?"

"아무것도 아니야."

혼잣말을 제대로 알아듣지 못해서 다시 물었으나 가르쳐주지 않았다.

한숨을 내쉰 혜월은 갑자기 무슨 생각을 떠올린 건지 입꼬리를 치켜올렸다.

"그래. 그럼 나도 '일단' 대답해 둘게. 만일 멋진 남자분이 내게 다가온다면? 당연히 온갖 수단과 방법을 동원해 유혹해서 사랑의 포로로 만들어버릴 거야."

"네?!"

생각지도 못한 답변에 영림은 눈을 동그랗게 떴다.

“잘 들어. 난 새침이나 떠는 너랑은 달라. 유혹을 당하면 이쪽에서도 갚아 줘야지. 의미심장한 눈빛으로 바라보고, 맨살을 쓰다듬고, 시선을 돌리지 못하게 할 거야. 뭐, 너한테는 어려운 기술이겠지만.”

그것은 리리와 동설이 저도 모르게 웃음을 터뜨릴 뻔할 만큼 노골적인 허세였다.

유혹을 당하기는커녕 이성과 제대로 대화도 나눠 본 적 없는 혜월이었다. 그녀는 요명과 시선이 마주치기만 해도 목이 쉴 정도였다. 얼굴을 워낙 밝히는 탓에 미남인 진우에게 무심코 추파를 던진 적도 있지만, 그것도 결국은 미련 넘치는 눈길을 보낸 것이 전부였다.

그러나 혜월이 너무나도 단호하게 대꾸했기에 영림은 고분고분 그 말을 믿어버렸다.

“네가 완벽하게 나로 가장하다니, 그건 무리야. 잘난 척하지 마.”

“네……, 죄송해요. 미처 몰라 뵈었지 뭐예요.”

자신에게 없는 것을 많이 가지고 있는 혜월이다. 분명 이런 방면에서도 자신보다 몇 배나 경험이 풍부하리라. 그렇게 철석같이 믿고 만 영림은 수첩에 열심히 답변을 적어 내렸다.

——그것이 추후 자신뿐만 아니라 혜월의 목까지도 조르게 되리라는 사실을 모른 채.

붓을 내려놓은 영림은 문득 미소를 지었다.

“정말 즐거워요, 혜월 님. 사람이란 알면 알수록 의외의 면이 나타나서 아무리 추구해도 질리지가 않네요. 또 이렇게 혜월 님의 새로운 일면을 알게 되어서 참 기뻐요."

"말해 두겠는데 아무리 나를 잘 안다 해도 그리 쉽게 몸을 바꿔 주진 않을 거야."

"네에."

토라진 얼굴로 턱을 괴는 혜월을 향해 영림은 키득키득 웃으며 대답했다.

물론 몸을 바꾸어 지냈던 나날은 꿈처럼 즐거웠지만 이렇게 혜월과 별 의미 없는 수다를 즐기는 시간도 무척 소중하다.

"후후, 그러고 보니 풍년제 개최지가 마침 오늘 정해지겠네요. 추녀로서는 첫 외유로군요. 혜월 님만 괜찮으시다면 자유 시간을 함께 보내지 않겠어요?"

"풍년제 말이지……."

문득 그 사실을 떠올린 영림이 묻자, 혜월은 우울한 표정으로 고개를 들었다.

가늘게 뜬 그 눈 너머에는 본궁――황족 남자들이 정사를 돌보는 곳이 있었다.

"지금쯤 기도사가 거북이 등딱지라도 태우고 있으려나."

풍년제.

그것은 중원절 의식을 마친 추녀들이 그 다음으로 맞이하는 행사다.

입추를 맞이하자마자 바로 황태자와 추녀들이 변경의 풍요로운 땅을 방문해 풍년을 기원한다.

의식은 다섯 가문의 영지 중 한 곳에서 이루어지곤 했으나 반드시 순서대로 돌아오지는 않는다. 기도사가 신탁을 받아서 장소, 즉 기맥이 가장 흐트러져 있는 곳을 지정해주기 때문이다. 용의 기운을 두른 황족과 무녀 대리인 추녀가 그곳에 찾아감으로써 음양의 균형을 되찾는 것이다.

오늘은 바로 그 풍년제의 개최지가 선정되는 날이었다.

"혜월 님은 어디가 될 거라고 생각하세요? 전하께서 왕림해 주시는 일은 지고의 기쁨이죠. 예전에 다섯 가문 중 어느 곳에서 기도사에게 뇌물을 줌으로써 자기 영토로 유도하려 한 예도 있다고 들었어요."

"농담 마. 지금 주가에 왕림을 기뻐할 여유는 없단 말이야. 너도 알면서."

잔뜩 들뜬 영림과 달리 혜월의 반응은 쌀쌀맞았다.

그것은 주최 가문에 부과되는 부담을 지금의 혜월이 전부 짊어질 수 없기 때문이었다.

기맥이 가장 흐트러진 장소——즉, 가장 흉작이 될 것으로 예상되는 토지를 위로하고 달래는 일은 나라 전체의 안녕과 직결된다. 그렇기 때문에 방문 대상지에는 사전에 수많은 위문품이 전달되곤 했다.

그럼 누가 그 위문품을 지시하느냐 하면, 주최 가문의 추녀다. 추녀들은 장래 비로서의 자질을 증명하기 위해 축제 준비에 절치부심하게 된다.

축제를 위해 제단과 무대를 설치하고, 다른 가문에서 온 공물을 받아 모으고, 굶주린 백성들에게 사전에 죽을 배급하여 토지 전체의 충성심을 끌어올린다. 그리고 전야제에서는 농작신에게 봉납하는 기예를 스스로 선보이고, 본 축제에서는 황태자와 함께 기도를 올린다. 물론 이동수단 확보와 연회 준비 또한 추녀가 해야 할 일이다.

후견인으로 유능한 비를 둔 추녀라면 거의 비에게 맡겨 두면 되기 때문에, 추녀들은 황태자를 자기 영지로 데려온다는 영예만을 동경하여 개최 가문으로 선정되기를 원한다고 한다.

실제로 한 달 전의 혜월이었다면 그야말로 기도사에게 뇌물을 바쳐서라도 남령에 풍년제를 유치했으리라.

그러나 지금은 그럴 여유라고는 손톱만큼도 없다.

"주구궁에서는 주인이 '시궁쥐'밖에 없는 궁 따위는 싫다면서 궁녀들이 속속 그만두고 있어. 외유 때 시중을 들어줄 예무관조차 아무도 자청하지 않는 상황이야. 주최 따위, 상상도 할 수 없는 일이라고."

혜월은 눈을 내리깔고 씁쓸하게 중얼거렸다.

귀비라는 위치에 있었던 주아미가 '중대한 불경' 행위를 범했다는 이유로 갑작스럽게 추방당했다.

그것이 현재 주가 전체를 동요시키고 있었다.

물론 진상——주아미가 황후를 주살하려 했다는——이 드러나면 동요 정도로 끝나지는 않을 테지만.

혼란은 의심을 부른다. 의심은 이반(離反)을 낳는다.

후계자인 혜월의 평판이 나빴던 탓도 있어서 그런지 주구궁에서는 궁녀들이 차례차례 일자리를 떠나고 있었다.

풍년제에는 예무관이라 하는, 추녀와 행동을 함께할 정도로 지위가 높은 무관――대체로 추녀의 친족이 이 자리를 맡는다――을 한 명 이상 내보내야 하는 규칙이 있지만 이것조차 정해지지 못할 정도인 듯했다.

"혜월 님……."

"지긋지긋해. 이쪽을 봐도 저쪽을 봐도 '시궁쥐'라면서 비웃는 인간들뿐이야."

"그건 그, 그런 울음소리를 내는 동물이라고 생각하면……."

"네 정신은 무슨 강철로 만들어져 있니?!"

영림 나름대로 최선을 다한 위로였으나 혜월은 송곳니를 드러내며 버럭 화를 냈다가 결국 한숨을 휴 내쉬었다.

"좋겠다, 넌. 이런 고민하고는 인연이 없어서."

"……그것도, 딱히 그렇지는……."

혜월은 이렇게 가끔 영림을 부러워하는 발언을 한다. 빈정이 섞인 칭찬도.

그럴 때마다 자신은 그렇게 대단한 사람이 아닌데, 하는 생각에 가슴속이 답답해지지만 그 말을 해버리면 혜월은 더욱 화를 낼 게 뻔하다.

영림은 애매하게 웃으며 화제를 살짝 바꾸었다.

"예무관 때문에 고민이시라면 저희 오라버니를 보내 드릴게요. 반드시 그 집안사람이어야만 한다는 규칙은 없으니까요. 원정에서 돌아온 오라버니 둘 다 예무관에 지원했으니, 괜찮으시다면 하나 가져가세요."

"하나 가져가세요, 라니……. 무슨 채소도 아니고……."

혜월은 그렇게 말하면서도 조심스럽게 고개를 들었다.

"하지만 솔직히 말해서 그렇게 해준다면 정말 고맙겠어. 괜찮을까?"

"네, 저도 한 명을 거둬가 주신다면 감사할 거예요."

즉각 대답하자 혜월은 의아한 표정을 지었다.

"그건 또 무슨 소리야? 혹시 남매 사이가 안 좋아? 소문으로는 굉장히 좋다고 들었는데."

"사이는 아주 좋아요. 하지만 뭐랄까——."

저도 모르게 말을 흐리는 영림 옆에서 동설이 나직하게 말을 이었다.

"갑갑한 면이 있지요."

"뭐?"

"두 분 다 노력을 사랑하는 황가의 피를 짙게 물려받으신 것은 좋지만, 틈만 나면 영림 님을 납치하거나 이쪽 사정을 무시하고 영림 님과 한없이 훈련하고만 싶어 하시니……. 그것도 근육량을 늘리는 단련만을 하시죠. 그분들은 무예의 아름다움을 모르세요."

과묵한 궁녀가 평소와 달리 달변이었다.

평소에는 황가를 향한 충성심이 엄청난 동설인데도 눈빛이 날카롭고, 드물게도 황가 남자들 때문에 짜증이 나는 것을 감추지 못하는 태도였다.

맞은편에 서 있던 리리가 당황한 듯 고개를 갸웃했다.

"하지만 영림 님의 오라버니 분들이라면 젊은 나이에 각지의 원정에서 이름을 드날린, 뛰어난 무관님들 아닌가요? 그분들께 시집가기를 꿈꾸는 궁녀들도 많고, 주구궁에서도 가끔 화제에 오르곤 했는데요."

"흥. 무력을 올리는 건 좋은 일이지만 영림 님에게도 독자적인 훈련 방식을 강요하시니 곤란하다는 말입니다. 애당초 무관 주제에 영림 님의 시중을 드는 궁녀들의 일까지 빼앗으려 한다고요."

"……그건 혹시 질투가 아닌……."

"아뇨, 어디까지나 직분 이야기입니다."

리리가 나지막하게 지적했지만 동설은 물러서지 않았다.

"보시다시피 오라버니들도 동설도 정말 잘해 주지만, 주위에 보호 본능이 심한 사람들이 몰려 있다 보니 방침의 차이로 대립하는 일이 생겨서……."

설명하는 사이 영림의 눈빛은 다소 아득해졌다.

자신을 서로 차지하겠다며 다투는 일이 주위에 발생해서 귀찮다는 이야기를 설명하는 것은 웬만큼 낯짝이 두껍지 않고서야 쉽지 않은 일이다.

"그러니까……."

"여기에 있었군."

어떻게든 중립적인 설명을 해야겠다고 생각했지만, 그보다 먼저 옆쪽에서 목소리가 날아왔다.

낭랑한――남자의 목소리였다.

"전하?!"

그 자리에 나타난 사람은 놀랍게도 황태자 요명과 그 뒤를 따르는 취관장 진우였다.

뒤를 돌아본 영림 일행은 황급히 정자 밖으로 나와 그 자리에서 예를 취했다.

“전하께 인사드립니다.”

“되었다. 편하게 있도록.”

이날도 머리를 깔끔하게 틀어 올린 요명은 아직까지 열기가 남아 있는 바람조차 아름다운 자태로 시원하게 맞고 있었다.

휴일에 추궁을 방문하는 일은 드물었던 터라, 예상치 못한 만남에 옆에 있던 혜월은 어쩔 줄 몰라 하며 머리를 정돈했다.

“바로 준비를 시작해야 하니 서두는 생략하마. 풍년제 개최지가 결정되었다.”

“네……?”

영림과 혜월이 얼굴을 마주보았다.

그것을 이 자리에 일부러 전달하러 왔다는 것은, 개최지가 직할령이나 남령이라는 이야기일까.

“그럼 황가의 직할령이군요.”

혜월은 그렇게 받아들였는지 안도하여 가슴을 쓸어내렸지만 옆에서 영림은 만일 그렇다면 아쉽겠다는 생각을 했다.

황태자의 왕림은 명예로운 일이지만 직할령은 왕도 바로 옆이기 때문에 외유를 나간다는 느낌이 덜하다.

“아니, 개최지는 남령이다.”

그러나 요명이 대답에 영림은 고개를 홱 들었다.

옆의 혜월은 입을 떡 벌렸다.

"지금……, 무슨, 말씀을……?"

"주가가 다스리는 남령으로 결정되었다고 말했다. 그 남동쪽 외곽, 온소(溫蘇)라 불리는 마을이다."

요명은 작은 소리로 혼자 무어라 중얼거리는 혜월을 안타까운 눈빛으로 내려다보면서도 사정없이 말했다.

"기도사의 신탁에 의한 폐하의 결정이시다. 주혜월이여, 서둘러 개최 가문의 추녀로서 직무를 다하도록."

미적지근한 바람이 소리 없이 정원에 불어왔다.

입추를 반 달 앞둔, 온화한 어느 오후의 일이었다.

* * *

아무리 사치스러운 마차로 천천히 나아간다 해도 길의 포장 상태가 좋지 않으면 흔들림이 심하다.

혜월은 솟아오르는 구토기에 그것을 뼈저리게 실감하며 필사적으로 문서를 눈으로 훑었다.

"황태자는 용의 후예, 추녀는 용의 무녀 대리로서……, 농작신에게 기도를 올려 음양의 균형을 되찾고……."

남령에 진입했기 때문인지 마차 창을 활짝 열어 젖히고 리리가 열심히 부채를 부쳐주어도 마냥 덥기만 했다.

몇 년 전까지는 익숙했는데 지금은 이 끈적끈적한 더위가 몹시도 불쾌하게 느껴졌다.

"풍년제 당일에 음양을 화합시킨다는 취지가 있으니 그때까지는 남녀 구별도 엄격하게 해야 하며……, 전야제에서는 황태자와 남자들이 식사를, 추녀와 여자들이 기예를, 각자 농작신에게 바친다……. 풍년제 당일에는 이른 벼, 정결한 옷, 춤을 바치고……, 황태자의 기도를……. 우욱……."

"혜월 님, 한 번 창밖을 내다보시는 게 어떨까요?"

결국 입을 틀어막고 몸을 웅크린 혜월에게 맞은편 자리에서 걱정스러운 목소리가 날아왔다.

필두 궁녀 동설만을 거느리고 간소한 여행 복장으로 앉아 있는 그 인물은 당연히 황영림이었다.

"리리, 혜월 님을 좀 말려봐. 흔들리는 마차 안에서 글을 읽으면 멀미가 더 심해지잖아요. 벌써 몇 번이나 확인한 내용이 아닌가요? 그보다 휴식을 취하시는 편이……."

찌는 것처럼 더운 마차 안인데도 상쾌함이 느껴지는 분위기를 내뿜는 영림은 몸을 내밀어 혜월의 수첩을 빼앗아 들고서는 창 밖을 가리켰다.

"자, 저길 좀 보세요, 혜월 님. 드디어 향도에 가까워지고 있어요. 커다란 강이 흐르네요. 저렇게 건물이 모여 있는 곳이 중심부일까요? 딱 하나 우뚝 높이 솟은 누각이 있어요."

추녀는 1년에 두 번의 귀성과, 정치적인 이유의 외유가 아니고서는 외출을 허락받지 못한다. 병약한 영림은 입궁 전에 거의 외출을 하지 못한 모양이니 다른 영지에 가는 일은 처음이리라. 목소리가 잔뜩 들떠 있었다.

호기심으로 눈이 반짝반짝 빛나고 뺨은 살짝 홍조를 띠고 있어서 세상에 이렇게 아름다운 여자가 다 있을까, 하고 구토기도 잊은 채 감탄하며 바라볼 정도였다.

"앗, 새가 날고 있어요! 정말 크네요! 어머나, 창틀에 기어다니는 거미도 참 커요. 파리도 벌도, 아까부터 본 벌레가 하나같이 다 커요!"

"잠깐, 벌레를 마차 안으로 들여보내지 말아 줄래?!"

그러나 이 여자의 발언은 언제나 어딘가 좀 이상한 데가 있다.

애당초 벌레가 큰 게 뭐가 그렇게 반갑다는 걸까.

"후후, 죄송해요. 왠지 기뻐서요. 있잖아요, 혜월 님. 정말 덥네요. 아무리 옷을 벗고 부채를 부쳐도 속수무책으로 더워요. 후훗, 즐겁네요!"

"대체 어디가?"

영림은 아무튼 이 외유가 즐거워서 견딜 수 없는 모양이었다. 보는 것, 접하는 것 전부가 신선하게 느껴지는지 함께 마차에 타고 있는데도 내내 이 상태였다.

"영림 님……, 기운이 넘치시네요……."

부채를 들고 있는 리리는 완전히 지쳐버렸다.

"난……, 몇 날 며칠 동안 배랑 마차를 갈아타면서 계속 움직이는 게 처음이라, 이젠, 죽을 것 같은데……."

"언동에 조심하세요. 나 참, 이 정도로 멀미에 고생하다니 단련이 부족하군요."

리리의 입에서 우는 소리가 새어 나오자, 맞은편에 있던 동설이 따끔하게 한 마디 했다.

현가의 피를 물려받은 동설은 상당히 튼튼한 몸을 지녔는지 피로한 기색조차 보이지 않았다.

“어머나, 동설. 너무 그리 엄격하게 말하지 마. 익숙하지 않은 여행이잖아. 피로가 쌓이는 건 당연한 일이지. 자, 바람을 쐬도록 해. 계속 부채만 부치다 보니 힘들지?”

영림은 그런 동설을 달랜 뒤, 리리에게서 부채를 빼앗아 들고 다정한 손동작으로 일동을 향해 부쳐주었다.

“……네가 멀미를 안 하다니 뜻밖이네. 제일 먼저 토하거나 쓰러질 줄 알았는데.”

“네? 제가요?”

혜월의 원망 섞인 중얼거림을 들은 영림이 긴 속눈썹을 깜빡였다.

“물론 메스꺼움과 현기증이 느껴지기는 해요. 하지만 그게, 전 익숙하잖아요. 그건 정신력으로 이겨내는 거죠.”

천진난만하게 알통 자랑을 하는 영림 앞에서 혜월은 말없이 천장만 올려다보았다.

섬세한 미모와 전혀 다르게 뇌가 온통 근육으로 만들어진 것 같은 이 모습을 보고 있으면 매번 사기를 당한 기분도 든다.

“있잖아요, 혜월 님. 그보다 자유 시간에 뭘 하실 건가요? 주최 가문의 추녀니까 바쁘시겠지만, 한나절 정도 숨 돌릴 시간을 낼 수는 없을까요? 전야제는 오늘 밤이고 본 행사는 닷새 후니까 그 사이가 좋겠네요. 황후 폐하께서 진귀한 과자와 술을 주셨으니 그걸로 다과회라도 여는 게 어때요?"

"……네 맘대로 해."

하지만 전신에서 '즐거워!'라는 분위기를 내뿜는 영림 덕분에 적잖이 마음의 위안을 얻은 것 또한 사실이었다.

'적잖이……라기보다는 전면적으로.'

혜월은 문득 창 밖을 내다보았다.

주최 가문의 추녀인 혜월이 탄 마차를 선두로 그 바로 뒤에는 황태자 요명의 마차, 그리고 다른 가문의 추녀들이 탄 마차와 그것을 경호하는 호위 무리가 따라오고 있었다.

여행 도중 그들이 지루하지 않도록 약간의 간식을 넣어 주거나, 경치가 좋은 곳에서 휴식을 취하도록 지시를 내리는 일도 혜월의 몫이다.

하지만 후견인이 되어 줄 비도 없고 주가와도 사이가 험악한 혜월은 뭘 어떻게 해야 좋을지 전혀 몰랐다. 그때 영림이 "참견하는 것 같지만요"라며 이것저것 가르쳐주는 것을 필사적으로 귀담아들어서 어찌어찌 실례가 되지 않을 정도로는 해내고 있는 중이었다.

'결국 예무관까지 황가에 맡겨버렸고.'

마차의 바로 옆, 아름다운 백마에 탄 명문가의 예무관을 바라보며 혜월은 한숨을 내쉬었다.

결국 주가 출신의 예무관은 단 한 명도 모이지 않았다.

실제로 경호를 맡는 사람은 취관이나 향의 병사들이니 예무관이 없어도 신변의 안전에 큰 영향은 없다. 하지만 예무관이란 즉

'저는 이만큼이나 용맹하고 용감한 무관의 보호를 받기에 마땅한 추녀입니다'라는 매력의 연출인 셈이었다. 그렇기 때문에 명문가에서는 언제나 유능하고 외모도 아름답고 신분이 높은 남자를 그 자리에 앉혔다.

혜월은 창틀에 팔꿈치를 짚고 턱을 괴며 말을 탄 예무관들을 순서대로 훑어보았다.

'금가는……, 백부라고 했던 것 같은데 참 관록 있는 미남이네. 현가는 일부러 무투회를 열어서 상위를 차지한 자를 선택했지. 늠름한 얼굴이야. 아아, 그 소심한 남가에서조차 빈틈없이 미남을 데려왔잖아. 눈물점이 인상적인 곱상한 남자를 말이지. 오빠라고 했던가? 다들 유능한 친척이 많아서 참 좋겠어.'

그들의 구체적인 실적이나 직함은 모르지만 적어도 예무관이 되기에 합당한 자태를 지녔다는 건 충분히 알 수 있었다. 요명의 마차를 지키는 취관 진우의 미모가 워낙 뛰어날 뿐이지, 평소라면 여자들의 시선이 온통 그들에게 꽂혀 있을 터였다.

'물론 이쪽도 결코 뒤처지지 않지만.'

다음으로 혜월은 창에서 조금 떨어진 곳을 흘끔 쳐다보았다.

이 마차의 앞쪽은 고급스러운 말을 탄 무관 두 명이 야무지게 지키고 있었다.

지금 혜월이 기댄 창 쪽을 지키고 있는 건장한 남자는 황경행(黃景行).

그 반대쪽에 있는 늘씬하고 몸집 작은 남자는 황경창(黃景彰).

둘 다 영림의 오라비다.

젊은 나이임에도 여러 원정에서 많은 공적을 올렸으며, 황가의 정예이자 차기 천자의 심복이라는 말까지 듣고 있다고 한다.

확실히 두 사람 다 우아함은 조금 떨어지지만 날카로운 이목구비와 늠름한 자태를 지니고 있었다.

우수하고 장래가 유망한 데다 남성으로서도 매력적이니 궁녀들이 선망하는 것도 이해가 되었다.

'뭐……, 좀 갑갑하긴 하지만.'

그러나 혜월은 여기까지의 여정을 통해 '흠모하는 무관님'의 정체를 너무 빨리 알아버리고 말았다.

그들은 한 마디로 '여동생 바보'였다. 둘 다 똑같이 짜증난다.

아니, 형인 경행이 좀 더 본능에 충실하다고나 할까. 귀엽다고 외치면서 여동생을 안아 올리고 틈만 나면 쓰다듬질 않나, 영림이 싫어해도 "핫핫핫, 귀엽기만 하구나! 영림!" 하며 흘려듣는다. 혜월은 마음속으로 경행을 '근육뇌'라고 명명했다.

동생인 경창은 경행에 비하면 육체적인 접촉은 적다. 그러나 툭하면 영림에게 노도와 같은 찬사를 늘어놓고, "아아, 넌 어릴 때부터 정말 상냥했지! 그건 네가 다섯 살 때의 봄이었는데……."라며 추억 이야기를 끝없이 풀어놓는다. 혜월은 경창을 '집요남'이라고 판단했다.

그런 두 사람이 배 안에서는 영림의 옆에 딱 달라붙어 지키며 이동할 때도 안아서 옮겨주려 하고, 지상에 내린 후로는 아름다운 꽃이 피어 있으면 뿌리째 뽑아 와서 바치려 했다.

마차와 말로 갈린 후에도 틈만 나면 "과자를 주마" "차가운 수건이란다” “널 생각하며 벼린 검이야” “네가 좋아하던 인형이지 않니?” 하고 자꾸 선물을 주었다. 영림이 기지개만 켰을 뿐인데 갑자기 밖에서 창을 활짝 열어젖히고는 “마차에서 내려서 오라버니랑 같이 말을 타지 않을래?” 하고 권하는 형편이었다.

방심하면 금세 마차 안이 그들의 선물로 꽉 찼고, 영림도 말등으로 끌려나갈 뻔하곤 했다.

그러나 휴식 시간마다 동설이 사정없이 선물을 전부 정리하고 영림도 무표정에 가까운 미소로 두 사람을 회피했기에 간신히 ‘평범한 여정’을 유지할 수가 있었다.

방금 전에는 너무 빈번히 마차 안으로 난입하는 바람에 영림이 “조금 떨어져서, 마차 선두에서 걸어 주세요” 하고 쫓아냈을 정도였다.

그들이 시야에서 사라지고 나서야 혜월은 겨우 긴장을 풀 수 있었다.

그렇다. ‘갑갑하다’는 것 말고도 혜월에게는 이 형제와 접하기 싫은 이유가 또 있었다.

“왜 그러세요, 혜월 님? 표정이 어두워요.”

맞은편 자리에 있던 영림이 걱정스러운 듯 몸을 내밀었다.

“저와의 대화로는 기분 전환이 되지 않으시나 봐요. 저 스스로가 너무 한심하네요.”

“딱히 네게 무슨 대접을 받을 생각은 없었거든.”

비뚤어진 말투로 대꾸하자 상대는 무언가 또 생각이 났는지 고개를 홱 치켜들었다.

"그럼 오라버니들한테 뭔가 기예라도 보여 달라고 할까요? 맞아요, 저희 오라버니들은 무언가를 흉내 내는 일이나 짐승을 다루는 재주, 게다가 근육을 이용한 재주가 특기거든요. 보는 사람 누구나 웃지 않고는 견딜 수 없다고 정평이 나 있으니, 괜찮으시다면——."

"아냐, 하지 마!"

말을 뱉자마자 냉큼 창에 손을 짚고 오라비를 부르려 하는 영림을 혜월이 황급히 말렸다.

"쓸데없는 짓 좀 하지 마. 제발 부탁이니까 이상한 말은 하지 말아 줘. 나랑 저 사람들을 가능한 한 대화하지 않게 해 달라고."

"하지만 이 기회에 꼭 혜월 님과 오라버니들이 친목을 쌓으셨으면 해서……."

"내가 싫어. 저쪽에서도 싫을 테고."

딱 잘라 말하자 영림은 난처한 듯 고개를 갸웃했다.

"적어도 두 오라버니들이 혜월 님을 싫어하실 이유는 없을 텐데요……."

"완전히 잊어버린 모양인데 나는 널 누각에서 밀쳐 떨어뜨린 여자야."

"하지만 그 건은 전하께서 함구령을 내리셨잖아요. 내내 원정지에 있던 오라버니들은 아실 길이 없는데……. 그렇기 때문에 혜월 님의 경호도 망설임 없이 받아들여 주신 것 아닐까요?"

저도, 아버님도, 황후 폐하도 딱히 알리지 않았고 오라버니들이 물어본 적도 없는데요, 라면서 영림이 고개를 갸우뚱했다.

“……뭐, 그렇지.”

혜월은 입술을 비틀며 대화를 끝내버리고는 시선을 휙 피했다.

‘안타깝게도 이미 진작 다 알려졌거든.’

문득 떠오르는 풍경은 닷새 전——출발을 목전에 두고 요명에게 은밀히 불려갔을 때의 일이다.

늘 바쁜 요명이 영림 외의 다른 추녀를 부르는 일은 거의 없다.

대체 무슨 일일까 고개를 갸웃거리며 달려간 혜월이었지만, 그곳에서 들은 것은 뜻밖의 내용이었다.

예무관이 될 황가 형제의 심기를 절대 거스르지 말라는 지시였던 것이다.

“경행도 경창도 영림 외에는 전혀 관심이 없는 중증 여동생 바보다. 그런 녀석들이 이번에 네 예무관을 맡게 된다니 뜻밖이라는 생각이 들어서 조의(朝儀)에서 만날 기회가 있었기에 물어보았지. 무슨 심경의 변화가 있었느냐고. 그랬더니…….”

평소에는 혜월과 시선도 마주치려 들지 않던 요명이었으나 이때만큼은 혜월의 두 눈동자를 똑바로 들여다보며 말했다.

“그들은 영림을 누각에서 밀쳐 떨어뜨린 계집을 바로 옆에서 관찰하고 싶다고 했다. 걸교절 사건은 나와 황후 폐하가 함구령을 내려 두었는데도 불구하고……. 대체 어떻게 된 일일까?”

그 말을 들은 혜월은 얼굴이 새파랗게 질리고 말았다.

어떻게 된 일이고 자시고, 두 사람에게 걸교절 누각에서 있었던 사건을 알린 것은 혜월 본인이었기 때문이다.

몸이 뒤바뀌었을 때, 열심히 편지와 선물을 보내는 ‘오라버니’들의 호의가 고마워서 일부러 영림의 필체를 흉내 내면서까지 동정심을 유발하는 문장을 써서 보냈던 것이다.

누각에서 밀쳐져 떨어졌을 때의 공포, 일기를 도둑맞은 굴욕, 그 외에도 수많은 괴롭힘을 날조해서는 비극의 주인공이 된 양 그것을 '고백'했다.

그런 식으로 암시를 걸다시피 여러 번 편지를 써 보냈다. '무력한 저 대신 오라버니들께서 주혜월에게 엄한 벌을 내려주시면 좋을 텐데'라고.

그 후 소동의 인상이 크게 바뀌는 바람에 완전히 잊어버리고 있었던 자신의 소행.

그것이 설마 시간이 흐른 후에 자기 자신에게 되돌아올 줄이야.

새파래진 혜월을 보고 요명은 어느 정도 경위를 알아차린 듯했다.

어이가 없다는 듯 깊은 한숨을 내쉬었으나 뜻밖에도 혜월을 규탄하지는 않았다.

대신 "의례 중에는 황태자 직속 취관을 보내줄 테니, 나와 따로 행동할 때만 황가의 보호를 받으며 얌전히 있어다오"라고만 말했다.

공명정대를 항상 으뜸으로 치는 요명이니, 이미 벌을 받은 혜월을 이 이상 책망하는 것은 도리에 어긋난다고 생각했으리라.

어쩌면 이미 적의에 노출될 일이 확정된 혜월을 더 몰아붙여서는 안 된다는 생각에 다소 봐준 것일지도 모른다.

반대로 말하면 혜월은 지금 요명의 동정을 살 정도의 상황에 놓여 있다는 뜻이다.

'내 손으로 뿌린 씨앗이라고는 하지만……. 아아, 나는 왜 그런 바보 같은 짓을 했을까?'

어리석은 과거의 자신이 미웠다.

"혜월 님, 그렇게 슬픈 표정 짓지 마세요."

우울한 얼굴로 입을 다문 혜월이 걱정되었는지 영림이 조심스레 말을 걸었다.

"누구나가 다 당신을 싫어한다고, 그렇게 외골수로만 생각하지는 말아 주세요."

"단순한 생각이 아니잖아."

혜월은 순간적으로 반론했다.

"아무리 시간이 지나도 나는 추궁에서 가장 미움 받는 인간이야. 이 고립무원의 상황을 보면 너도 알잖아? 전하께서 친히 왕림하신다는데 주가에서는 제대로 도와주지도 않지, 당주는 이 땅에 인사하러 오지도 않아. 난 집안에서도 내쳐진 거야."

"그건 혜월 님 탓이 아니에요. 아직 정식으로 공인이라 할 수 없는 추녀들이 정치적 제물로 이용당하지 않도록, 각 가문에서는 최대한 추녀의 행동에 참견하지 않는다는 관례가 있기 때문이죠. 그쪽에서 보면 이런 것도 결국 비가 되었을 때의 예행연습에 불과할 테니까요."

그러나 영림은 어디까지나 온화하게 대답했다.

"혜월 님은 최선을 다하고 계세요. 다른 사람들도 열의와 진심을 분명 알아줄 거예요."

고요한 미소를 짓는 그 얼굴이 무척이나 아름다워서, 혜월은 어쩐지 점점 심장 부근이 찌르르 타들어가는 기분을 느꼈다.

아름다운 여자. 모든 사람들에게 흘러넘칠 만큼 호의만을 받는 여자.

누구에게도 미움 받아 본 적이 없으니, 이렇게까지 가슴을 쥐어뜯고 싶어지는 혜월의 절망과 초조함을 모를 것이다.

"……그럼, 네가 내가 되어 준다면 좋을 텐데."

저주 같은 말이 무심코 입 밖으로 흘러나와서 혜월은 황급히 입을 막았다.

경솔한 데에도 정도가 있다.

"잠깐만요, 혜월 님."

"지금 뭐라고 하셨습니까?"

예상대로 리리와 동설이 험악한 분위기를 뿜어내며 이쪽을 노려보았다.

"네……? 그, 그럼……."

영림으로 말할 것 같으면 기대를 감추지 못하는 태도로 새빨개진 양 뺨을 손으로 눌렀다.

"하, 할까요……? 몸 바꾸기."

"안 해!"

정신을 차린 혜월이 자기 몸을 감싸며 뒤로 물러났다.

"말실수를 했을 뿐이야! 애초에 지난번이 마지막이라고 너도 말했잖아?!"

"네, 하지만 혜월 님도 몸 바꾸기를 바라시는 것 같으니……."

불리함을 느낀 혜월은 그럴싸한 반론을 덧붙였다.

"바라더라도 안 해. 특히 남령에 있는 동안에는 절대 바꾸기 싫어. 술법이 흐트러질 것 같단 말이야."

"그런가요? 자기 영지에 있는데도 주술이 흐트러진다는 말씀이세요?"

뜻밖의 지적이었는지 영림이 긴 속눈썹을 깜박였다.

'영림에게 무언가를 가르쳐주는 자신'이라는 상황이 신기하게 느껴졌다. 혜월은 저도 모르게 득의만면한 태도로 설명하기 시작했다.

"나 참, 이래서 초보란. 잘 들어, 도술을 쓸 때는 기가 필요한데, 기가 많다고 다 좋은 건 아니야. 이 땅은 불의 기운이 너무 세. 심지어 지금 가는 곳은 특히 기맥이 흐트러진 장소야. 오행의 균형이 깨지면 술법은 가끔 폭주할 때가 있어. 오행상응의 땅인 왕도에 있을 때, 술법을 쓰기가 훨씬 편하지."

"그랬군요."

영림은 고분고분 고개를 끄덕이더니 눈을 반짝반짝 빛내며 웃었다.

"전 그런 건 전혀 몰랐어요. 혜월 님은 역시 대단하세요."

"……."

이 여자의 악독함은 이런 부분에 있다.

고작 말 한 마디, 별것도 아닌 미소 하나로 상대의 마음속에 스르륵 들어가 앉는다.

기세가 완전히 꺾인 혜월은 꾸물거리며 자세를 고쳐 앉았다.

'뭐……, 비관해 봤자 소용없겠지.'

문득 냉정함이 돌아왔다.

혜월은 도술을 자유자재로 조종할 수 있는 자신의 손을 문득 내려다보았다.

'나를 둘러싼 상황은 전혀 좋다고 할 수 없지만, 그렇다고 최악인 것도 아니야.'

자신이 놓인 상황을 차분하게 생각해 보았다.

후견인이 없는 상태에서 풍년제를 주최하는 것은 어려운 일이다. 그러나 자신에게는 무슨 일이든 가리지 않고 조언을 해주는 참견쟁이 황영림이 있다. 요명도 협조적이다.

주가는 예무관 한 명 보내주지 않았고, 주가의 당주조차 모습을 드러내지 않는다. 그러나 생각해 보면 그것은 자신이 혹시 실수를 저질러도 그들에게서 질책을 받지 않는다는 뜻이 된다.

황가의 형제는 자신에게 적의를 갖고 있는 모양이지만 적어도 지금은 동향을 지켜보는 데 머물러 있다.

'게다가, 이 마을.'

혜월은 창밖으로 펼쳐지는 풍경을 가만히 내다보았다.

남령의 동쪽 끄트머리에 위치한 작은 마을, 온소.

같은 남령이라 해도 왕도에 가까운 마을에서 자란 혜월에게는 낯선 토지다.

보아하니 평화로운 장소 같다. 대부분의 땅이 산과 강으로 둘러싸여 있고, 온화하고 습윤한 기후가 매년 백성들에게 아낌없이 결실을 가져다준다고 한다.

물론 올해는 여름 내내 하늘이 구름으로 뒤덮여 있어 냉해에 고통받았다고 하지만, 그래도 정연하게 줄지어 있는 간소한 집들은 멀리서 봐도 치안이 좋다는 느낌이 들었다.

"향장 강(江) 씨는 온화하고 착실한 사람으로, 변경의 마을을 맡았음에도 불구하고 원한을 품지 않고 멸사봉공(滅私奉公)하고 있는 모양이니……. 외유처가 남령 중에서도 이곳이었다는 것만은 행운이었다고 볼 수 있겠네."

나직이 중얼거리자, 겨우 혜월이 긍정적인 말을 해준 게 기뻤는지 영림이 환하게 얼굴을 빛냈다.

"맞아요. 음양의 균형이 흐트러진 땅에서는 백성들이 동요하고, 때로는 봉기도 일어나는 법이에요. 하지만 이곳 온소에서는 향장님이 선정을 베풀어서 백성들이 평화롭게 잘 살고 있다고 들었어요. 분명 주최 가문의 추녀인 혜월 님을 다들 자랑스럽게 맞아줄 거예요."

"그렇다면 다행이고."

혜월은 차츰 기분이 고양되는 것을 느끼며, 그런 자신을 견제하려 어깨를 으쓱했다.

"하지만 이 향에는 천읍(賤邑)이라 불리는 천한 죄인들이 사는 장소가 따로 있다고 해. 향도와 그 읍은 강 하나를 사이에 두고 있다고 하던데, 그자들이 날뛰지 말아야 할 텐데."

어느 향에든 죄인이나 비천한 백성들이 자연스럽게 모여들어 자리 잡고 사는 장소가 있다. 나라에 흉흉한 일이 생길 때마다 정화 명목으로 그런 읍과 그곳에 살던 사람들까지 통째로 불태워버린다는 향도 많다.

그러나 강 씨는 그들에게도 자비를 베풀어 사는 곳을 격리시켜 놓았을 뿐, 일자리와 자금을 융통해줘서 살아갈 수 있도록 도와주었다고 한다.

혜월은 이번에 그것이 역효과를 불러오지 않아야 할 텐데, 라는 생각을 할 수밖에 없었다.

그때 드디어 마차가 향도로 진입했다.

지금까지 진흙탕 웅덩이 같았던 길이 차츰 편편한 바닥으로 변하고, 마차 한 대 지나가기도 벅찼던 길 폭도 유유히 오갈 수 있는 넓이가 되었다.

왕도의 것에는 도저히 미칠 수 없긴 하지만 돌과 기와로 지은 커다란 문도 있었다. 이것이 마을 중심부로 들어가는 입구이리라.

문 옆에는 연갈색 옷을 입은 남녀가 한 줄로 서서 마차를 향해 머리를 조아리고 있었다.

자신들을 맞이하러 나온 모양이었다.

"황태자 전하, 그리고 추녀님들이 친히 왕림해주셔서 진심으로 기쁘옵니다."

줄의 선두에서 낭랑하게 인사말을 읊은 노인이 아마도 향장 강 씨인 듯했다.

비쩍 말랐으나 머리는 단정하게 틀어 올려 긴 백발을 깔끔하게 정돈한 품위 있는 인물로 보였다.

강 씨가 정중히 고개를 숙이자 그를 따라 다른 백성들도 어색하게나마 열심히 바닥에 이마를 댔다.

'강 씨의 지시가 잘 전달된 모양이네.'

혜월은 안도하면서 마차를 조금 옆으로 이동시켜 세웠다.

선도 역할을 마친 주최 가문에서는 황태자와 다른 가문의 추녀들, 그리고 그 호위들까지 먼저 들여보낸 후 마지막으로 향에 들어가는 것이 관례였다.

"고생이 많았군, 주혜월."

"여정 수고했어."

"정말 즐거운 여행이었답니다."

"먼저 실례할게."

요명과 금청가, 남방춘, 현가취가 각자 마차 너머로 인사를 보내며 향도로 들어갔다.

그러는 동안 양옆의 백성들이 계속 고개를 숙이는 모습을 보고 혜월은 안도와 동시에 감탄했다.

'실로 예의바르고 질서가 잘 잡힌 곳이야.'

이런 상태라면 백성들도 적극적으로 이 풍년제에 협조해줄 것이다.

드디어 전원이 문 안으로 들어갔고 혜월 일행이 탄 마차가 향도로 들어갈 차례가 되었다.

혜월은 드물게 의욕을 느끼고 창 밖으로 몸을 살짝 내밀었다.

교류가 없었다고는 하나 자신의 영지 백성이다. 추녀가 얼굴을 내밀고 미소를 지으며 노고를 치하한다면 백성들도 기뻐하지 않을까, 하는 생각이 들었다.

"다들 정말 수고가 많았어. 이제 그만 고개를 들어도──."

그러나 혜월은 말을 끝맺지 못했다.

혜월이 허락을 내리기도 전에 백성들이 몸을 일으켜서 이쪽을 가만히 올려다보고 있었기 때문이었다.

하나같이 얼굴에 웃음기가 전혀 없었다.

'어……?'

아니, 그렇기는커녕 자기들끼리 작은 소리로 무어라 속삭이며 심지어 이쪽을 노려보는 느낌마저 들었다.

'뭐야……?'

놀라서 움츠러든 사이 마차는 이미 소박한 문을 통과해버렸다.

문지기가 고개를 홱 돌리는 것처럼 보였는데 잘못 본 걸까.

활짝 열어젖힌 창으로 미지근한 바람이 불어들었다.

내리쬐는 햇볕에 쾌청함은 없었다. 그저 피부에 찰싹 달라붙어 가만히 호흡을 빼앗아가는 듯한 더위였다.

혜월은 불길한 예감에 가슴이 자꾸 뛰는 것을 막을 수가 없었다.

2. 영림, 분개하다

붉은 꽃을 쪄서 지은 밥, 산채를 볶은 반찬과 탕, 향채 튀김. 민물고기 초무침뿐만 아니라 구운 돼지고기와 닭고기까지 있었다.

새빨갛게 불타오르는 화톳불에 비춰진 전야제의 음식들은 호화로웠다.

“어머나, 노란 꽃으로 지은 밥은 청명절 때 본 적이 있는데 남령에서는 쌀을 붉게 물들이는구나. 처음 봤어.”

“저도예요, 청가 님. 경사스러운 느낌이 들어서 계속 바라보게 되네요.”

“당신은 가만히 보고만 있지 말고 좀 먹는 게 좋지 않을까? 방춘님. 고기를 먹어야 키가 더 크지.”

“아, 네, 가취 님.”

제단을 겸해 새로 만든 무대와 깔끔하게 돌을 깔아 만든 바닥.

돌바닥에는 붉은 융단을 깔고 그 위에는 무대를 향해 가로 한 줄로 탁자와 의자들을 늘어놓았다.

가문의 문장이 들어간 칸막이를 등지고 앉은 것은 주가를 제외한 네 가문의 추녀들이었다. 무녀 대리로 온 그녀들은 이 전야제 때 농작신을 모시는 제단 앞에서 식사를 하는 행위를 통해 신에게 감사와 기도를 올리게 된다.

방금 전 유(酉) 각과 동시에 징이 울렸고, 전야제가 시작된 참이었다.

혜월과 향장의 아내가 인사를 진행하는 동안 추녀들은 차분한 표정으로 고개를 숙이고 있다가 자리에 앉아 식사를 앞에 두니 다소 긴장이 풀렸다.

"그나저나 도착하자마자 짐도 제대로 풀지 못한 상태로 전야제를 거행하다니 정말 피곤하네."

"길흉을 따져 날짜를 선정했으니 어쩔 수 없는 일이죠, 청가 님."

"그 말이 맞아. 혜월 님으로 말하자면 식사도 하지 못하고 이후에 기예를 선보여야 해. 그 중책을 생각하면 느긋하게 식사나 하면 되는 우리는 편한 입장이지."

무릎을 꿇고 있느라 아픈 무릎을 문지르며 청가가 투덜거리자 방춘과 가취가 각각 청가를 달랬다.

청가는 "그건 그렇지만요" 하고 고개를 끄덕이면서 뒤를 흘끔 돌아보았다.

"이렇게 많은 사람들이 보는 앞에서 제단만 바라보며 식사를 하는 것도 그 나름대로 피곤한 일이거든."

추녀들의 후방, 칸막이 뒤에는 향의 여인들 백 명 정도가 무릎을 꿇고 고개를 숙인 채 기도의 말을 읊조리고 있었다.

이 식사는 단순한 환대의 자리가 아니라 의식이었다. 추녀들은 그 높은 지위에 걸맞은 행동거지를 보이며 식사를 해야 하고, 향의 여인들 또한 계속 무릎을 꿇은 채 기도를 올려야만 했다.

제단이 설치된 광장에는 추녀들이 데려온 예무관을 제외하면 남자는 없었다.

풍년제는 황태자가 농작신과 한 몸이 되어 토지를 축복하고 음양의 균형을 조율하는 의식.

그보다 먼저 음양이 화합해서는 안 된다는 이유로 풍년제 본 의식까지는 음과 양, 즉 남자와 여자가 최대한 떨어져 있어야 한다. 지금쯤 건물 안에서는 요명이 향의 남자들과 함께 마찬가지로 식사를 하고 있을 터였다.

남령 특유의 따스한 밤바람이 불어올 때마다 화톳불이 타닥타닥 튀었다.

주최 가문의 추녀인 주혜월은 이 이후 무대에서 봉납의 기예를 바쳐야 했기에 자리를 비운 상태였다. 이호(二胡) 연주가 있어 옷을 갈아입기 위해 자신에게 주어진 방으로 물러난 것이다.

따돌림 받는 존재인 혜월이 없기 때문인지 자리 분위기는 상당히 평화로웠다.

아니.

어느 한 구석에 평화로움을 넘어 시끌벅적한 탁자가 있었다는 사실을 말해 두어야겠다.

"자, 영림. 이 구이가 실로 맛이 좋구나. 오라버니가 먹여줄 테니 아~ 하렴."

"아니에요, 큰오라버니. 죄송하지만 제게도 젓가락을 쥘 정도의 근력은 있답니다."

"응? 형님, 이 고기 구이, 신선도가 그리 좋지 않은데. 어디 보자, 형님 옆을 날아가는 저 비둘기, 저놈을 내가 잡아서 목을 졸라 요리를 해 와야겠군."

"경창 님, 외람되오나 제전의 자리에서 동물을 살상하는 것은 삼가주십시오. 자, 영림 님. 이 탕을 드세요."

영림 일행의 자리였다.

호위 입장으로 따라온 주제에 시녀인 동설을 제치고 식사 시중을 들려고 하는 두 오라비가 아까부터 영림을 두고 계속 소란을 피우고 있었다.

예무관인 덕분에 남자이면서도 특별히 참가가 허락된 황가 형제였으나, 이들 외에 추녀 옆에 딱 붙어서 식사 시중까지 들어주려 하는 자는 없었다.

다른 가문의 예무관들은 조금 떨어진 통로에서 당황스러운 눈빛으로 그들을 쳐다보고 있었다.

"황가의 소문은 들었지만 정말로 어마어마하게 숨 막히는, 아니, 가족애네."

"여, 영림 언니, 왠지 힘들어 보여요……."

"늘 저렇다면 칭찬이나 사탕발림에 내성이 생기는 것도 당연한 일이겠군."

세 가문의 추녀들은 서로 소곤소곤 속삭였다.

추궁에서 요명이 아무리 뜨거운 눈길을 보내고 칭찬의 말을 건네도 영림은 가볍게 회피해버리는 일이 많았다. 분명 남자에 익숙지 않을 텐데 어째서일까, 하고 다른 추녀들은 고개를 갸웃거리기도 했는데 지금 그 수수께끼가 풀린 기분이었다.

팔불출처럼 사랑을 퍼붓는 모습이 눈앞에 강제로 펼쳐지고 있으니 나 참, 하고 어이없어할 수도 있는 장면이지만, 문제의 영림이 넋 나간 눈빛을 하고 있기에 그만 동정심이 들어서 추녀들은 일제히 뜨뜻미지근한 표정을 지을 수밖에 없었다.

'으으……. 창피해 죽겠어…….'

한편 영림은 세 방향에서 자신의 시중을 들고 있는 이 상황이 너무나도 한심하게 느껴져 울분을 삼키고 있었다.

자신의 발로 땅을 딛고 다른 사람들에게 자비를 베푸는 것이야 말로 곧 황가의 긍지. 그런데 이렇게 일방적으로 응석을 부려서야 어떻게 떳떳할 수 있겠는가.

그들이 과보호하는 이유의 절반은 자신이 툭하면 죽을 뻔하기 때문이지만, 아무래도 남을 보살피기 좋아하는 인간이 셋이나 모여 있다는 점이 더 크다고 생각한다. 셋이서 주도권을 다투고 있으니 말이다.

'혜월 님도, 사양하지 마시고 한 명 거둬 가주셨으면 좋았을 텐데…….'

마음속으로 매달리는 것처럼 지금 이 자리에 없는 혜월을 생각했다.

기껏 전담 예무관 한 명을 붙여주겠다고 제안했는데 혜월은 "옷 갈아입는 곳까지 피붙이도 아닌 남자 분이 따라오는 건 곤란하잖아"라면서 황가 형제들을 내버려두고 잽싸게 자리를 피했다.

'그건 그렇지만……, 지금의 혜월 님 곁에는 누군가가 있어 주는 게 좋을 텐데.'

입안으로 밀고 들어오는 젓가락을 피하며 영림은 슬픈 표정을 지었다.

향에 도착한 후로 혜월은 한층 더 긴장해 날카로워진 눈치였다.

게다가 향 사람들이 혜월에게만 유달리 서먹서먹하게 구는 것도 신경이 쓰였다.

괴롭힌다고 할 정도까지는 아니지만, 그들이 혜월에게 향하는 시선이나 말투가 은근히 의미심장하게 느껴졌다.

불안과 짜증이 솟구친 혜월이 혼자가 된 순간 감정을 폭발시키는 건 아닐지 걱정스러웠다.

가능하면 이 자리를 몰래 빠져나가 상황을 보러 혜월의 방에 찾아가고 싶을 정도였다.

"영림. 이럴 수가, 영림. 반 년 못 본 사이 더욱 아름다워졌구나. 게다가 방금 그 대꾸도 훨씬 어른스러워지지 않았느냐. 바로 어제까지 '큰오라버니이~' 하면서 쫄랑쫄랑 뒤를 따라올 정도로 어렸는데."

"제 15년간의 세월은 대체 어디로……."

"아아, 영림! 안심하려무나. 물론 네 성장 기록은 황가에서는 희소한 두뇌파 무관이라 불리는 바로 내가 큰 것 작은 것 하나 가리지 않고 전부 보관하고 있으니 말이다. 영림, 걱정이 많은 너도 참 아름답구나. 영림, 아아, 영림……."

"그만 좀 부르세요."

그런데도 오라비들은 영림의 곁에 딱 달라붙어서는 도저히 놓아줄 생각이 없어 보였다.

'혜월 님은 괜찮으실까?'

이미 진작부터 기예 봉납이 시작되고도 남을 시간이었다.

영림이 앞쪽 무대 쪽으로 시선을 돌린 바로 그 순간, 무대 근처에서 여자의 화난 목소리가 울려 퍼졌다.

"이게 어떻게 된 거야!"

혜월이었다.

이미 무대 옆의 대기실용 정자로 이동했던 모양이었다.

갑자기 울려 퍼진 째지는 목소리에 등 뒤의 여자들이 놀라서 기도를 멈추었다.

"봉납 기예에 쓸 이호는 사전에 보내 놓았잖아. 그런데 왜 없는 건데!"

"저, 정말 죄송합니다! 추녀님이 기거하시는 방을 이자가 분명 잘 지키고 있었는데, 도대체 어디 갔는지 보이지 않는다고……!"

"죄송합니다! 하지만 저희도 모르는 일이어서……."

혜월의 앞에 두 명이 무릎을 꿇고 있었다. 향의 여인과 그 밑에서 일하는 하녀인 듯한 늙은 여자였다.

아무래도 봉납 음악에 사용할 이호를 분실하는 바람에 짐 감독을 맡았던 인간이 질책을 받는 모습인 듯했다. 옆에 대기하고 있던 리리가 달래려고 애쓰고 있었지만 혜월은 그것도 귀에 들어오지 않을 정도로 화가 머리끝까지 잔뜩 치솟은 듯했다.

"도착을 하지 않았다니, 그게 어떻게 된 일이야!"

혜월이 째지는 소리로 묻자 여자는 깊이 고개를 숙인 채 옆에 있는 노파를 가리켰다.

"이 향은 작년부터 흉년이 이어져서 끼니도 제대로 해결하지 못하고 있습니다. 체력이 있는 자를 긁어모아서 기간 내에 무대를 설치하기에도 손이 모자라, 평소에는 향 출입이 금지되어 있는 천민들에게까지 일의 일부를 맡겼지요. 그러니 이자들이…….”

“이 노파가 내 이호를 훔쳤다는 말이야?!”

“아닙니다! 아니에요!”

천민이라 불린 노파가 이 빠진 자국을 드러내며 소리를 지르자 향의 여자는 불쾌한 듯 입을 가렸다.

“애당초 이들이 사는 곳은 벼도 이삭을 맺지 못할 정도로 말라붙은 땅이라, 돈이 될 만한 것이 있으면 눈이 빙빙 돌아가는 천박한 자들이지요.”

“아, 아닙니다! 저희는——.”

노파가 다리에 매달리려는 듯 몸을 내밀었으나 혜월은 순간적으로 그것을 피해 뒤로 물러섰다.

상대는 자세가 무너져서 돌바닥에 거의 내던져지다시피 하며 쓰러지고 말았다.

“으윽…….”

“왜 그런 자들에게 악기 관리를 맡긴 거야!”

“사람 손이 부족해서……. 죄송합니다.”

조금 떨어진 곳에서 대화를 듣고 있던 추녀들이 일제히 미간을 찌푸렸다.

풍년제는 하늘에 바치는 의식. 그 준비가 엄중히 이루어져야 하는 것은 사실이다.

그러나 아무리 그렇다고 분노에 정신을 잃고 나이든 여자를 돌바닥에 내팽개쳐도 된단 말인가.

"그 사람은 반성하고 있는 것 같은데, 그렇게까지 목소리를 높일 필요는……."

방춘이 겁먹은 목소리로 중얼거린 것을 계기로 마치 파문이 번져나가듯 칸막이 너머에 무릎을 꿇고 있던 여자들 사이로 웅성거리는 소리가 퍼졌다.

"남가의 추녀님 말씀이 옳아. 우리는 굶주림과 무거운 세금에 고통 받고 있는데 제전 준비까지 강요당해서 얼마나 힘든지 알긴 하는 거야?"

"천민까지 향도로 끌어들여서 준비를 시킬 정도인데 계속 요구만 하고……."

"글쎄 이번 대의 추녀님은 왕도에서 무능하고 재주 없는 '시궁쥐'라고 불린다잖아. 거창하게 이호를 준비해 놨다 한들, 대체 어떤 연주를 할 수 있단 건지."

아무래도 혜월의 악평은 이곳까지 퍼진 모양이었다.

칸막이가 있다고 안심했는지 추녀들이 듣고 있다는 사실도 잊고 여자들은 소곤소곤, 하지만 실로 수다스럽게 명문가가 가져온 봉납품에 대해서도 품평하기 시작했다.

"애당초 주가의 추녀님이 가져온 물건이라곤 술과 안주뿐이잖아. 전부 높으신 분들이 쓸 것들뿐이야. 사전에 배급되는 죽의 양도 눈곱 만큼밖에 안 됐어."

"그 점에서 황가의 추녀님은 향 전체가 나눠 쓸 수 있을 만큼의 비료를 가져다 주셨지. 농업에 강한 남가의 추녀님은 그에 더해 모종도. 금가의 추녀님은 개수가 적지만 향 전체에 도움이 되는 화려한 제전용 의상을. 무뚝뚝하다는 평판이 있는 현가조차 실력 좋은 직공들을 동원해 몇 백 개나 되는 농기구를 만들어 가져왔고."

"주혜월 님은 추녀에 어울리는 사람이 아니야. 그래서 하늘의 진노를 사는 바람에 귀비님까지 쫓겨난 거겠지. 이 땅의 기맥이 흐트러진 것도 저 추녀님 탓이라고."

한 명이 내뱉듯 말하자 여러 사람이 금세 고개를 끄덕였다.

"역시 천벌이야."

단호한 말투를 보니 여자들이 전부터 그 말을 되풀이하고 있음이 분명했다.

"저런, 저런. 꽤나 미움을 샀나 보군."

"이 정도라면 **보복** 따위는 필요 없었을지도 모르겠는데."

영림 옆에 붙어 있던 경행과 경창도 정자의 상황을 보더니 흥이 식은 듯 어깨를 으쓱했다.

'보복……?'

불온한 말에 영림은 가슴이 두근거렸으나 지금은 그럴 때가 아니라는 생각에 자리에서 일어섰다.

혜월은 결코 성격이 못된 여자가 아니다. 지금은 그저 예상 밖의 상황에 당황하고 궁지에 몰려서 감정을 제어하지 못하고 있을 뿐이다. 혜월의 째지는 목소리는 노호성이 아니라 비명이었다.

하지만 그저 피했을 뿐이라고는 하나 나이 든 여성이 돌바닥에 나동그라져서야 혜월의 인상이 더욱 나빠지기만 할 뿐이리라.

'백성들의 반감이 이 이상 퍼지기 전에 냉정해져야 할 텐데.'

그러나 오라비들의 대화에 정신이 팔리는 바람에 영림의 등장은 한 발 늦었다.

“어머나, 혜월 님도 참. 목소리가 여기까지 다 들렸어요. 무슨 일이 일어났다면 백성을 야단칠 것이 아니라, 저희 앞에 나와서 설명을 해 주시는 게 어떨까요?”

손수건으로 입을 가린 청가가 자리에서 일어나 비아냥거리는 말투로 그렇게 말한 것이다.

“불의의 사태가 벌어져도 막힘없이 제전을 진행시키는 것이 주최 가문 추녀의 역할이지요.”

아무래도 청가는 혜월을 몰아붙이기로 작심한 모양이었다.

“저, 저어……. 상황의 경위, 원치 않게 듣고 말았어요. 봉납의 기예에 쓸 이호가 분실되었다는 이야기지요? 조급해지는 마음, 잘 이해가 돼요…….”

살벌한 분위기를 누그러뜨리려는지 방춘도 제자리에서 일어났다.

“하지만 농작신께 바치는 게 꼭 음악이어야만 한다는 규칙은 없어요. 이호가 없다면 다른 기예로 대체하면 되지 않을까요……?”

온화한 제안이었으나 아무래도 재주가 없는 혜월은 오히려 더욱 부담이 커지기만 할 뿐이었다.

“…….”

추녀들에게까지 다 들렸다는 사실을 알아차린 혜월은 정신을 차린 듯 고개를 들었다.

그때 망설이지 말고 바로 노파에게 손을 내밀었으면 좋았으리라. 하지만 혜월은 양손을 축 늘어뜨린 채 궁지에 몰려 어쩔 줄 몰라 하는 표정으로 그 자리에서 고개만 푹 숙였다.

악기든 노래든, 주최 가문의 추녀인 이상 무슨 기예를 봉납해야만 한다.

하지만 혜월은 '이호가 없다면 다른 기예를 선보이면 된다'는 생각을 할 만큼 다재다능한 인간이 아니었다.

그렇기 때문에 기예 중에서 그나마 조금 할 만한 이호만을 요 한 달 동안 맹렬히 연습했던 것인데.

"입만 꾹 다물고, 왜 아무 말이 없죠? 무릎 꿇은 백성들을, 농작신을 계속 기다리게 할 셈인가요?"

청가가 사냥감을 괴롭히는 고양이처럼 눈을 가늘게 뜨고 계속 따져 물었다.

그러자 가취가 도와주려는 듯 끼어들었다.

"그래, 혜월 님. 춤을 추는 것은 어떠할까? 중원절 의식에서는 아주 멋진 춤을 선보이지 않았던가. 그거라면 분명 농작신께서도 만족하실 것이야."

"맞아요! 제전 본행사용으로 금가에서 보낸 호화로운 의상이 방에 준비되어 있잖아요. 화려한 금실과 은실 자수는 그것만으로도 만금의 가치가 있죠. 그것을 입으면 분명 화사한 춤이 될 거예요."

방춘도 바로 맞장구를 쳤다.

"옷도 허리띠도 전부 최상품이랍니다. 입고 무대에 서기만 해도 농작신께서는 분명 기뻐하실 거예요."

하지만 그 말을 들은 혜월은 고개를 번쩍 들더니 미간을 찌푸리고 결국 그 자리를 벗어나고 말았다.

"혜월 님?!"

"어머나, 도망치다니 정말 꼴사납군요."

청가는 의자에 앉아서 문득 자신의 손톱을 내려다보았다.

"여기서 만회할 정도의 기개를 보여주려나 했는데, 정말 기대에 어긋나네요."

"혜월 님은 만회하기 위해 뛰쳐나가신 건지도 몰라요."

참지 못한 영림이 나섰다.

"영림 님?"

"혜월 님은 책임감이 강한 분이에요. 도망쳤다는 말씀은 하지 마세요."

그리고 놀라서 눈을 부릅뜬 추녀들을 내버려둔 채,

"저, 상태를 좀 보고 올게요!"

혜월을 뒤쫓아 갔다.

"영림 님?!"

"이봐, 영림!"

"오라버니들은 어떻게든 백성 여러분을 안심시켜 주세요! 동설은 다른 분들을 보좌해 드리고!"

붙잡으려는 동설과 오라비들을 뿌리치면서 재빨리 견제했다.

'혜월 님……!'

폐에 느껴지는 부담보다 걱정이 더욱 커서 가슴이 아팠다.

영림은 요 한 달 사이 제대로 잠도 자지 못하고 이를 악문 채 노력하던 혜월을 알고 있었다.

과거의 소행이 원인이라고는 하나 궁녀들은 쌀쌀맞고 이끌어

줄 비도 없었다.

주가에서도 제대로 원조를 받지 못하는 가운데, 자존심 센 혜월이 다른 가문의 영림에게 고개를 숙이면서까지 준비를 진행한 제전이다.

전례에 따라 자금을 확보하고 동설에게 의견을 물어 필요한 것을 확인한 뒤 이곳저곳에 지시를 내렸다. 기력을 북돋워주기 위해 개최지의 백성들에게 사전에 배급하는 '하사의 죽' 양도 품의서만 봐서는 충분했을 터였다.

무슨 일이 일어난 게 분명하다. 어쩌면 악의를 동반한 무언가가.

혜월은 그것을 도착한 이후의 짧은 시간 동안 연달아 온몸으로 느끼고 동요하고 있을 터였다. 그런데 이호 분실 사건까지 겹쳐졌으니 감정을 억제할 수가 없었던 것이다.

"혜월 님, 여기 계세요?"

혜월에게 주어진 방에 도달했을 때 영림은 이미 가쁜 숨을 몰아쉬는 상태였다.

나무 문으로 굳게 닫힌 그 앞에서는 리리가 어쩔 바를 모르겠다는 표정으로 서성거리고 있었다.

"리리, 혜월 님은?"

"안에 들어가자마자 빗장을 거셨어요……."

리리도 동정과 어처구니없는 감정을 반반 느끼고 있으리라. 복잡한 얼굴로 입술을 깨물고는 어깨를 으쓱했다.

"아무리 설득해도 무시할 뿐이에요. 호위가 있으면 힘으로라도 열었을 텐데 말이에요."

리리는 아무도 없는 복도를 둘러보았다.

본래 이 자리에는 예무관과 별개로 주가나 향에서 준비해준 호위가 있을 터였다.

하지만 없다. 그것은 곧 혜월의 인망이 없음을 의미했다.

'……현 상황을 한탄해 봤자 소용없는 일이야.'

영림은 입술을 꽉 깨물더니 머리에 꽂았던 비녀를 뽑았다.

"굉장히 고민했지만 어쩔 수 없네. 빈틈에 비녀를 쑤셔 넣어서 열어야겠어."

"아니, 지금 한순간도 고민울 안 했잖아?!"

"일자비녀라 다행이야."

리리의 절규를 영림은 차분한 얼굴로 흘려들은 뒤 비녀를 가볍게 문 틈새에 꽂았다. 빗장이 들어올려졌다.

"혜월 님, 실례할게요."

영림은 조용히 말을 건 뒤, 방 안으로 발을 들였다.

그 순간 째지는 소리나 무슨 물건이 날아올 줄 알았으나 방은 여전히 고요했다.

"혜월 님——."

촛불도 켜지 않은 어둠 속, 찾던 사람은 창가에 서 있었다.

달빛에 비치는 혜월의 모습에 영림은 순간적으로 하려던 말을 삼켰다.

혜월은 울고 있었다.

"……이호 말이야."

목소리만으로 영림이라는 사실을 안 모양이었다.

혜월은 뒤를 돌아보지도 않고 조용히 입을 열었다.

"나 혼자서라도 찾아보려고 했어. 그래도 없으면, 마음을 바꿔서 춤이라도 춰야겠다고. 의상이 있으면 춤은 출 수 있어. 제전을 이끌어갈 수 있어. 냉정해지면 어떻게든 해낼 수 있을 거라 생각했어."

하지만, 하고 까슬한 목소리가 이어졌다.

혜월의 시선 끝, 창으로 비쳐드는 달빛 아래에는 목이 부러진 이호가 나뒹굴고 있었다.

심지어 옷걸이에서 벗겨진 채 온통 진흙투성이가 되어버린 의상도.

금실과 은실 자수를 풍성하게 놓은 그것은 금가에서 보낸 제전용 상의와 허리띠였다.

닷새 후 풍년제 본 행사에서 혜월이 입을 예정이었던 옷이었다.

"이게 무슨……."

"어떻게 된 걸까, 황영림?"

혜월의 말투는 부자연스러울 정도로 평탄했다.

"그야 난 재능도 없는 데다 지금까지의 행동거지도 옳았다고는 할 수 없어. 하지만 그렇기 때문에 이번 의식 주최 차례가 돌아왔을 때 기회라고 생각했어. 아니, 내가 이걸 기회로 만들어야겠다고……, 다시 시작할 수 있다고 생각했었어."

고개를 숙이자 뺨을 타고 흐른 눈물방울이 뚝 떨어졌다.

바닥에 내팽개쳐진 옷과 허리띠. 거기에 덕지덕지 묻은 진흙에서 희미하게 분변 같은 냄새가 났다.

"열심히 하면……, 노력하면, 비뚤어지지 않고 편법을 동원하지도 않고……, 정면으로 맞서면, 그럼 이번에야말로……, 잘 될 줄 알았는데."

부러진 이호는 쓸모가 없다. 화려한 옷을 입으면 춤 실력이 서툴러도 어느 정도는 봐줄 만한 무대를 선보일 수 있었겠지만 그것도 불가능하다. 아니, 그렇기는커녕 혜월은 금가에서 보낸 봉납품을 망가뜨렸다는 이유로 책망을 받게 되리라.

"대체 누가 이런 짓을……."

"모르겠어?! 모든 사람이 다야!"

혜월이 갑자기 언성을 높이더니 영림을 홱 돌아보았다.

"궁녀도! 백성도! 호위도! 추녀도, 모든 사람들이 다! 다 나를 함정에 빠뜨리려는 거야! 황영림, 주가가 왜 나를 이렇게까지 방치해뒀는지 알겠어?! 실패를 기다리고 있는 거야. 그래서 내게 책임을 물어서, 추녀를 바꿔버리려는 거지!"

"진정하세요, 혜월 님. 적어도 황가는 당신의 편――."

"그럼 이건 뭔데?!"

바닥에 펼쳐진 옷을 집어든 혜월이 그것을 난폭하게 내던졌다.

옷감이 바닥에 부딪히는 펄럭 소리보다 한 박자 늦게, 가벼운 소리가 울려 퍼지며 무언가가 떨어졌다.

"이건……."

"조수(組綬)야. 황벽색이지."

혜월이 내뱉은 말에 영림은 저도 모르게 숨을 들이켰다.

조수란 귀족 남성이 신분을 나타내는 패옥을 허리띠에 묶을 때

쓰는 끈을 말한다. 물론 여기에도 각 가문을 상징하는 색이 사용된다.

황벽색 조수는 황가에서 쓰는 물건이었다.

"그럴 수가……."

"옷에 끼얹어진 이건 퇴비야. 그래, 맞아. 황가의 봉납품! 경행 님이나 경창 님……, 아니, 두 분 다일지도 몰라. 황가가 옷을 더럽히고 이호를 부러뜨린 거야. 예전에 내가 널 밀쳤던 일에 대한 보복으로!"

영림은 그럴 리가 없다는 말을 차마 할 수가 없었다.

'「보복」…….'

바로 방금 전, 그야말로 오라비들의 입에서 그 말을 들었기 때문이었다.

"진정하세요. 일단 진정하고 생각해보면……."

"웃기지 마!"

반은 자기 자신에게 한 말이기도 했지만, 혜월은 물어뜯을 듯한 기세로 영림의 말을 가로막았다.

"나보고 대체 어떻게 진정하란 거야?! 이렇게……, 모든 사람들에게 미움을 받고 공격받는 상황에서! 어디까지가 황가의 소행인지는 모르겠어. 백성들이 한 짓일 수도 있고 궁녀일지도 몰라. 추녀일지도 모르지. 하지만 이젠 다 똑같아! 다들 날 싫어해!"

끊임없이 흘러내리는 눈물 때문에 그 째지는 목소리는 역시나 비명으로 들렸다.

"혜월 님……."

리리가 긴장해서 굳어진 얼굴로 다가오려는 것을 눈치 챈 영림은 눈짓만으로 그것을 막았다.

혜월이 폭력을 휘두를지도 모른다는 생각에 리리가 경계한 모양이었지만, 지금은 혜월을 자극하지 않는 게 중요했다.

"혜월 님, 알겠어요. 그러면——."

"알아? 네가 대체 뭘 알아! 항상 그렇게 태연자약한 태도로! 늘 주위에서 사랑만 받고 보호만 받은 네가, 도대체 내 마음을 어떻게 아는데!"

반론을 피하려 했던 영림이었으나 혜월은 오히려 더욱 화를 내며 핏발이 선 눈으로 영림을 노려보았다.

문득, 창으로 비쳐들던 달빛에 그림자가 드리워졌다.

"너도 이 고통을 맛봐야 해……!"

어째서일까. 떨리는 목소리가 마치 땅울림 소리처럼 묘하게도 불길하게 들렸다.

"이젠 다 싫어! 모든 게 다 지긋지긋해!"

"혜월 님——."

"나도 사실은 너처럼 되고 싶었어!!"

목구멍이 타들어가는 듯한 외침이 울려 퍼진 그 순간.

화르륵……!

방 안에 있던 촛대의 초에 일제히 불이 붙더니 맹렬하게 불타올랐다.

"꺄악……!"

도대체 누구의 비명이었을까.

열기가 느껴질 정도로 미친 듯 타오르던 불꽃이 소리도 없이 슥 사그라졌다.

다시 창으로 비쳐든 달빛, 그 창백한 원 안에서 영림과 혜월이 바닥에 쓰러졌다.

"잠깐……! 괜찮으세요?!"

정신을 차린 리리가 황급히 달려가 우선 영림의 몸을 안아 일으켰다.

"말도 안 돼! 혜월 님, 당신 뭐 하는 거야! 영림 님을 태워 죽일 생각이야?!"

존대도 잊고 번득이는 눈빛으로 혜월을 노려보았으나, 다음 순간 리리는 눈을 동그랗게 뜨고 말았다.

"응? 어머……."

왜냐하면 공격적으로 불꽃을 내뿜었던 '주혜월'이 묘하게 태평한 얼굴로 고개를 갸웃거리고 있었기 때문이었다.

"어머나……?"

곤혹스러운 표정으로 뺨에 손을 대는 동작.

한편 몸을 일으킨 '황영림'이었던 여자는 신음하듯 이렇게 중얼거렸다.

"이럴 수가……. 아무 준비도 없이 술법을 발동시키다니……."

"서, 설마……."

이렇게 되면 싫어도 사정을 눈치 챌 수밖에 없다.

요란스럽게 얼굴을 일그러뜨리는 리리에게 주혜월——의 몸에 들어간 영림은 평화롭게 말했다.

"우리, 또 몸이 바뀌었나 보네요."

"지그으으으으음?!"

리리가 절규하는 것도 무리는 아니었다.

이곳은 사정을 훤히 아는 추궁 안이 아니라 한창 외유를 나와 있는 상황.

그것도 '주혜월'에게는 몹시 적대적인 환경이다.

혜월의 몸에 들어갔다가 어떤 피해를 입을지 모르고, 심지어 요명도 바로 곁에 있는 상황이다 보니 모든 방면에서 다 위태롭다.

그래서 리리는 마구 흔들어대기 위해 황영림――아니, 혜월의 어깨를 움켜쥐었다.

"뭐 해! 빨리 원래대로 되돌려 놔! 이럴 때 몸을 바꾸다니, 대체 어쩔 거야!"

"나, 나도 알아! 하지만……."

영림의 얼굴을 한 혜월은 그 섬세한 미모를 일그러뜨리며 중얼거렸다.

"돌아갈 수가 없어……. 기가, 부족해."

"뭐?! 그게 무슨 소리야! 폭주할 정도로 남아돌았던 거 아냐?!"

"폭주했으니까 그렇지! 사전 준비도 주문도 없이 도술을 발동시키는 바람에 기가 뿌리째 뽑혀 나갔다고!"

리리는 도술의 원리를 잘 모르지만 공포에 찬 목소리를 듣자 그녀의 말이 진실이라는 걸 이해할 수 있었다.

"거짓말. 그럼 어떻게 할 거야? 기가 회복될 때까지 몇 각이나 걸리는데? 아니면 하루? 영림 님한테, 지금 이 상황에서 주혜월이 되어 지내란 소리야?!"

"불의 기운 자체는 풍부하니까 회복은 빠를 거야. 하지만 균형이 무너져 있어서 올바르게 술법을 쓰려면 신중하게 기를 짜내야 해."

"구체적으로 얼마나 걸리냐고!"

리리가 을러대자 혜월은 꺼질 듯한 목소리로 대답했다.

"4, 5일쯤……."

"헛소리도 정도가――."

"자, 자."

욱한 리리가 상대의 멱살을 잡으려 하는데 가벼운 목소리가 가로막았다.

주혜월의 몸 속에 들어 있는 영림이었다.

"이미 일어나버린 일은 어쩔 수 없지. 이건 혜월 님보다는 기맥이 흐트러진 이 땅의 소행이야. 불가항력적인 일이었던 거야."

온화하고 자애로운 미소.

"후후……, 우후훗. 그래, 불가항력이야. 어쩔 수 없는 일이니까."

아니, 양손으로 뺨을 감싸는 모습은 자애롭다기보다는――솟아나는 기쁨을 감추지 못하고 '좋아서 어쩔 줄 모른다'는 표현이 더 잘 어울리지 않을까.

"여, 영림 님……?"

"화, 황영림……?"

어째서인지 소름이 오싹 끼치는 기분에 리리와 혜월의 목소리가 사이좋게 겹쳐졌다.

영림은 생긋 웃으며 우아하게 일어섰다.

"같은 입장을 경험해 보아야 한다는 말씀, 정말이지 옳아요. 저도 소중한 친구가 상처받는 모습을 가만히 손가락 빨면서 지켜보기만 하는 건, 솔직히 원하는 바가 아니니까요."

뺨으로 달빛을 받으며 조용히 눈을 가늘게 떴다.

'앗…….'

그 모습을 본 리리는 퍼뜩 어떤 광경을 떠올렸다.

'진딧물이 눈앞에 나타났을 때의 얼굴!'

그랬다.

방금 전 영림이 어쩔 줄 몰라 하며 '진정해요'라고 타이른 것은 슬픔으로 동요해서가 아니었다.

냉정해지지 않으면 이 솟아나는 분노를 도저히 억누를 수가 없으리라고 자각했기 때문이었다.

"수면도 궁지도 다 내팽개치고 열심히 노력한, 내 소중하고 또 소중한 친구를──."

"저, 저기……."

"백성들은 공경하지 않고 궁녀들은 경멸하고, 추녀들은 궁지로 몰아붙였단 말이군요."

"잠깐, 화, 황영림……."

"심지어 황가의 남자들인 제 오라버니들이 이렇게 비열한 방법으로 여성을 함정에 빠뜨리다니."

혜월과 리리가 벌벌 떨었지만 영림은 개의치 않고 어질러진 방을 찬찬히 돌아보았다.

그러더니 양손으로 움켜쥐고 있던 황벽색 조수를 물끄러미 내려다보았다.

——뚜둑……!

"허억!"

조수는 영림의 양손 안에서 작은 비명을 지르며 끊어졌다.

"혜월 님께 폐를 끼칠 수 없으니 몸을 바꾸자는 제안을 쉽게 해서는 안 된다고 생각했지만……, 이것도 운명의 인도예요. 서, 시조신께서 이렇게 말씀하시는 걸 들은 기분이에요."

무의식적으로 양손을 맞잡는 혜월과 리리 앞에서 조수였던 무언가가 바닥으로 차르르 떨어져 내렸다.

그것을 다정하게 내려다보며 영림이 고개를 살짝 갸웃했다.

"『해치워 버리렴』이라고."

***

찰랑찰랑 술이 따라진 잔을 입술로 가져가던 황태자 요명은 문득 고개를 들었다.

"……."

"왜 그러십니까, 전하?"

옆에 대기하던 취관장 진우가 즉시 몸을 내밀었다.

요명은 눈짓만으로 그것을 제지한 뒤 "지금"이라며 눈살을 약간 찌푸렸다.

"기가 흐트러지지 않았느냐?"

독백 같은 물음에 진우가 눈을 깜박였다.

그리고 잠시 생각한 뒤 신중하게 입을 열었다.

"황공하오나 용의 기운을 갖지 못한 저로서는 그런 느낌은 잘 모르겠습니다. 살기나 불길한 전조라면 느낄 수 있습니다만."

영국(詠國)에서는 드문 푸른 눈동자가 실내를 한 바퀴 둘러보았다.

붉은 융단이 깔린 바닥을 꽉 채운, 머리를 조아리고 기도를 올리는 남자들을 내려다본 진우가 냉정하게 결론을 내렸다.

"적어도 이 자리에 전하께 불경한 짓을 저지르려 하는 어리석은 자는 없는 것 같습니다. 물론, 빨리 제식을 마치고 술을 마시고 싶어 하는 자는 많아 보입니다만."

"그렇겠지."

요명은 살짝 한숨을 내쉰 뒤 의자 등받이에 몸을 기댔다.

요명 또한 추녀들과 마찬가지로 제단을 바라보며 식사를 하던 도중이었다.

하지만 추녀가 식후에 기예를 봉납하는 것과 달리 황태자는 식후, 향의 남자들에게 술과 안주를 하사해야 한다. 비쩍 마른 향의 남자들이 평소 제대로 식사를 하지 못한다는 사실은 뻔했기에, 경건하게 고개를 숙이고 기도를 올리고는 있지만 그 순간만을 기다리는 열기가 뚜렷하게 느껴졌다.

"……남령의 냉해가 심각한 모양이군."

"확실히 민심도 많이 날카로워져 있는 것 같습니다. 풍년제 개최지로 선정된 덕분에 그래도 봉기를 일으키지 않고 버텨준 듯합니다. 개최지에는 다른 곳보다 많은 양의 죽을 하사하니까요."

남자들의 기도 소리에 묻힐 정도이긴 했지만, 그래도 두 사람은 대화가 밖에 새어 나가지 않도록 속삭이며 이야기를 나누었다.

제단이 설치된 실내에서 식사를 하고 있는 것은 요명, 그리고 한 단 아래의 탁자에 앉은 향장 강덕승(江德勝)뿐이었다.

음식을 한 입 먹을 때마다 제단을 향해 빠짐없이 고개를 숙이는 강 씨를 보고 진우가 덧붙였다.

"또는 덕망이 높다는 강 씨의 정치 덕분인지도 모르지요."

백발과 흰 수염이 눈에 띄는 강 씨는 비쩍 말랐지만 기력이 정정한 남성으로, 그 온화한 태도는 향장이라기보다는 학문을 가르치는 학자 같았다.

풍년제 개최지——즉 그만큼 기맥이 흐트러진 토지에서 백성들을 통제하기란 쉬운 일이 아니다. 현재 대의 추녀들은 작년이 되어서야 다 모였기 때문에 요명이 의식을 집전하는 것은 이번이 처음이었지만, 선대가 방문했던 향은 대부분이 굶주린 탓에 분위기가 살벌하여 황족에게 불경한 짓을 저지른 예도 있었다고 한다.

그 점에서 이 향은 지금 남자들이 하나같이 깊이 고개를 숙이고 엎드려 있는 것을 보면 알 수 있듯이 황족에 대한 충성에 흐트러짐이 없다. 제단은 이 향의 규모로 용케 그 정도를 준비했다 싶을 만큼 잘 갖춰져 있었고, 요명을 향하는 태도나 대접도 놀랄 만큼 공손했다.

"전하의 위광에 모두 압도당한 모양입니다."

"아니……."

정중했던 백성들의 모습을 떠올리며 진우가 그렇게 말했지만,

요명은 살짝 미간을 찌푸렸다.

"굳이 따지자면 마치 종기를 건드리는 듯한 태도였지."

"네?"

진우가 고개를 갸웃했지만 요명은 대답하지 않고 술잔을 기울였다.

그리고 부복한 남자들을 흘끗 쳐다본 뒤 머릿속으로 생각을 굴렸다.

확실히 백성들은 공손하다. 하지만 그것은 요명과 네 가문의 추녀들에게뿐이다. 도착한 후로 백성들이 툭하면 주혜월을 향해 차가운 시선을 보내는 느낌이 들어서 요명은 자꾸 신경이 쓰였다.

평소 교류가 없었다고는 하나 자기 영지의 추녀다. 어느 정도의 친밀감은 있을 터였다. 예컨대 이곳이 황가가 다스리는 직할령이었다면 영지 어느 곳을 가도 백성들이 활짝 웃으며 영림을 향해 무릎을 꿇었으리라.

'냉해 때문에 하늘을 원망하고 있어서인가? 아니, 그렇다면 백성들의 반감은 천자의 아들인 나를 향할 텐데. 왜 내게는 정중하고 주혜월은 노려보지?'

게다가 또 하나, 이 유난히 넓은 제단과 방이 요명은 묘하게 마음에 걸렸다.

변경의 쓸쓸한 향, 즉 한정된 인원을 동원한 결과라고 하기에는 너무 규모가 크다.

누각도 이 규모의 향치고는 과하게 으리으리하다. 황족과 추녀의 체재에 대비하여 어느 정도 신경을 썼겠지만, 냉해로 신음하는 이 땅 어느 곳에 그런 여유가 있단 말인가.

'마음에 걸려.'

특히 주혜월을 향한 적의는 주시할 필요가 있다.

그 감정적인 추녀는 작은 소동도 난리를 피워 큰일로 키울 가능성이 있기 때문이었다.

바로 얼마 전 야외 상황의 감시를 맡겼던 시동이 '주혜월이 기예봉납 직전에 이호를 잃어버리고 공공의 면전에서 향의 여자에게 고함을 질러댄 뒤, 방으로 돌아갔습니다' 하는 보고를 하는 바람에 내심 머리를 감싸쥐고 있던 상황이었다.

닷새 후의 제전 본 행사까지는 가족을 제외한 남녀는 가능한 한 접촉을 피해야 하지만, 상황에 따라서는 요명이 직접 무대를 보러 가는 편이 나을 수도 있다.

그러나 방금 전 흥분한 얼굴의 시동이 "황영림이 설득해서 주혜월이 무사히 무대로 돌아왔습니다"라는 속보를 전달해주고 갔기에 요명은 가슴을 쓸어내렸다.

"영림 님에게서 도움을 받았군요. 이제 곧 제식이 끝나고 백성들에게 술과 안주를 나누어 주게 됩니다. 그 동안이라면 어느 정도는 행동의 자유를 취할 수 있으니……, 주혜월에게 한 마디 하러 가시겠습니까?"

요명을 배려한 진우가 낮은 목소리로 그렇게 속삭였다.

요명은 흠, 하고 턱을 문지르다가 고개를 끄덕였다.

"잠시 자리를 비워야겠군. 단, 내가 찾아갈 사람은 영림이다. 영림을 몰래 살짝 불러내다오."

"왜죠?"

의아한 듯 미간을 찌푸리는 이복동생을 보고 요명은 가볍게 미소 지었다.

"무사히 무대에 섰다면 주혜월은 이미 위기를 벗어났다고 볼 수 있겠지. 기예 솜씨가 어설퍼 창피를 당하겠지만 그건 딱히 큰 문제는 아닐 것이야. 백성들은 적의를 내뿜고 있지만 황가에서 지켜주고 있기도 하고. 그보다 주위에서 무시당하는 주혜월을 보고 영림이 화를 낼 때 더 큰 문제가 생긴다."

진우는 순간적으로 말문이 막혔다.

조신하고 얌전한 '전하의 호접'이 화를 내는 모습은 거의 대부분의 추궁 사람들은 상상도 하지 못하겠지만, 얼마 전 몸이 바뀌는 소동을 통해 진우도 황영림의 진짜 성질을 이해하게 되었다.

영림은 웬만해서는 감정적으로 동요하지 않지만, 막상 화를 내면 놀랄 정도의 고집과 기세로 대담한 행동을 저지를 수 있다.

친구인 주혜월이 적의에 노출되었다면 본인 이상으로 화를 내는 일도 충분히 가능하리라.

"……듣고 보니, 폭주할 것 같군요."

"그렇지? 그러니까 한 마디 해두어야 하는 것이다."

"알겠습니다."

재빨리 발걸음을 돌리는 취관장을 지켜보며 요명은 작은 한숨을 내쉬었다.

이 일련의 지시는 제삼자가 보면 과잉이라고 느낄 수도 있을 것이다. 하지만 이런 견제는 틀림없이 영림에게 꼭 필요하리라고 확신하는 자신이 있었다.

왜냐하면 영림은 그토록 연약하고 얌전한데도 한편으로는 놀랄 만큼 돌발적인 행동을 하는 소녀이기 때문이다.

'특히 첫 외유이다 보니 평소보다 도가 지나치게 들떠 있는 것 같아. 영림이 똑똑한 건 사실이지만 실제로는 바깥세상을 접할 일이 거의 없는, 세상물정을 모르는 온실 속 화초니까.'

여기까지 오는 도중, 마차 너머로 볼 때마다 늘 들떠서 어쩔 줄을 모르던 사촌 여동생의 모습을 떠올린 요명은 쓴웃음을 지었다.

최근 영림은 조금 달라졌다. 전보다 감정을 드러내는 일이 많아진 듯했다.

물론 그것은 환영할 만한 일이다. 영림의 사랑스러움에 한층 더 박차가 가해진 일이라고 생각하지만——한편으로는 적당히 조절할 줄을 모르는 영림이 귀찮은 일을 불러올 가능성도 크다.

"나 원, 이런."

요명은 다시 술잔을 집어들고 우아한 손놀림으로 술을 입에 머금었다.

3. 영림, 갚아주다

"하하, '천박한 자들이지요'란다. 자기 실수로 이호를 부숴 놓고선 미안한 기색도 없이 행(杏) 할멈에게 죄를 뒤집어씌우다니."

주혜월이 뛰쳐나간 후에도 바닥에 무릎을 꿇고 있던 향의 여자를 다른 여자들이 다가와서 달래며 정자 밖으로 데리고 나갔다. 뒤에 남겨진 노파 행이 자리에서 일어나 비틀거리며 그 뒤를 따라가는――그 일련의 광경을 운람은 높은 장소에서 내려다보며 혼자 중얼거렸다.

높은 장소. 그렇다. 이날을 위해 지어진 무대의 대들보 위였다.

늙어서 쓰러진 나무 한 그루를 그냥 가져다 올려놓은 게 전부였기에 그리 튼튼한 대들보는 아니었다. 높은 곳을 싫어하는 자라면 올라가기만 해도 기절할 만한 곳이었으나, 운람은 그곳이 마치 땅이라도 되는 듯 요령 좋게 책상다리를 하고 앉아 팔꿈치를 짚고 턱을 괴고 있었다.

이목을 끄는 야성미 넘치는 미모를 지금은 눈 아래로 검은 천을 둘러 감추고 있다. 그러고 있으니 마치 도적이나 다름없는 행색이었다.

"그 '천박한 자들'인 우리 천민들의 힘을 빌리지 않았으면 무대 준공도 때를 맞추지 못했을 텐데 말이야. 공로는 전부 빼앗아가 놓고 더러운 일과 책임만을 떠넘기다니. 향민 여러분들은 정말이지 팔자 한 번 좋다니까."

마찬가지로 대들보에 걸터앉아 탁한 목소리로 그렇게 중얼거린 이는 눈매가 사납고 누가 봐도 질 나빠 보이는 장년의 남자——호룡이었다. 마찬가지로 검은 천을 두르고 있다.

천민.

그것이 이 향에서 그들이 지닌 신분이었다.

죄인과 떠돌이, 그 자손들로 이루어진 읍의 백성으로 다른 영지와 달리 '정화'되지는 않았으나 일자리와 입는 옷, 머리 길이에 이르기까지 향민과는 엄격하게 구별된다.

보호라는 명목으로 향 안에서도 특히 황폐한 땅으로 쫓겨났음에 그 환경에 대해 감사해야만 하는 약자들. 그것이 그들이다.

평소에는 향도에 발을 들이기만 해도 돌팔매가 날아오는 그들이 어떻게 이런 장소에 있느냐 하면, 그야 당연히 향장이 내린 밀명 때문이었다.

오늘 바로 이날, 이 전야제 자리에서 주혜월을 읍으로 끌고 갈 것이다.

"아니, 삼촌. 정말로 '팔자 좋은' 사람은 고작 악기 하나 가지고 저 난리를 피우는 주혜월이야. 봤어? 그 화려한 옷에 머리 장식을. 그것만으로도 우리가 내는 세금의 몇 년 분이 될지 몰라."

운람이 내뱉듯 말하자 호룡은 고개를 끄덕였다.

"그건 그래. 제일 짜증나는 게 저 추녀인 건 확실해. 얼굴도 변변찮고, 사람을 사람 취급도 해주지 않는 거만한 성격. 소문대로야. 저 여자 때문에 남령에 재앙이 닥쳤다는 것도 꽤 그럴싸한 얘기처럼 느껴지는군."

"우리가 낸 세금이 저딴 여자를 치장하는 데 사용된다고 생각하면 눈물이 나네."

"그러게."

두 사람의 목소리에는 증오라 해도 좋을 정도의 감정이 가득 담겨 있었다.

"주혜월에게 천벌을 내리면……, 우리가 살 수 있어."

호룡이 나직이 중얼거린 그 말은 벌써 몇 번이나 되풀이했기 때문인지 부글부글 끓다 못해 질척질척 굳어져 있어서 마치 주문처럼 들렸다.

"정신 바짝 차려라, 운람. 이 방 안에는 실력 좋은 호위들이 바글바글해. 주혜월을 납치하려면 빈틈을 노려야 해."

"아니, 그건 내가 계속 했던 말이잖아. 삼촌이야말로 괜찮아? 아까부터 손이 떨리는데?"

"……시끄럽다. 난 높은 곳이 싫을 뿐이야."

운람이 재미없다는 얼굴로 쳐다보자 호룡은 말문이 막혔다.

호룡은 창피함을 얼버무리려는 듯 털이 북슬북슬한 팔을 계속 쓰다듬으며 동료들을 욕했다.

"그 자식들 진짜, 지휘를 자청한 너 하나로는 모자라서 나한테까지 유괴범 역을 떠맡기다니. 제일 힘든 역할이잖아. 난 도저히 살아서 읍으로 돌아갈 수 있을 것 같지가 않아."

"괜찮을 거야. 이 자리에는 예무관인지 뭔지 하는 놈들을 제외하면 전부 여자들뿐이니까. 향의 여자들을 열심히 찾아다닌 덕분에 나는 남자들이 모르는 도주 경로도 알고 있어. 향장한테도 납치하기 쉽도록 호위를 소홀히 해 달라고 전달했으니 그냥 떡 버티고 기다려."

나른한 말투, 하지만 막힘없이 대답하는 조카를 호룡은 놀라서 쳐다보았다.

그러더니 자조하듯 중얼거렸다.

"후……, 믿음직스럽구만. 밭일 하나 안 하고 산으로 향으로 놀러만 다니면서 형님한테 반항하던 네가 이제는 읍의 희망이 되다니. 세상 일 참 모른다니까."

삼촌의 독백에도 운람은 흘끗 한 번 쳐다보기만 할 뿐 대답하지 않았다.

미리 준비해 둔 불씨로 짧게 자른 초에 불을 옮겨 붙인 뒤 운람은 쌀쌀맞게 말했다.

"기름항아리는 떨어뜨리면 안 돼, 삼촌. 주혜월이 기예를 시작하면 기름을 뿌리고 불을 붙이는 거야. 이 자리를 혼란시키려면 불꽃이 요란하게 피어오를수록 좋으니까."

"알고 있어. 이거 원, 너란 놈도 참, 농작신의 제단에 불을 붙이다니 그런 겁대가리 없는 생각을 용케 해냈다. 재앙이 무섭지도 않은 거냐?"

"나 참, 삼촌은 툭하면 그 소리라니까. 우린 하늘에 해악을 끼친 여자한테 벌을 주는 것뿐이야. 재앙은 무슨. 농작신도 어설픈 기예를 굳이 안 봐도 돼서 오히려 좋아할걸."

떨떠름한 삼촌의 말을 운람은 단호하게 부정했다.

저기 봐, 하고 운람이 턱짓으로 광장을 가리켰다.

“봐, 할멈한테 소리를 바락바락 질러대고 나서 꼴사납게 도망치는 주혜월을. 이 자리에 저 여자를 걱정하는 인간이 있기나 해? 향의 여자들은 물론이고 같은 동료인 추녀들도 모른 체하는 얼굴이잖아. 궁녀 하나가 쫓아갔을 뿐 호위조차 제자리에서 꼼짝도 안 해. 주혜월은 이미 완전히 미움 받는 존재인 거야.”

“그건 그러네. 쫓아간 건 유달리 빼어나게 예쁜 황가의 추녀 하나뿐이었지. 주가의 추녀도 그 정도로 미인이었다면 좋았을 텐데.”

호룡이 한숨을 내쉬자 운람은 문득 등을 곧게 펴고 촛불이 밖으로 새어 나가지 않도록 손으로 덮어 가렸다.

“왔다.”

시야 한구석, 무대로 올라가는 대기실용 정자에 주혜월이 돌아왔다.

이젠 소리를 지르지 않는 것을 보니 진정이 된 모양이었다. 아까 쫓아갔던 황가의 추녀가 다정하게 위로해 주기라도 했던 걸까.

‘무대로 돌아온 근성만큼은 칭찬해주지.’

얌전하게 걷는 주혜월을 싸늘한 눈빛으로 내려다보았다.

여기서 방에 틀어박히기라도 했다면 계획이 전부 다 틀어질 뻔했기에 무사히 정신을 차리고 돌아와 준 것만은 고마웠다.

——하지만 저 여자에게 호의적인 감상을 품는 건 이게 마지막이다.

운람과 호룡은 이제부터 주혜월을 납치해서 하늘을 대신해 벌을 내릴 것이다.

천천히 무대로 다가오는 주가의 추녀. 곁에서 모시는 궁녀는 대기실용 정자에 머물러 있고, 호위도 황가에서 빌린 예무관 두 명뿐이다. 그들은 무대 양옆으로 흩어졌다. 화톳불을 지키려는 모양이었다.

운람과 호룡은 그야말로 사냥감을 눈앞에 둔 짐승처럼 고요히 숨을 죽이고서 무대로 올라오는 여자를 관찰했으나 잠시 후 나란히 미간을 좁혔다.

"저 여자……, 뭔가 엄청나게 달라진 것 같은데?"

"그러게."

둘 다 대들보에 손을 짚고 무대를 빤히 내려다보았다.

시선 너머에서 주혜월이 무대 안쪽에 있는 제단을 향해 깊이 고개를 조아린 뒤, 그 자체가 마치 춤인 양 아름다운 동작으로 중앙을 향해 이동했다.

방금 전까지와는 너무나도 다른 당당한 자태였다.

하지만 그보다 더 기묘한 건 주혜월이 입고 있는 옷이었다.

"뭐야, 저건?"

왜냐하면 주혜월은 모처럼 새로 장만한 제전용 의상을 잘 차려입은 게 아니라, 어깨에 살짝 걸치고만 있었기 때문이었다.

심지어 화톳불에 비춰지고 나서야 겨우 안 사실이지만, 그 아름다운 의상의 대부분에 진흙이 묻어 있었다. 도저히 봉납 때 입을 수가 없는 상태였다.

"저 여자……, 대체 뭘 할 생각이지?"

운람이 중얼거림과 동시에 무대 한쪽에 서 있던 예무관을 향해 주혜월이 신호를 보냈다.

그러자 남자는 당황한 표정으로 화톳불에 쇠로 된 상자를 씌웠다.

불빛이 하나 꺼지자 무대가 갑자기 어둡고 신비로운 분위기를 띠었다.

여자의 분위기에 집어삼켜진 건지, 수다스럽던 여자들도 웅성거리기를 그치고 무대를 응시했다.

남아 있는 불꽃이 타닥타닥 타들어가는 소리만이 울려 퍼졌다.

"그럼 이제 곧 다가올 가을날, 풍작신께서 풍요의 여신을 맞아들이시기를 기원하며."

여자가 낭랑하게 말한 다음 순간, 대들보 위의 두 사람은 숨을 들이켰다.

***

시간을 잠시 거슬러 올라 이곳은 광장에 설치된 추녀들의 자리.

여동생 영림이 주혜월을 위로하겠다며 자리를 비운 일에 안달복달하던 황가 형제는 두 사람이 나란히 돌아오는 모습을 보고 안도로 가슴을 쓸어내렸다.

"오오, 영림. 돌아왔구나!"

아무래도 여동생이 무사히 주혜월을 달래 이 자리로 끌고 온 모양이었다.

방금 전까지 째지는 소리로 고함을 질러대던 주혜월이 차분한 태도로 다가와 형제에게 깊이 고개를 숙여 인사를 건넸다.

“좀 전에는 흐트러진 태도를 보여 정말 죄송합니다. 동생분을 돌려드리겠습니다.”

“……으음.”

이 짧은 시간 안에 꽤나 인상이 달라진 느낌이 들어서 깜짝 놀라 저도 모르게 눈을 부릅떴다.

하지만 희미한 위화감을 자각하기 전에 **여동생** 영림의 얼굴이 새파래졌다는 사실을 먼저 깨달은 경행이 목소리를 높였다.

“왜 그러지, 영림? 안색이 안 좋은데.”

“네……? 네에, 저……, 조금, 피곤한 것 같아요.”

주혜월과 달리 이쪽은 또 이 짧은 시간 안에 퍽 지쳐버린 눈치였다.

“그, 혜월 님을 뒤따라가다가 달리기를 하는 바람에…….”

연약한 모습을 보고 형제는 미간을 바짝 좁혔다.

영림은 황가의 보물이다. 설령 그 아무리 작은 피로라 해도 여동생에게 부담을 끼친 자를 용서할 수는 없었다.

“우리 동생에게 다대한 폐를 끼친 후에야 겨우 이 자리에 되돌아온 것을 보니 추궁 최고의 골칫거리라는 주혜월의 평판은 실로 합당한 모양이군.”

날카롭게 눈을 치켜뜨고 주혜월을 위협했다.

기골이 장대한 경행이 위압을 가하면 웬만한 여자들은 울음을 터뜨릴 정도이니, 감정적이라는 소문이 있는 주혜월이라면 꼼짝도 하지 못할 터였다.

하지만 실제로 "히익……." 하고 비명을 지른 것은 어째서인지 동생 영림이었다. 영림은 사랑스러운 얼굴을 일그러뜨리며 다급히 경행에게 매달렸다.

"경――큰오라버님! 그, 그러한 말씀은 하지 말아 주시어요. 이 분을 너무 도발하시면 안 돼요. 평화롭고 온건하게. 네?"

"네 상냥함은 미덕이다만 영림, 사실을 말하는 게 뭐가 문제지? 이 여자가 무능하고 재주 없는 '추궁의 시궁쥐'라고 불린다는 사실은 나도 잘 알고 있다. ……애초에 그 더럽혀진 옷은 뭐지? 시궁창 냄새가 나는군. 이걸 입고 쥐 흉내라도 내려는 게냐?"

"큰오라버님!"

여동생은 안색이 확 달라진 채 외쳤다.

친구의 험담을 도저히 견딜 수 없다는, 실로 영림다운 모습으로 보였다.

"무능한 '시궁쥐'라고 하셨나요."

한편 주혜월로 말하자면 차분하게 이야기를 듣고 있나 했더니 나직이 중얼거렸다.

방금 전까지 정신없이 고함을 질러대던 모습과 달리 그 자태는 유난히도 차분해 보였다.

아니――.

"정말로, 그렇게 말씀하신 건가요?"

"……!"

입가에 희미한 미소를 띠자 무관인 경행마저도 움츠러들 정도의 박력이 느껴졌다.

"너는……."

"시궁창이란, 실로 죄가 무겁습니다."

무의식중에 경계 태세를 취하는 경행 앞에서 주혜월은 문득 시선을 돌렸다.

그리고 추이를 지켜보고 있던 다른 가문의 추녀들과 향의 여자들을 둘러보았다.

"그 속에 아무리 아름다운 모피를 지니고 있어도, 한 번 시궁창의 진흙을 뒤집어쓰기만 하면 더럽다며 비웃음을 사지요. 새하얀 설원에 발을 들여놓는 것은 망설이지만, 이미 오물을 뒤집어쓴 상대에게 사람들은 계속해서 오물을 던지는 일을 꺼리지 않습니다."

누군가에게 하는 말 같기도 했고 혼잣말 같기도 했다.

박력에 눌려 조용해진 자들을 바라보며 그녀는 갑자기 생긋 웃었다.

"'시궁쥐'. 예, 그것으로 충분합니다. 시궁창 진흙 아래에 숨겨왔던 미덕을 발휘하여, 농작신께서 분명 만족하시리라 여겨지는 기예를 선보이도록 하지요."

그러고는 경행을 똑바로 바라보더니 지극히 당연하다는 말투로 이렇게 부탁했다.

"이호가 없으니 춤을 추려 합니다. 무대 양옆에 화톳불이 있으면 너무 밝으니 한쪽 화톳불만 꺼 주시겠어요? 저의 예무관님."

주혜월의 예무관을 겸한 것은 황가 형제의 자비이니, 주혜월은 황가에 무언가를 지시할 처지가 아닐 터였다.

그런데도 주혜월은 수많은 무관들의 충성을 받아 온 추녀처럼 망설임 없이 형제에게 명령을 내렸다.

심지어 신기하게도 지금의 주혜월에게는 그 행동이 어울려 보였다.

"……알겠다."

경행은 잠시 침묵한 후 고개를 끄덕였다.

어째서인지 전장에서 호적수를 만난 듯, 긴장감과 고양감이 느껴졌다.

"그럼 나는 반대편 화톳불을 지켜야겠군. 춤출 때 혹시 기둥을 쓰러뜨릴 수도 있으니 사람이 옆에 붙어 있는 편이 좋겠어. 영림 보호는 동설, 네게 맡기마."

"예."

자리에 차오르는 긴박한 분위기를 느낀 동생 경창이 재빨리 나섰다. 주혜월이 의식에 편승하여 위험 행동을 저지를 것을 경계한 모양이었다.

"그래요. 그럼 잘 부탁드립니다."

여자는 태연하게 고개를 끄덕이더니 무대 쪽으로 향했다.

시선은 똑바로 앞을 향한 채 턱을 당기고 걷는 모습이 시원스러워 보였다.

황가 형제는 여자를 따라 화톳불 쪽으로 이동하며 자연스럽게 시선을 주고받았다.

――주혜월이 이렇게 아름다운 여자였던가?

무대에 도착하자 주혜월은 제단을 향해 고개를 조아린 뒤 중앙에 섰다.

경행이 화톳불 하나를 끄자 순식간에 어두워진 그 장소에 여자가 조용히 무릎을 꿇었다.

"그럼 이제 곧 다가올 가을날, 풍작신께서 풍요의 여신을 맞아들이시기를 기원하며."

늠름한 목소리가 고요해진 무대에 울려 퍼졌다.

황가 형제는, 아니, 그 자리에 있던 자들은 모두 앞으로 어떤 전개가 펼쳐질지 예상하지 못한 채 가만히 여자를 바라보았다.

아니, 이호가 없지 않은가. 대신 춤을 추겠다고는 하지만 연주자가 없는 춤은 아무래도 흥이 떨어지고, 화려함을 확보해줄 의상은 어째서인지 시궁창 진흙으로 더럽혀져 있었다.

"……나왔구나."

그때까지 재미없다는 듯 둥근 부채를 부치고 있던 금청가는 무대에 무릎을 꿇은 주혜월이 시선에 들어오자 문득 눈을 크게 뜨더니, 등골에 소름이 오싹 끼치는 것을 느끼며 몸을 내밀었다.

지금의 주혜월은 누가 봐도 '시궁쥐'라 불리던 여자가 아니었다.

중원절 때와 마찬가지로――흔들림 없고 긍지 높은 무희가 그곳에 있었다.

"겨우 본 실력을 보여주려나 보네. 하지만 음악도 없이 어떻게 춤을 추겠다는 거야, 주혜월?"

청가의 작은 물음은 금세 답을 얻었다.

무대 위에 무릎을 꿇고 있던 주혜월이 움직이기 시작한 것이다.

어깨에 걸치고 있던 옷을 쭉 끌어당겨 양쪽 앞섶으로 얼굴을 가렸다. 더럽혀진 옷으로 전신을 뒤덮은 듯한 모습이었다.

『따스한 대지에서 달콤한 졸음을——.』

한밤의 어둠 속에 반쯤 녹아든 듯한 더러운 옷. 그 속에서 묘한 목소리가 울려 퍼져 관객들은 일제히 숨을 들이켰다.

'노래……!'

주혜월이 이렇게 시원하게 뻗어나가는 목소리로 노래하는 것을 추녀들은 처음 들었다.

노래를 불러야 하는 자리에서는 언제나 몸을 움츠리고 모기 우는 소리만한 목소리로 음정이 빗나간 음을 읊조리곤 했는데.

『생명의 꽃잎 한 장 살랑살랑 흔들리고, 가득히 차오르며 동쪽에서 비쳐 오는 빛이 애달파.』

단상의 여자가 이윽고 천천히 일어났다.

고작 일어나는 동작뿐인데도 관중은 시선이 여자에게 완전히 못 박혀버렸다.

가사는 여흥일 테지만 무엇보다 그 억양이 아름다웠다.

얼굴이 보이지 않는 만큼 사람들은 더욱 진지하게 노래에 귀를 기울였다.

『마침내 밖으로 팔을 뻗네.』

여자의 팔이 밖을 향해 쑥 펼쳐졌다.

마침내 얼굴을 볼 수 있겠다고, 사람들이 무언가에 홀린 듯 몸을 내민 바로 그 순간.

——펄럭!

커다란 소리와 함께 옷자락이 뒤집혔기에 관중들은 저도 모르게 술렁거렸다. 옷에 놓인 금실 자수가 화톳불 불빛을 반사하며 아름다운 궤적을 그리면서 멀어져 갔다.

그 안에서 나타난 것은 중후한 붉은색도, 갑갑하고 보기 흉한 오물의 색도 아닌 선명하고 눈부신 녹색이었다.

주혜월은 새싹을 방불케 하는 옷을 입고 있었다.

『하늘이시여, 축복의 바람을 보내주소서. 구름이시여, 은혜의 비를 내려주소서.』

여자는 완전히 달라진 격렬한 동작으로 몸을 돌리고 등을 휘었다. 빙글빙글 돌며 무대를 종횡무진 나아가는 무희를 관중들은 정신없이 시선으로 좇았다.

여자는 관능적인 동작으로 소맷자락에 팔을 집어넣더니, 거기에 꽂혀 있던 피백을 쑥 잡아 뽑았다.

『빛이여, 쏟아져 내리소서.』

——펄럭…….

피백은 옅은 주황색이었다. 얇게 짠 천이 바람, 그리고 화톳불의 불빛을 가득 머금어 마치 태양 그 자체처럼 보였다.

시궁창을 찢고 나온 새싹이 하늘을 똑바로 바라보며 따스한 빛에 감싸이는 환각을 그 자리에 있던 모든 사람들이 보았다.

"세상에……."

호흡도 잊고 춤에 푹 빠져 있던 금청가가 멍하니 중얼거렸다.

아니, 청가뿐만이 아니었다.

방금 전까지 주혜월을 노려보던 향의 여자들과 아름다운 여인의 춤이라면 익숙할 만큼 보았던 궁녀와 무관들까지도 차례차례 색조를 바꾸는 힘찬 그 춤에 압도당했다.

"굉장한데……. 혹시 이거, 무슨 의미를 전달하려는 걸까……?"

"그래. 이건 분명 씨앗, 아니, 싹이 자라는 모습일 거야……."

등 뒤에서 무릎을 꿇고 있던 여인들이 칸막이 틈새로 몸을 내밀고 그런 말을 중얼거렸다.

학식도 없고 세련된 춤을 감상하는 법 따위는 전혀 모르는 그녀들조차 이 춤에 확고히 주제가 있다는 사실을 느낀 것이다.

『빛이여.』

한몸에 주목을 모은 여자는 무대 구석에 도달하자 문득 피백을 손에서 놓았다.

그리고 무슨 생각을 했는지 구석에 서 있던 경창 옆을 빠져나가 ——그 등 뒤에 있던 화톳불에서 불타는 장작 하나를 꺼내들었다!

——술렁……!

불 속에 손을 쑤셔넣은 듯 보이는 추녀의 모습에 관중이 웅성거렸다.

하지만 주혜월은 태연하게 장작을 집어들고 그 자리에서 빙글빙글 선회하기 시작했다.

반짝반짝 불똥이 튀며 춤췄고 붉은 잔상이 어두운 무대에 커다란 원을 그렸다.

관중은 무의식적으로 멍하니 한숨을 내쉬었다.

아아, 이것은 태양이구나.

『빛을 나의 손에.』

불꽃을 높이 치켜든 주혜월은 마치 해를 품에 안은 천녀 같았다.

여자는 불과 함께 놀면서 마침내 무대의 반대편 끝, 황경행이 지키고 있는 화톳불 옆에 도달했다.

그곳에서 깜짝 놀랄 만큼 요염하고 아름다운 미소를 짓는가 싶더니,

——촤악!

장작을 일직선으로 내밀어 경행의 목 근처에 들이밀었다!

"……!"

불꽃의 잔상이 보일 정도의 빠른 속도.

경지에 오른 춤은 기예라기보다는 무술에 가깝다.

경행은 무의식적으로 칼을 뽑아서 장작을 칼로 베려 했다.

그러나 혓바닥을 날름거리는 불길은 경행의 목 앞에서 머리카락 한 올 정도의 거리를 두고 우뚝 멈췄다.

"……후후."

타닥타닥, 장작이 타는 소리에 섞여 아주 작은 소리가 울려 퍼졌다.

"불을 겁내는 진딧물."

"……!"

여자의 시선을 쫓아가 보고 나서야 경행은 비로소 자신의 한쪽 다리가 뒤로 물러나 있다는 사실을 알아차렸다.

마치 강적을 만났을 때처럼——이 여자에게 **압도당한 것이다**.

시선이 교차한 것은 지극히 짧은 한순간.

그러나 활활 타오르는 분노가 깃든 미소를 지은 이 여자가 무슨 말을 하려는지는 명백했다.

무능한 추녀를 시궁쥐라 부른다면.

그 여자가 든 장작 하나에 겁먹는 무관 따위는 벌레나 다름없는 존재가 아닌가——.

“헉…….”

경행이 숨을 들이켜거나 말거나 개의치 않고, 여자는 마치 춤의 연장인 듯한 움직임으로 꺼진 화톳불에 장작을 휙 던졌다.

드디어 무대 양옆에서 불빛을 받게 된 무희는 말을 잃은 남자를 내버려두고 더는 볼일이 없다는 듯 몸을 돌렸다.

천천히 중앙으로 돌아간 뒤, 거기서 허공에 양팔을 내민 채 하늘을 올려다보며 가슴을 크게 젖혔다.

『결실이 있으라.』

녹아내리는 듯한 목소리로 자아낸 마지막 한 구절. 춤을 마친 모습이 무엇을 상징하는지는 명백했다.

밝아진 무대. 불빛에 비쳐 황금색으로 보이는 연녹색 옷.

등을 뒤로 꺾고 고개를 묵직하게 젖힌 모습은 이삭이 가득 맺힌 곡식 그 자체였다.

넓은 공간이 고요해진 것도 잠시.

마침내 정신을 차린 금청가가 박수를 치기 시작하자, 그것이 신호가 된 양 다른 가문의 추녀들과 궁녀가, 여인들이 차례차례 박수를 보냈다. 이곳저곳에서 환호성이 오르고 귀가 멀 정도의 소란이 일어났다.

“이것이, 저 사람의 춤이구나…….”

숨을 죽이고 앉아 있던 황영림——아니, 그 안에 들어 있던 혜월이 떨리는 목소리로 중얼거렸다.

황가의 추녀가 춤의 명수라는 이야기는 알고 있었다. 하지만 그것은 섬세함과 우아함을 극도로 갈고닦은, 그저 보기 좋은 춤이기만 한 줄 알았다.

이렇게까지 힘차게 심장을 직접 뒤흔드는 춤을 혜월은 처음 보았다.

"당신께서 '저분'의 춤을 보시는 것은 처음이겠지요."

바로 옆에 있던 동설이 차분하게 맞장구를 쳤다. 그 말에 담긴 의미를 느낀 혜월이 퍼뜩 고개를 돌려 돌아보니, 동설은 술을 따르는 자세로 허리를 숙이고 살짝 귓속말을 했다.

"――몸을 바꾸셨군요."

당연히 꿰뚫어보고 있었다.

혜월은 얼굴이 굳어졌으나 동설은 그 이상 아무 말도 하지 않았다. 공공의 면전에서 혜월을 비난할 수도 없기 때문이리라.

혜월은 처음에는 변명하려 했고, 그 다음에는 사과하려 했지만 동설이 그 둘을 다 거부한다는 사실을 이해하고는 그 대신 마음이 가는 대로 행동했다.

즉 무대 위의 '주혜월'에게 있는 힘껏 박수를 보낸 것이다.

하늘하늘 춤추며 마음을 빼앗는 눈부신 호접을 향해.

"……나도……."

우레와 같은 박수 소리에 섞여 나직이 중얼거렸다.

"언젠가, 저런 춤을 출 수 있을까?"

목소리에는 절절한 갈망과 옅은 절망이 섞여 있었다.

"비웃음만 당하는……, 시궁창 진흙 범벅인 나도?"

동설이 흘끔 쳐다보더니 의외로 코웃음을 치지 않고 담담히 말했다.

"진흙투성이이기 때문에 할 수 있는 게 아니겠습니까?"

"어……?"

"그야말로 바로 그런 취지의 춤이지 않았습니까? 처음에 진흙을 뒤집어쓰고 있었기 때문에 그 속에서 나타난 신록의 옷이 더욱 눈부셨던 것이지요. 춤을 춘 사람의 의도를, 당신께서는 모르시겠습니까?"

──그렇게 슬픈 얼굴 하지 말아요.

문득 머릿속에서 저 다정한 목소리가 되살아났다.

──혜월 님은 최선을 다하셨잖아요.

언제나 다정한 말투로 아득히 먼 곳의 등불을 가리켜주던 여자. 혜월이 우는 소리를 하면서 노력을 포기하려 할 때마다 인내심을 갖고 타이르던 황영림.

괜찮아요. 진정해요. 그런 말을 자신은 몇 번이나 들었던가.

혜월은 그제야 이해했다.

황영림이 진흙투성이가 된 옷을 입고 춤추며 오라비에게 불길을 들이댔던 것은 단순히 보복하려는 의도가 아니었다.

그게 아니라 사실은 혜월을 격려해주려던 것이다.

진흙과 오물을 뒤집어써도 전부 튕겨낼 수 있다고. 마음속에 불꽃만 깃들어 있으면 그 어떤 적도 제압할 수 있다고.

"저분께 그토록 아낌을 받으시다니, 실로 부럽기 그지없습니다."

어째서인지 동설이 토라진 듯 중얼거리는 말을 듣고 혜월은 눈물이 울컥 배어 나왔다.

'농작신께 봉납하는 춤으로 대체 뭘 하는 거야, 황영림.'

정말이지 영림은 구제불능의 악녀다. 행실이 바른 척하면서 실제로는 뻔뻔하게 신까지 무시하고 자기 하고 싶은 대로 행동한다. 대담하고 자유롭고, 제멋대로 타인의 마음을 헤집어 놓는다.

눈물을 흘리지 않으려고 황급히 눈을 깜박이던 그때였다.

"실례."

등 뒤에서 조용한 목소리가 들려 와서 혜월과 동설은 움찔하며 등을 곧게 폈다.

뒤를 돌아보니 취관장 진우가 있었다.

진우는 기묘한 열기에 휩싸인 광장을 의아한 듯 둘러보았으나——다행히도 무대 위의 영림은 등을 돌린 채 제단을 향해 고개를 숙이고 있었다——, 혜월의 시선을 느끼고는 재빨리 허리를 숙이고 속삭였다.

"실내 복도에서 전하가 기다리고 계신다."

"……!"

간신히 비명을 참은 자신을 누군가가 칭찬해줘야 한다고 혜월은 생각했다.

식은땀이 주르륵 흘렀다. 왜 하필, 지금.

'설마, 벌써 들켰나……?'

어색하게 진우를 올려다보니 진우는 자신이 비난을 받았다고 생각했는지 사정을 보충 설명했다.

"한창 의식이 치러지는 도중에 면목이 없군. 하지만 감정이 흐트러진 주혜월을 당신이 감쌌다는 보고가 들어왔어. 전하는 의분에 사로잡힌 당신이 이 이상 무모한 짓을 하지 않을까 걱정하고 계신다."

그 말투는 주혜월을 향할 때보다 정중했다. 하지만 그 사실에 불쾌감을 느낄 여유도 지금은 없었다.

왠지 유쾌한 듯 "뭐, 파마의 궁 때 일도 있으니" 하고 입가에 미소를 띠는 진우에게 시선을 빼앗길 여유도.

"저, 기……."

"알겠습니다. 기도도 봉납도 끝난 지금, 이곳도 일단 휴식에 들어가야겠군요. 영림 님은 술에 취하셨으니 밤바람을 쐬러 나가신 것으로 해두지요."

경직된 혜월 대신 동설이 빈틈없이 응대했다. 그리고 혜월의 손을 잡고 일으키면서 자연스럽게 눈짓했다.

——끝까지 속여.

시선을 해석하자면 그런 느낌일까.

아무래도 주인을 지극히 모시는 동설은 몸이 바뀐 상태를 혜월과 함께 숨겨주려는 모양이었다.

'편을 들어 주는 건 고마운데……, 나보고 어쩌란 거야?!'

그러나 혜월 입장에서는 이 상황에서 요명과 마주한다는 생각만 해도 떨림이 멈추질 않았다.

하지만 그렇다고 도망칠 수도 없으리라.

혜월은 동설을 데리고 묵묵히 걸음을 옮겼다.

앞서 걷는 진우의 뒤를 목이 졸리러 가는 닭이 된 심정으로 따라가니 복도에 서 있던 인영이 보였다. 달그림자가 뺨에 비치는 모습조차 그림이 되는 아름다운 황태자——요명이었다.

"안녕, 영림. 갑자기 불러내서 미안하다."

"아닙니다, 전하."

부드러운 목소리를 통해 아직 상대가 정체를 알아차리지 못했다는 사실을 이해하고, 혜월은 배에 힘을 꽉 주었다.

이렇게 된 이상, 각오를 다지고 완벽하게 황영림을 연기하는 수밖에 없다.

"아무래도 전하께 걱정을 끼쳐 드린 것 같네요. 정말 죄송해요."

우선 얌전하게 손으로 뺨을 감쌌다.

너무 노골적인 것 같지만 실제로 이것이 가장 인상에 남은 영림의 동작이었다.

요명이 눈을 번득였기에 혜월은 가슴이 철렁했으나, 요명의 입가에는 금세 미소가 떠올랐다.

"거짓말쟁이. 실은 죄책감 같은 건 전혀 느끼지 않은 것 아니냐?"

첫머리의 '거짓말쟁이'라는 말에 당황했으나 정체를 꿰뚫어본 것은 아닌 듯했다.

요명은 광장 쪽으로 시선을 돌렸다.

"방금 전 광장 쪽에서 환호성이 들렸다. 주혜월이 잘 해낸 모양이더군. 영림, 네가 뭔가 사주했겠지?"

"……무슨 말씀이신지요."

내심 식은땀을 흘리며 최대한 느릿하게 대답했다.

'생각해, 잘 생각해야 해. 이럴 때 황영림이라면, 어떻게 대답할까……?'

결코 자신의 공적을 떠벌이지는 않을 것이다. 그렇다, 애당초 영림은 자기 자신의 이야기를 잘 하지 않는다. 항상 타인을 칭찬할 뿐이다.

눈을 빛내며, 또는 자랑스럽게 미소를 지으며.

"혜월 님이 자기 자신의 힘을 발휘하셨을 뿐이랍니다. 저는 아주 사소한 격려의 말을 드렸을 뿐이지요."

"호오."

꽤 괜찮게 넘어간 것 같다.

요명이 온화하게 고개를 끄덕이는 모습을 보고 안도해서 가슴을 쓸어내릴 뻔한 혜월이었으나, 요명이 갑자기 얼굴을 바짝 들이대는 바람에 저도 모르게 숨을 들이켰다.

"그렇다면 되었다. 그러나 영림, 한 가지만 말해두마."

"무슨, 말씀이신지요."

자신에게 접근해주길 얼마나 바랐는지 모를 아름다운 황태자.

그러나 그런 요명이 숨결이 닿을 정도로 가까운 거리까지 몸을 들이밀었는데 이렇게 공포에 시달리는 상황에 처하리라고는 상상도 하지 못했다.

"이 외유 기간 동안 '내기'는 취소다. 몸을 바뀌는 술법은 금지야."

"……."

그 순간, 너무 긴장한 나머지 목구멍이 바짝 죄어들어 목소리도 내지 못한 것은 실로 행운이라 할 수 있겠다.

'이미 늦었다고요오오오!'

속마음을 만일 표현할 수 있었다면 어마어마한 소리로 고함을 질러댔을지도 모른다.

"상상 이상으로 주혜월은 이곳 남령에서 반감을 산 것 같더군. 너는 주혜월의 역경을 보고 가만히 있을 수 없는 심경이겠지만, 몸을 바꿔서 고난마저 대신하려 하겠다는 생각은 결코 해서는 안 된다. 이곳은 추궁 안이 아니야. 나와 진우도 너를 완벽하게 지켜줄 수 있을지 모르는 일이다."

역시 혜안을 자랑하는 황태자, 그리고 사촌 오라비다. 영림의 행동 원칙을 정확히 알고 있다.

그러나 늦었다.

이미 늦어버렸다.

"주혜월에게 위해가 가지 않도록 손을 써두마. 주혜월을 지키는 것은 나와 무관들이 할 일이지, 추녀인 네 역할이 아니다. 잘 알겠지?"

흠모하던 요명의 입에서 뚜렷하게 '주혜월을 지킨다'는 말이 흘러나왔는데도, 오히려 더욱 궁지에 몰린 기분이 드는 이유는 무엇일까.

얼굴이 굳어진 혜월을 보고 무슨 생각을 했는지 요명은 더욱 굳은 표정을 지으며 속삭였다.

"불만스러운 모양이군. 나도 권력을 휘두르는 게 마음이 내키지는 않는다만, 영림, 만일 네가 이 말을 어긴다면 그때는 황태자의 명령을 거역했다고 간주하겠다. 내기를 강제로 종료하고——."

왠지 모르게 색기를 머금은 듯한 낮은 목소리가 귓가를 간질여서 등이 오싹해졌다.

"너를 바로 내 정비로 들일 것이야. 아니, 네게는 이쪽이 더 잘 먹히겠지? 명령 위반을 거든 주혜월에게 **벌을 내리겠다**."

혜월은 도술을 쓰지도 않았는데 몸에서 영혼이 빠져나가는 듯한 기분이었다.

"……벌이라니, 어떤 벌인가요?"

"글쎄다. 네가 몸을 바꾼다는 무모한 짓만 하지 않으면 신경 쓸 필요도 없겠지."

간신히 쥐어짜낸 질문을 상대는 너무나도 쉽게 회피해버렸다.

하지만 이 이상 캐물어 봤자 상대의 의심을 살 뿐이었기에 혜월은 이렇게 대답하는 수밖에 없었다.

"……알겠습니다."

"풍류를 모르는 짓을 해서 미안하다. 하지만 안전을 위한 일이니 이해해다오."

요명은 온화하게 말한 뒤 다시 광장 쪽을 흘끔 쳐다보았다.

"주혜월에게도 말해두고 싶지만, 시간이 별로 없군……."

"그, 그분께는 제가 말해 놓을 테니, 전하는 자리로 돌아가세요."

"그래? 하지만 이렇게나 환호성을 받을 만한 기예를 봉납했다면 한 마디라도 칭찬을 해두는 편이 좋겠지. 주혜월은 그런 말을 듣고 싶어 하는 성질이 있으니——그럼 영림, 부디 몸조심하거라."

"전하!"

혜월의 제지도 듣지 않고 요명은 진우에게 신호를 보낸 뒤 재빨리 발걸음을 돌렸다.

황태자의 걸음을 막을 수 있는 이는 이 자리에 존재하지 않는다.

혜월은 눈물을 글썽이며 지금까지의 자신을 원망했다.

'미워! 욕심 많은 여자라는 인식을 뿌려놓은 내가, 그리고 스스로 생각해도 정말 그런 내가 너무 미워!'

그러나 여기서 과거를 후회해 봤자 소용없는 일이다.

"어쩌죠? 무대에서의 모습을 전하께서 보시면 더는 얼버무릴 수가……."

동요한 채 중얼거리는 동설 앞에서 혜월도 초조해지는 기분이었다.

유능함에도 불구하고 자기 자신의 일에는 어처구니없을 만큼 무방비해지는 황영림. 그런 영림이 무사히 요명의 추궁에서 벗어날 수 있을 것 같지는 않다. 얼굴을 마주치자마자 금세 빈틈을 보여서 정체를 들키고 말리라.

그렇다면 혜월이 맞이할 미래는 파멸뿐이다.

"촛대는――저기 있구나."

요명이 광장에 도착하기 전에 빨리 그 자리에서 도망치라고 영림에게 알리는 수밖에 없다.

그것도 요명과 진우에게 들키지 않을 방법으로.

혜월은 광장 반대 방향으로 달려가 복도에 있는 촛대로 다가갔다. 그리고 너울너울 흔들리는 촛불을 강렬한 눈빛으로 응시하며 기를 짜냈다.

다행인지 불행인지 아까 기를 크게 쓴 탓에 섬세한 술법도 폭주하지 않고 행사할 수 있을 듯했다.

"황영림."

불꽃 너머에 이야기하고 싶은 상대를 떠올렸다.

지금쯤 그녀는 광장에 등을 돌리고 제단의 초에 향을 바치고 있을 터였다. 염술에 비친 모습은 불에 웬만큼 가까이 있지 않으면 보이지 않는다. 불꽃을 지나치게 부풀리지 않으면 주위에 들키지 않고 영림에게만 주의를 줄 수 있으리라.

"목소리 내지 말고 들어——황영림!"

혜월은 갈라진 목소리로 영림의 이름을 불렀다.

* * *

기예를 봉납한 후 추녀는 제단을 향해 고개를 조아리고 향을 바치게 되어 있다.

'농작신이시여, 이 봉납무에 여러 가지로 다른 목적을 끼워 넣게 되어 정말 죄송합니다. 하지만 덕분에 친구를 보는 다른 사람들의 눈빛이 많이 부드러워진 것 같습니다. 정말 진심으로 감사드립니다.'

영림은 고개를 깊이 숙인 뒤 진지한 얼굴로 농작신에게 양해를 구했다.

등 뒤에서 아직도 박수 소리가 울려 퍼지고 있는 것을 보니 춤은 무사히 관객들의 마음을 사로잡은 듯했다.

불가항력이라고는 하나 혜월이 활약할 자리를 빼앗아버린 이상 실수를 범할 수는 없는 노릇이었기에 높은 평가를 받아 정말 다행이었다.

혜월도 이 춤을 보고 조금이라도 기운이 났다면 좋을 텐데.

'그리고 남령의 풍년을 기원하는 마음에는 거짓이 없습니다. 부디 그 점, 깊은 아량으로 용서해주시기 바랍니다. ……용서해주신다고요? 역시 농작신님이시네요.'

안타깝게도 신의 대답을 듣지는 못했으나 용서해줄 거라 짐작하기로 했다.

신이란 인간의 지혜를 초월한, 관대한 존재일 테니 분명 괜찮을 것이다.

자리에서 일어나 제단에 향을 바치려 하는데 양옆으로 경행과 경창이 다가와 화톳불에서 꺼내 온 장작으로 손을 비춰주었다. 방금 전과 달리 정중한 태도였다.

"어머나, 감사합니다."

"아니, 벌레 정도밖에 안 되는 이 몸이라도 도움이 될 수 있는 부분이 있다면 최선을 다해야 하니까."

생긋 웃자 경행 또한 씩 웃으며 대답했다. 노골적인 가시를 느꼈으나 영림은 어디까지나 웃어 넘겼다. 오라비가 스스로를 돌아본다면 그것은 잘 된 일이니.

경창까지 포함하여 셋이 함께 생글생글 웃으며 제단을 바라보다가, 영림이 촛불에 향을 내밀려 하는데 문득 경행이 말했다.

"이런. 더 아래쪽을 잡지 않으면 위험하겠구나, 영림."

"어머나, 괜찮──."

아요, 하고 대답하려다 말을 꿀꺽 삼켰다.

가느다란 봉 모양의 향이 차근차근 타들어가는 모습을 바라보며 영림은 식은땀을 흘렸다.

'방금……, 뭐라고?'

혹시 오라버니가 동요한 나머지 이름을 착각한 걸까.

"실례지만 제 이름은 주혜월이라고 한답니다."

"실로 신기한 일이군. 네 얼굴은 틀림없이 주혜월로 보인다. 허나 움직임이 전혀 달라. 그런 사나움을 내면에 감춘, 귀기 어린 춤을 선보일 수 있는 사람은 이 넓은 영국 안에서도 내 여동생뿐인데 말이야."

"사나움……."

오라비의 평가가 마음에 걸렸지만 지금은 그럴 때가 아니었다.

'안 돼, 이러다 들키겠어!'

지금이야말로 열심히 연습했던 혜월 흉내를 발휘할 때라는 사실을 깨달은 영림은 다급히 말투를 혜월답게 바꾸었다.

"어머나, 참. 굉장히 얕보인 모양이네요. 저도 그 정도 소양은 있어요."

영림은 한쪽 눈썹을 치켜올린 뒤 연습했던 각도만큼 고개를 꺾으며 경행을 노려보았다.

"특히 여자의 옷에 진흙과 오물을 묻히는 비열한 상대에게 앙갚음을 할 때는 말이죠."

"옷에 진흙?"

하지만 거기서 경행이 의아한 듯 미간을 좁히는 모습을 보고 영림은 허를 찔렸다.

"그 진흙과 오물은 네가 연출을 하기 위해 자기 손으로 직접 바른 게 아니었나?"

옆에 있던 경창 또한 이해가 되지 않는다는 듯 물었다.

이게 어떻게 된 일이람. 그렇게 생각하며 눈을 깜박이고 있는데 갑자기 눈앞의 촛불이 윤곽을 훅 부풀렸다.

——목소리 내지 말고 들어, 황영림!

'아앗!'

설마 이런 상황에서 혜월이 염술을 걸다니.

제단을 들여다보고 있는 인간에게만 보이게끔 하려는 배려였는지 불길 속의 혜월은 손가락 정도 크기밖에 되지 않았다.

그러나 안타깝게도 이 자리에는 미처 계산치 못한 오라비 두 명이 함께 서 있었다.

깜짝 놀라는 남자들의 모습을 알아차리지 못한 불길 너머의 혜월이 조급한 표정으로 몸을 내밀었다.

——잘 들어. 지금 말이야, 저, 전……, 전, 전…….

'저전전전?'

완전히 궁지에 몰려버린 듯한 혜월의 모습에 영림은 걱정이 되었다.

영림이 미간을 찌푸리자 혜월은 빠른 말투로 계속 말했다.

——전하께서 나를 불러내서 외유 중에는 몸 바꾸기를 금지한다고 말씀하셨어. 그걸 어기면 바로 널 취해서 정비로 삼고, 내,

내게는 무거운 벌을 내리겠다고!

'……!'

——지금 전하는 취관장과 함께 그쪽으로 가고 계셔. 너는 절대 속여 넘길 수 없을 거야. 도망쳐. 수단과 방법을 가리지 말고 무조건 도망쳐. 전하와 취관장에게 들키면 다 끝이야!

지금 이 염술 때문에 모든 것이 다 끝나버린 느낌이 드는데.

들통날 위기를 회피하기 위해서인지 불이 훅 꺼졌다.

영림은 느릿느릿 연기를 피워올리는 향을 들고서 식은땀을 흘렸다.

"호오……?"

"흐음……?"

경행과 경창이 의미심장하게 고개를 끄덕였다. 짧은 맞장구가 오히려 그들의 확신을 더욱 뚜렷하게 보여주고 있었다.

숨 막히는 언동이 두드러지는 황가의 남자들이었으나 둘 다 결코 어리석지 않았다.

"이게 어떻게 된 일일까, **영림**?"

낮은 목소리로 입을 모아 묻는 오라비들 앞에서 영림은 각오를 다졌다.

이렇게 된 이상 어설프게 속이느니 솔직하게 자백하고 상대에게 의지하는 것이 낫다.

다행히 영림은 이 두 사람에게 응석을 부리는 일을 그 누구보다 잘했다.

"이미 대부분의 사정을 이해하신 것 같으니 경위 설명은 생략할게요."

짧아진 향을 불 속에 넣어 둔 뒤 영림은 오라비들을 순서대로 바라보았다.

그리고 풀이 죽은 것처럼 어깨를 축 늘어뜨리고 작은 소리로 말했다.

"큰일 났어요. 혜월 님과 몸이 바뀌었다는 사실을 들키면 저는 벌을 받게 된대요. 그 고귀한 자리가 벌로써 주어지다니, 그래서는 안 되는 일인데."

은근한 애교를 충분히 의식하면서 내심 '죄송해요' 하고 누구에게라고 할 것 없이 사과했다.

"게다가 저 스스로도 아직은 오라버니들의 여동생이고 싶은걸요. 도와주세요, 오라버니들."

일격필살의 눈짓 애교가 작렬하자 경행과 경창은 순식간에 정색했다.

일반적으로 생각해 보면 영림이 정비가 된다는 것은 가문의 경사다. 하지만 그것을 '아직 마음을 정하지 못했는데'라고 호소하면 즉시 '그럼 막아야지'라고 나서는 것이 바로 황가의 남자들, 특히 이 오라비들이었다.

"추, 추녀님……!"

그때 대기실용 정자에서 리리가 몸을 내밀고 불렀다.

"저쪽에서, 전하랑 취관장님이!"

착착 다가오는 파멸의 발소리에 영림은 움찔하며 등을 곧게 폈다.

내기를 시작한 후로 몸이 바뀐 상태에서 요명과 얼굴을 마주하는 것은 이번이 처음이었다.

직접 접촉하면 눈 깜짝할 사이 정체를 들켜버릴 듯한 기분마저 들었다.

심지어 이렇게나 춤으로 활약하는 모습을 보여준 후라면 더더욱.

'아무튼 혜월 님이 벌을 받는 사태만큼은 무슨 일이 있어도 피해야 해.'

입술을 꽉 다무는 영림의 옆에서 경행이 문득 입을 열었다.

"영림. 너는 전하께 몸이 바뀐 사실을 들키고 싶지 않은 것이지? 지금 전하와 얼굴을 마주치는 건 곤란하다는 말이군?"

"네? 네……."

"좋다. 그렇다면 이 오라버니들에게 맡기거라."

생각지도 못했던 말에 놀라서 돌아보았다.

"도, 도와주시는 건가요?"

"물론, 널 위해서라면."

"하지만 어떻게……."

"그건 지금부터 생각해야지. 선량한 너와 우리에게는 분명 하늘의 도우심이 있을 것이다."

너무나도 오라비다운 그 말에 영림은 저도 모르게 하늘을 올려다보았다.

그때 문득 영림은 두 눈을 크게 떴다.

높은 위치에 설치된 무대 지붕——그 대들보 위에 사람 그림자 두 개가 있었다.

"어……?"

그들은 멍하니 이쪽을 내려다보고 있는 듯했다.

눈이 마주치자 정신을 차렸는지 재빨리 팔을 들어올리더니 항아리 같은 무언가를 훽 엎었다.

——쨍그랑!

액체가 튀는 요란한 소리가 이어졌고 무언가를 휙 던지는 소리가 났다.

다음 순간 기름이 퍼진 자국을 따라 일제히 불길이 솟아올랐다.

"꺄악……!"

"이쪽이다!"

활활 타오르는 불길에 삼켜질 뻔했으나 경행이 안아 올려 간신히 피했다.

그러나 동시에 대들보에서 잽싸게 내려온 누군가가 남은 기름을 경행과 경창에게 끼얹었다.

"움직이지 마. 몸에 불이 붙는 게 싫으면 그 추녀를 이리 내놔."

"뭐, 죽이지는 않을 거야. 잠깐 따라와줬으면 할 뿐이지."

얼굴을 검은 천으로 가린 남자 둘이었다. 손에는 횃불이 들려 있었다. 영림에게 기름을 끼얹지 않은 것을 보니 살의가 없다는 말은 정말인 듯했다. 호위를 따돌리고서 '주혜월'을 납치하려는 것이다.

이게 무슨 위기상황이란 말인가.

그러나 오라비들은 희색을 띠며 재빨리 영림에게 속삭였다.

"들었느냐! 바로 하늘의 도우심이 내려왔구나!"

"이 괴한들을 이용해서 여기서 도망……, 아니, 납치해 달라고 하자!"

"네?"

설마 괴한의 납치에 편승하라는 말인가.

"네? 그, 그건 저기, 괜찮을까요? 그, 아무리 그래도 너무 위험한데……. 모르는 분들에게 끌려가는 건……."

배짱 좋은 영림도 오라비들의 어처구니없는 대담함 앞에서는 동요를 감출 수가 없었다.

"괜찮다, 괜찮아. 이 정도 녀석들은 우리가 따라가면 어떻게든 해결할 수 있으니까."

경행이 괴한들을 앞에 두고 무례하기 짝이 없는 귓속말을 하는 옆에서 경창이 나직하게 중얼거렸다.

"아, 큰일 났군. 전하가 벌써 이쪽으로 오고 계셔."

놀랍게도 요명과 진우가 벌써 광장 입구 부근까지 와 있었던 것이다.

"취관장! 어서 주혜월을 보호하라! 각 가문의 예무관들은 추녀와 백성들을 피난시키도록!"

"예!"

갑작스러운 사태에도 겁먹지 않고 금세 지휘에 나선 요명의 지도력은 역시 대단했다.

그리고 진우가 매라는 이름이 부끄럽지 않을 만큼 빠른 움직임으로 이곳저곳 뛰어다니는 모습을 보고 영림도 각오를 굳혔다.

'혜월 님도 수단과 방법을 가리지 말고 도망치라고 말씀하셨으

니까……!'

게다가 단숨에 코앞까지 다가온 요명과 진우의 박력이 어마어마했다.

영림도 괴한에게 납치당하는 것보다 저들의 분노를 사는 일이 훨씬 골치 아프다고 느껴졌던 것이다.

"그――그렇게 하죠!"

주먹을 불끈 쥐고 고개를 끄덕이자 오라비들은 일제히 각자의 역할에 나섰다.

"뭐라고오?! 이 몹쓸 괴한 같으니, 불을 지르고 그 틈을 타서 주혜월 님을 납치하려 하는 것이냐!"

우선 경행이 요란하게 소리를 지르면서 괴한들의 목적을 강조했다.

"큭, 이건 강적이로군! 불길에 휩싸여 있으니 아무리 우리라도 맞서 싸울 수가 없어! 너무 뜨거워!"

순간적으로 경창 또한 안타깝다는 말투로 자신들의 고난을 호소했다.

"아아, 예무관의 목숨을 인질로 잡다니! 너무 무서워, 납치당하고 싶지 않아! 하지만 두 분에게 무슨 일이 생기면 황가 앞에서 얼굴을 들 수가 없으니, 여기선 얌전히 끌려가는 수밖에 없어!"

마지막으로 영림이 높은 소리로 외치며 '싫지만 할 수 없이 납치당하는 추녀'를 있는 힘껏 연기했다.

다소 설명조라는 점을 부정할 수는 없지만, 절박함과 설득력은 활활 타오르는 불길이 담보해줄 터였다. 또한 불 덕분에 다소 이상한 행동을 취하더라도 광장에서는 잘 보이지 않을 것이다.

"하핫, 말귀를 잘 알아들어서 다행이군. 주혜월, 당신은 이쪽으로 와."

2인조 중 젊어 보이는 청년이 턱을 휙 치켜들고 영림을 불렀다.

영림은 요란하게 한탄하는 연기를 하면서 마음속으로 '실례하겠습니다'하고 성실하게 중얼거린 뒤, 기꺼이 그들의 목적에 편승하기로 했다.

"오오오! 추녀를 납치하다니, 그렇다면 나도 데려가라!"

경행이 마치 배우 같은 동작으로 괴한 둘 중 나머니 한 명, 중년으로 보이는 남자에게 매달렸다.

"뭐야, 이거 놔! 호위한테는 볼일 없어. 불 질러버린다!"

"절대 안 놓을 거다! 불을 지르겠다면 이렇게 하면 되지!"

남자가 탁한 목소리로 외치며 발버둥을 쳤지만, 경행이 꽉 껴안고 상대의 몸에 기름을 문질러 바르자 혀를 차며 동작을 멈추었다. 이 상태에서 불을 지르면 자신까지 타죽고 만다.

"운람! 이 녀석이 거머리처럼 붙어서 떨어지질 않아!"

"삼촌, 시간이 없어. 이제 됐으니까 그 남자까지 데리고 도망치자고."

운람이라 불린 청년은 무대 바로 옆까지 무관——취관장 진우였다——이 다가온 것을 보고 위협을 느꼈는지 재빨리 발걸음을 돌렸다.

"거기 서, 절대 놓치지 않겠다! 윽, 하지만 연기를 마셔서 그런지 움직일 수가 없어! 콜록, 콜록!"

"경창, 넌 이 자리에 남아서 전하께 괴한들의 인상착의를 전달해 드려!"

"오오, 형님. 정말 미안해! 내 목숨과 맞바꿔서라도……!"

그리하여 괴한 두 명과 영림 남매는 경창의 연기를 등 뒤로 들으며 불길에 휩싸인 채 무대를 떠나게 되었다——.

4. 영림, 신천지를 개척하다

남을 저주하면 무덤이 두 개.

그건 거짓말이라고 혜월은 생각했다.

"그런 연유로 이미 몸이 바뀌었다는 사실을 전하께 결코 들켜서는 안 된다. 필두 궁녀 동설, 그리고 주가 궁녀 리리. 너희는 이 사태를 간과한, 말하자면 공범이라는 자각을 가슴에 아로새기고 사태의 발각을 피하기 위한 모든 노력을 다하도록. 목숨이 아깝다면 말이지."

완전히 날이 밝아버린 시각, 향장의 집. '황영림'에게 주어진 방 안의 한 구석에서 벌어진 일이었다.

초 하나 불빛만이 남아 있는 어두운 실내에서는 기죽은 표정의 동설과 리리가 경창을 향해 고개를 숙이고 있었다.

"예. 원래부터 제 목숨이 영림 님께 도움이 될 수 있다면 더 바랄 것이 없던 몸이었습니다."

"네……. 혜월 님이 저지르신 일은 저도 같이 책임질게요……."

괴한이 무대에 불을 지른 지도 어느덧 반 각이 지났다.

황태자 요명은 전야제의 중단을 지시하고 취관들에게 진화 작업을 맡기는 것과 동시에, 자리에 남아 있던 경창의 증언을 기반으로 '주혜월'의 탐색대를 꾸렸다. 그야말로 미래의 명군이라는 평판에 손색이 없는 막힘없는 지시였다.

다소 진정한 추녀들은 현재 각 가문의 예무관과 함께 각자의 방에 얌전히 들어가 있었다.

혜월 또한 '황영림'으로서 필두 궁녀 동설, 황가 예무관 경창, 그리고 뒤에 남겨지고 만 주가의 혜월 직속 궁녀 리리를 전부 거두어서 방금 전 방으로 돌아왔다.

그리고 문을 꽉 닫자마자 그때까지의 초연하던 태도에서 일변하여 "그럼 주혜월 님, 비밀 이야기를 좀 할까?" 하고 싱글싱글 웃는 경창에게 사건의 경위를 낱낱이 자백하여 지금에 이르렀다.

"나 참――주혜월, 이 사태의 책임을 어떻게 질 생각이지? 네가 염술 따위를 써서 영림을 초조하게 만드는 바람에 우리는 괴한의 급습에 편승하는 수밖에 없었어. 덕분에 이 난리가 났잖아."

경창은 고개를 절레절레 지을 듯한 표정으로 고개를 푹 숙인 혜월을 내려다보았다.

하지만 혜월도 이렇게 반론하고 싶었다.

아무리 요명과 딱 마주치는 일을 피하기 위해서였다고는 하나 괴한에게 굳이 납치를 당할 필요가 있었을까.

아주 조금만, 무대에서 먼저 내려오기만 하면 될 일이었는데.

"염술 대화를 듣게 되는 바람에 몸이 바뀐 사정을 파악했다. 전하와 마주치지 않도록 영림과 형님은 괴한을 따라가고, 나는 사태를 얼버무리는 요원으로 여기에 남게 된 것이지."

경창의 귓속말을 듣고 기절할 뻔한 건, 딱히 혜월이 심약해서가 아니었으리라.

'어쩌다 이렇게 된 거야? 그야 수단과 방법을 가리지 말고 도망치라고 말하긴 했지만, 그래도 왜 거기서 「그럼 납치당할게요」가 되는 건데? 한순간이라도 걱정한 난 뭐가 돼?'

갑자기 무대가 불길에 휩싸이고 괴한으로 여겨지는 자들이 나타난 순간 혜월은 심장이 짜부라질 정도로 놀랐다.

나무로 지은 무대에 불이 순식간에 퍼지고 연기가 피어올라서 자신을 포함한 모든 여자들은 완전히 굳어버렸다.

마침 이쪽으로 오고 있던 요명과 진우가 순간적으로 행동에 나서기는 했지만 눈앞에서 영림이 납치를 당하는 바람에 아아, 대체 이게 무슨 사태야, 나 대신 황영림이 살해당하는 건 아니겠지, 하고 무릎이 떨릴 정도의 충격을 받았던 것이다.

그런데 그냥 자기 발로 따라갔을 뿐이라니.

'생각해 보면 사나운 짐승과 한 우리에 들어가 있어도 태연자약했던 여자잖아. 경행 님도 있으니 괴한에게 잡혀간 정도는 아무렇지도 않겠지……!'

순간적으로 솟구치는 탈력감에 혜월은 아까와 다른 의미에서 무너져 내릴 것 같은 기분이었다.

역사 사람에게——아니, 황영림에게 도술을 써서는 안 되었다.

황영림을 해하면 무덤이 두 개 생기는 게 아니라 반드시 자신의 것 하나만, 그것도 그에 상응하는 깊은 무덤 구멍이 출현하니 말이다.

"영림의 곁에 형님이 계시는 이상 웬만한 사태는 벌어지지 않을 것이야. 그보다 몸이 바뀐 사태가 전하께 들통이 나서 억지로 정비 자리에 끌려가는 것이 우리 입장에서는 더 큰 피해지. 그런 연유로 네 '기'인지 뭔지가 채워질 4, 5일 후까지는 사태 은폐를 우선하도록."

경창은 혜월을 향해 싱긋 웃었다.

큰형 경행에 비하면 몸집도 빈약하고 온화한 인상이지만, 아무래도 그 미소 구석구석에서 방심할 수 없는 예리함이 느껴졌다. 혜월은 적의를 노골적으로 드러내며 노려보는 경행보다 표면상으로는 미소를 짓고 있는 경창이 혜월은 더 무서웠다.

옷에 진흙을 묻힐 정도로 음습한 남자라면 더더욱.

"아무튼 쓸데없이 똑똑하신 전하 스스로가 탐색대에 참가하지 않으신 건 불행 중 다행이었어. 그분이 직접 움직이지 못하시는 황태자라 참 다행이지. 아니, 그분이 황태자이기 때문에 이렇게 골치 아픈 일이 생긴 것이긴 하지만."

거북한 침묵이 내려앉은 가운데 경창은 완전히 주도권을 잡고 나불나불 떠들어대며 이야기를 진행했다.

이제부터는 취관장의 동향이 걱정이라는 둥, 어떻게 전하의 관심을 다른 곳으로 돌릴지가 문제라는 둥, 차례차례 떠들어대는 경창의 말을 혜월이 조심스럽게 가로막았다.

"……저, 그 전에 묻고 싶은 게 있는데."

"뭐지?"

"왜 몸이 바뀐 사실을 은폐하는 데 협력해주는 거야?"

경창은 의아한 표정이었으나 이것은 중요한 점이었다.

혜월은 배에 힘을 주며 자꾸 겁먹고 움츠러들려 하는 스스로를 북돋웠다.

"황가 입장에서는 오히려 몸이 바뀐 사실을 폭로하는 게 가문의 이득이 되는 것 아냐? 여동생에게는 정비 자리를, 그리고 증오스러운 내게는 벌을. 바라마지않던 전개 아닌가? 아니면 옷에 진흙을 묻힌 것으로 만족하고 만 거야?"

혜월은 내내 그것이 마음에 걸렸다.

경창은 '영림이 아직 정비가 될 각오를 하지 못했기 때문에 도망치게 했다'고 설명했지만 그런 제멋대로인 이유로 한 가문을 짊어진 남자들이 움직여 줄 리가 없다.

아무리 영림이 춤으로 설득했다고는 해도, 소중한 여동생을 높은 곳에서 밀쳐 떨어뜨린 상대에게 협력해줄까.

혹시 이것도 무슨 함정은 아닐까.

그렇게 생각하고 던진 질문이었으나 경창은 "아아……." 하고 신기하다는 듯 눈을 깜박였다.

"그래, 아까 영림도 그렇게 말하더군. 옷에 진흙을 묻힌 게 너 스스로가 한 일이 아니었던 건가?"

"뭐라고?"

"설마 넌 우리가 영림의 복수를 하기 위해 그런 비열한 짓을 했다고 생각했던 거야? 농담하지 마. 형님은 남자가 싫으면 주먹을 날리고 여자가 싫으면 노려보는 분이야. 그건 나도 마찬가지지. 물론 형님에 비하면 조금은 두뇌파이긴 하니까 전하께 말씀드림으로써 보복하긴 했지만."

"뭐……?"

아연한 표정의 혜월을 바라보며 경창은 입꼬리를 끌어올리며 웃었다.

"너, 지난번에 몸이 바뀌었을 때 영림인 척하고 편지를 보냈지? 필체까지 흉내 내서 말이야. 하지만 결국 흉내는 흉내일 뿐. 형님은 몰라도 나까지 속일 수는 없어. 그 흐트러진 필적에 교양이라고는 없는 단어 선택으로는 말이야."

"윽……."

"참고로 형님도 냄새를 맡고 '뭔가 다른데'라면서 고개를 갸웃거리셨지."

"……?!"

남자의 무례한 말에 화를 내야 할까, 본능으로 진상에 다가간 남자의 능력에 전율해야 할까. 혜월은 순간적으로 어떤 반응을 해야 좋을지 알 수가 없었다.

아무튼 황가의 남자들을 적으로 돌리면 안 된다는 것만은 잘 알았다.

"편지 속의 영림은 유난히 '주혜월'을 눈엣가시로 여기더군. 내가 먼 곳에서나마 열심히 소문을 수집해 보니 때마침 그 즈음 '주혜월'은 유달리 온화하고 마치 사람이 달라진 것 같다는 거야. 뭐, 대충 눈치는 챘지만 아무리 그래도 확신을 가질 수는 없었지."

선제 시대의 박해 때문에 도사가 격감한 후 도술은 완전히 전설상의 존재가 되어버렸다. 여동생이 설마 그 피해를 입었으리라는 것은 도저히 현실적인 생각이 아니었다.

"형님은 단순히 누각에서 영림을 밀쳐 떨어뜨린 '주혜월'에게 화를 내셨지만 나는 그 부분의 위화감을 지울 수가 없었어. 그래서

도성에 돌아오자마자 바로 후궁으로 상태를 보러 갔지. 하지만 영림은 이미 원래의 영림으로 돌아와 있더군."

그렇다면 편지를 쓸 때만 우연히 상태가 이상했던 걸까.

하지만 후궁에서 더욱 자세한 소문을 수집해 보니 걸교절 이후 열흘 정도 '주혜월'은 본인답지 않게 굴었다고 했다. 추방당했다는 창고를 몰래 확인하러 갔더니 그곳에는 깔끔하게 정리된 밭이 남아 있었다. 체력 단련을 한 흔적과 약초를 재배한 흔적도.

영림의 이야기라면 무엇이든지 의기양양하게 보고하고 싶어 하는 동설도 묘하게 서먹서먹한 태도였다.

경창은 그런 사실들을 조합해 본 뒤, 이번에는 요명의 속내를 캐내러 갔다.

"전하께……?"

"빈틈없이 회피하시더라고. 하지만 그 빈틈없는 모습이 오히려 내게 '몸이 바뀌었다'는 확신을 주었지."

황가 최고의 두뇌파라 자부하는 경창은 득의만면해서 입꼬리를 치켜올렸다.

"그래서 나는 일부러 걸교절 사건을 언급하며, 그때 '영림'이 보낸 편지가 몹시도 추악해서 신기했다는 보고를 드렸지. 전하의 관심이 소홀해지는 것이야말로 추녀에게는 가장 큰 위기잖아? 그러니까, 이게 내 '보복'이었던 거야."

경창이 가볍게 내뱉은 그 말에 혜월은 입을 다물었다.

출발 전 보았던 요명의 모습이 떠올랐다.

몹시도 기막혀하던 얼굴. 그것은 편지 사건을 알고 있었기 때문이었구나.

'하지만……, 전하는 그 이상 나를 질책하지 않으셨어.'

혜월은 그 사실을 깨닫고 숨을 들이켰다.

요명은 황가와 있었던 일을 전부 가슴속에 묻어 놓았던 것이다. 심지어 자신의 직속 취관까지 딸려 보내주려 했다.

밀쳐내는 줄 알았는데 사실 자신은 이미 이만큼이나 보호를 받고 있었다.

——모든 사람들이 진심을 알아줄 거예요.

부드러운 목소리가 머릿속에 되살아나서 혜월은 주먹을 부르쥐었다.

가슴이 뜨거웠다.

"그건 그렇고, 이야기가 탈선했군. 왜 영림이 정비가 되는 것을 막으려 하느냐, 그 말이지? 진심으로 '영림이 정비가 되면 우리 가문이 번영하겠지, 만세~!' 하는 구도를 생각했다면 너는 아주 단순한 인간인 거다."

그러나 경창의 그 말에 혜월은 심장에 찬물이 끼얹어진 기분이었다.

"황후가 되는 것은 최고의 영광이지. 그건 분명해. 하지만 그렇기 때문에 다섯 가문이 서로 눈에 불을 켜고 그 자리를 다투고 있잖아? 2대 연속으로 황가에서 황후를 배출할 경우, 다섯 가문의 균형이 얼마나 위태로워지겠어? 영림이 짊어지게 될 중압감과 암살당할 위험성도 지금까지와는 비교도 되지 않을 정도가 되겠지. 내란이 일어날 가능성도 있어."

말해 두겠는데, 하고 말을 잇는 경창의 표정은 씁쓸했다.

"병약한 영림을 황후 폐하께서 추녀로 데려오신 건 아마 다섯 가문의 균형을 배려해서였겠지. 다섯 가문들 역시 다른 가문의 추녀를 '무능한 계집'이라고 헐뜯는 것보다는 '후계를 낳을 수 있을지도 걱정'이라며 미간을 좁히는 것이 체면상으로도 훨씬 나으니까. 폐하께서는 다른 가문들을 위해 그 구실을 준비해주신 거야."

"그럴 수가……."

"솔직히 말하자면 영림이 추녀 후보가 되었을 때, 황가에서는 걱정했지만 다른 가문의 당주들은 모두 다 쌍수 들고 찬성했다. 그들은 영림의 병약한 성질을 환영한 거지. 말로는 재능을 칭송하면서."

혜월은 당황스러워져서 입을 다물었다.

'그럴 수가……. 누구나가 가장 강력한 황후 후보라고 치켜세우지 않았어?'

다른 가문의 당주들에게도 사랑받고 칭송받는 줄만 알았던 황영림.

하지만 사실은 병약하다는 이유로 얕보이고 있었다니.

"원래 황가는 변경의 땅에서 느긋하게 농사나 짓는 게 훨씬 성미에 잘 맞는 집안이야. 백모님께서 황후가 되신 일도 갑자기 벌어진 사건이었으니, 직계에 가까우면 가까울수록 황가 사람들은 영림이 황후가 되는 데 집착하지 않아. 그러기는커녕 영림은——."

경창은 무슨 말을 이으려다가 문득 시선을 떨어뜨리더니 "뭐, 됐어" 하고 고개를 가로저었다.

"아무튼 영림이 아직 황후가 될 각오가 안 됐다고 한다면, 그건 우리가 몸이 바뀐 일을 숨기는 데 협력할 충분한 이유가 된단 말이지."

강제로 이야기를 마무리 짓고 끝내긴 했지만 내용은 이해가 되었다.

그들은 정말로 권력에 관심이 없다. 하늘이 내려 준 은총보다 스스로 흙을 파헤쳐 얻을 수 있는 영양분을 긍지로 삼고, 많은 자들을 거느리는 것보다는 가족들을 더욱 아끼고 사랑한다. 흙의 기운이 가져다주는 성질 때문이리라.

'이 형제는 믿어도 되겠어.'

혜월은 마음속으로 중얼거렸다.

'그리고……, 나를 함정에 빠뜨리려 하는 인간이 따로 있어.'

그것은 과연 다른 가문의 추녀일까, 주가의 인간일까. 아니면 남령의 백성일까.

정체는 아직 모르지만 누군가가 '주혜월'을 향해 엄니를 드러내려 하고 있었다. 이 자리에 남은 자신은 그 정체를 한시라도 빨리 알아내야만 한다.

"지금의 내가 할 수 있는 일은 전하의 분노를 사지 않도록 몸이 바뀐 일을 잘 감추는 것과……, '주혜월'을 해치려고 하는 자를 찾아내는 것, 그 두 가지라는 말이구나."

"그렇지. 제법 이해가 빠르군."

혜월이 확인하자 경창이 크게 고개를 끄덕였다.

"나도 협력할 테니 잘 부탁한다."

"……영림 님은 괜찮으실까요?"

그때까지 조용히 이야기를 듣고 있던 리리가 나직하게 중얼거렸다.

"아무리 자발적으로 따라가셨다고는 해도 상대는 결국 천민이잖아요? 천민들의 사고방식이나 사는 모습은 규중 추녀님의 입장에선 도저히 상상할 수 없을 거예요."

"실은 저도 굳센 마음을 지닌 영림 님이라면 괜찮으시겠지, 하고 생각하면서도 걱정을 멈출 수가 없습니다."

리리뿐만 아니라 동설까지도 침울한 얼굴로 거드는 것을 듣고 혜월은 입술을 비틀었다.

하기야, 그건 그럴 것이다.

창고로 추방당하고도 기가 죽지 않았던 영림이었으나 그것은 안전하고 청결한 후궁 안의 이야기다.

폭력은 경행이 막아준다 해도 굶주림과 불결함은 어쩔 도리가 없다.

비바람을 막아 줄 장소도 없고 해충과 악취 범벅일 터다. 제대로 된 식사도 하지 못하고, 입을 옷도 없고, 난폭한 자들에게 둘러싸여야만 한다면 대체 얼마나 괴로운 시간을 보내게 될까.

"으음——."

하지만 입을 다물어버린 여자들과 달리 경창은 태평하게 고개를 갸웃했다.

"뭐, 괜찮을 것 같은데."

과보호로 이름난 남자가 한 말이라고는 도저히 생각할 수 없는 발언이었다.

“그렇구나, 너희는 후궁에 들어온 후의 영림밖에 모르겠지.”

“응……?”

그 발언에서 어쩐지 불온함이 느껴져서 혜월은 고개를 들었다.

후궁에서 보여주는 언동도 이미 충분히 파격적이라고 생각했는데 설마 본가에서는 그 이상이었단 말인가.

“하지만……, 황영림은 규중 추녀가 맞지 않아……?”

“음. 병약하고 집 밖으로 잘 나가지 않았고, 남들과 교류도 별로 없었으니 그 점은 온실 속 화초가 맞긴 하지만.”

“맞긴 하지만……?”

혜월이 조심스럽게 묻자 경창이 히죽 웃었다.

“상대가 문제였다고나 할까. 형님과 영림은 성격이 굉장히 잘 맞는지, 같이 있으면 평소의 세 배 이상으로 폭주하거든. 대담무쌍하다고나 할까, 거칠 것도 가릴 것도 없다고나 할까.”

“…….”

방 안에 무어라 형용하기 힘든 침묵이 내려앉았다.

이윽고 리리가 떨리는 목소리로 중얼거렸다.

“……그 이상으로?”

어쩌면 그것은 여자들 전원의 마음속 소리였는지도 모른다.

여성진 일동은 일제히 시선을 돌리며, 이번에는 괴한들의 미래를 걱정하기 시작했다.

＊＊＊

천민이라 불리는 자들의 아침은 일찍부터 시작된다.

운람은 오두막에 깔린 누더기나 다름없는 침상에서 눈을 뜬 뒤, 벽을 뚫어 낸 창을 멍하니 바라보았다.

해돋이가 가까운 시각, 이미 공기가 희미하게 더위를 머금기 시작했으나 묵직하게 구름이 깔린 하늘을 보아하니 오늘도 햇빛을 기대하기는 힘들 것 같았다.

나른한 한숨을 내쉬며 몸을 일으키자 옆 멍석에서 자던 남자가 기지개를 켰다.

"흐아암……. 아침인가? 젠장, 온몸이 뻣뻣해."

다 드러난 가슴을 벅벅 긁으며 몸을 일으킨 것은 운람과 마찬가지로 이곳에 사는 삼촌, 호룡이었다.

"어이구── 호룡, 잘 잤니?"

두 사람이 칸막이 하나로 둘러쳐 놓은 거실로 이동하자 취사장이라고도 부르기 힘든, 마루판을 뜯어내 흙바닥이 드러난 공간에서 누군가의 목소리가 들려왔다. 아궁이에 불을 지피고 있던 나이 든 여자였다.

노파는 운람에게는 눈길도 주지 않고 호룡을 보더니 빠진 이를 드러내며 웃었다.

"오늘은 아주 경사야, 경사. 평소 먹던 죽에 어제 향에서 훔쳐 온 생선살 경단을 잔뜩 넣었거든. 어때, 냄새가 좋지? 향 여자들한테 걷어차인 보람이 있다니까."

의기양양하게 가슴을 펴고 말하는 노파는 어젯밤 향의 여자가 악기 파손죄를 뒤집어씌웠던 여인——행 할멈이었다.

행 할멈은 두령의 오두막에 눌러 사는 대신 낮에 밥을 지어주고 있었다.

어제의 가련한 모습은 어디로 갔는지 지금은 만족스러운 듯 싱글싱글 웃고 있다.

"아휴, 너희들 정말 잘 했다. 주혜월이 납치당하는 바람에 향이 위아래로 아주 난리야, 난리. 부엌에 몰래 숨어 들어가도 아무도 모르잖아? 덕분에 어제는 마음껏 가져올 수 있었지."

이 노파는 향의 백성들에게 공격을 당하면 가만히 움츠리고만 있는 사람이 아니다. 숨을 죽이고 그 자리를 견딘 뒤, 천연덕스러운 얼굴로 빈틈없이 반격하는 성격이다.

행 할멈은 "난 할머니 대부터 이 읍에 살았어. 태어나기를 시궁창에서 태어났지"라는 말을 입버릇처럼 늘어놓는, 도둑질이 특기인 인물이었다.

"생선살 경단에 나물과 술. 심지어 제전용 옷에 겸사겸사 허리띠까지 전부 다 집어 왔어. 진흙이 잔뜩 묻긴 했지만 금실 자수가 아주 멋지지 않아? 깨끗하게 빨아서 방금 전까지 입어 보며 놀고 있던 참이야. 그렇게 고급스러운 물건이 방 안에 있다고 가르쳐 준 남가의 추녀님한테 감사해야겠다니까, 히히."

"됐어. 할멈이 그런 예쁜 옷을 입고 노는 모습 따위 토할 것 같다고."

호룡은 얼굴을 찌푸리며 탁자에 앉아 조카를 향해 "그치?" 하고 동의를 구했으나 운람은 따스한 미소만 지을 뿐이었다.

"글쎄? 딱히 나쁠 건 없잖아. 행 할멈은 목적이 도둑질이긴 했지만 어쨌든 우리랑 같이 향에 잠입해 줬으니까. 옷 좀 입었다고 그렇게 기분이 좋아지다니, 오히려 귀여운데?"

"카하하——. 이런 할망구한테 귀엽다고? 역시 미남은 다르네."

"미남인지 아닌지는 잘 모르겠지만 적어도 삼촌보다는 인기가 있긴 하지."

운람이 장난치듯 대답하자 여자에게 인기가 있어 본 적이 없는 호룡은 요란하게 혀를 찼다.

"이 물러터진 놈. 주혜월한테 벌을 줄 때는 봐주면 안 된다."

"으응? 아무것도 모르는구먼, 호룡은."

하지만 그때, 냄비를 휘젓던 행 할멈이 코웃음을 치며 말했다.

"오히려 이런 남자가 여자한테는 더 차가운 거야. 얼마 전에도 운람한테 열을 올리던 향의 여자 하나가 바람피운 게 들통 나서 신랑한테 두들겨 맞고 있을 때 이 녀석은 눈길도 안 줬다고. 내가 다 봤어."

"천민 남자가 도움의 손길을 내밀어 봤자 오히려 더 곤란하게 만들기만 할 것 같아서 말이야."

거치적거리는 머리카락을 끈으로 묶으며 운람이 뻔뻔하게 대꾸했다.

"그쪽도 어차피 불장난이잖아. 그런데 내가 나섰다가는 나 혼자만 살해당할걸. 그런 부조리가 어디 있어? 뭐, 그 아줌마, 놀러 갈 때마다 먹을 걸 줘서 고맙긴 했지만."

그 목소리가 너무나도 차가워서 호룡은 당황한 얼굴로 입을 다물었다.

천민이라면 향도에 들어서기만 해도 돌을 맞지만, 이 운람만큼은 달랐다.

저 미모와 마치 들고양이 같은 빈틈없는 태도, 그리고 계산된 붙임성을 발휘해서 여자가 신분 차이도 잊고 푹 빠지게 만든다.

하지만 운람 입장에서는 다가오는 여자들에게 전혀 마음을 열지 않는 모양이었다.

호룡은 누구에게나 사랑받는 외모와는 달리 냉혹함마저 느껴지는 조카를 복잡한 기분으로 지켜보다가, 결국 표정을 바꿔 행 할멈을 돌아보았다.

"아무튼 옷하고 허리띠는 사당에 바치도록 해. 무대가 불타버렸으니 하다못해 옷 정도는 농작신께 봉납하지 않으면 저주받을 거라고."

"흥, 마지막엔 나도 제대로 봉납해 놨어. 옷은 산 속 사당에, 허리띠는 연못 사당에 말이야. 너희랑 다르게 나는 새벽부터 일어나서 훔쳐 온 것들을 다 씻어 놓고, 논밭을 돌아보고, 지금 이렇게 게을러터진 남자들한테 밥을 지어 주고 있다고."

한 소리 들은 행 할멈이 코에 주름을 잡자 운람과 호룡은 얼굴을 마주보더니 나란히 어깨를 으쓱했다.

"게을러터졌다니 너무하네. 우린 인시까지 온갖 뒤처리를 하느라 정신이 없었단 말이야."

그랬다. 어젯밤 주가의 추녀에 더해 황가의 호위까지 끌고 온 두 사람은 너무나도 바빴다.

우선 오는 길에 남자――이름은 경행이라는 듯했다――가 계속 해서 소란을 피우는 통에 눈가리개와 오랏줄, 심지어 재갈까지 물려서 운람이 짊어지고 날랐다. 중간에 버리거나 죽였어야 할지도 모르지만 추적대에게 단서를 제공할 수도 있다고 생각하니 그것도 망설여졌다.

이번 습격이 운람을 비롯한 천민들의 짓이라는 사실을 들키지 않도록 무대에 일부러 현가의 조수를 남겨 놓았다. 다른 가문의 범행이라고 생각하게끔 만들어 수사를 교란시키려는 의도였다. 현가가 다스리는 북령으로 향하는 길에 말만 풀어놓아 달려가게 한 조작까지 해 놓았다.

또한 원래대로라면 천읍은 향에서 흔들다리 하나를 건너면 도착하는 장소였지만, 일부러 빙 돌아 산기슭 옆길을 달려갔다.

그리고 또 다른 조작으로는 향과 읍을 잇는 그 흔들다리 자체도 끊어 놓았다. 왕도의 무관들이 만에 하나 쳐들어오기라도 할 경우 시간을 벌어줄 수 있을 터였다.

마지막으로 새벽녘 읍에 도착한 후 비축 창고를 한 곳 더 확보하여, 주혜월과 경행이 도망치지 못하도록 따로따로 묶어서 가둬 놓았다.

이렇게나 많은 작업을 마친 후에야 겨우 두 사람은 잠이 들었던 것이다.

"설마 이렇게까지 원활하게 풀릴 줄이야."

"그러게. 황가의 호위가 워낙 무술의 달인이라고 하기에 납치하는 데 애를 먹을 줄 알았더니 별것 아니었잖아."

운람이 기지개를 켜며 중얼거리자, 땅딸막한 팔의 소매를 걷어붙이던 호룡은 의기양양하게 팔을 굽혀 보였다.

"역시 우리에게는 하늘의 가호가 있어. 하늘은 주혜월에게 벌을 내리고 싶은 거야. 남령에 재앙을 가져온 시궁쥐를."

운람은 삼촌을 흘끗 쳐다본 뒤 이 빠진 찻잔으로 물을 마셨다.

호룡은 덩치도 크고 성격도 사납지만 사실은 소심한 남자다. 그런 호룡이 마치 자기 스스로를 타이르듯 주혜월을 깎아내리는 이유를 운람은 충분히 이해할 수 있었다.

'어제의 그 춤.'

무대에 선 주혜월은 아름다웠다. 대들보에서 무대까지는 거리가 제법 있었는데도 주혜월이 부르는 노래는 낭랑하게 귀를 간질이고, 팔랑팔랑 나부끼는 피백은 두 사람의 시선을 붙잡고 놓 주지 않았다.

그렇지 않아도 변경의 향에 사는 사람, 심지어 하층민이다. 이렇게 격렬하게 영혼을 뒤흔드는 춤은 한 번도 본 적이 없다. 그래서 두 사람은 주혜월의 춤이 끝날 때까지 불 지르는 것도 잊고 멍하니 몰입했던 것이다.

무능하고 재주 없는 시궁쥐.

그것이 '주혜월'이었을 텐데, 인상이 뿌리째 뒤집히는 바람에 당황스러운 상태였다.

'내 입장에선 그래서 뭐 어쨌다는 건데, 싶긴 하지만.'

턱을 괸 채 찻잔을 쥔 다른 한 손으로 장난스럽게 수면을 흔들었다.

이 낡아빠진 찻잔은 이 오두막의 주인이었던 두령——운람의 아버지가 애용하던 물건이었다.

'기예를 조금 할 줄 안다고 해 봤자, 결국 주혜월은 재앙의 씨앗이잖아.'

운람은 가만히 있지 못하고 찰랑찰랑 흔들리는 수면을 바라보며 지금까지 있었던 일들을 떠올렸다.

원래 운람을 비롯한 천민이라 불리던 자들의 삶은 고달팠다. 향 안에서도 해가 잘 들지 않는 곳으로 쫓겨나 척박한 땅을 죽어라 경작했는데, 세금은 향민들과 똑같이 매겨진다. 개중에는 병과 부상 때문에 천민 신세로 쫓겨난 자도 있었기에 애당초 건강한 일손이 별로 없었다.

농사일로 바쁜 시기에도 더러운 기피 작업에 동원되었고, 그것 때문에 향에 들어가면 자신들에게는 경멸의 시선과 침, 돌이 쏟아졌다.

이것이 숙명이라고 스스로를 타이르며 주먹을 불끈 쥐고 견뎠지만, 한 달쯤 전 생각지도 못한 소식이 향장을 통해 들려왔다. 올 가을부터 더욱 무거운 세금을 내야 한다는 이야기였다.

운람의 아버지가 간신히 향장과 면회를 해서 사정을 물어보니 남령 전체에서 낼 세금이 무거워졌다고 했다. 주가가 황족에게 중대한 불경 행위를 하는 바람에 귀비가 후궁에서 쫓겨나고, 그 벌로 남령의 세금이 앞으로 3년간 두 배가 된다는 것이다.

귀비의 죄목은 모른다. 그저 불경한 짓을 했다는 애매한 이유밖에 듣지 못했다.

운람이 사는 작은 읍은 당연히 크게 동요했다. 지금의 세금을 내기도 힘든데 두 배라니, 도저히 무리였다.

냉해는 당연히 쌀뿐만 아니라 채소 수확에도 큰 영향을 주었다. 천읍 사람들은 그 시점에서 이미 굶주리고 있었다. 기근이 들 때는 왕도에서 죽을 나누어주기도 했지만, 주혜월이 황족의 분노를 산 바람에 남령에 주어진 죽은 평소의 절반밖에 되지 않았다.

위기감을 느낀 두령은 하다못해 당장 먹을 끼니라도 구해야겠다는 생각에 '재앙의 숲'에 발을 들였다. 향과 천민 구역을 나누는 산, 그 중턱에 있는 숲으로 워낙 불길한 곳이었기에 저주받은 악귀가 눌러 산다고 모두가 믿고 있는 장소였다.

그곳에서 간신히 사슴을 사냥하기는 했지만 결국 그 며칠 후 목숨을 잃고 말았다. 천읍 사람들은 '역시 저주다'라면서 얼굴이 새파래졌고, 재앙이 옮겨 올 것을 두려워하며 죽은 두령을 잔뜩 비난했다.

두령의 시체를 앞에 두고 읍 사람들이 외친 것은 '대체 왜'라는 말이었다.

왜 우리만 이런 꼴을 당해야 한단 말인가.

왜 주가는 그런 어리석은 짓을 저질렀는가.

왕도에 사는 주가의 자세한 이야기를 천민인 그들이 자세히 알 길은 없었으나, 적어도 지금까지 주가의 실책과 부패를 한탄하는 이야기가 남령 안에 울려 퍼진 적은 없었다. 바로 옆의 동령처럼 연달아 풍년이 든 것은 아니었으나 주가는 딱히 좋지도 나쁘지도 않은 당주였기 때문이었다.

유일한 예외——사람들이 실망한 표정으로 속삭이는 일이 있다면 그것은 이번 대의 추녀가 무능하다는 평판이 있었던 말석의 딸이었던 것 정도였다.

전 귀비 주아미는 부용(芙蓉)이라는 별명까지 붙은 미녀였던 만큼, 주혜월의 소문을 들은 백성들은 낙담이 컸다.

기껏 귀비가 남령의 지위를 올려놓아 주었는데 이래서는 존속이 위태롭다.

그래서 행상인이 왕도의 소문을 가져올 때마다 향에서는 주혜월을 향한 반감이 점점 커졌다. 주혜월의 입궁과 동시에 흉년이 들자 당연히 그것과 결부지어 생각할 정도였다.

작년에는 가뭄이 심했다. 올해도 냉해가 왔다. 총애 받던 귀비는 추방당했다.

그래서 차례차례 불행한 일이 일어나 향장이 '이것은 천벌이다'라고 설명했을 때, 백성들은 그 말을 곧이곧대로 받아들었다. 아니, 그 정도가 아니라 불안을 배출할 곳을 갈구하며 주혜월을 지독하게 미워하기 시작했다.

주혜월이 남령에 재앙을 가져왔다.

주혜월이 우리를 이렇게까지 궁지로 몰아넣었다.

주혜월만 없었다면——.

"『주혜월을 괴롭히면 남령의 재앙이 사그라질 터』."

찻잔을 내려다보며 운람이 나직이 중얼거렸다.

그것은 향장 강 씨의 말이었다.

죽은 두령을 대신하여 운람과 호룡이 다시금 세금 경감을 요청

했을 때, 강 씨는 그렇게 말했다.

이 땅에 찾아올 주혜월에게 호된 맛을 보여주면 하늘의 분노도 가라앉을 것이다. 경비가 삼엄하지 않은 천읍으로 끌고 들어와 며칠 벌을 주면, 천읍의 세금을 반으로 깎아 주겠다고.

분분한 토론이 벌어졌으나, 결국 읍 사람들은 그 이야기에 응하기로 했다.

누구나 재앙에서 도망치고 싶다. 세금을 반으로 깎아 주겠다니, 바라마지 않던 조건이었다.

그리고 착수금 대신 내준 쌀과 채소도 너무나 매력적이었다.

"……우리가 농작신을 잘 모시고 섬기면 주혜월을 좀 괴롭혔다고 천벌을 받진 않겠지?"

소심한 호룡은 방금 전의 기세등등한 발언을 잊어버린 듯, 또다시 불안에 휩싸였다.

난폭하게 고함을 질러대는가 싶으면 또 금세 벌벌 떨며 신을 찾는 등, 감정 기복이 격렬한 것은 남령 백성의 특징이었다.

"향장이 천민 짓이 아니라고 잘 숨겨주겠지?"

"정신 차려, 삼촌."

운람은 그 심약한 말을 단호하게 가로막았다.

"방금 자기 입으로 그랬잖아. 추녀를 괴롭히는 게 '나쁜 짓'이라면 이렇게까지 순탄하게 납치에 성공할 리가 없다고. 무대에는 향장의 지시대로 현가의 장식품을 떨어뜨리고 왔고, 앞으로 모든 죄는 현가에 뒤집어씌울 거야. 게다가 만에 하나 우리를 꼬리자르기하지 못하도록 향장한테 증거 문서까지 받아 왔고."

"아……. 아아, 그랬지."

호룡이 안도한 듯 고개를 끄덕였다.

"증거 문서, 증거 문서가 있었어. 나 참, 형님은 천민 주제에 왜 어린애한테 글을 가르치는지 모를 괴짜였지만 지금 생각해 보면 그 공부벌레 같은 성격이 우리를 구한 거야. 그렇지, 운람? 우리 두령은 정말 대단한 인간이었어."

기분 좋게 형이었던 두령을 치켜세웠으나, 죽을 퍼주는 행 할멈의 반응은 탐탁지 않았다.

"흥. 글쎄다. 아무리 머리가 좋아도 읍에 재앙을 끌어들였으니 결국 다 헛것이잖아."

"그건 아니지, 행 할멈. 형님이 살아 있을 때는 '이렇게 훌륭한 분은 둘도 없어'라면서 숭배했잖아. 행 할멈뿐만 아니라 이 읍 사람들 모두 형님을 공경했고."

"다 잊어버렸어."

행 할멈은 콧등에 주름을 잡으며 대답했다.

"적어도 지금 재앙의 숲에 들어갔다가 괜한 재앙을 불러온 놈을 공경할 생각은 없거든."

나직이 덧붙인 그 말은 읍 전체의 민심을 대변했다.

그 말을 들은 호룡은 안타까운 듯 굵은 눈썹을 찌푸렸다.

"그야 재앙의 숲 같은 데 들어간 건 믿을 수 없을 만큼 어리석은 짓이었지만……, 아무리 그래도 그렇게까지 말할 건——."

그러나 아들인 운람이 자신의 말에 동조하지도 않고 고개를 돌린 채 턱을 괴고 있는 모습을 보고 호룡의 얼굴에는 분노한 표정이 떠올랐다.

"야, 운람. 너도 뭐라고 말 좀 해라. 너희 아버지잖아?"

"……피가 이어진 사이는 아니지만."

"그런데도 키워줬으니 더욱 은혜를 알아야지, 이 박정한 놈."

호룡이 분노를 이기지 못하고 탁자를 내리치자 허름한 널빤지에서 둔탁한 소리가 났다.

그 팽팽한 분위기를 누그러뜨리려는 듯 행 할멈이 죽사발을 내려놓았다.

"자, 자. 이미 죽은 사람 얘기는 그만하자고. 그보다 붙잡아 온 주혜월을 어떻게 괴롭힐 건지나 생각해. 난 그런 식으로 권력을 내세워서 행패를 부리는 거만한 여자가 제일 싫어."

주혜월을 화제로 올린 것은 행 할멈 나름대로 분위기를 바꾸려는 의도였다.

호룡도 바로 의도를 알아차리고 죽사발을 들며 대답했다.

"뭐, 그건 그렇지. 재앙을 가져오는 악녀에게 톡톡히 쓴맛을 보여주자고."

"머리카락을 자르자. 아니면 벌레가 득실거리는 곳에 가둬 두든가, 퇴비구덩이 속에 빠뜨리는 것도 좋겠네."

"오오, 여자가 더 무섭다니까. 난 잡아 두고 유효하게 활용하는 것도 괜찮다고 생각했는데. 하룻밤 내내 논밭 농사일을 시키는 거지. 조금이라도 실수하면 돌을 던지고——오, 맛있잖아!"

덥석덥석 몇 수저 떠먹은 호룡이 환한 표정을 지었다.

"그래, 맞아. 그럼 우리의 고생을 조금은 알 거야."

"그리고 잔뜩 굶기자고."

"좋아, 아주 좋아."

둘은 죽을 먹으며 잔뜩 들떠서 떠들어댔으나,

"그리고 마지막으로 죽 한 그릇과 맞바꿔서 읍의 남자들에게 몸을 내주게 하는 거지."

행 할멈이 덧붙인 말에 호룡은 저도 모르게 입을 다물고 옆에 있던 조카를 훔쳐보았다.

"죽 한 그릇 얻어먹자고 그 신분 높은 여자가 순결을 잃어버리는 거야. 이거 걸작이네!"

"이봐, 행 할멈."

배를 쥐고 깔깔 웃는 행 할멈을 호룡이 팔꿈치로 쿡쿡 찔렀다.

운람은 아까부터 수저를 든 채 죽을 한 입도 안 먹고 있었다.

"저, 저기, 운람. 행 할멈 얘기는, 아무리 그래도 좀 그렇지?"

"왜?"

눈치를 보며 호룡이 묻자 운람은 희미한 미소를 짓더니 드디어 수저를 땡그랑 집어던졌다.

"우리 어머니가 죽 한 그릇 얻어먹자고 향의 남자한테 몸을 내준 건 사실이잖아."

운람은 향의 남자가 읍의 여자를 범해서 태어난 아이였다.

탁자 주위가 조용해졌다.

마침내 침묵을 견디지 못한 호룡이 행 할멈을 야단쳤다.

"행 할멈, 아무리 그래도 도가 지나쳤어. 물론 두령은 구제불능의 바보짓을 했고 운람도 비뚤어진 녀석이지만 두 사람 다 읍을 구하려고 최선을 다했잖아. 너무 그렇게 몹쓸 말을 하진 말란 말이야. 내 기분까지 나빠지니까."

"……."

두령이 없는 지금 읍을 이끌어 나가는 사람은 호룡이다. 그런 호룡과 맞서는 것은 상책이 아니라고 판단했는지 행 할멈은 머쓱한 얼굴로 어깨를 움츠렸다.

그러더니 아첨하는 듯한 말투로 덧붙였다.

"오해하지 않았으면 해서 하는 말인데 우리도 지금은 운람한테 감사하고 있어. 제단에 불을 지르고 추녀를 납치한다는 엄청난 역할을 너 아니면 대체 누가 하겠니."

"그거 참 고맙네."

한편 운람은 빈정거리는 미소를 띠더니 죽사발을 쭉 밀었다.

죽을 먹을 마음조차 완전히 사라진 모양이었다.

그때였다.

"이봐――!"

어색해진 공간에 누군가가 열어젖힌 문으로 뛰쳐 들어왔다.

주혜월을 가둬 놓았던 비축 창고를 감시하던 젊은이였다.

"잠깐 좀 와줘!"

젊은이는 난감해 어쩔 줄 모르던 호룡과 운람을 바라보았다.

"가둬 놓은 추녀님이 말이야, 창문으로 들여다봤더니 뭔가 상태가 이상해."

"벌레가 들끓는 창고에 가둬 놔서 미쳐버리기라도 했나? 아니면 혀를 깨물었어?"

“아니, 그런 게 아니고…….”

애매한 대답에 운람은 고개를 갸웃거렸다.

어차피 금세 째지는 소리를 질러대는 그 추녀라면 새벽녘쯤 눈을 떠서 다친 개처럼 깽깽 짖고 있을 게 뻔하다. 아니면 문을 두들기며 엉엉 울고 있든가.

“아무튼 좀 와 봐, 호룡. 그리고……, 운람도. 여자 다루는 건 네가 제일 잘 하잖아.”

읍의 남자들은 평소에 웬만하면 운람에게 의지하지 않는다.

그런데도 굳이 그렇게 말하는 것을 보고 운람과 호룡은 의아한 기분에 얼굴을 마주본 뒤 비축 창고로 향했다.

‘나 참, 포로로 잡아 온 여자 하나 갖고 뭘 그렇게까지 난처해하는 거야?’

걸어가던 도중에 운람은 미처 죽을 먹지 못했다는 사실을 깨달았다.

나중에 먹으려 해도 돌아왔을 때는 어차피 냄비가 텅 비어 있을 터였다. 그 오두막에는 행 할멈뿐만 아니라 호룡과 친한 읍 사람들이 끊임없이 찾아오니까.

‘아아, 배고파. 이것도 다 주혜월 탓이야.’

공복을 자각하니 짜증이 더욱 짙게 밀려왔다.

운람은 그 책임을 전부 통틀어 주혜월에게 전가하기로 했다.

그저 주가의 딸로 태어났다는 이유만으로 사치스러운 삶을 살았던 주혜월. 천민이라며 경멸당하고 심지어 읍 안에서도 ‘불순물’ 취급을 받던 자신 사이에 대체 무슨 차이가 있단 말인가.

운람 같은 천민들이 향민들의 신발을 핥아서 겨우 살아남은 한편, 주혜월은 자신 앞에 엎드리는 아랫사람들에게 고함을 지르면서 살아 왔다. 이쪽에서 굶주림과 싸우는 사이 맛있는 음식을 질리도록 먹었으리라.

'정말이지 이런 부조리가 어디 있냐고.'

지나치게 한쪽으로 기운 천칭을 원래대로 돌려놓는 일이 대체 뭐가 나쁘단 말인가.

운람을 비롯한 천민들은 부조리에 고통받았다. 그러니 주혜월에게도 지금까지 누렸던 만큼 고통을 주어야 한다. 그냥 그게 전부다.

그리하여 두 사람은 비축 창고 문을 열어 보았으나——.

"앗, 안녕하세요."

문이 삐걱거리는 소리를 들은 여자가 명랑한 얼굴로 이쪽을 돌아보았기에 운람과 호룡은 깜짝 놀랐다.

새벽녘의 희미한 빛이 비쳐드는 허름한 창고였다.

지금은 안에 쌓여 있는 쌀도 없어서 수리도 제때 하지 못한 그곳은 이곳저곳에 구멍이 뚫려 있었고, 비가 새서 썩은 바람에 악취가 풍겼다. 고인 물웅덩이에 더러운 벌레가 끓고 있어서 실수로라도 그런 곳에 갇혔다면 덩치 큰 남자조차 불쾌해서 소름이 오싹 끼칠 정도일 텐데, 하룻밤 내내 기둥에 묶여 있던 그 여자는 지극히 평화로운 얼굴로 인사를 건네는 것이 아닌가.

아니, 그러기는커녕 어느 틈엔가 밧줄을 풀고 창고 안을 자유롭게 돌아다니고 있었다.

운람은 솔직히 놀랐다.

"뭐야, 이게. 밧줄은 어떻게 풀었어?"

"네? 그건 그, 잠깐 관절을 빼고 빠져나오면 돼요. 줄이 너무 파고들어서 아팠거든요."

"뭐?"

규중 추녀님이 대체 어떻게 밧줄을 풀었단 말인가.

순간적으로 말문이 막히자 상대는 자랑스럽게 가슴에 손을 짚었다.

"밧줄 풀기는 병약한 몸으로도 단련할 수 있는, 얼마 안 되는 기술이거든요."

"아니……, 무슨 말인지 모르겠는데……."

"혹시 밧줄을 제 손으로 풀면 안 되는 거였나요? 아무래도 납치당한 경험이 없어서 어떻게 해야 좋을지 알 수가 없으니……."

운람이 얼굴 근육을 움찔거리자 여자는 손으로 뺨을 감싸고 머쓱한 듯 어깨를 축 늘어뜨렸다.

그때 여자의 반대편 손이 부스럭부스럭 꿈틀거리는 노래기를 움켜쥐고 있는 모습을 보고 호룡이 놀라서 숨을 헉 들이켰다.

"아니, 잠깐. 벌레는 왜 붙잡고 있는 거야!"

"네? 저기, 신세를 지게 되었는데 아무것도 안 하고 있기도 죄송해서, 제 나름대로 할 수 있는 일을 생각해 봤거든요. 우선 벌레 구획 정리에 착수했는데……."

여자는 창고 안의 네 귀퉁이를 가리키면서 "이쪽이 쥐, 이쪽이 노래기를 비롯한 다족류, 이쪽은 지렁이 등의 연체동물이고 구더기를 포함한 유충들은 일단 한 곳으로——." 하고 설명하다가 중간에 말을 끊더니 미안한 듯 표정을 흐렸다.

"허가 없이 주민을 이동시키는 건 너무 뻔뻔한 짓이었을까요? 죄송해요, 다른 분의 댁에서 멋대로 행동해서……."

"아니, 삼촌 얘긴 그런 말이 아니잖아. 이렇게 벌레를 주워 모으다니, 설마 저주라도 만들 생각이야?"

"어머나."

운람이 저도 모르게 한 마디 하자 어째서인지 여자는 환한 표정을 지었다.

"왠지 그리운 대화네요. 한 번만 더 말씀해 주시겠어요?"

"아니, 사람 말을 좀 들으라고."

"어머어머, 우후후."

그 말에 더욱 활짝 웃으며 운람을 가만히 응시했다.

"기가 센 표정에 가차없는 말투, 생김새도 성격도 전혀 다르지만 어쩜 이렇게 리리와 똑같을까요. 불의 성질을 지닌 분들은 어쩌면 이렇게나 하나같이 사랑스러우신 건지."

무슨 말을 하는 건지 도무지 이해가 되지 않는다.

"당신……, 지금 상황을 제대로 이해하고 있는 거야? 우리가 당신을 납치해 왔다고. 겁을 집어먹거나 엉엉 울며 고함을 지른다거나, 아무튼 뭐 조금 더 그럴싸한 태도가 따로 있지 않아?"

"으음……."

여자는 살짝 고개를 갸웃했다. 마음속으로 '사귀(死鬼)에게 영혼을 빼앗길 뻔했을 때에 비하면 이 정도쯤이야'라고 생각하고 있다는 사실을 손톱만큼도 모르는 운람은 이렇게 생각했다.

'이 여자……, 머릿속 나사가 풀려 있군.'

원래 그런 건지, 아니면 납치당한 충격 때문에 그렇게 된 것인지는 모르겠지만.

운람은 짧게 한숨을 내쉰 뒤 상대에게 얼굴을 바짝 들이댔다.

향의 여자들은 이렇게 얼굴을 조금 가까이 가져다 대기만 해도 입으로는 뭐라고 떠들어대든 결국 얼굴이 붉어졌는데, 여자는 의아한 표정으로 이쪽을 마주보기만 할 뿐이었다.

운람은 의식적으로 생쥐를 괴롭히는 고양이처럼 잔혹한 미소를 지었다.

"상황을 잘 모르는 모양이니 가르쳐주지, 주혜월."

"네에……."

"당신은 이제부터 벌을 받게 될 거야. 기예 재주도 없는 쥐새끼 주제에 추녀가 되어서 마음껏 사치를 부린 끝에 하늘의 분노를 산 벌이지. 그 썩어빠진 근성에 걸맞게 괴롭혀 주겠어. 현가와 관련이 있는 바로 우리가——."

겸사겸사 이것이 현가의 범행이라는 인식을 심어주려 했으나 운람은 그 거짓말을 끝까지 하지 못했다.

"어머나, 농담도 잘 하시네요. 여러분은 이 남령의 백성이시잖아요?"

주혜월이 눈을 깜박이며 가볍게 진실을 지적한 것이다.

"……뭐라고?"

"만일 주가의 추녀가 하늘의 분노를 샀다면 재앙은 남령에 일어나겠죠. 남령에 재앙이 일어난 원인을 북령의 현가가 알아내려 애쓸 리가 없잖아요. 하늘을 대신하여 벌을 내리겠다는 발상을 할 수 있는 건, 재앙이 일어난 남령의 백성들이지 않겠어요?"

극히 논리적으로 전개된 말에 운람은 눈을 크게 떴다.

"즉, 남령이 현재 직면한 어떤 곤란한 상황을 혜――저와 결부시켜서, 그것을 완화시키기 위해 저를 괴롭히겠다고 당신들은 말하고 있는 거죠."

대기실용 정자에서 보였던 감정적인 태도는 마치 거짓말이기라도 한 양, 여자는 한없이 냉정했다.

"설령 남령 전체가 주혜월에 대한 증오를 불태우고 있다 해도, 황태자 전하께서 계시는 장소에서는 그리 쉽게 손을 댈 수는 없죠. 그래서 향의 백성들조차 발을 들이지 않는 으슥한 곳――소위 '천읍'이라 불리는 곳으로 납치해서 주혜월을 괴롭히려 했다, 그런 이야기가 아닌가요?"

여자는 온화한 미소를 짓고 있을 뿐이었다. 그런데도 그 차분한 태도와는 달리 묘한 박력 같은 것이 느껴졌다.

'뭐야, 이 여자는?'

운람은 미간을 찌푸렸다.

심지어 자신의 특징이라고도 할 수 있는 표표한 미소마저 잊어버리고 있었던 것을 깨닫고 혀를 차고 싶은 기분에 사로잡혔다.

"하지만 향에는 무술에 뛰어난 무관들이 있는 이상 계획이 생각대로 잘 풀리지는 않을 거예요. 괜찮다면 당신들이 이렇게 무모한 행동에 나서게 된 경위를 자세히 들려주지 않겠어요? 당신들의 곤경을 해결할 실마리가 될지도 모르잖아요."

여자는 진지한 표정을 지으며 이쪽으로 다가오려 했다.

순간적으로 고개를 끄덕일 뻔했지만 운람은 반대로 상대를 노려보았다.

이런 세상물정 모르는 귀족 여자에게 대화의 주도권을 빼앗길 수는 없는 노릇이다.

"흐음?"

운람은 여자의 팔을 잡고 힘을 꽉 주었다.

튼 자국도 기미도 없는, 가냘프고 매끄러운 팔이었다.

"제법 큰소리도 칠 줄 아는군. 우릴 돕고 싶다고? 그럼 잘 부탁해. 당신이 있는 힘껏 괴로워해 준다면 우리도 구원받을 거야."

축축하고 어두컴컴한 공간. 벌레가 돌아다니는 소리조차 시끄럽게 들린다.

낯선 땅에서 노골적으로 적의를 내보이는 남자들에게 둘러싸인 채 팔까지 붙잡혀 있는데, 주혜월은 눈동자 하나 흔들리지 않고 이쪽을 가만히 바라보았다.

"저, 저기, 운람. 뭐랄까, 생각했던 것보다 얌전하고 냉정한 추녀님인데, 그, 우리도 방식을 좀 생각해 볼 필요가——."

"우선 이 머리를 잘라 볼까?"

추녀의 위엄 있는 태도에 동요한 호룡이 제지했으나 운람은 무시했다.

운람은 반대편 손으로 난폭하게 여자의 머리채를 움켜쥐고 끌어당겼다.

"귀족 여자들은 머리카락이 생명이라지? 우리처럼 산발을 한 번 해 보라고. 얼굴 옆이 좀 썰렁해질 테니, 그때가 되면 **화장**을 살짝 해줄게. 있는 힘껏 두들겨 맞으면 당신 얼굴이 무슨 색이 될까? 빨간색? 보라색?"

머리카락 몇 가닥이 소리를 내며 뽑혀나왔다.

자신보다 덩치 큰 남자에게 붙잡혀서 이제부터 당할 폭력에 대해 차근차근 듣고 있는 상황――.

아무리 배짱 좋은 여자라도 얼굴이 새파래질 텐데도 늘 엄중하게 보호를 받으며 살아 왔을 추녀님은 표정 하나 바뀌지 않았다.

운람은 더욱 짜증이 나서 머리카락을 붙잡은 손에 힘을 꽉 주었다.

"아무도 도와주러 오지 않을 거야. 무대랑 오는 길에 북령과 관계가 있는 증거를 남겨 놓고 왔으니까. 당신은 고립무원 상태로 읍 사람들에게 괴롭힘을 당하는 거지. 우리가 당했던 것처럼 사람들은 당신한테 침을 뱉고, 발로 걷어차고, 굶기고, 심지어 온 읍의 남자들에게――."

"여어, 안녕하신가! 제군."

그러나 운람이 여자를 힘으로 밀쳐 쓰러뜨린 순간, 창고문이 호쾌하게 열리고 침입자가 나타났다.

"다들 여기 모여 있었군. 나한테는 아무도 오지 않아서 서운했지 뭐야."

조금 떨어진 다른 창고에 가둬 놓았던 황경행이었다.

"……?!"

이 상황에는 운람도 말을 잃었다.

"뭐, 뭐야, 넌! 밧줄은 어떻게 풀고 왔어?!"

"응? 그야 뭐, 기합으로."

호룡이 탁한 목소리로 묻자 경행은 고개를 갸웃하며 양 팔로 가볍게 알통을 만들어 보였다.

"흐읍! 하고 한 번 힘을 줬더니 줄이 다 끊어지던데. 아, 여기 돌려주지. 네가 대표자인가?"

그러더니 너덜너덜해진 밧줄의 잔해를 소탈한 미소와 함께 운람에게 떠넘기는 것이 아닌가.

"아니, 필요없——."

"그래?"

운람이 밀쳐내려던 순간, 경행이 문득 허리를 굽혔다.

"어……?!"

배에 둔한 충격이 느껴진 다음 순간, 운람은 경행의 팔에 들쳐업혀 있었다.

"으아악!"

동시에 호룡도 다리를 걷어차였는지 경행의 발 밑에 쓰러져 데굴데굴 굴렀다.

——우당탕!

한 박자 늦게 바닥에 엎드린 호룡의 바로 옆에 떨어진 것은 대체 어디서 가져왔는지 모를 괭이였다. 번득 빛나는 두툼한 날이 호룡의 목 바로 옆까지 파고들었다.

"히……, 히이익!"

호룡, 그리고 주위를 둘러싸고 있던 남자들이 일제히 비명을 질렀다.

운람도 숨을 들이켰다. 경행은 지금 마치 쌀자루라도 되는 듯 운람을 들쳐 업고 있지만——머리부터 바닥에 내리쳐질 경우 뼈도 못 추릴 것이다.

"이래 봬도 수많은 전장을 경험한 몸이라서 말이야. 이 읍 전체의 숨통을 끊어놓는 일 정도는 식은 죽 먹기지."

협박하려는 의도도 없이 그저 담담한 말투인데도, 오히려 그렇기 때문에 목소리에 박력이 있었다.

이 남자의 말은 허세가 아니라 진실이라는 사실을 모두가 이해했다.

"그럼 이제 묻겠는데, 나의 소중한 추녀에게 지금 무슨 짓을 하려고 했지?"

"……윽."

자리의 분위기가 단숨에 팽팽해졌다.

절대적 강자 앞에서 읍의 남자들은 일제히 들쳐 업힌 운람을 올려다보았다.

——진실을 말하면 살해당할지도 모른다.

"그, 그건……."

"어머나!"

그러나 그 긴박한 공간에 어울리지 않는 명랑한 목소리가 울려 퍼졌다.

어느 틈엔가 활짝 열린 창고 문 쪽에 다가가 있던 주혜월이었다.

"정말 멋진 풍경이네요. 큰오……, 아니, 경행 님. 이쪽으로 오셔서 좀 보세요!"

비축창고 옆 풍경에 감탄이 나온 듯했다.

"오오? 어디 보자."

이름을 불린 순간 경행은 경직되어 있던 운람을 휙 집어던졌다. 공포에 얼어붙어 있는 호룡을 비롯한 남자들을 무시하고 서둘러 문 쪽으로 다가가더니 "아아" 하고 납득한 듯 말했다.

"일대 전체가 논이군."

"이것이 논……!"

어째서인지 여자는 기적을 본 백성처럼 눈앞에서 양손을 맞잡고 전율했다.

"논. 수많은 백성들의 식량을 생산해내는 시초의 토지……. 계속 바뀌는 하늘을 비추는 수면은 그야말로 천계를 그대로 비추는 거울. 후궁 안에서 경작했던 사소한 밭과는 비교도 되지 않는 이 압도적인 장관!"

눈앞에는 그저 새벽녘의 옅은 햇빛을 반사하는 무논이 펼쳐져 있을 뿐이었다.

그런데도 뭐가 그렇게 심금을 울렸는지, 여자는 눈물까지 글썽일 기세로 계속해서 고개를 끄덕거렸다.

"베어도 베어도 잡초가 끊임없이 우거지는 논두렁. 지금은 아직 연약하기만 한 파란 벼. 의기양양하게 덮쳐오는 다양한 벌레들. 이곳을 돌보기란 정말 힘든 일일 거에요……."

"그래. 실로 손이 많이 갈 것 같은 장소구나."

옆에 선 경행도 어째서인지 열심히 무논을 응시했다.

왠지 모르게 두 사람의 목소리가 황홀감에 젖어 있는 듯했다.

"끝없는 풀 뽑기……."

"약한 벼를 해충으로부터 지키고 키워내는 작업의 묘미……."

가만히 논을 바라보는 두 사람의 얼굴은 보이지 않았다.

하지만 남자가 갑자기 뒤를 홱 돌아보더니 낭랑한 목소리로 외쳤다.

"이봐, 제군!"

그 자리에 있던 남자들이 움찔하며 자세를 고쳤다.

"제군은 추녀에게 곤경을 맛보게 해주고 싶고, 괴롭히고 싶다는 마음을 품고 있을 터. 그렇지?"

상쾌한 물음이었으나 이 상황에서 대체 누가 '예, 맞습니다'라고 대답할 수 있을까.

"아, 아뇨, 그, 괴, 괴롭히고 싶다거나, 그건 말이죠……."

호룡은 식은땀을 흘리며 횡설수설 변명했으나 이번에는 여자가 그 말을 가로막았다.

"분명 그렇겠죠! 그래서 괴롭히는 방법에 대해 제안할 게 좀 있는데요——."

어째서인지 주혜월도 무관도 적극적인 자세로 눈을 반짝반짝 빛내며 덤벼들었다.

두 사람은 딱 맞는 호흡으로, 마치 친남매처럼 입을 모았다.

"우선, 논밭 강제 노동부터!"

* * *

운람은 변경의 시골 마을에서 흔히 보기 힘들 정도로 아름다운 남자다.

비아냥거리는 미소는 마치 날카로운 엄니를 지닌 육식 짐승 같다. 그러면서도 가끔 고개를 살짝 갸웃하며 달콤한 목소리로 접근할 때는 변덕스러운 고양이 같기도 하다.

늘 태평한 미소를 짓고 있으면서도 아무에게도 마음을 열지 않고, 읍에서 가장 가까운 사이였던 양아버지가 죽었을 때도 눈물 한 방울 흘리지 않았던 표표한 남자. 그것이 운람이었다.

그러나 이날 운람은 드물게도 땅바닥에 쪼그려 앉아서 한 손으로 이마를 가린 채 고개를 푹 숙이고 있었다.

'말도 안 돼. 이게 뭐야, 대체.'

손바닥으로 가려진 눈가에서는 피로의 기색이 배어 나왔다.

그랬다. 피로.

오늘 아침, 포로로 잡아 온 남녀가 "논에서 일하고 싶어!"라며 나선 이후로 차례차례 일어난 일들 앞에서 운람은 혼이 쏙 빠졌다.

우선 논을 돌보겠다고 선언한 두 사람은 옷자락을 걷어 올리고 힘차게 창고를 빠져나가는가 싶더니 "실례하겠습니다!" 하고 고개를 꾸벅 숙이고 나서 논으로 들어갔다.

"어머나, 이제 곧 입추인데 성장 속도가 확실히 느긋하군요."

"손톱으로 줄기를 뜯어보면 이삭이 맺힐 때까지 며칠이나 걸릴지 알 수 있지. 흐음……, 역시 미숙하군."

"햇빛이 부족해서 그런가 봐요. 병도 걱정이네요. 잘 보니 벼가 너무 밀집되어 있어요. 병이 너무 퍼지지 않도록 하기 위해서라도 마음을 독하게 먹고 좀 솎아내야겠어요."

진흙에 발이 빠지지도 않고 논을 둘러보더니, 혹시 전문가세요? 라고 묻고 싶어질 정도의 대화를 나누기 시작했다.

"논둑을 쌓은 방식과 관개 상태는 이상적이라고 할 수 있겠군. 아주 꼼꼼하게 잘했어."

"네. 하지만 논둑에는 개선의 여지가 있어 보여요. 벼농사란 곧 잡초, 그리고 벌레와의 싸움이죠. 벌레가 논둑에서 튀어 올라 들어오지 못하도록 논둑에 난 피를 전부 뽑아버려야 한다고 농서에 적혀 있었답니다."

"논둑에 난 잡초를 뽑은 자리에는 꼭 차조기를 심었으면 좋겠는데. 노린재가 확 줄어들 거야."

"밭도 돌아볼까요? 읍 전체를 훑어보고 전략적으로 작물을 교체할 필요가 있겠어요."

노련한 장인처럼 재빨리 서로를 마주보며 고개를 끄덕인 두 사람이 늠름하게 논 밖으로 나오려고 한 그 순간, 운람을 비롯한 읍 사람들은 겨우 제정신을 차렸다.

"아니, 잠깐만. 뭘 당연하다는 듯이 읍 전체를 둘러보러 가겠다는 거야?"

"미안해요, 운람. 논에서 노동을 하고 싶다고 했지만, 그건 사실 거짓말이었어요. 논뿐만 아니라 밭까지 포함해서 전부 관리하고 싶어요. 왜냐하면 대지는 전부 이어져 있으니까요."

"아니, 그게 아니고……."

여자는 늠름한 얼굴로 사과했지만 당연히 중요한 부분은 그게 아니었다.

심지어 언제 이름을 파악했는지 편안하게 부르고 있다.

"운람, 진정해라. 물론 너희의 '추녀를 괴롭히고 싶다'는 의향은 우리 입장에서도 최대한 존중할 생각이니 언제든 편하게 주먹질을 하거나 흉기를 휘둘러도 상관없어."

경행이라는 남자도 쓸데없이 진지한 표정으로 그렇게 말했으나 방금 전 그렇게나 압도적인 무예를 본 입장에서 편하게 주먹을 휘두르며 달려들 사람이 과연 있을까.

"어……."

"저기……."

시선을 주니 당연히 호룡을 비롯한 읍 남자들은 경행의 박력에 짓눌려버렸다.

그도 그럴 게, 상대는 기합만으로 밧줄을 끊어버리고 아무도 모르는 사이에 괭이를 훔쳐서 한 호흡 안에 남자를 둘이나 제압해버린 인물이다.

적어도 열 명이 덤벼들어 에워싸지 않고서는 손도 대지 못할 것이다――.

싸움에 익숙하지 않은 농가의 남자들은 전의를 상실하고 애원하는 눈빛으로 운람을 쳐다보았다.

'아니, 거기서 포기하면 안 되는 거 아냐?'

운람은 얼굴을 일그러뜨렸다.

자신들의 입장에서 말하자면 읍 전체의 생사가 달린 문제다.

게다가 아무리 무예에 능하다고는 하나 무관 한 명과 가냘픈 여자 하나가 전부다.

'빈틈을 노리면 해치울 수 있어.'

비겁한 짓이라는 것은 충분히 잘 알고 있다.

마침 황경행이 이쪽에 등을 돌리고 발에 묻은 진흙을 털어버리기 위해 허리를 살짝 숙인 그 틈에, 운람은 창고 안에 내팽개쳐져 있던 괭이를 움켜쥐고 그 등을 향해 세차게 집어던졌다.

그러나.

――덥석.

날카로운 궤적을 그리며 날아간 괭이를 몸을 살짝 뒤틀어 팔을 뻗은 경행이 "오오, 미안하군"이라면서 어렵지도 않게 받아들었던 것이다.

경행은 뒤를 돌아보고는 씩 웃었다.

"이건 내가 써야겠네. 고맙다."

"……?!"

거의 인간 같지도 않은 반사신경이었다.

"아, 저도 하나 주시겠어요?"

게다가 그 뒤에서 고개를 빠끔 내민 여자는 인간 같지도 않게 굵은 신경줄을 자랑하며 사랑스럽게 부탁했다. 이 모든 것이 아침 해가 채 뜨기도 전에 벌어진 일이었다.

그 후로 두 사람의 기묘한 행동은 쭉 이어졌다.

밭을 둘러보더니 한눈에 생육 과제를 맞히고, 잔상이 보일 만큼 빠른 손놀림으로 잡초를 뽑아댔다. 식사도 휴식도 취하지 않고 정신없이 일만 하다가 심지어는 흙을 직접 맛보고는 "어분(魚粉)을 섞은 것 같네요" "이쪽은 쌀겨를 쓴 모양이다"라면서 어떤 비료를 썼는지 맞히는 대결을 벌이기까지 했다.

심지어 남자 쪽은 때때로 하늘을 나는 새를 불러서는 태평하게 "오오, 귀엽구나"라며 길들이는 여유까지 보였다.

물론 운람 일행도 손가락을 빨면서 그저 지켜보기만 한 건 아니었다.

황경행의 무력, 그리고 주혜월의 대담함은 보통이 아니었지만 상대는 고작 두 명이다. 읍의 모든 사람들이 포위하면 해치우지 못할 것도 없다. 심지어 '의향을 존중하겠다'라는 말을 지키려는 건지, 그들 쪽에서 먼저 공격할 생각도 없어 보였다.

우선 호룡이 남자 열 명 정도를 불러 두 사람을 에워쌌다.

하지만 경행은 방금 전 운람이 집어던진 괭이를 들고 있었기에 전투력이 비약적으로 향상했다.

공격하면 할수록 농기구 무기를 빼앗기기만 하고 끝날 뿐이었기에, 호룡 일행은 비명을 지르며 철수했다. 운람은 처음에 괭이를 집어던진 스스로를 저주했다.

다음으로 운람과 동료들이 뱀을 풀어 놓았다. 잡목림에서 한 각이나 기다려 덫으로 잡은 독이 있는 종이었다.

그러나 두 사람은 이것 역시 신속하게 포획하여 해체했다.

"핫핫핫! 고기가 생겼구나! 이게 무슨 행운이냐!"

"어머나, 치사해요. 저는 고기로 먹기보다는 술에 담가서 약주를 만들고 싶었는데요……. 저기, 혹시 한 마리를 더 주실 수는 없는지……."

말투는 우물쭈물하지만 망설임 없는 손놀림으로 뱀가죽을 벗기고, 심지어 한 마리를 더 주문하는 여자를 보고 읍 사람들은 할 말을 잃었다. 여자만 인질로 잡으면 무관은 꼼짝도 못 할 거라고 생각했는데 그 여자 본인이 안색 하나 바뀌지 않고 뱀 대가리를 뭉갠 뒤, 해체해서 고기로 만들고 있는 것이 아닌가. 우아해 보이지만 사실 이 여자가 평범한 읍 남자들 이상으로 노련하다는 사실은 부정할 수가 없었다.

그렇다면 하다못해 지저분한 차림새를 비웃어줄까 했지만, 애당초 추녀 스스로가 진흙탕 속에 첨벙 뛰어든 상황이었다. 억지로 벌레를 들이밀자 "아, 그런 흐름이군요. 자, 마음껏 하세요" "진딧물을 구제하고 싶으니 우선 거미부터 부탁해"라면서 제대로 상대해주지도 않았다.

시간이 흐름에 따라 한 명 한 명 전의를 상실하고 '벌주기'에서 탈락해, 이제는 운람 혼자만이 주혜월을 괴롭힐 방법을 끙끙 고민하는 중이었다.

하지만 운람조차 고군분투하는 것이 바보처럼 느껴져서 다른 사람들에게 감시를 맡기고 혼자만 있을 수 있는 장소로 이동했다――그리고 지금에 이른다.

'아니, 이상하지 않아? 왜 다들 농땡이를 피우며 안 하는 사당

청소를 혼자 맡아서 열심히 일하는 애처럼 굴고 있는 거야, 난?'

상황이 너무 기괴한 탓에 운람은 크게 혼란에 빠졌다.

'아, 해가 지고 있네. 벌써 저녁……, 아니, 아직 저녁이야? 어? 저 인간들이 온 뒤로 아직 하루도 안 지났다고? 말이 돼?'

결국 현 시점에서 그들을 전혀 궁지에 몰아넣지도 못했고, 얻은 성과는 피로뿐이었다.

이제 와서는 그 어떤 것에도 꿈쩍하지 않는 저 둘을 납치해 온 것 자체가 기적이 아니었을까 싶을 정도였다.

퀭해진 눈으로 하늘을 올려다보니 구름 너머로 희미하게 비쳐 드는 석양이 보였다.

벌써 첫날이 끝나 간다. 운람은 내일 밤까지 향과의 경계에 있는 산 속으로 들어가 향장이 보낸 사자에게 상황 보고를 해야만 한다.

반드시 사자를 만나 칭찬과 입막음값을 겸한 쌀과 채소를 얻어 와야 한다. 그러지 못하면 세금을 올리기도 전에 이 읍 자체가 굶어죽고 말 것이다.

"……대충 말로만 보고하면 음식을 손에 넣을 수 있으니 편한 일이긴 해."

일단 사자에게는 순조롭게 처벌이 이루어지고 있다고 보고해 둬야겠다. 황경행이 따라온 것은 그쪽에서도 파악하고 있겠지만, 무사히 무력화시켜 놓았다고 우기면 된다. 지금은 한창 추녀를 괴롭히는 중이라고.

뭐, 향 녀석들은 운람에게 증거를 제출하라고 명령하진 않았으니 속이기는 쉽다.

거만한 그놈들은 '우둔한' 천민이 아무렇지도 않게 거짓말을 하리라고는 생각도 하지 못할 것이다.

'내일은 그걸로 때워야겠어. 무관이었던 저 인간도 잠이 드는 순간은 있을 테니, 그때 모가지를 따버리면 돼. 무관만 처치하면 여자는 언제든 괴롭힐 수 있으니까 아직 시간이 있어.'

이쪽은 머릿수로 이긴다. 교대로 불침번을 서면 허를 찌르는 일 따위는 아무것도 아니다.

여자의 담력도 보통이 아니라고 머릿속 어딘가에서 경고가 울리고 있었지만 운람은 그 현실을 무시했다.

남자만 처치하면 힘없는 여자는 언제든 해코지할 수 있다. 분명 그럴 것이다.

방침이 정해지니 어깨의 힘이 조금 빠졌다.

쪼그리고 앉은 탓에 다리가 저리기 시작한 것을 느낀 운람은 땅바닥에 책상다리를 하고 앉았다.

그리고 멍하니 주위를 둘러보았다.

논밭이 펼쳐진 일대에서 조금 떨어진, 저녁노을이 진 언덕.

미지근한 바람이 불어오는 그곳은 이곳저곳이 바위로 둘러싸여 있었다.

이곳은 이 읍 사람들, 그중에서도 두령 일족이 잠들어 있는 묘지였다.

지금 운람이 앉아 있는 눈앞에는 가장 새롭게 만든 묘가 있었다. 바로 자신의 아버지——전대 두령인 태룡(泰龍)의 묘다.

태룡의 묘비는 다른 곳에 비해 훨씬 작다. 다른 역대 두령의 묘비는 깨끗하게 갈아 만든 커다란 바위를 여러 장 겹쳐 만들었는데, 태룡의 것에는 바위를 딱 한 개 놓아두었을 뿐이었다.

그것은 재앙의 숲에 들어간 '저주'로 목숨을 잃은 태룡이 두려워서 마을 사람 누구도 매장 작업에 협조해주지 않았기 때문이었다.

내내 겁을 집어먹은 상태여서 무덤을 파는 팔에도 힘이 들어가 있지 않던 호룡과 아무 말도 없던 운람. 고작 둘이서 만든 무덤이었기에 이것이 한계였다.

다른 두령들의 묘는 깨끗하게 관리되어 있지만 태룡의 묘는 비바람에 노출되고 낙엽이 잔뜩 쌓여 있는 상태였다.

운람은 묘로 손을 뻗어서 거기에 달라붙어 있던 낙엽 한 장을 집어 들었다.

"무덤 한 번 처참하네."

손가락에 달라붙는 지저분한 잎사귀를 가만히 들여다보았다.

태룡이 살아 있을 때는 역대 두령 중 그 누구보다 존경받고 사랑받았다는 사실을 도저히 믿을 수가 없는 꼬락서니의 묘였다. 묘비가 쓰러지지 않고 간신히 서 있는 것도 호룡이 중재해서 읍 사람들을 잘 달래고, 또 운람이 더러운 일을 전부 맡아서 하고 있는 덕분이었다. 그만큼 읍은 재앙을 두려워했다.

"……진짜 웃긴다니까. 마을을 지키고, 글공부를 하고, 굶주림을 해결하기 위해 재앙의 숲에 들어간 순간——이렇게나 경멸을 당하게 되다니."

운람은 한동안 잎사귀를 내려다보다가 문득 짜증이 난 듯 그것을 찢어발겼다.

"두령, 당신은 사람들한테 이용만 당하다 죽었지. 그런 인생으로 만족해?"

그러고는 묘비에 잔뜩 붙어 있던 잎사귀와 오물을 마구 때리다시피 탁탁 털어냈다.

바위의 움푹 들어간 곳에 고여 있던 빗물이 서투른 필적으로 묘비에 새긴 '태룡'이라는 글자를 씻으며 내려갔다. 주변에 있는 묘와 마찬가지로 표면에는 죽은 사람들의 이름이 새겨져 있었다.

태룡, 풍룡(豊龍), 약룡(若龍), 염룡(炎龍).

두령의 집안 남자들은 하나같이 '용'이라는 글자가 이름에 들어가 있다. 천한 백성이라 손가락질을 당하든 말든, 천자를 의미하는 글자를 이름에 넣는 것——약자 나름대로 최대한의 허세를 부린 셈이었다.

아버지 태룡은 자신의 이름이 '너무 거창하다'라면서 부끄러워하는 기색을 보이면서도 역대 두령들의 묘에 각각의 이름을 새겨 넣었다.

성실한 태룡 덕분에 묘에는 하나같이 당당한 이름들이 갖춰져 있었다.

하지만 유일하게 태룡의 묘비에 새겨진 이름만이 비뚤배뚤했다.

어쩔 수 없다. 이것만은 운람이 새겼기에.

"……난 당신한테 정말 단 하나도 물려받은 게 없네."

운람은 손톱으로 할퀸 자국 같은 못난 글씨를 더듬으면서 자조했다.

학문도, 달필도, 인망도, 이름에 들어가는 '용' 자도.

인간으로서의 성실함도――.

"여자 한 명 괴롭히면 세금을 내려준대. 재앙을 불러온 악녀에게 벌을 주면 향 전체의 냉해가 끝날 거라고. 밤에 산으로 찾아올 향장의 사자에게 몇 번 보고만 하면 그걸로 끝이야. 쉽지? 안 그래, 두령?"

운람은 태룡을 아버지라 부르지 않는다. 사실상 그의 아들도 아니다.

태룡도 향의 남자에게 강간당한 여자를 차마 저버리지 못하고, 태어난 아이를 자신의 아들로 받아들이기는 했지만 정말로 운람을 친자식이라고 생각한 적은 없었으리라.

이름에 '용' 자도 넣어주지 않고 운람(雲嵐)이라는 이름을 붙여준 것이 그 증거다.

하늘을 가득 뒤덮어 마을에서 햇빛을 다 빼앗아가는 구름(雲).

또는 그 어느 곳과도 조화를 이루지 못하고 그저 이삭을 쓰러뜨리기만 하는 폭풍(嵐).

그것이 운람, 이름 그대로다.

"여자를 괴롭히는 일과 맞바꿔 읍을 지키다니, 당신은 도저히 생각도 못 할 방법이겠지만……, 나는 할 수 있어. 시커멓게 찌든 영혼에 걸맞은 시커멓게 찌든 방법. 잘 어울리지?"

얇은 입술이 자조로 비틀렸다.

딱히 현 상황에 불만은 없었다.

그래, 이 정도면 족하다.

어차피 자신은 '불순물'.

비열하고 배운 것도 없고 마음을 허락할 상대도 없다. 읍에서도 향에서도 외부인 취급을 당한다——.

"그렇군요, 그런 사정이 있었군요."

그러나 갑자기 바로 옆에서 여자의 목소리가 들려오는 바람에 운람은 움찔해서 돌아보았다.

"괴롭히라는 명령을 내리고 상황을 보고하게끔 하는 건, 뭐랄까, 누구나 다 쓰는 방법이네요."

"어……?"

여자——주혜월은 차분한 표정을 지으며 묘를 향해 합장했다.

"그야 실적도 없이 보상만 받아가진 못하겠지. 하지만 구두 보고만 해도 된다는 건 친절하군. 이나 손가락 같은 증거도 필요없는 건가?"

"……?!"

반대쪽 옆에서는 황경행도 허리를 숙이고 있었다.

머릿수건을 벗어서 이마를 대충 닦고, 무덤을 향해 인사를 올리는 정중한 모습이었다.

'어느 틈에?!'

전혀 발소리가 들리지 않았는데.

"당신들……."

놀라서 굳어버린 운람을 향해 두 사람은 마치 자기 일처럼 몸을 내밀었다.

"사정은 이해했다. 그래, 읍을 구하기 위해 주혜월을 납치할 필요가 있었던 건가. 그런 것도 모르고 제멋대로 굴어서 미안하다."

"저희가 할 말은 아닐지도 모르지만 할 수 있는 일이 있다면 협력할게요. '주혜월을 괴롭혔다는 보고'라는 구도에 대해서는 어느 정도 조예가 있으니, 힘이 될 수 있을 것 같아요."

"뭐……?!"

귀족들 특유의 비아냥인가 했지만 두 사람은 지극히 진지했다.

"내 입장에서는 비인도적인 명령을 내린 향장을 해치우는 방법을 더 추천하고 싶다만."

"그러게나 말이에요. 고결한 위정자라고 평판이 높던데, 설마 자기 영지의 추녀를 함정에 빠뜨릴 꿍꿍이를 품고 있었다니."

"얼핏 온화하게 생긴 선량한 인물일수록 뱃속에 다른 생각을 품고 있는 법이지."

수심이 깃든 얼굴로 감상을 늘어놓은 뒤, 두 사람은 운람을 진지하게 바라보았다.

"뭐, 제군들의 입장도 있으니 온건하게 끝내고 싶다면 가짜 보고를 하고 보수만 받아오는 방법도 가능하지. 청탁병탄(清濁併呑)이 가능해야 남자라 할 수 있는 법이니."

"만일 괜찮으시다면 거짓 보고가 보다 과격하게 들리도록 묘사를 좀 지도해 드릴까요? 그러면 더 많은 보수를 받을 수 있을지도 몰라요."

업무 보고 내용까지 신경 써주는 포로라니, 듣도 보도 못한 일이다.

어떻게 반응해야 좋을지 알 수가 없어 얼굴을 일그러뜨리는 운람을 향해 여자는 단호한 얼굴로 자기 가슴을 탁탁 쳤다.

"사실 전 과격한 폭력 묘사에 정평이 있는 동설……, 지인에게서 고문 방법에 대해 들은 적이 있거든요. 거리낌 없이 의지해주세요."

"아니, 필요없거든!"

그제야 겨우 정신을 차린 운람이 벌떡 일어나 두 사람에게서 거리를 두었다.

"뭐야, 당신들! 자기 입장을 알기나 해?!"

삿대질을 하며 언성을 높였다.

납치당한 입장이니 겁을 먹고 움츠러들어야 할 그들이 이렇게 당당한 태도로 돌아다닌다는 것을 믿을 수가 없었다.

"당신들은 지금 납치당한 거야! 온 읍 사람들에게서 미움받고 경멸받고 공격당할 상황이라고. 그런 상황을, 그러니까 좀……, 알아서 잘 판단해!"

자기가 생각해도 박력이 없달까, 영문 모를 고함이었다.

포로에게 자중을 요구하는 유괴범이 대체 어디 있단 말인가.

"운람, 이런 말을 들으면 깜짝 놀랄지도 모르겠지만……."

예상대로 여자는 태연했다.

아니, 살며시 뺨을 손으로 감싸고 행복을 곱씹기까지 하는 눈치였다.

"사실 전 남들에게 미움을 받으면 조금 설레곤 한답니다……."

"아니, 지금 진짜 놀랐거든."

운람은 요란하게 고개를 푹 숙였다.

추녀의 탈을 쓴 이 뻔뻔하기 그지없는 생물은 대체 무엇이란 말인가.

"아……, 아니, 그게 아니고요. 당연히 미움을 받고 싶은 건 전혀 아니에요. 항상 온실 속 화초처럼 곱게 자라기만 했기에 이토록 생생한 감정을 접하면 놀람? 감동? 아무튼 가슴이 뻥 뚫리는 기분이 든다고나 할까, 살아 있다는 실감이 느껴져요."

아무리 그래도 어폐가 있다는 생각이 들었는지 여자가 황급히 양손을 앞으로 내밀고 변명했지만, 운람은 혀를 차고서 "따라와!" 하고 여자의 손을 붙잡고 난폭하게 언덕을 뛰어내려갔다.

"뭐야! 이 녀석들이 왜 이렇게 자유롭게 돌아다니고 있는 거야? 아무리 그래도 감시를 포기하는 건 너무하지 않아?"

밭으로 돌아와 감시를 맡겼던 사람을 찾아 야단을 쳤다.

그들은 분노하는 운람 앞에서 코를 비비거나 또는 괭이를 고쳐 메면서 머쓱한 듯 대답했다.

"아니, 읍 안 전체의 논에 물을 끌어다 주겠다잖아."

"우리 집은 망가진 처마를 고쳐줬어."

"난 추녀님한테 논두렁 쌓기 천재라고 칭찬해버렸지 뭐야……. 나도 오랜만에 밭 좀 갈아볼까 싶었지."

"추녀님이 우리 코를 풀어줬어. 좋은 냄새가 났어."

살짝 눈을 뗀 틈에 본격적으로 회유당하고 말았다.

"하나같이 너무 쉽게 넘어간 거 아냐……?"

운람의 이마에 퍼런 핏줄이 섰다.

"저, 저기, 운람. 실제로 그 둘, 전혀 포로답게 굴질 않아."

공연히 민망해졌는지 그때 호룡이 운람에게 살그머니 손짓을 해서는 귀에 대고 속삭였다.

"무관은 그야말로 악귀처럼 강하고, 추녀님도 태평해 보이지만 전혀 빈틈이 없어. 그 대신 애교가 있다고나 할까……, 엄청 믿음직스럽다고나 할까……."

"그래서 환영하겠다는 거야? 어? 세금은 어쩔 건데?"

"으, 응……. 그러니까……, 낮에는 어쩔 도리가 없으니까 잘 때 모가지를……. 아니, 잘 때 모가지를 따는 것도 어려워 보이니까, 그렇지, 방심을 시키는 거야. 내일까지는 친하게 지내자고. 딱히 날짜 제한이 있는 건 아니잖아? 내일 밤엔 일단 대충 얼버무려서 보고하면 되고."

실리를 취하는 거야, 실리를. 하고 주장하는 삼촌을 보고 운람은 눈을 가늘게 떴다.

그러나 결국 자신도 거의 같은 방침에 도달했음을 떠올리고 한숨을 내쉬었다.

하기야 이 말도 안 되게 강한 무관이 추녀를 지키고 있는 상황에서는 어쩔 도리가 없다.

온갖 공격을 다 무력화시키니, 할 수 있는 일이라고는 기껏해야 밥을 굶기는 정도다.

"……아무튼 절대로 아무것도 먹이지 마. 물도 주지 마."

"그, 그래! 그건 당연하지."

"일을 하고 싶다면 죽도록 부려먹어서 지치게 만드는 거야. 저 놈들이 잠들었을 때가 기회야."

"그래, 그래!"

호룡은 탁한 목소리로 열심히 맞장구를 쳤지만, 과연 이 계획이 잘 풀릴까.

'……아니, 잘 해내야지.'

운람은 지긋지긋한 기분으로 흐린 하늘을 올려다보았다.

향장의 말을 믿는다면 주혜월을 해하지 않는 한 이 구름은 걷히지 않으리라.

더 현실적으로 말하자면 세금도 내리지 않고, 이 겨울을 넘길 수가 없다.

"어머나! 여러분 모두 벌써 풀을 뽑고 계셨네요? 함께할 수 있어서 정말 기뻐요."

"따, 딱히, 같이 하는 게 아냐. 당신을 감시하려는 거지."

"그래도 전문가인 여러분이 계시니 마음이 참 든든하네요."

"흐, 흥. 글쎄."

그러나 여자의 천진난만한 웃음이 그리 싫지는 않은 표정의 남자들을 보고 운람은 먼 산만 쳐다보았다.

'……뭐야, 이게.'

운람은 기운이 다 빠진 채 마음속으로 다시 한 번 그렇게 중얼거렸다.

＊＊＊

"아아……. 이곳은 정말 끝없는 매력을 내뿜는 땅이구나……."

손톱 속까지 빈틈없이 진흙이 낀 손으로 이마를 짚으며 영림은 황홀한 기분으로 한숨을 내쉬었다.

한밤의 무논.

납치당한 지 벌써 이틀째가 되는 밤.

지금까지 거의 쉴 틈 없이 농사일을 한 몸은 그야말로 아프지 않은 곳이 없었으나, 열기를 띤 장딴지조차 영림은 사랑스럽게 내려다보았다.

근육통. 세상에서 제일 좋아하는 통증이었다.

"행복해……."

영림은 잠시 황홀한 표정으로 장딴지를 쓸어내리다가 문득 정신을 차리고 정색했다.

'헉. 충실한 농업 체험을 이렇게 즐기고 있을 때가 아니야. 더 얌전하게 굴어야지.'

그렇다, 운람 일행은 어디까지나 '주혜월'을 해코지하기 위해 이 읍으로 납치해 온 것이다. 아무리 이쪽에서 그 사태에 편승했다고는 하나, 아니, 편승해버렸다고 하나 운람 일행의 심경을 어느 정도 고려해야만 한다.

'반대 입장이 되어서 생각해봐야 해, 영림. 만일 괴롭히고 싶은 상대를 납치했다고 치고, 그 상대가 태평하게 즐거워한다면 대체 얼마나 불쾌할——.'

문득 눈앞의 논두렁을 지렁이가 기어갔다.

영림은 그 지렁이를 집어 들고 쓰다듬었다. 이것은 흙을 비옥하게 해주는 사랑스러운 생물이다.

'……아니, 지렁이를 예뻐할 때가 아니야. 이곳 사람들이 열심히 우리를 해코지하려고 하는데 그것을 무시하다니, 노력을 숭상하는 황가의 풍토에 비춰 볼 때 결코 해서는 안 되는——어머, 개구리.'

다시 정신을 차리려 했으나 이번에는 지렁이를 쫓아 개구리가 뛰어왔기에 재빨리 포획했다.

개구리는 먹을 수도 있지만, 이선(耳腺)에 있는 독을 추출해 놓으면 약 조합에도 쓸 수 있기에 편리하다.

'아, 암컷.'

야무지게 성별까지 확인하던 영림이 문득 미간을 좁혔다.

"안 되겠어. 유혹이 너무 많아……."

방금 전까지 이런 상태로 포로답게 행동하려고 애쓸 때마다 광대한 자연에서 자꾸만 유혹이 날아들어서 도저히 흥분을 가라앉힐 수가 없었다.

'아니, 이렇게 광대한 흙이, 논이, 밭이……!'

흙 주무르기는 그야말로 황가의 영혼에 새겨진 취미, 아니, 본능이라 해도 좋다.

영림은 황가의 여자로서 황기궁 정원에 몰래 밭을 경작하고, 벼농사 흉내도 내본 적이 있지만 역시 모형 정원과 진짜는 박력이 다르다. 대규모이기 때문에 구석구석까지 관리가 되어 있지 않은 실태, 예상을 뛰어넘을 정도로 풍요로운 무논의 생태계, 냉해라는 특수한 환경을 접한 영림은 귀중한 공부를 하고 있는 셈이었다.

괭이를 휘두를 때마다 새로운 발견이 있고, 풀을 뽑을 때마다 배우는 것이 있으니 무심코 이렇게 작업에 몰두하게 된다.

'원래의 내 몸이었다면 찌는 듯한 공기를 들이마시기만 해도 비틀거렸을 텐데, 혜월 님의 몸은 지칠 줄을 몰라. 정말 최고야!'

심지어 첫날 아침에는 분명 적대적이었던 읍 사람들의 태도도 차츰 완화되고 있었다. 아니, 처음 만났을 때 침을 뱉으며 욕설을 퍼붓던 태도마저 영림의 입장에서는 기운이 넘치고 좋아 보였다.

'남령 사람들은 모두 어쩌면 이렇게 생기가 넘칠까?'

아마도 모두 '주혜월'을 괴롭히지 않으면 냉해가 그치지 않을 것이라 믿어 의심치 않는 모양이었다. 기근 때문에 정신적으로 궁지에 몰려 있는지 처음 '주혜월'을 보았을 때는 하나같이 험한 말을 내뱉고 돌을 던지려 했다.

그러나 온갖 어휘를 다 동원해 분노를 드러내는 그 태도가 너무나도 필사적이라는 느낌이 들었다.

돌을 피하니 깜짝 놀라고, 처음 듣는 단어의 의미를 질문하니 당황하고, 이쪽의 언동에 일일이 반응하는 모습은 그야말로 사랑스러움마저 느껴질 정도였다.

「그런 식으로 치면 안 되지! 등 뒤를 노린다고 다 되는 게 아냐. 사각을 의식하라고! 그래. 이렇게, 이렇게, 이렇게 하는 거야!」

「으엑?!」

경행이 남자들의 공격을 받아친 뒤 바로 무술 지도에 들어가자, 남자들은 어쩔 줄 몰라 하며 따라왔다.

「방금 전 꿩이 날아왔을 때 큰……, 경행 님께서 돌을 던져 맞히셨어요. 기름이 없으니 튀길 수는 없지만, 구이랑 찜 중 어느 쪽이 더 맛있을 것 같으세요?」

「당신들, 인생이 되게 즐거워 보이네?!」

여자들은 말을 걸면 말투가 난폭하긴 했지만 그래도 야무지게 반응해 주었고,

「죽어버려! 재안을 불러오는, 이 악녀!」

「어머나. '재안'이 아니고 '재앙'이랍니다. 같이 한 번 말해 볼까요? 하나, 둘, 셋.」

「재앙.」

아이들은 어른들에게 물들어 입이 거칠었으나, 물들기 쉬운 만큼 솔직했다.

기근의 전조를 직면하고 있기에 태도가 살벌했으나 이쪽에서 '여러분과 똑같은 농기구를 들고' '기합을 담아 인사'하면 다들 슬슬 뒷걸음질을 치다가 그 이상의 과격한 행동을 취하지는 않았다.

어쩜 이렇게 정직한 사람들이 다 있을까. 영림은 그들의 소박한 성격을 곱씹었다.

'생각해 보면 이 분들 모두 주가와 혈연이 있다고 볼 수 있으니, 역시 어딘가 모르게 혜월 님과 통하는 부분이 있는 것 같아. 참 사랑스러워. ……아아, 빨리 혜월 님과 연락을 취해야 하는데.'

연상하는 김에 아직도 혜월과 이야기를 하지 못했다는 사실을 떠올린 영림은 흐린 표정을 지었다.

읍의 누군가가 늘 감시하고 있는 탓에 혼자 불 앞에 설 기회가 없었다.

'걱정하고 계시겠지?'

아무리 도망치라는 말을 먼저 꺼낸 것이 혜월이라고는 하나, 사전에 의논도 하지 못한 상황이었다. 경창이 사정을 어느 정도 설명해주기는 했겠지만 분명 무척이나 마음을 끓이고 있을 터였다.

혜월 또한 요명이나 다른 가문 추녀들 앞에서 '황영림'을 계속 연기해야 한다. 그 긴장감과 부담을 생각하면 영림 또한 혜월이 무척 걱정스러웠다.

그러나 읍의 감시 하에 놓인 상황에서는 가능하면 염술 사용을 피하는 것이 현명하다는 생각도 들었다.

이곳저곳에 만들어져 있는 사당과 틈만 나면 하늘을 향해 기도하는 모습으로 미루어볼 때, 읍 사람 모두가 신앙심이 매우 깊고——동시에 재앙이나 주술 등을 지독히 두려워하는 듯 보였기 때문이었다.

미지의 도술 같은 걸 보았다가는 악녀를 넘어 악귀라면서 불태워 죽일지도 모른다.

'예를 들면……, 「재앙의 숲」이라고 했던가?'

영림은 운람이 묘 앞에서 중얼거리던 말을 문득 떠올렸다.

두령이 발을 들인 순간 읍 사람 모두가 일제히 그를 경원시하게 되었다는 저주받은 장소.

재앙의 숲이란 산중턱에 펼쳐진 깊은 숲을 말하는 모양이었다. 영림에게는 그저 풍요로운 숲으로만 보였으나, 이 읍 사람들에게는 그렇지도 않은 듯했다.

꿩을 잡기 전에 배가 고팠던 영림은 산 속에 들어가 산나물이라도 캐 올까, 하고 별 생각 없이 혼잣말을 했다. 그러자 그때까지

시끌벅적했던 사람들의 안색이 확 변했다. 남자도, 여자도, 아이들까지도.

「지금 뭐라고?」

「재앙의 숲에 들어가다니, 그건 절대 안 돼.」

그때만큼은 사람들의 얼굴에서 친근함이 깨끗이 사라지고, 그 대신 강렬한 증오와 공포만이 뚜렷이 배어 났다.

"그 숲에는, 절대 들어가면 안 돼. 절대로.」

어린아이들까지도 심각한 표정으로 그렇게 말했다. 영림이 이유를 물으려 해도 그 이름마저 입에 담기 싫다는 듯 입을 다물어버렸다.

영림과 경행은 당황스러웠지만 이곳은 어디까지나 이 사람들의 마을이다. 결속이 강한 집단 내에는 독자적인 규율이나 규칙이 있는 경우가 흔했기에 끈질기게 이유를 캐묻기도 어려웠다.

「숲에 들어가면, 다 죽는대.」

아이들 중에서 기가 세 보이는 소년 하나가 이쪽을 노려보며 가르쳐주었다.

「진짜야.」

영림은 붙잡는 것처럼 자신의 팔을 꽉 쥐는 그 소년의 손을 가볍게 마주 쥐었다.

소년은 단순히 읍에 재앙을 끌고 들어오지 말라고 위협할 생각이었으리라.

그러나 영림에게는 그것이 자신을 걱정하는 말투로 들렸다.

망설임 없이 뻗어 온 손, 그 작은 감촉은 정말이지 따스하게 느껴졌다.

'지금은 냉해 때문에 분위기가 살벌하지만……, 원래는 더 정이 많고 따뜻한 사람들일 거야. 혜월 님께 연락을 취한다 해도, 이 사람들을 불필요하게 자극하진 말아야겠어.'

지금 진흙으로 더럽혀진 이 손에 소년의 손바닥 온기가 아직 남아 있는 듯했다.

영림은 희미한 달빛에 손을 비추어 보며 이 읍 사람들과 더 터놓고 지내고 싶다는 생각을 했다.

'친해지고 싶은 걸로 말하자면…….'

문득 조금 떨어진 곳에 있는 개구리를 돌아보았다.

거기에는 결국 둘만 남은 운람과 호룡이 지긋지긋하다는 얼굴로 이쪽을 감시하고 있었다.

경행에게 완전히 압도당한 다른 사람들은 후딱 포기하고 돌아가버렸기 때문이었다.

영림이 무심코 두 사람에게 손을 흔들자 호룡은 당황한 얼굴로 마주 손을 흔들어주었고, 운람은 벌레 씹은 표정으로 고개를 홱 돌렸다.

"사랑스럽네요……."

마치 까다로운 고양이를 바라보는 것만 같아서 저도 모르게 가슴이 설렜다.

특히 운람은 아름다운 용모 덕분인지 처음 만났을 때의 리리를 떠오르게 했다.

말로는 뭐라고 떠들어대든 아버지의 무덤 앞에서 궁지에 몰려 있던 모습은 친근하게 느껴졌다. 추궁에 들어온 후로는 어려워졌지만, 영림 스스로도 어머니의 사당을 자주 찾아가곤 했었기에.

무엇보다 저 들고양이처럼 쌀쌀맞은 태도, 그러면서도 이쪽의 언동에 일일이 반응해주는 성실함을 볼 때마다 자꾸만 사랑스러움이 솟구쳤다.

"아아, 리리는 건강하게 잘 있을까. 운람과 함께 있으면 리리가 곁에 있는 것처럼 편안한 느낌이 들어. 여기 있는 동안만이라도 운람과 어떻게든 친해질 수 있다면 좋을 텐데……."

"영림, 요 녀석. 현지처를 얻으려고 하는 남자 같은 표정이다, 지금."

진지한 얼굴로 끙끙 앓고 있는데 등 뒤에서 목소리가 들렸다.

고급스러운 의상의 옷자락을 걷어 올리고 망설임 없이 무릎 아래까지 진흙 속에 푹 파묻혀 있는 그 남자는 경행이었다.

물론 경행도 영림과 마찬가지로 이 시간대가 될 때까지 농사일에 완전히 몰두해 있었다.

두 사람은 지극히 매끄럽게 아직 잡초가 남아 있는 논두렁을 포착하곤, 숨 쉬는 것처럼 자연스럽게 그곳에 쪼그리고 앉아 풀을 뽑기 시작했다.

"이야, 그나저나 실로 즐거운 시간이야. 왕도 근무에서 빨리 은퇴하고 시골에서 매일같이 이렇게 흙이나 만지며 살 수 있다면 얼마나 좋을까."

"정말 공감해요. 안타까운 게 있다면 워낙 서늘한 여름이라 벼의 성장이 너무 느리다는 점이네요."

"오히려 그래서 우리의 의욕을……."

"더욱 자극하는 건지도 모르겠네요."

지나치게 호흡이 딱딱 맞는 이 남매는 한 문장을 나누어 말한 후, 얼굴을 마주보며 고개를 끄덕였다. 그러는 동안에도 손으로는 재빨리 풀뿌리를 파헤치고, 희미한 달빛에만 의지하여 해충을 깔끔하게 잡아 죽였다.

"햇빛이 부족한 건 사실인가 봐요. 하지만 풀 뽑기도 해충 구제도, 이 읍 사람들은 놀랄 만큼 높은 수준으로 해내고 있어요."

"논두렁도 깨끗하게 다져져 있고, 물꼬를 둘러싸고 싸우는 일도 없이 결속이 단단해 보여. 그런데 이 정도 성장 수준이라니 참 안타깝군."

"흙 자체가 척박하기 때문이겠지만, 비료도 상당히 고민한 흔적이 보여요. 도대체 뭘 어떻게 해야 보다 충실한 이삭이 맺힐까요?"

"아니, 이렇게 된 이상 할 수 있는 일은 해가 나기를 기도하면서 열심히 풀을 뽑고 해충을 잡는 것밖에 없지."

쪼그려 앉은 두 사람은 진지한 표정을 지으며 끊임없이 대화를 나누었다.

"인사(人事)를 다한다는 건 그런 의미지. 해가 나고 드는 건 농작신밖에 정할 수 없는 일이니까. 사람이 할 수 있는 건 그저 땅에 착 달라붙어 계속 들여다보는 일뿐이야."

"그리고 그 꾸준한 불굴의 나날을 가능하게 해주는 게 바로──."

그리고 두 사람은 동시에 일어나 팔뚝을 척 들어올리더니, 그것을 교차시켰다.

"근육!"

두 사람은 씩 웃다가 마침내 감탄의 한숨을 내쉬며 서로의 얼굴을 바라보았다.

"이런, 이런……. 엄청나게 즐겁구나, 영림!"

"네. 정말, 정말 무척이나 즐거워요, 큰오라버니!"

두 사람 다 흥분이 가라앉지 않는다는 표정이었다.

그도 그럴 터였다. 지금까지도 사이좋은 남매이기는 했지만, 체력 문제 때문에 둘이 하루 종일 행동을 함께한 경험이 없었던 것이다.

그런데 이렇게 흉금을 터놓고 대화를 나누며 마음껏 좋아하는 일에 몰두할 수 있다니.

기쁘지 않을 리가 없다.

"정말 꿈만 같아요. 이렇게 함께 벼를 키우고, 밭을 돌볼 수 있다는 게."

영림은 기쁨으로 눈을 빛내며 자꾸만 고개를 끄덕였다.

"읍 사람들의 분노는 흉년을 두려워하는 마음에서 유래한 게 틀림없어요. 그렇다면 저도 조금은 그 해결을 돕고 싶어요. 물론 하루아침에 어떻게 될 일은 아니겠죠. 하지만 그렇다면 상황이 허락하는 한 며칠이든――."

이 읍에 머물고 싶다고 말하려다 입을 다물었다.

경행이 어느 틈엔가 팔을 내리고 진지한 눈빛으로 이쪽을 바라보고 있었기 때문이었다.

"너는 조금이라도 더 오래 그 몸에 있고 싶은 모양이구나, 영림."

"……."

차분하고 느린 목소리였다.

방금 전까지의 그 호쾌한 태도와는 완전히 다른, 진심에서 우러나는 다정함에 영림은 겁을 먹었다.

"책망하려는 게 아니야. 그저, 네 마음을 확실히 확인하고 싶을 뿐이지."

한밤의 논 위로 미지근한 바람이 쓸고 지나갔다.

머리가 흐트러지는 것도 신경 쓰지 않고 경행은 영림을 물끄러미 바라보았다.

타인의 얼굴을 한 여동생을.

"일반적으로 생각해보면 주혜월은 미움을 받는 존재다. 그리고 그런 주혜월의 몸에 들어가서 사람들의 적의를 네가 대신 받고 있는 이 상황은 아무리 생각해도 부조리해. 일부러 납치를 당하자고 제안한 내 말에 반발해도 이상하지 않지. 그런데 너는 이 읍에서 달아나겠다는 생각 따위 손톱만큼도 안 하고 있어."

"……그건 그러니까, 저 스스로 결정한 일이기도 하고, 만일 향에 돌아가 전하께 모습을 보이면 몸이 바뀌었다는 사실을 금세 들키고 말 테니까……. 그럼 혜월 님이 벌을……."

"주혜월은 벌을 받게 되겠지. 동시에 넌 황후가 된다. 세간의 일반적인 방식으로 말하자면 황후가 **될 수 있는** 거야. 그런데 너는 자신의 부귀영화와 주혜월의 안전을 천칭에 나란히 놓지도 않아. 그러기는커녕……, 너는 주혜월이 받을 벌보다 사실은 황후가 되는 게 더 두려운 것 아니냐?"

낮은 목소리로 지적하자 영림은 퍼뜩 놀란 듯 고개를 들었다.

"세상에, 그럴 리가요. 황후 자리는 영국의 여자가 오를 수 있는 가장 높은 지고의 영예이고――."

"영예라는 사실은 인정하겠다는 말이구나. 그럼 전하께 마음을 열 수가 없다는 것이냐? 아무래도 넌 전하에게서 도망치기 위해 내기를 하고 있는 모양인데."

"아뇨! 전하는……, 오라버니는 문무 양면으로 능통하시고 자상하신 데다 믿음직스러우시고, 제게는 너무 아까운 분이죠……."

최근 들어 계속 피했던 '오라버니'라는 호칭을 영림은 입 밖으로 냈다.

몸이 바뀌었다는 사실을 들키면 아내로서, 장기적으로는 황후로서 요명의 곁에서 살아가야 한다. 하지만 꿰뚫어보지 못했을 경우 거리낌 없이 추궁을 떠나겠다. 그런 조건을 내걸고 고집스럽게 '전하'라고만 부르던 영림을, 요명은 '아직 나를 용서하지 않았구나'라고 생각하고 있는지도 모른다.

하지만 사실은 그렇지 않다. 영림은 이미 진작 요명을 용서했다. 아니, 애당초 화도 내지 않았다.

그때 그 상황에서는 요명이 영림을 수심의 의식에 던져 넣었던 것도, 매도의 말을 퍼부었던 것도 전부 어쩔 수 없는 일이었다. 그런 행위 전부가 '황영림'을 향한 애정, 그리고 의분 때문에 저지른 일이었기에.

"제가……, 외람되지만 내기를 계속하고 있는 이유는……."

영림은 잠시 입을 꾹 다물고 경행에게 등을 돌린 채 작은 산처럼 쌓인 잡초더미를 내려다보았다.

이 서늘한 여름에도 벼를 제치고 끈질기게 뿌리를 뻗은 이름도 없는 풀과 꽃을 향해.

"……걸교절에, 혜월 님과 몸이 바뀐 그 후에 원래 몸으로 돌아오고 나서 알아차린 일이 있었는데요."

영림은 나직하게 띄엄띄엄 이야기했다.

"제 몸이 놀랄 만큼 건강해져 있었어요. 열도 나지 않고, 나도 미열 정도였죠. 구토기나 현기증도, 육체적 통증도 사라지고 전신이 가벼워졌어요……. 어쩌면 이건 병마가 좀먹고 있던 몸을 혜월 님의 영혼이 불태워서 정화시켜 주신 게 아닐까 하는 생각이 들더군요."

"화전(火田) 같구나."

"그럴 수도 있겠네요."

황가의 흙 성질과 주가의 불 성질을 논밭에 비유하는 경행의 말에 영림은 키득키득 웃었다.

하지만 금세 웃음기를 거두고 "하지만" 하고 눈을 내리깔았다.

"그것도 오래 가진 않았어요. 오히려 그 반동처럼 한층 더 심한 증상에 시달렸죠……. 후후, 저, 예전부터 고열을 앓을 때 꾸는 꿈이 있었어요. 그런데 오라버니, 최근 들어선 며칠 간격으로 꾸고 있답니다."

눈을 감으면 지금도 눈꺼풀 안쪽에서 그것이 되살아나는 것만 같다.

무수한 눈알들. 새까만 어둠. 한 번 '그것'에 사로잡히면 시커먼 불길로 전신이 타들어가고 만다. 뿌리쳐도 뿌리쳐도 전신에 들러붙는 무시무시한 불꽃이었다.

영림은 옅은 미소를 띤 채 "저 말이죠" 하고 말을 이었다.

"앞으로 얼마 안 남은 것 같아요."

어둠 속에 녹아들기라도 할 듯 고요한 그 목소리에 경행은 저도 모르게 숨을 들이켰다.

그것을 눈치 챈 영림은 곧바로 "농담이에요" 하고 명랑한 목소리로 말하며 경행의 반대편 풀숲에 쪼그려 앉았다.

"괜찮아요. 군의이기도 한 큰오라버니의 지혜를 빌려서 보다 강력한 처방을 하루하루 개발하고 있는걸요. 아무리 열이 나고 몸이 아파도 약으로 누그러뜨릴 수 있어요."

뚝, 뚝 잡초 뽑는 소리가 울려 퍼졌다.

경행은 할 말도 잊고 동생의 뒷모습을 응시했다.

"하지만……, 황후는 단순히 한 남자의 아내가 아니에요. 국모예요. 반드시 후계를 낳아야만 하는 몸이고요. 그렇게 생각하면 제가 황가에서 온 여인으로서 그 자리에 오르는 건, 있어서는 안 되는 일이 아닐까……하는 생각이 드는 거예요."

추녀는 곧 차기 황후이자 비가 될 사람이다. 하지만 그것은 어디까지나 암묵적인 양해에 불과하다. 탈락자가 있어도 금세 다음 후보가 선발된다.

그러나 황후가——정식 '아내'가 만일 되어버린다면.

땀범벅이 되었네요, 하고 영림이 관자놀이를 닦는 시늉을 했다.

"그렇다면 한시라도 빨리, 저 스스로 추녀 자리에서 물러나야 할지도 몰라요. 하지만 싸우기 전에 먼저 사퇴하는 건 황후 폐하께서 허락해주시지 않을 거예요. 저도 싫어요. 괜찮아, 아직 싸울 수 있어……. 그렇게 생각하는 마음과……, 이제 더 이상은, 이라고 생각하는 마음이……, 때때로……. 그래서 저는 내기라는 비겁한 방식으로……."

"그래, 알겠다. 그만 됐어, 영림."

경행이 재빨리 말을 끊었다. 영림은 딱 한 번 짧게 코를 훌쩍인 뒤 몸을 휙 돌렸다.

그 얼굴에는 평소와 다름없이 온화한 미소가 떠올라 있었다.

"있잖아요, 큰오라버니. 응석받이 여동생이 떼를 쓰는 거라고 생각해주세요. 영림은 조금 더 이 몸으로 놀고 싶답니다."

"영림."

"이번 외유 중에 절대 건강이 나빠지지 않도록, 요 며칠 동안은 특별히 독한 약을 처방해 놓았어요. 그러니 혜월 님께 건강 면에서도 폐를 끼치지는 않을 거예요. 그 약은 이레 동안 먹으면 반동이 오니, 반드시 그 전에 향으로 돌아가 몸을 되돌려 놓겠다고 약속드릴게요."

그 전에 기를 회복한 혜월이 원격으로 몸을 되돌려 놓을 수 있을지도 모른다고 덧붙인 영림은 한층 더 차분한 목소리로 말했다.

"분명 이번이 마지막일 테니까요."

그것은 몸을 바꿀 때마다 영림이 항상 혜월에게 하던 말이었다.

그럴 때마다 혜월은 "이 거짓말쟁이야!" 하고 눈을 치켜뜨며 화를 냈지만, 매번 영림이 진심으로 각오하고 하는 말이었다는 사실을 알면 혜월은 어떤 표정을 지을까.

경행은 영림 곁에 주저앉아서 기분을 바꾸려는 듯 한숨을 내쉰 후 풀뽑기를 재개했다.

"……뭐, 나는 여동생 팔불출로 정평이 난 황경행이니까. 여동생이 '각오가 안 돼' 하고 훌쩍훌쩍 울면서 매달린다면 집안의 영광을 팽개치는 한이 있더라도 시간을 벌어주려 애쓰는 건 당연한 일이지."

"후후. 사실은 제가 황후가 되지 않는 편이 다섯 가문의 균형에도 낫다고 생각하시면서."

"그런 건 덤이야, 덤. 네가 황후가 되고 싶어 한다면 시간을 들여 땅고르기를 하면 될 일이지."

가볍게 대꾸한 경행은 요란하게 어깨를 으쓱했다.

"게다가 운람이 널 납치하면서 오는 길에 읍과 향을 잇는 흔들다리를 끊어 놓았어. 아무리 나라도 다리가 없으면 향에 돌아갈 수가 없지. 할 수 없이, 정말 어쩔 수 없이 탐색대가 올 때까지 이 읍에 며칠 머무르는 수밖에 없겠다."

"……그렇군요. 할 수 없이, 정말 어쩔 수 없네요."

영림이 더욱 환한 미소를 지었다.

운람 일행이 흔들다리에 칼자국을 낼 때, 경행이 날뛰지 않고 가만히 지켜보았다는 사실을 영림은 알고 있었다.

생각나는 대로 행동하는 것 같지만 이 오라비는 사실 무척 현명한 사람이다.

예컨대 방금 전 이곳저곳의 논밭을 옮겨 다니며 풀을 뽑으면서 이 읍 전체 상황을 파악하려 했던 것처럼.

분명 경행은 이 읍의 위치와 규모, 그리고 빠져나가는 길까지 전부 알아 놓았으리라.

"그렇고말고. 어쩌면 경창이 너무 당황한 나머지 엉뚱한 방향으로 탐색대를 안내했을지도 모르지만 그 또한 어쩔 수 없는 일이다. 우리는 최대한 얌전히, 하늘이 허락하는 한 이곳에서 기다리자꾸나."

"네."

이렇게나 보호받고 있다.

영림은 경행을 향해 깊이 고개를 숙였다.

"고마워요."

"아니, 감사 인사를 받을 정도까진 아닌데."

경행은 가볍게 대꾸하며 흙 묻은 손으로 턱을 문질렀다.

"그나저나 전하가 황태자로서 꼼짝 못 하시는 입장이란 건 우리한테는 행운이었구나. 용의 기운을 지니신 그분이 작정하고 나서면 이곳 위치 정도는 금세 알아내셨을 텐데."

"그러게요. 전하는 저희도 모르는 기능을 꽤 여러 가지 갖고 계신 것 같더라고요."

"그 점에서 취관이나 무관 따위는 아무리 유능하다 해도 결국 범인(凡人) 무리일 뿐이지. 짐승 같은 감을 지닌, 단독 행동도 불사할 수 있는 무모한 인간이 아닌 한 설마 이 읍을 알아낼 수 있을 리가——."

없지, 하고 말을 이으려던 경행이 문득 움직임을 멈추었다.
풀을 한 줌 쥐고 있던 손에서 흙이 파스스 떨어져 내렸다.
"——큰일났다, 있잖아."
"큰오라버니?"
갑자기 어느 한 점을 응시하는 오라비를 보고 영림은 고개를 갸웃했다.
무의식적으로 그 시선을 좇아, 여러 갈래 논두렁 너머 관개용수천 양옆으로 펼쳐진 풀숲을 바라보다가——.
"앗."
작은 소리를 질렀다.

***

"야, 운람."
옆에 앉아 있던 호룡이 콧잔등을 긁으며 한숨을 내쉬었다.
"저 녀석들, 언제까지 일하려는 걸까?"
"모르지."
운람은 한쪽 무릎을 세우고 거기에 팔꿈치를 괸 채 뚱한 표정으로 대꾸했다.
"나 배가 좀 아픈데, 뒷간에 갔다 와도 될까……? 너 혼자만 남겨 두면 안 되겠지?"
"……."
"뭔가 행 할멈도 지쳤는지 드러누웠어. 점심도 안 해줘서 나도 배가 고프다고나 할까, 그만 집에 돌아가고 싶다고나 할까, 한숨 자고 싶다고나 할까, 뭐 그런…….”

요컨대 호룡은 감시에 질린 모양이었다.

하지만 그건 운람 역시 마찬가지다.

운람은 짜증을 숨기기 위해 논두렁의 잡초를 마구 뽑아댔다.

요 몇 각 사이 주혜월과 황경행은 내내 논에 있었기에, 감시하는 운람과 호룡도 내내 논두렁에 주저앉아 있어야 했다. 아니, 몇 각 정도가 아니다. 저 추녀와 무관은 요 이틀 내내 계속 농사일에만 몰두했다.

그러는 틈틈이 사람들의 괴롭힘을 피해내고, 꿩을 잡아 기분 좋게 먹어치웠다. 운람 일행은 분명 괴롭히는 입장인데도 한동안 그렇게 배불리 뭔가를 먹어 본 적이 없는데.

심지어 꿩 요리를 할 때 일부러 진흙을 발라 쪄서 굽고, 납치를 당할 때 제단에서 슬쩍 가져온 제사용 소금을 뿌리는 여유마저 보였다.

운람이 “아니, 공물까지 가져온 거야?!” 하고 저도 모르게 끼어든 것도 무리는 아니었다. 그런 상태로 두 사람이 신나게 농사일을 하고, 생글생글 웃으며 읍 사람들을 회유할 때마다 운람은 계속 고함을 지르며 뛰어다녔다.

‘왠지 지친다……. 내가 이렇게 버럭버럭 소리를 지르는 인간이었던가……?’

아니, 그렇지 않다. 사람 하나 꿀떡 삼킨 얼굴로 표표하게 돌아다니는 자, 그게 바로 자신이었다.

익숙하지 않은 행동에 심신이 피폐해진다.

그렇지 않아도 다른 읍 사람들은 차츰 처벌에서 이탈하는 추세였다.

피로감도 느껴져서 운람은 턱을 괸 채 먼 산만 쳐다보았다.

시선 너머에서 주혜월과 황경행이 나란히 알통 자랑을 하더니 금세 다시 풀 뽑기에 돌입했다.

"진짜 질리지도 않고 꾸준히 일하네……."

결국 귀가를 포기한 호룡이 부스럭거리며 자세를 고쳐 앉았다.

"저기 좀 봐, 요 이틀 사이 잡초가 다 사라지고 깨끗해졌어. 발로 진흙을 짓이겨서 논두렁의 무너진 부분을 메우고, 해충이 있으면 잡아 죽이고, 돌아다니면서 벼 하나하나를 다 살펴보던데. 저 녀석들 대체 정체가 뭐야? 본업이 농민인 거 아냐?"

"……."

할 일이 없어 무료한지 호룡이 중얼중얼 혼잣말을 하는 것을 운람은 말없이 듣고 있었다.

적어도 저 둘이 웬만한 농가 수준의, 아니, 그 이상의 작업 수준을 보여주고 있다는 것만은 분명했다.

벼를 조금이라도 밟으면 트집을 잡아 괴롭혀주려 했는데, 아직까지 저 둘의 작업 수준은 이 읍 사람들 이상으로 정성스러우면서도 신속했다.

"저게 진짜……, 재주도 없고 무능하고 거만하기 짝이 없는 시궁쥐란 말이야?"

"……."

운람은 미간을 찌푸렸다.

왕도에서 소문을 듣자하니 주혜월은 다른 가문의 추녀를 괴롭히고 궁녀를 못살게 굴며 사람을 사람 취급하지 않는 여자라 했다. 봉납무 직전의 태도만 봐도 천민이 매달려 사정하려 하자 순간적으로 몸을 뒤로 뺄 만큼 백성들을 경멸하고 있었다.

그런데 이게 무슨 일인가.

이 읍에 온 후로 주혜월에게서 그런 모습은 손톱만큼도 보이지 않았다.

고귀한 여자 중에서, 아니, 향의 백성 중에서도 지금까지 이 읍의 천민들에게 웃으며 말을 건 사람이 있었던가.

너저분한 차림새를 보고 눈을 피하기는커녕 시선을 똑바로 맞추며 이야기를 듣고 망설임 없이 감사 인사를 건넨다.

천민들의 빈약한 몸집과 구역질나는 냄새를 비웃지도 않고, 읍에서 훌륭하게 경작한 논밭을 보며 감탄한 얼굴로 고개를 끄덕인다. 그런 인간이 지금까지 있었던가.

"아니, 생각했던 거랑 너무 다르잖아. 달라도 너무 달라. 저기, 운람……."

"너무 쉽게 넘어가는 거 아냐? 삼촌도, 읍 사람들도."

운람은 품위는 없지만 결국 사람 좋은 호룡의 말을 딱딱한 목소리로 가로막았다.

"저런 건 연기일 게 뻔해. 괴롭힘을 당할 거라는 말을 듣고 조금이라도 우리의 환심을 사려는 거야."

저 두 사람이 그렇게 순순히 포로다운 생각을 하지 않으리라는 사실은 잘 알고 있었다.

하지만 단호하게 말함으로써 운람은 자신의 말을 믿으려 했다.

"애당초 저 녀석들이 저렇게 기운차게 일할 수 있는 건 평상시에 늘 배불리 먹어 힘을 길렀기 때문이잖아. 하루하루 죽 한 그릇으로 겨우 연명하는 우리랑은 달라. 저 어처구니없는 기운조차 사실은 전부 미워해야 할 일이라고. 그 부분을 보고 감탄하면 어쩌자는 거야?"

저들이 저렇게 일할 수 있는 것도 앞으로 기껏해야 몇 각 정도이리라. 첫날엔 운 좋게 꿩을 잡아먹었지만, 그런 행운이 이어질 리가 없다.

내일이 되면 배도 고프고 완전히 지쳐서 잠자리에서 일어나지도 못하겠지. 요즘 천민들이 다들 그랬던 것처럼.

"……뭐, 그건 그래."

잠시 후 눈썹을 축 늘어뜨린 호룡이 고개를 끄덕였다.

"주혜월은 괴롭힘을 좀 당해야 해. 맞아, 널 위해서라도."

마지막 한 마디에 운람이 저도 모르게 고개를 든 그때였다.

내내 논두렁에 쪼그려 앉아 풀을 뽑고 있던 주혜월과 황경행이 벌떡 일어나는 바람에 두 사람은 깜짝 놀랐다. 여자로 말하자면 발걸음을 휙 돌려, 절박한 표정으로 논두렁을 뛰어가기 시작했다.

운람과 호룡이 숨을 들이켜며 재빨리 얼굴을 마주보았다.

'도망친다——!'

순간적으로 주혜월을 쫓아가면서 거 봐, 하고 운람은 생각했다.

감탄이 나올 정도의 일솜씨도, 겸손하고 온화한 태도도 전부 연기에 불과했던 것이다.

얌전한 미소를 지으면서 마음속으로는 사실 탈출을 꾸미고 있었다.

"이봐, 기다려!"

여자는 의외로 발이 빨랐다. 그러나 운람에게서 도망칠 수 있을 리가 없다. 달빛밖에 없는 축축한 논두렁이기도 했기에 결국 여자는 쉽게 잡혔다.

"어디로 도망치려는 거야, 어?!"

"아, 아니에요. 도망친다고 해야 하나요? 아니, 도망은 도망인데 딱히 읍에서 도망치려는 건 아니에요! 그냥 비축 창고에 몸을 숨기고 싶어요! 그래요, 저, 돌아가고 싶어요! 비축 창고로 돌아가고 싶어요!"

상대는 상당히 동요했는지 말투는 정중했지만 그 내용이 통 조리가 없었다.

운람이 가냘픈 팔을 움켜쥐자 여자는 발버둥 치며 정신없이 말했다.

"제, 제발 부탁이에요. 지금 긴박한 상황이라고요. 제발 절 돌려보내 주세요!"

"그런다고 진짜 돌려보내겠냐, 이 망할 계집이."

언성을 높이면서도 운람은 사실 마음속 한편으로 조금 안심도 했다.

괴로워하는 여자, 을러대는 천민.

이거야말로 자신들이 그리던 '처벌'의 올바른 구도였다.

겨우 이해 가능한 상황이 된 덕분에 운람은 안도하고 있었다.

"이제 와서 겨우 자기 입장을 깨달은 건가? 하지만 안타깝게 됐네, 못 돌려보내. 이제부터 이 읍의 모든 사람들이 네게 돌을 던지고, 널 덮치고 깔아뭉갤 테니까."

"아뇨, 저기, 죄송하지만 지금 그런 이야기는 안 하시는 게——."

"그쪽이 안 하고 싶어도, 나는 지금 이 이야기를 하고 싶어 죽겠거든."

말을 하다가 문득 깨달았다. 만일 지금 이 순간 여자에게 무기를 들이대면 저 무시무시한 호위까지도 무력화시킬 수 있지 않을까. 추녀를 인질로 잡아 호위에게 제 발로 비축 창고에 걸어들어가게끔 하는 거다. 그리고 이번에야말로 밧줄로 칭칭 감아 묶어 놓으리라.

운람은 한 손으로 여자의 팔을 붙잡은 채, 다른 한 손으로 자신의 품을 뒤적거렸다.

그러는 사이 여자는 자꾸만 뒤를 돌아보았으나 운람의 손에 칼이 들려 있는 모습을 보더니 어둠 속에서도 알아볼 수 있을 만큼 얼굴이 새파래졌다.

"아아앗, 저기, 죄송한데요, 일이 귀찮아질 것 같으니 무기는 집어넣으시면 안 될까요?!"

"하, 시킨다고 고분고분 칼을 집어넣는 바보가 어디 있어? 시험 삼아 살짝 어디 좀 베어 볼까?"

"아니——."

당황해서 어쩔 줄 모르는 주혜월의 모습에 속이 시원해진 운람이 더욱 세게 팔을 잡은 채 몸을 끌어당기려던 그 순간.

——퍼억……!

운람은 옆구리에서 둔탁한 소리가 나는 것을 들었고, 잠시 후 자신이 발로 걷어차여 바닥에 쓰러졌다는 사실을 이해했다.

"컥……?!"

좌아아아아, 하고 흙에 쓸리는 소리와 흐릿한 비명이 겹쳤다.

"——천한 놈."

간신히 팔꿈치를 짚고 몸을 일으키니 남자의 목소리가 들렸다.

목에는 서늘한 검 끝이 닿았다.

"추녀를 납치한 것으로도 모자라, 팔을 붙잡은 채 험한 말을 퍼붓고 칼을 들이밀면서 협박하다니. 어지간히도 죽고 싶은 모양이군."

달빛을 등지고 이쪽을 내려다보는 남자는 '날카롭다'고 표현할 만한 분위기를 풍겼다.

어째서인지 전신이 흠뻑 젖어 있고, 검 끝에서도 물방울이 뚝뚝 흘러내렸다.

남자는 한 손으로 운람에게 칼을 들이민 채 다른 한 손으로 주혜월을 자신의 품에 안고 있었다.

"취관장님!"

한편 구출을 받은 영림이 오히려 크게 당황했다.

'하필이면 다른 사람도 아니고 취관장님이 오시다니!'

취관장 진우는 추궁에 배치되기 전에는 뛰어난 무관이었다고

들었다.

오라비들과는 소속된 군이 다르지만, 당시의 진우가 올린 혁혁한 전과가 영림의 귀에까지 들려올 정도였다. 그런 진우가 이곳을 찾아왔으니 혼자 이 읍을 전멸시켜도 이상하지 않다.

"여길 대체 어떻게 아신 거예요……!"

"남겨진 단서에서 의도가 느껴져서."

영림이 한탄했지만 진우는 말 그대로의 질문으로 받아들였는지 담담하게 대답했다.

"말발굽 자국이 남겨진 길도, 무대에 남겨진 현가의 조수도 너무 노골적이더군. 만일 자객이 정말로 우리 현가의 수하였다면 증거 따윈 남기지 않았겠지."

아무래도 운람 일행이 했던 조작이 오히려 역효과를 일으킨 듯했다.

"현가, 또는 현가의 먼 친척일 가능성은 없다고 판단하고 분대에서 독자적으로 탐색해 보았더니 이 읍으로 들어오는 흔들다리가 끊어져 있었다. 오지 못하게 하려는 의도가 보였기에 쳐들어온 거지."

"다리가 끊어져 있으면 보통 거기서 돌아가지 않나요?!"

"……? 보통 쳐들어오지 않나? 실제 다른 자들은 중도에 탈락했지만 나는 끝까지 헤엄쳐 왔다."

영림이 저도 모르게 끼어들었으나 진우는 진지한 얼굴로 고개를 갸웃거릴 뿐이었다.

아무튼 그러저러한 연유로 진우는 혈혈단신으로 이 읍에 쉽게 도달한 것이다.

영림은 다른 취관들의 무사를 기원하는 마음뿐이었다.

"자, 그럼 전하의 안전에서 사정을 들어야겠으니 죽이지는 않겠지만 적어도 추녀에게 칼을 들이댄 벌은 받을 필요가 있겠군. 팔 하나 정도는 잘라야겠어."

"헉……."

운람을 돌아본 진우가 들이민 칼을 고쳐 쥐었다.

영림은 황급히 진우의 팔을 뿌리치고 운람을 등 뒤로 숨겨 보호했다.

"아뇨, 취관장님. 그 칼은 넣어 두세요. 이 사람, 뼈에 통증이 있는지도 몰라요. 치료해야 해요."

"치료? 이상한 말을 하는군."

진우가 아름다운 눈썹을 찌푸렸다.

"주혜월, 너는 이자에게 납치당했고 지금도 습격을 받을 뻔했다. 왜 적을 감싸지?"

시야 끝에 비친 오라비가 난처한 듯 두 손을 든 모습이 보였다. 경행 입장에서는 이 취관장의 행동을 막을 수 없으리라. 그도 그럴 것이 '호위'인 예무관이 구하려 달려온 '아군'을 방해하다니, 앞뒤가 안 맞는 짓이 아닌가.

계속 주혜월인 척하려면 이 상황을 스스로의 힘으로 헤쳐나가는 수밖에 없다.

영림은 입을 꾹 다물고 말을 꺼냈다.

"이들은 적이 아니라 무고한 백성이에요."

"호오, 자신을 납치한 자를 두고 무고한 백성이라고?"

"납치한 것이 아니에요. 이들은……, 이 냉해 때문에 굶주리고 있어요. 그런 절박한 상황을 남령의 추녀에게 직소하기 위해 저를 끌고 와서 시찰을 시켰을 뿐이에요."

억지 주장에 진우가 한쪽 눈썹을 치켜올렸다.

운람에게 들이민 검 끝에서 또다시 물방울이 뚝 떨어졌다.

"무대에 기름을 뿌리고 불을 지르면서까지?"

"끌고 온 방식이 과격했다는 건 부정할 수 없지만, 그만큼 절박했다는 뜻일 거예요. 적어도 저는 지금 저 자신의 의지로 이곳에 있어요."

영림은 진우의 눈을 똑바로 응시하며 잘라 말했다.

"이 사람들이 어떤 목적을 갖고 있었든 상관없이, 저는 저 스스로의 의지로 이곳에 왔고 또 실제로 상처 하나 나지 않았어요. 그런데 어째서 이자의 팔을 잘라야 하나요?"

진우는 살짝 눈을 부릅떴다.

여자의 발언은 예전에 몸이 바뀌었던 황영림이 궁녀를 감쌀 때와 완전히 똑같았기 때문이었다.

놀람을 넘어선 눈동자에 이번에는 억누르기 힘든 희열의 빛이 떠올랐다.

"……."

진우는 목젖을 울리며 웃었다.

"운람, 괜찮아요? 토하고 싶진 않아요? 머리를 부딪치지 않았나요?"

그러나 검 끝이 멀어진 것을 보고 서둘러 운람을 돌아본 영림은 그 사실을 알아차리지 못했다.

"꽤나 친절하시군. 네게 설마 그 정도의 자비심이 있었을 줄이야, **주혜월**."

매처럼 날카로운 눈을 빛낸 진우는 일부러 목소리에 짙은 경멸을 드러내며 말했다.

"근성부터 천박한 이 **천민들** 따위는 건드리기도 싫어하는 줄 알았는데."

"——그 말씀, 철회해주세요."

혐오를 노골적으로 강조한 진우의 말에 영림은 무심코 반응하고 말았다.

여기서 진우의 말에 트집을 잡는 것은 너무 부자연스러울까.

아니, 주혜월은 남령의 추녀이니 자기 영지의 백성을 모욕당하면 화를 내는 것도 당연하다.

영림은 공정한 인물인 줄 알았던 진우가 읍 사람들을 몹시 차별적으로 대하는 모습에 충격을 감출 수가 없었다. 리리를 꼭 닮은 운람이 힘없이 몸을 웅크리고 있는 모습에서도.

주혜월은 '악녀'이니 감정을 이기지 못하고 상대를 매도하는 것도 가능하지 않을까.

스스로에게 그렇게 변명한 영림은 진우를 날카롭게 노려보았다.

"그런 호칭으로 이들을 부르지 말아 주시겠어요? 이들의 어디가 천박하다는 건가요? 이렇게 정성스럽게 돌본 논밭이 보이지 않나요?"

"글쎄, 워낙 어두운 밤이라서 말이야. 천한 남자가 꼴사납게 흙바닥에 엎드린 모습 말고는 전혀 안 보이는데."

"어머나, 취관장님의 눈은 옹이구멍이었나 보네요. 이 공심채 같으니!"

"큭……."

악녀다움을 의식하며 힘차게 욕설을 던지자 진우는 말문이 막혔는지 입을 가렸다.

동요한 모양인지 고개를 돌린 채 숙여버렸다.

영림은 진우에게 바짝 다가가 손가락을 들이밀었다.

"부조리하게도 척박한 땅으로 쫓겨났지만, 그럼에도 불구하고 좌절하지 않고 그 땅을 경작했어요. 같은 처지의 동료들과 굳은 결속을 맺고, 향의 그 누구보다 진지하게 논밭을 일구는 이들을 천하다고 할 이유가 대체 어디 있단 말인가요?"

진우가 계속 고개를 돌리고 있었기에 영림은 더욱 사납게 눈꼬리를 치켜떴다.

"논을 보세요. 정말 아름답게 관리되어 있지 않나요? 물꼬도 얼마나 깔끔하게 터 놓았는데요. 저 안쪽 밭을 보세요. 작물이 키 순서대로 자라고 있죠? 채소가 다 자랐을 때의 크기를 감안해 햇빛을 막지 않으려는 거죠. 이 읍에는 그런 정성이 가득해요. 이 사람들은 이 향에서 가장 뛰어난 농부들이란 말이에요."

등 뒤의 운람이 허를 찔린 표정으로 이쪽을 올려다보고 있었다.

하지만 그 모습이 시야에 들어오지 않는 영림이 계속 따지고 들었다.

"이렇게 연구에 열심이고 경험과 지식도 풍부한 이 사람들이 천하다니……. 저기, 제 말 듣고 계세요?"

"미안하다, 안 듣고 있었다."

"어머나——."

미안한 표정도 없이 그렇게 말하는 진우에게 영림이 뿌루퉁한 얼굴로 몸을 내밀었으나, 금세 저도 모르게 말문이 막혀버렸다.

뒤를 돌아본 진우의 얼굴에 환한 웃음이 떠올라 있었기 때문이었다.

"미안, 철회하지. 이들은 천하지 않아."

진우는 검을 집어넣고, 대신 뼈가 튀어나온 그 손을 영림에게 내밀었다.

처음으로 보는 진우의 소년 같은 미소에 영림은 깜짝 놀라 저도 모르게 멍하니 바라보았다.

"그리고 호칭을 **또 하나**, 정정하도록 하지——."

"아——, 역시 장래가 유망한 취관장님이야. 실로 유연한 자세로군!"

진우가 귓가에 **영림**이라는 이름을 속삭이려 할 때, 등 뒤에서 누군가가 목소리를 높였다.

경행이었다.

경행은 소탈한 동작으로 진우의 어깨에 손을 올려놓더니 자연스러우면서도 억지로 힘을 준 동작으로 영림에게서 떼어놓았다.

"실은 나도 여러 각도에서 비교 검토해 본 결과, 구조가 올 때까지 며칠간 이 읍에 머물러 있는 편이 낫겠다는 결론을 내린 참이었지. 글쎄, 억지로 둘러메고 강을 건너려 하면 이 주혜월 님이 마구 발버둥을 쳐서 같이 빠져 죽게 생겼으니 말이야."

자연스럽게 눈앞의 여자가 주혜월이라는 사실을 강조하는 경행을 보고 진우는 미간을 좁혔다.

경행은 정말로 여자의 정체를 모르는 걸까, 아니면 알면서 일부러 숨기려 하는 걸까.

양쪽 모두 가능성이 있어 보였다.

"……경행 공."

"그리고 나는 실제로 이 땅을 시찰하는 것은 농작신의 의지에 따르는 일이기도 하다고 생각해. 어때, 취관장님. 다리를 고쳐서 구조대가 올 때까지 며칠간 함께 이곳에 머물러 보는 건?"

경행이 진우의 어깨를 안고 끌어당겼다.

그리고 낮은 목소리로 이렇게 속삭였다.

"아니면 몸이 바뀐 상태의 영림을 전하께 잽싸게 바쳐 빨리 구혼하라고 등을 떠밀려는 건가? 이복형을 사랑하는 마음에 아주 눈물이 나는군."

"……."

진우가 말없이 뒤를 돌아보자 경행은 교활한 미소를 지었다.

"주혜월의 기가 회복될 때까지 앞으로 한 이틀 정도만 있으면 원래 몸으로 돌아갈 수 있다고 하더군. 향으로 돌아가는 건 그 후여도 괜찮지 않겠어? 아니, 다리가 끊어졌잖아. 추녀를 데리고 강을 건널 수는 없으니 불가항력적인 일이지."

타인의 마음속 사소한 변화에 둔한 것은 대범한 황가 사람들의 특징이다. 그러나 전장에 나서면 이야기가 달라진다. 경행은 야생의 짐승처럼 날카로운 감을 이용하여 상대의 약점을 꿰뚫어보는 것이 특기였다.

세상 모든 것에 질렸다는 표정을 짓고 있지만 이 미장부는 사실 영림에게 집착하고 있다.

내용물이 영림이라고 확신하자마자 죽은 생선 같았던 눈을 빛내고 미소를 지으면서 이름을 부르려 할 정도로.

아마도 본인은 자각하지 못하고 있을 감정.

불경죄가 될 수도 있을 위험한 감정이지만 여동생을 위해서라면 망설임 없이 자극할 수 있는 것이 경행이라는 사내다.

"고작 이 읍 백성들 정도로 애를 먹어 늦어질 우리가 아니지. 아니면 안전한 향으로 도망치기 전까지는 여자 하나 지켜내지 못할 만큼 이번 대의 취관장은 허약한 건가?"

"……잔류를 원하는 이유는?"

"말했을 텐데. 지금 전하와 대면하면 영림은 금세 정체를 들키고 말 거다. 내기에 대해서는 알고 있겠지? 영림은 아직 황후가 될 각오를 하지 못했어. 오라비로서 동생에게 힘든 일을 굳이 강요하고 싶지 않아."

팔불출 오빠로서의 측면을 있는 그대로 드러내며 당당히 주장하자 진우는 잠시 생각에 잠긴 모양이었다.

하늘처럼 새파란 눈동자를 아주 살짝 내리깔았다.

"……그건 그렇군."

마침내 진우는 등을 돌리고 경행의 팔을 뿌리쳤다.

그리고 운람 옆에 쪼그려 앉아 있던 영림에게까지 들릴 정도의 목소리로 말했다.

"성질 급한 **주혜월**을 업고 강을 건너는 건 오히려 위험하겠어. 다른 취관들이 향으로 돌아가 보고한 뒤, 부대를 갖춰 다리를 고치거나 산을 넘어 이곳에 이동할 때까지 아마 이틀 정도 걸리겠지. 기다리는 편이 현명하겠군."

그것이 진우의 선택이었다.

"만점이다."

경행은 기분 좋게 고개를 끄덕인 뒤 운람과 슬슬 모여들기 시작한 읍 사람들을 돌아보았다.

"그런 연유로 제군, 오늘부터 여기 있는 취관장 진우도 함께 신세를 지게 되었다. 뭐, 고귀한 남자이긴 하지만 새우잠도 꺼리지 않는 인물이지. 단, 이자는 이래 봬도 성격이 급한 남자이니 공연히 덤벼들었다가는 살해당할 수도 있어. 조심하는 게 좋을 거야."

"아니, 이게 무슨……."

이리하여 분명 포로여야 할 그들은 일방적으로 사람을 늘리게 되었다.

* * *

"아, 정말……! 대체 이 여자는 왜 염술에 한 번도 응하질 않는 거야!"

향장의 저택 안 어느 방——'황영림'에게 주어진 방에서 혜월은 촛대를 앞에 두고 짜증이 나서 손톱을 깨물고 있었다.

'주혜월'이 납치된 후, 이틀째 되는 밤.

어떻게 해야 원래 몸으로 돌아갈 수 있을지에 대해 상의하기는 커녕 상대의 안부조차 파악할 수가 없으니 자꾸만 신경질이 났다.

"불을 접할 시간이 없으실 뿐이겠죠. 경행 님이 계시니 큰일이 일어나진 않았을 거예요."

옆에서 촛불을 들여다보던 리리가 스스로를 타이르듯 그렇게 말했다.

그러나 혜월은 살짝 혀를 차며 리리를 노려보았다.

"경창 님의 발언을 믿는다면, 그분과 함께 있으면 세 배는 더 골치 아파진다잖아. 둘이서 두 배가 아니라 세 배라니까?"

"……."

리리가 입을 다물자 혜월의 불안은 더욱 커져만 갔다.

그저께 밤, 전야제가 중단되는 바람에 향에는 형언하기 힘든 긴장감이 차올랐다.

원래 추녀들은 본 행사 날까지 자유로운 시간이 허락되어 향 곳곳을 관광하거나 다과회를 열어 향과 교류하곤 하지만, 도저히 그럴 분위기가 아니었다.

결과적으로 추녀들은 각자의 방에 틀어박혀 숨을 죽인 채 시간을 보내고 있었다.

그리고 그 불온한 분위기는 혜월의 마음에 무겁고 우울하게 내려앉았다.

아무리 납치에 편승해서 따라갔다고는 하나, 영림은 정말로 무사할까.

아니, 경행이 있는 이상 무사하겠지만 둘이서 납치범들을 마구 휘젓고 다니고 있는 건 아닐까.

'굳이 따지자면 걱정의 방향성이 그쪽이긴 해……!'

황영림은 역경에 처해도 오히려 그 역경이 '제발 그만 좀 하세요'하고 애원하게 만들 정도로 배짱이 두둑한 여자다. 자신의 몸이 남에게 민폐를 끼치고 있지는 않을지 걱정되기도 했고, 나아가서 말하자면 잔뜩 들뜬 영림이 과한 행동을 취한 결과 생각지도 못한 위험에 빠지지는 않을지 걱정이 되어서 견딜 수가 없었다.

그렇지 않아도 그 여자는 첫 외유를 나와 상당히 기분이 좋아 보였는데 말이다.

'……나는 왜 결혼도 안 했는데 잔뜩 신이 나서 어쩔 줄 모르는 자식을 걱정하는 어머니 같은 생각을 하고 있는 거지?'

문득 자신의 현 상황을 깨달은 혜월은 말없이 관자놀이를 꾹 눌렀다.

황영림과 관계가 깊어진 후 통감한 일이 있다.

그 여자는 하늘하늘 춤추며 사람의 마음을 빼앗는 호접 따위가 아니다. 아니, 그런 요소도 있기는 하지만 본성은 굳이 따지면 폭주하는 멧돼지다.

힘차고, 대담하고, 멈출 줄을 모른다. 자신의 호의를 표현할 때도, 그리고 도망칠 때조차도 오로지 일직선으로 내달린다.

"아무리 도망치라고 했기로서니 그럼 적한테 납치당하는 방법으로 도망칠게요! 라니, 바보짓에도 정도가 있지…….”

지끈지끈 아픈 머리를 꾹꾹 누르며 투덜거렸지만, 한편으로는 그런 영림을 미워할 수 없는 자신이 있었다.

황영림의 엉뚱하기 그지없는 행동의 이면에는 혜월을 배려하는 마음——즉 혜월을 현비로 만들지 않겠다거나, 벌을 받지 못하게 하겠다거나——이 담겨 있다는 사실을 알아버렸기 때문이다.

“바보 같은 여자. 정말 바보야. 너무 위태로워. 두 눈 뜨고 똑바로 쳐다볼 수가 없어.”

중얼중얼 혼잣말을 하면서도 혜월은 냉정한 머릿속 어딘가에서 ‘그건 아니야’ 하고 생각했다.

똑바로 쳐다볼 수 없는 게 아니다. 조마조마해서 눈을 뗄 수가 없는 것이다.

이것도 저것도 다 그 여자의 무모한 행동 때문이야!

“걱정해봤자 그것이 영림 님의 무사로 이어지는 것은 아닙니다. 추녀님, 당신의 역할은 ‘황영림’으로서 심신과 주위 평판을 흔들림 없이 유지하는 일입니다.”

그때 동설이 약을 달여서 가지고 들어왔다.

“우선 이 약을 드시지요.”

“약이나 먹고 있을 때가 아니잖아……!”

짜증을 이기지 못하고 혜월이 그렇게 내뱉자 동설은 담담한 말투로 말했다.

“‘약이나 먹고 있을 때’라니, 그렇게 말씀하실 일이 아닙니다. 몸의 건강에 관련된 아주 중대한 문제입니다.”

감정을 읽어낼 수 없는 얼굴이었지만 인형 같은 새까만 눈동자가 이쪽을 바라보니 묘한 박력이 느껴졌다. 결국 혜월은 오늘도 얼굴을 찌푸리며 약을 들이켜는 수밖에 없었다.

'여전히 맛이 끔찍해. 이걸 자기 스스로 조합했다니, 그 여자는 미각이 어떻게 된 게 분명해. 아니면 이 지긋지긋한 여자의 심술이거나.'

다 마시고 나니 토할 것 같은 지독한 냄새가 솟아나, 혜월은 결국 입을 가리고 말았다.

이 충성심 강한 궁녀가 내민 약이니 몸에 해로울 일은 없을 것이다.

하지만 혜월 입장에서는 약을 먹은 후가 오히려 몸이 더 무겁게 느껴졌다.

"이 약을 먹으면 반대로 속이 안 좋아져. 딱히 어디 안 좋은 데가 있는 것도 아닌데, 병을 예방하기 위해서라면 하다못해 양을 좀 줄여주면 안 되겠어?"

"어디 안 좋은 데가, 없다고요……?"

물로 입을 헹구며 혜월이 불평하자 동설은 살짝 눈을 부릅떴다.

그러나 동설은 금세 원래의 무표정으로 돌아와서 "몸에 혹시 만에 하나의 일이 있어서는 안 되니까요" 하고 억지로 대화를 끝내버렸다.

아마 영림이 투약을 지시하고 갔으리라.

내용물이 바뀌었어도 고집스럽게 복용을 강요할 생각인 모양이었다.

"영림, 잠깐 괜찮을까?"

그때 문 밖에서 목소리가 들렸다. 예무관으로서 무대 현장 검증을 나갔던 경창이었다. 오늘도 만만찮은 미소를 짓고 있다.

왜 안 들어오나, 하고 고개를 갸웃하려 했으나 이어지는 말에 하마터면 펄쩍 뛰어오를 뻔했다.

"전하께서 오셨다."

"!"

동설과 리리가 재빨리 시선을 교환하고, 혜월을 침대에 밀어 넣었다.

'황영림'의 몸 상태가 좋지 않은 것은 늘 있는 일이다. 그리고 건강이 안 좋은 여자를 상대로 요명도 오래 눌러앉아 있지는 않을 거라고 생각했다.

혜월은 영림답게 차분한 자태를 연기하며 요명의 입실을 기다렸다.

"안녕, 영림. 피곤해서 누워 있었구나. 미안하다."

잠시 후 요명이 우아한 몸짓으로 방 안에 들어왔다.

희미하게 풍기는 탕약의 잔향도 거들어서, 요명은 혜월이 쉬는 중이라고 확신한 모양이었다.

"오래 있지는 않을 테니 잠시만 이야기를 들어다오. 너는 그대로 누워 있어도 괜찮다."

요명은 의심하는 기색도 없이 탁자에 앉아 동설이 내미는 찻잔을 받아들었다.

한편 경창은 문 근처에 대기한 채, 혜월에게 '알아서 잘 해라' 하는 시선을 보내고 있었다.

"바로 본론으로 들어가서 미안하다만——."

이야기를 시작하는 요명의 온화한 태도에 가슴을 쓸어내리며 혜월은 은근슬쩍 그의 모습을 관찰했다.

보아하니 지금의 혜월에게 적의를 품고 있지는 않은 듯했다. 당황한 기색도 없고 냉정해 보였다.

그러고 보니 지금 자신의 추녀가 납치를 당했는데 요명은 흐트러진 기색을 한 번도 보이지 않았다. 하얀 피부의 미모는 초췌해지지도 않았고, 스스로 탐색에 나서려다가 주위에 폐를 끼치는 일도 없다. 아무리 정무가 바쁘다지만 저택에서 서류를 넘기는 모습은 수사에 무관심해 보일 정도였다.

오히려 향장인 강 씨가 '주혜월' 납치 사건 때문에 어쩔 줄 몰라 하는 듯했다.

강 씨는 자신이 다스리는 영지 내에서 이런 사고가 일어났다는 것에 책임을 느낀 건지, 노구를 채찍질하며 혜월의 무사를 기원하는 단식을 하고 있다. 요명에게도 자꾸 저택에 머물러서 지휘하지만 말고 황태자 스스로가 직접 탐색에 나서 달라고 애원하는 모양이었다.

조금 전에 무대에서 현가의 조수가 발견되었다고 하는데, 그것은 어디까지나 네 발로 엎드려 불탄 자국을 둘러보던 향장 덕분이었다.

그런데도 요명은 거기에 큰 반응을 보이지 않고 앉아서 탐색 지시만 내릴 뿐 현가를 수색하라는 말은 없었다.

혜월도 황가의 조수라는 예가 있었기 때문에 안이하게 현가의 짓이라고 단정 짓고 싶지는 않지만, 아무리 그래도 조금 더 적극적으로 유괴사건 조사를 해야 하는 것 아니냐고 원망할 정도였다.

당초에는 냉담해 보이던 강 씨가 훨씬 인도적인 인물로 보였다.

'흥. 납치당한 게 「주혜월」이었기 때문에 신경도 안 쓰는 거겠지. 걸교절에 「황영림」이 밀쳐져서 떨어졌을 때는 격노해서 순간적으로 수심의 의식을 거행할 정도였는데, 정말 어마어마한 차이라니까.'

저도 모르게 자조가 나올 뻔했다. 이 미모의 황태자가 마음속에 품고 있는 사람은 정말로 영림 하나뿐이었다. 늘 태연하기만 한 요명이 분노에 못 이겨 언성을 높이는 일이 있다면, 그것은 소중한 사촌 여동생이 상처를 입었을 때뿐이다.

영림은 참 행복하겠지만 '그 외'로 묶인 여자의 입장에서는 가끔 미운 마음이 들기도 했다.

'물론 몸이 바뀐 걸 알아차리지 못한 걸 보니, 그만큼의 정밖에 안 되는 것 같기도 하고.'

마음속으로 비아냥거리고 있을 때,

"——듣고 있느냐?"

하는 말이 날아와 혜월은 퍼뜩 놀랐다.

"죄, 죄송합니다."

"아니다. 정말로 몸이 안 좋은 모양이구나. 미안하다."

요명은 짧게 사과한 뒤, 깜짝 놀랄 만한 요구를 했다.

"그래서 하던 이야기 말인데, 가능하면 내일이라도 추녀들을 모아 다과회를 열어 불안을 누그러뜨려 주었으면 한다만."

"네?"

완전히 굳어지고 만 혜월의 모습을 어떻게 해석했는지, 요명은 수심이 깃든 얼굴로 찻잔에 시선을 떨어뜨렸다.

"마음고생이 심할 텐데 이런 부탁을 해서 정말 미안하다. 하지만 나는 본 행사 준비와 현장 검증, 무엇보다 주혜월 탐색 지휘 때문에 바빠 추녀들을 보살펴 줄 수가 없어."

"……."

"익숙하지 않은 땅에서 같은 추녀가 납치를 당하다니, 추녀들도 마음이 불안할 것이야. 지금까지도 천재지변이나 사소한 사건 때문에 추궁 분위기가 살벌했을 때 너는 흔히 자연스럽게 차를 대접하며 추녀들의 마음을 편안하게 해주었지. 그것을 이 자리에서도 부탁하고 싶다."

혜월은 식은땀을 흘렸다.

이야기 자체는 이해가 된다. 영림이라면 오히려 나서서 제안했으리라.

하지만,

'다른 사람도 아닌 내가, 심지어 정체를 들키지 않으면서 다른 가문들의 추녀들을 대접해야 한다고……?!'

지금의 혜월 입장에서는 그야말로 고문이나 마찬가지였다.

"시, 실로 옳으신 말씀이십니다. 하지만……, 그, 이번 일만큼은, 정말로 주혜월 님이 걱정이 되어서 저도 도저히 차 대접을 할 수가 없을 것 같아요."

마음속으로는 거의 울다시피 하며 혜월은 필사적으로 변명을 짜냈다.

"소중한 친구가 지금 고통을 받고 있을지도 모르는데, 어떻게 태평하게 차를 마실 수 있겠어요. 아아, 가능하다면 추녀로서의 역할을 전부 다 내던지고 저 스스로 탐색대에 가담하고 싶을 정도예요!"

이것은 어떤 의미에서는 본심이었다. 솔직히 말하면 언제 정체가 탄로 날지 몰라 전전긍긍하느니, 차라리 어디 먼 곳으로 도망쳐 버리고 싶었다.

'아니, 이건 아무리 그래도 너무 지나쳤나?'

말을 내뱉고 나서 후회했지만, 의도치 않게 감정을 억누르고 떨리는 목소리로 읍소한 것이 '영림'의 언동과 일치했던 모양이었다.

"나 참. 넌 정말로 그 소리뿐이구나."

요명이 쓴웃음을 지었다.

"네……?"

"입만 열면 혜월 님, 혜월 님. 그녀가 실수를 저질러도 금세 무슨 사정이 있을 거라며 감싸고, 다른 사람들 모두가 무시해도 너는 스스로를 뒤로 미루면서까지 주혜월을 챙기지. 정말이지 주혜월에게 완전히 푹 빠져버렸나 보다."

나까지 제쳐두고 말이야, 하고 장난스럽게 덧붙이는 요명의 말에 혜월은 말을 잃었다.

그런 건 몰랐다.

황영림이 이렇게까지 주저하지 않고 자신을 신경 써주었을 줄

이야.

“재능 있는 금청가, 얌전한 남방춘, 온화한 현가취. 친구로서는 훨씬 더 잘 어울리는 그런 추녀들보다 너는 주혜월에게 더욱 친근감을 느끼는 모양이구나.”

“네……, 네에.”

호흡이 흐트러질 뻔했으나, 혜월은 주먹을 불끈 부르쥐고 꾹 참았다.

귀가 뜨겁다. 눈앞이 흐려진다. 아아, 하지만 ‘황영림’을 연기하려면 여기서 아무렇지도 않게 고개를 끄덕여야 한다.

“혜월 님은……, 제, 소중한……, 자랑스러운 친구니까요.”

영림이라면 쑥스러워하지도 않고 이렇게 잘라 말할 것이 분명하다고, 혜월도 확신할 수 있었으므로.

‘이게 대체 무슨 굴욕이야…….’

심장이 정신없이 쿵쿵 뛰어, 몸 밖으로 튀어나오는 게 아닐까 싶을 정도였다.

수치심으로 폭발할 것만 같았다.

“그렇군. ──그러나 만일 그렇다면 영림, 너는 주혜월을 믿어야 해.”

그러나 요명의 말에 혜월은 문득 정신을 차렸다.

고개를 드니 요명은 담담한 표정으로 이쪽을 바라보고 있었다.

“자랑스러운 친구라면서? 그렇다면 주혜월의 무사를 믿고 너는 네 역할을 다해야 한다.”

“……네.”

이 흐름에서 요명의 요구를 거절할 수도 없다. 혜월은 어색하게 고개를 끄덕였다.

"다른 가문 추녀 여러분의 불안한 마음을 조금이나마 삭일 수 있도록, 최선을 다하겠습니다."

"훗, 얼굴이 붉구나. 쑥스러운 것이냐?"

말했던 대로 재빨리 자리를 뜰 생각인지 차를 훌쩍 마신 요명이 심술궂게 놀렸기에 혜월은 저도 모르게 반격하고 말았다.

"전하는 참 냉정하시군요."

"뭐라고?"

"아뇨……. 추녀 하나가 납치를 당했는데 동요도 하지 않으시고, 전하 자신의 역할을 빈틈없이 다하고 계시는 모습이 참 훌륭하다 여겨집니다."

최대한 비난의 빛을 지우려 노력했지만, 조금 비아냥거리는 말투였는지도 모른다.

요명은 문득 고개를 들더니 살짝 갸웃했다.

"그렇게 보이느냐?"

"예. 흔들림 없는 마음을 가지신 모습, 역시 대단하십니다."

"그렇군, 영광이구나."

과연 그 대답은 빈정거림일까, 아닐까.

요명은 온화하게 찻잔을 내려놓고는 방을 나갔다.

'흥. 정말로 「황영림」과 관련된 일 외에는 전혀 동요하지 않는, 싸늘한 마음의 소유자라니까.'

발소리가 멀어질 때까지 기다렸다가 혜월은 입을 삐죽거렸다.

이렇게 실제로 마주하면 역시 요명은 현가의 피를 짙게 물려받았다는 느낌이 든다. 기본적으로 냉담하고, 단 한 사람과 관련된 일을 제외하면 마음이 흔들릴 일도 없고, 짜증을 내지도 않는 한 결같은 남자.

'하지만 지난번에는 그 성질 때문에 진실을 미처 보지 못해서 황영림을 궁지에 몰아넣었잖아. 아핫, 그렇게 생각하니 전하도 발전이 없다는 말이네. 너무 한길밖에 몰라서 주위가 보이지 않고, 또 자기 자신의 감정도 제어할 줄 모르는, 인내심 없는 분!'

비뚤어진 기분으로 혜월은 마음속에서 요명을 성대하게 깎아내렸다.

그러나 그런 생각이나 하고 있을 때가 아니었다. 한시라도 빨리 염술을 사용해야만 하고, 게다가 추녀들과의 다과회 대책도 짜내야만 한다.

사교활동을 몹시도 어려워하는 혜월은 머리를 부여잡았다.

——그래서 알아차리지 못했다.

"어머나, 전하께 내드렸던 찻잔에 금이 갔네."

찻잔을 치우던 리리가 당황한 표정으로 그렇게 중얼거린 것을.

"후궁과는 다르게 질이 좋지 않은 물건이라서인가……. 미처 보지 못하셔서 다행이야."

그 금은 찻잔의 바깥쪽, 정확히 손가락이 찻잔을 세게 쥐고 있던 부분에 나 있었다는 것을.

***

아픈 배를 쓸어내리며 운람은 산길을 서둘러 걸어가고 있었다.

"젠장, 아파 죽겠네……."

취관장인지 뭔지 하는 남자에게 걷어차인 바람에 어쩌면 내장을 다쳤는지도 모른다.

그러나 운람은 무슨 짓을 해서라도 이 한밤중에 산을 올라야 하는 사정이 있었다.

향장이 보낸 사자에게 보고를 해야 했기 때문이었다.

불씨, 그리고 심지 대신 쓸 마른 나뭇가지를 품속에 넣고 달빛에만 의지해서 험한 산길을 나아갔다.

한 걸음 실수하면 절벽에서 떨어지고, 또 방향을 착각하면 재앙의 숲으로 들어가버릴 수도 있는 위험한 한밤중의 산.

하지만 어린 시절부터 툭하면 읍을 빠져나와 산에서 놀았던 운람은 눈을 감고도 목적지에 도달할 수가 있었다.

향과 읍을 가르는 강은 산을 내려가면 갈수록 점차 넓어져서, 기슭에서는 다리를 건너야만 반대편에 도달할 수 있을 정도였다.

하지만 반대로 말하면 산 중턱까지 들어가기만 하면 향과 읍의 경계를 너무나 쉽게 넘어갈 수가 있다.

울창하게 우거진 숲속, 한밤의 어둠에 몸을 숨긴 채 상대편 사자가 이미 도착하여 운람을 기다리고 있었다.

"아아, 겨우 와줬군요, 운람 군."

바위에 앉아 있다가 몸을 일으키며 안심한 듯 목소리를 높인 것은 늘씬한 몸집의 젊은 남자였다.

아니, 그 얼굴은 운람에게 보이지 않도록 검은 천으로 뒤덮여 있어서 목소리밖에 들리지 않았다. 하지만 나긋나긋한 말투와 자신감 없어 보이는 자세를 통해 상대가 제법 괜찮은 집안의 도련님이면서 겁 많은 성격이라는 사실을 알 수 있었다.

"안녕하쇼, 임 선생."

운람은 쌀쌀맞게 대꾸했다. 운람이 '임 선생'이라 부른 이 남자는 향장 강 씨가 보낸 사자였다.

주혜월을 괴롭히면 받을 수 있는 보수 중 하나, 지금 당장 먹을 식량은 이 남자가 가져다주기로 되어 있었다.

"도통 안 와서 혹시 짐승의 습격을 받았나 걱정했다니까요. 무사해서 다행이네요."

운람은 천민 상대로도 아부하는 듯한 말투로 이야기하는 임을 어이없는 기분으로 쳐다보았다.

운람은 향에서 강 씨가 어떤 정치를 하는지 잘 모른다. 임이 향 안에서 어떤 역할을 맡고 있는지도. 그저 강 씨가 거래를 제안하면서 사자로 지명한 것이 임이었기에 강 씨의 졸개 중 하나가 아닐까 생각하고 있었다.

임은 품위가 있고 박식하다. 전에 채소를 가져왔을 때는 오래 보존할 수 있는 관리 방법도 가르쳐주었고, 비료와 약초도 나누어 준 적이 있었다.

향장의 측근이라는 고귀한 신분임에도 불구하고 농사일을 좋아하는 소박한 성격이 화를 불렀는지 이런저런 일을 자꾸 떠맡게 되는 모양이었다. 이렇게 깊은 산속까지 헉헉거리며 식량을 나르는 꼴까지 되었으니 말이다.

"저기, 그래서, 바로 본론으로 들어가서 죄송하지만……, 그 후에 어떻게 됐나요? 주혜월에게 처벌을 내리는 일은 잘 되고 있습니까?"

신분으로 따지면 임이 훨씬 위일 텐데도 불쾌해 보이는 운람이 무서운지 조심스럽게 물었다.

"설마 황경행 님이 따라오실 줄은 예상 못 했지만요. 그분은 뛰어난 무관이라는 소문을 들었는데요. 향장님도 계획에 차질이 생기지 않을지 걱정하고 계십니다."

"아무 문제도 없었어."

실제로는 차질 정도의 소동이 아니었으나 운람은 천연덕스럽게 허세를 부렸다.

방금 전 취관장까지 쳐들어와 계획은 이미 완전히 망가지고 말았으나, 상대방이 그 부분을 지적하지 않는 이상 자신이 먼저 약점을 내보일 필요는 없다고 판단했기 때문이었다.

"물론 강하긴 하지만, 우리는 수적으로 우세야. 남자들이 여럿 둘러싸고 움직이지 못하게 막았어."

딱히 거짓말은 아니었다. 둘은 내내 읍 남자들의 감시하에 있었고, 읍을 해칠 만한 행동은 전혀 허락하지 않았다. 그냥 읍 전체의 논밭이 깨끗하게 정리되었을 뿐이다.

힘주어 대답하자 임은 감탄한 듯 고개를 끄덕거렸다.

"역시 대단하군요. 그렇다면 주혜월도 무사히……?"

"그래. 온몸의 모공으로 벌레가 파고들어 피부를 안쪽에서부터 먹어치우게 만드는 듯한 공포를 맛볼 만큼 협박해줬고, 손톱 사이로 바늘을 쑤셔 넣어서 뒤틀어 몸부림치게 할 정도의 기세로 노려봐 줬지."

"으아아아……."

임은 양손으로 입을 가리고 몸을 부르르 떨었으나 잠시 후 고개를 갸웃했다.

"……그러니까 요컨대, 협박을 하고 노려본 게 전부였단 말이군요?"

운람은 혀를 차고 싶은 기분이 들었다.

'전혀 안 먹히잖아, 「보고 지도」.'

혹시나 하는 마음에 주혜월이 제안한 고문의 예를 이용해 보았으나 전혀 효과가 없다.

"불만 있어? 방식은 우리한테 맡기기로 했잖아. 이쪽엔 증거 문서가 있다고."

결국 증거 문서의 존재를 들먹이며 억지로 반론을 막았다.

"당신들이 우리를 신용 못 하겠다면 지금 당장이라도 보관해 두었던 증거 문서를 향에 있는 황태자한테 갖다줄 수 있어. 그러면 강 씨는 파멸하겠지."

심약한 임이 당황했다.

"아뇨, 아닙니다! 죄송합니다, 딱히 당신들을 의심하려는 건 아니지만……. 물론 당신들이 원하는 방식으로 실컷 괴롭혀주면 됩니다."

"아니, 그것도 지나치게 맡기는 거 아냐?"

증거 문서로 협박해 놓고 할 말은 아니지만 아무리 그래도 향장의 사자인데 이렇게 허약해빠져서 괜찮은 걸까.

운람은 어이가 없었으나 임은 뜻밖의 설명을 했다.

"솔직히 말해서 납치를 당한 시점에서 주혜월은 사회적으로 죽은 거나 마찬가지니까요. 아니, 추녀란 보통 그 무엇보다 정조가 중요한 여자가 아닌가요? 난폭한 **남자**에게 납치를 당했다면 필연적으로……. 그렇죠?"

즉 나중에 소문이나 조금 흘려 놓으면 주혜월은 '더럽혀진 여자'로서 추녀 자리에서 추방당하리라는 이야기였다.

"솔직히 손가락이나 치아 같은 증거를 제출하는 것도 오히려 난감하거든요. 아니, 그런 짓을 하면 오히려 주혜월이 남들에게 동정을 사잖아요? 기왕이면 폭력보다는 여자의 명예를 더럽히는 쪽이 낫죠."

"……."

느릿느릿한 말투와 달리 무시무시한 제안을 하는 임의 말에 운람은 불쾌해졌다.

자신 역시 읍의 남자들이 모두 달려들어 더럽힐 거라고 주혜월을 협박하기는 했다. 그러나 그것은 순결을 잃는 일이 여자에게 얼마나 끔찍한 일인지 이해하고, 중대한 악행이라는 사실을 자각한 채 한 일이었다.

그러나 이 남자는 그런 인식도 없이 태평하게 주혜월을 더럽히라고 한다.

분명 옛날에 자신의 어머니를 강간했던 향의 남자도 이 정도 가벼운 마음으로 일을 저지른 거겠지. 운람은 문득 그런 생각이 들었다.

"그 점에서는 운람 군이 적임자죠. 이 여자 저 여자 가리지 않고 마음대로 데리고 놀고 있잖아요? 에헤헤, 진짜 부럽다니까요. 잠자리에서의 습관이나 몸에 있는 점 개수 같은 것만 살짝 가르쳐주면 충분하니까, 편하죠?"

"……방식은."

생각했던 것 이상으로 낮은 목소리가 나왔다.

"우리한테 일임해."

"네? 네. 그럼요, 그건 그럴 거지만……."

갑자기 운람의 분위기가 차갑게 얼어붙는 바람에 당황한 모양이었다.

임은 눈치를 보듯 고개를 살짝 갸웃했다.

"저기, 하지만, 그래도 주혜월을 제대로 괴롭혀주지 않으면 곤란합니다."

"그래."

"그렇지 않으면 증거 문서에 적힌 약정대로 저희 쪽에서도 세금을 낮춰 드릴 수가 없으니까요. 재앙을 뿌리고 다니는 여자에게 벌을 주지 않으면 냉해도 끝나지 않을 거예요. 그 사실은 잘 알고 있죠?"

운람의 쌀쌀맞은 대답에 초조해졌는지 임이 난처한 목소리로 언성을 높였다.

"제발 부탁 좀 드릴게요. 지금 당신은 읍의 명운을 짊어지고 있잖아요. 세금이 낮아지지 않으면 읍 사람들 모두가 당신을 원망할 겁니다."

——주혜월은 괴롭힘을 좀 당해야 해. 맞아, 널 위해서라도.

그때 머릿속에 호룡의 말이 되살아났다.

"……."

삼촌의 말이 무슨 뜻인지는 알고 있었다.

남령 백성들은 감정적이고 제멋대로이며 쉽게 겁을 집어먹고 쉽게 매달린다. 의지하며 응석을 부리다가 자신의 바람이 이루어지지 않는다는 사실을 안 순간, 곧바로 손바닥 뒤집듯 태도를 바꿔 왜 자신을 지켜주지 않았느냐며 상대방을 매도한다.

주혜월을 재앙의 원흉으로 내세워 적의를 그 한 몸에 모으지 않으면——사람들의 증오는 틀림없이 '외부인'인 운람에게 향할 것이다.

아니, 그뿐만이 아니다.

"게다가 당신이 이 역할을 맡아준 덕분에 겨우 부친의 지위도 회복되어 가고 있지 않나요? 여기서 당신이 실패하는 바람에 2대 연속으로 두령 자격이 없다는 낙인이 찍혀버리면, 아버님도 너무 가엾——."

"딱히."

임이 몸을 내밀며 말했으나 운람은 쌀쌀맞게 가로막았다.

"개도 아니고 그렇게 깽깽 짖어댈 필요 없어. 나도 알아. 보고는 끝났으니 이제 그만 가봐도 되겠지? 식량 고마워. 그럼 이틀 후에 또 보자고."

잽싸게 발걸음을 돌린 운람은 근처에 놓여 있던 쌀자루를 밧줄로 묶어 등에 짊어졌다.

"저, 저기!"

뒤에서 임이 말을 마구 쏟아냈다.

"진짜 부탁합니다! 읍 방향으로 취관장이 갔다는 정보도 있어서 저희도 걱정하고 있다고요. 이틀에 한 번 보고하는 걸로는 안심할 수 없으니 내일도 와 주세요! 자시에!"

횃불도 없이 걸어가는 운람의 뒤를 쫓아올 정도의 배짱은 없는 듯했다.

뒷모습이 사라지기 전에 말을 다 끝내야겠다는 듯 임은 빠르게 말을 덧붙였다.

"그렇지, 그때는 채소와 고기도 준비할 테고 향장님을 직접 만날 수 있도록 주선해 놓겠습니다! 곤란한 상황이 벌어지면 뭐든 다 상의해도 돼요!"

증거 문서의 존재가 어지간히도 잘 먹혔는지 유난히 저자세로 나오는 임의 말을 운람은 묵살했다.

그대로 한밤의 산길을 걸어서 임의 기척이 완전히 사라졌을 무렵에야 운람은 겨우 멈추어 섰다.

"'두령이 불쌍'해?"

나직이 중얼거리고는 하늘을 올려다보았다.

겹겹이 펼쳐진 나뭇가지, 그리고 두툼한 구름에 덮여 달도 별도 빛이 보이지 않았다.

하늘은 언제나 태연하게 읍을 지켜보고 있을 텐데도 짙게 드리워진 구름 때문에 사람들은 불안에 신음할 수밖에 없다.

읍을 뒤덮는 불길한 구름——운람.

"……이미 오래 전부터 알고 있었거든."

어느 나무에서인지 새가 퍼덕거리는 소리가 들려 왔다.

자조하듯 입술을 비틀며 운람은 다시 산기슭을 향해 걸어나섰다.

＊＊＊

퍼덕퍼덕 힘찬 날갯짓 소리가 한밤의 하늘을 날아 어느 남자의 어깨에 내려앉았다.

"좋아, 좋아. 착하지."

남자가 쓰다듬은 것은 얼핏 보기에는 아무런 특징도 없는 비둘기였다.

거무스름한 날개와 공작처럼 매끄러운 가슴팍이 아름다웠다.

비둘기는 어리광을 부리듯이 남자의 손가락에 머리를 비벼대더니 울음소리를 냈다. 발에는 가늘게 접어 묶은 종이가 매달려 있었다.

"자, 여기 먹이를 챙겨 놨다. 이 읍 논두렁에서 모은 거야."

남자는 비둘기 부리에 지렁이를 들이댔다.

직접 먹이를 주며 키운 비둘기가 기분 좋게 그것을 먹어치우는 모습을 지켜보며 남자는 만족스럽게 웃었다.

"배는 부르냐? ……그럼 한 가지 일을 더 해 줘야겠어."

그리고 또다시 비둘기를 쓰다듬으며 남자——황경행은 밤하늘을 향해 눈을 가늘게 떴다.

5. 영림, 짐승에게 덤비다

짹짹짹……하는 새 울음소리에 영림은 눈을 떴다.

벽을 뚫어서 낸 창으로 비쳐드는 빛은 약했지만 새벽이 가깝다는 사실을 알려주고 있었다.

영림은 완전히 잠에서 깨 조심스럽게 침상에서 몸을 일으켰다.

"안녕히 주무셨어요……."

작은 소리로 아침 인사를 건넨 것은 이곳이 비축 창고가 아니기 때문이었다.

어제 경행에 진우까지 등장하여 읍 사람들에게 압력을 가한 결과, 영림은 비축 창고가 아니라 운람이 사는 집에서 묵는 것을 허락받았다. 아니, 강제로 허락을 받아냈다고 표현하는 쪽이 실제에 더 가깝겠지만. 그 덕분에 기껏 벌레들과 친목을 다졌던 비축 창고와 이별하게 되었다.

지금 이 집에는 원래 주인인 운람과 호룡, 눌러 살며 식사를 준비해 주는 행 할멈, 그리고 영림 일행 세 사람까지 총 여섯 명이 우글거렸다.

'다들 푹 자고 있네.'

주위를 빙글 둘러본 영림은 그런 생각을 했다. 흙바닥에 멍석을 깔아 만든 것이 전부인 비루한 침상에는 호룡과 행 할멈이 누워 있었다. 그리고 한쪽 구석에 운람이 웅크리고 자고 있었다.

'잘 때 목을 따러 오지 않을까 하는 생각도 했는데……. 그런 일은 없었네.'

영림은 상처 하나 없는 목을 어루만지며 난처한 마음에 미간을 찌푸렸다.

그러나 자신의 양옆을 둘러보더니 '아아, 그래서였구나' 하고 차분하게 고개를 끄덕였다.

영림의 오른쪽에는 경행이, 왼쪽에는 진우가 각각 앉아서 눈을 감고 있었다.

'이런 포진 속에서 일반 농가 분들이 그리 쉽게 손을 댈 수 있을 리가 없었겠지.'

눈은 감고 있지만 진우는 장검을, 경행은 괭이를 안고 몸을 받치고 있으며 등을 굽히지도 않았다.

한 걸음이라도 잘못 디디면 그 순간 눈을 뜨고 역습하지 않을까——잠든 모습에서도 그런 기백이 느껴졌다.

두 사람이 내뿜는 압박에 눌렸는지 호룡과 행 할멈은 자면서 유난히 끙끙거렸다.

운람도 한밤중에 돌아온 후로는 왠지 자꾸 이쪽 눈치를 보는 듯했으나, 그럴 때마다 혀를 차며 포기하는 소리가 들렸다. 결국 수면을 우선시하기로 한 모양이었다.

'보고 업무를 다녀온 걸까. 폐를 끼치고 있네…….'

자면서도 그 잘생긴 얼굴을 찌푸린 운람을 보고 영림은 어깨를 움츠렸다.

영림이 생각하기에 이 읍의 상태는 그렇게까지 심각하지 않다.

벼는 성장이 느리지만 워낙 풍요로운 산을 끼고 있으니, 산에 들어가 짐승을 사냥하고 과일을 채집하면 기근은 피할 수 있으리라. 그런데도 '재앙의 숲'에 대한 공포 때문에 그러지 못하고 있다.

심지어 그들은 향의 비호조차 바랄 수 없는 신분이다.

흐린 날씨가 언제 끝날지 알 수 없고, 벼이삭은 도무지 자라질 않는다. 심지어 미래에는 무거운 징세가 기다리고 있다. 만성적 식량 부족에 시달리면서 중노동 때문에 제대로 쉬지도 못하고, 주위에서는 끊임없는 적의를 내뿜는다. 그런 상황에서 대체 어떻게 희망을 가질 수 있을까.

그리고 불안과 긴장이 소용돌이치는 이 읍을 이끌어 나가는 일은 또 얼마나 힘들까.

아버지의 무덤 앞에서 무어라 형언하기 힘든 표정을 짓던 운람을 떠올리고 영림은 가슴을 꾹 눌렀다.

'뭔가 내가 할 수 있는 일이 없을까? 하다못해 이분들의 배를 채울 수 있고, 조금이라도 불안을 누그러뜨릴 방법이.'

어제까지의 영림은 오랜만에 농사일에 몰두할 수 있다는 기쁨에 못 이겨 읍의 궁지까지 살펴볼 여유가 없었다.

그러나 이틀에 걸쳐 농사 욕구를 실컷 발산하고 나니 아무리 그래도 너무 들떠서 지낸 것 같다는 반성이 솟아났다.

'아, 반성 하니까 중대한 문제가 하나 더 있었지.'

영림은 정색을 하고 취사장 쪽을 흘끔 쳐다보았다.

'혜월 님에게 빨리 사태를 보고해야 하는데.'

그랬다. 계속 운람과 호룡에게 감시당했고 어제부터는 진우까지 감시에 가담한 상황에서 영림은 도무지 혼자 불 앞에 앉아 있을 수가 없었다. 물론 그들에게 몸이 바뀐 일이나 도술을 들켜서는 안 된다.

'지금이라면…….'

시험 삼아 진우의 얼굴 앞에 손을 흔들어 보았으나, 반응이 없는 것을 보니 깊이 잠들어 있는 모양이었다.

영림은 결심을 굳히고 흙바닥으로 내려갔다.

다행히 기척을 죽이고 걷는 기술은 동설과 오라비들에게서 배웠다. 몰래 집을 빠져나와 불을 피운 뒤 밖에서 대화를 나누면 주위에 들키지 않고 어찌어찌 넘어갈 수 있으리라.

아궁이 옆에 팽개쳐 있던 도구를 슬쩍 챙겨서 살그머니 문을 열고 빠져나간 영림은 새벽 직전의 어둠 속에서 자신이 들고 있던 것들을 가만히 들여다보았다.

"보자, 이게 부시고 이게 부싯돌이구나. 불을 붙일 건……, 어머, 버섯인가?"

튀어 오른 불똥으로 불을 피우려면 타기 쉬운 무언가가 필요한데, 운람네 집에서는 말린 버섯을 사용하는 모양이었다. 지리 특성을 살린 생활 방식이 실로 흥미로웠다.

"에잇, 에잇!"

어제 꿩고기를 찔 때 경행에게 불을 맡겨버렸기 때문에, 자력으로 불을 피우는 일은 전에 창고로 쫓겨났을 때 이후 처음이었다. 손이 많이 가기는 하지만 불장난의 즐거움이 느껴져서 영림은 가슴이 두근거렸다.

자기 힘으로 살아남는다는 느낌이 정말이지 좋았다. '만일 혼자 무인도에 표류한다면' 등의 상황은 황가 직계의 인간들이 아주 좋아하는 공상 중 하나였다.

영림은 쪼그리고 앉아 부싯돌을 부시에 내리쳤다.

그러나 불똥이 도통 튀지 않았다.

"부시의 강도가 부족한가 보네. 이거 만만치 않은데……."

후궁에서 지급받았던 부시는 아주 딴딴했기 때문에 불이 쉽게 붙었으나 이곳에서는 그렇지 않은 모양이었다. 난이도가 높아지자 영림은 몸이 근질근질해졌다.

'더 잘 벼려진 금속이 필요해. 뭔가 좋은 게 없을까, 단단한 금속……'

그런 생각을 하던 도중 문득 시선 끝에 날카로운 검 끝이 날아들어서 깜짝 놀랐다.

"어머? 철!"

"뭐 하는 거지?"

저도 모르게 손을 뻗을 뻔했으나 검을 쥔 인물까지 시야에 들어왔기에 영림은 움직임을 우뚝 멈추었다.

"취관장님……."

팔짱을 끼고 서 있는 사람은 취관장 진우였다.

그렇게 소리와 기척을 죽이고 나왔는데, 영림의 부재를 벌써 알아차린 모양이었다.

"조, 좋은 아침이에요. 일찍 일어나셨네요……."

"멋대로 돌아다니지 마라. ……불을 피우려는 건가?"

일단 자객을 경계한 듯한 진우가 어이없다는 표정으로 검을 집어넣었다.

그리고 영림에게서 부싯돌을 가볍게 빼앗아 들었다.

“그 힘으로는 불을 피우다 해가 지겠군.”

“앗…….”

영림은 강한 힘으로 잽싸게 불꽃을 만들어내는 것에 성공한 진우를――근력의 문제였던 모양이다――저도 모르게 뼈다귀를 빼앗긴 개 같은 표정으로 쳐다보고 말았다.

‘내가 하고 싶었는데…….’

하지만 여기서 미련을 보이는 것은 혜월답지 않다는 사실을 알고 있었다.

왜냐하면 누군가가 자신을 돌봐주면 혜월은 무척이나 기쁜 표정을 짓기 때문이다. 진우가 이렇게나 열심히 불을 피워줄 경우 혜월은 얼굴을 붉힐 것이다. 사랑스러운 여성이다.

“와아……. 감사합니다…….”

영림이 본심을 억누르고 감사 인사를 하자 어째서인지 진우가 입을 가리고 시선을 피했다. 하품을 참으려는 동작일까.

“조금 더 쉬시는 게 어떻겠어요, 취관장님?”

“아니, 필요 없다. 그보다 추궁에서는 ‘진시까지 일어나지 않는다’는 평판이 있던 주혜월이 새벽부터 일어나 불을 피우다니, 대체 뭘 하려는 생각이지?”

“네? 아…….”

진우가 얼굴을 들여다보았다. 영림은 순간적으로 한 걸음 물러

섰다.

여기서 '염술로 혜월 님과 연락을 취할 생각이었다'고 말할 수는 없는 노릇이다.

"바, 밥 짓기를……."

"호오, 밥을 지어? 사람을 그토록 험하게 부려먹는다는 주혜월이 설마 스스로, 그것도 밖에서……."

"밥 짓기를, 이 집 사람들에게 시킬 생각이었어요! 자, 여러분! 일어나세요!"

영림은 식은땀을 흘리며 발걸음을 돌리고는 드르륵 소리를 내며 문을 열어젖혔다.

'취, 취관장님이 왜 자꾸 이렇게 날 몰아붙이는 걸까……!'

혹시 벌써 정체를 들킨 건 아닐까.

아니, 진우가 몸이 바뀐 상황을 묵인할 이유가 없다.

요명이 영림을 과보호한다는 사실을 알고 있는 이상, 만일 몸이 바뀐 상황을 눈치 챘다면 직무에 충실한 진우는 바로 영림을 끌고 돌아갔을 것이다.

즉, 아직 꿰뚫어보지 못한 것이리라. 또는 다소 의심스러운 정도에 머물러 있다.

'지금이야말로 예상 문제집의 성과를 발휘해서 끝까지 도망칠 때야!'

영림은 흙바닥을 밟고 들어가며 눈을 부릅뜨고 힘을 주었다.

"뭘 태평하게 잠이나 자고 있는 거야? 난 벌써 일어났어! 빨리 일어나서 아침 식사 준비를 하라고! 일찍 일어나는 새가 벌레를 잡는 법이야! 어때, 좋지? 자, 일어나!"

노력파인 영림은 제법 그럴싸하게 혜월의 말투를 흉내 냈지만, 안타깝게도 영림에게는 타인을 비웃는 정신이라는 것이 근본적으로 결여되어 있었다.

협박인지 격려인지 모를 외침을 듣고 진우는 결국 무표정을 유지한 채 어깨를 파들파들 떨기 시작했다.

"뭐야, 시끄럽네……."

그 큰 목소리에 눈을 떴는지 호룡이 잠이 덜 깬 얼굴로 몸을 일으켰다.

"뭔데, 아직 날도 안 샜잖아……. 죽여버릴까——."

호룡은 웅얼거리는 말투로 취사장에 서 있는 영림을 향해 험한 말을 내뱉었으나,

"말투를 고치는 편이 좋겠군."

"헉……."

등 뒤에 서 있던 진우를 보더니 금세 등을 곧게 폈다.

"이, 이것참, 일찍도 일어나셨군요."

"나한테는 상관없다. 추녀님이 지금 배가 고프다고 하신다."

"아니……, 하지만 식량이 부족한 건 사실이라서……."

어젯밤 운람을 손쉽게 제압한 취관장에게는 함부로 맞서지 않는 편이 낫겠다고 판단한 모양이었다. 표정에 변화가 없는 벽안의 미모도 두려운지 움찔움찔 떨고 있었다.

"야, 운람. 그렇지?"

"……뭐가?"

호룡이 매달리듯 옷자락을 잡아당기자 옆에 있던 운람도 불쾌한 듯 몸을 일으켰다.

그는 잠이 부족한 건지 나른한 얼굴로 눈을 가늘게 뜨고 영림 일행을 노려보았다.

"논 상태를 보면 알겠지만, 세금을 내고 나면 우리 먹을 쌀도 거의 안 남아. 작년까지 거둔 묵은 쌀을 죽으로 끓여 몇 배로 불려서 먹는 수밖에 없어. 애당초 아침밥을 조를 입장이 아닐 텐데?"

"입장을 모르는 건 어느 쪽이지? 검 날에 슨 녹이 되고 싶나?"

"진정하세요, 취관장님. 저희는 포로예요."

반사적으로 운람을 제압하려 하는 진우를 영림이 침착하게 타일렀다.

"너무 자유롭게 행동할 수는 없어요. 더 얌전하게, 포로로서 분수를 알고 행동하자고요. 네?"

"아니, 당신이 할 소리야?"

어제까지 했던 행동의 반성을 담아 진심으로 발언했으나, 운람은 얼굴을 일그러뜨릴 뿐이었다.

"그럼 우리끼리 또 짐승을 때려잡아 오면 되는 것 아닌가?"

그때 침상 쪽에서 소리가 들렸다.

호룡과 동시에 눈을 뜬 듯한 경행이었다.

경행은 끄응――하고 기지개를 켠 뒤, 뻣뻣해진 몸을 이리저리 풀면서 흙바닥으로 내려왔다.

"그래, 이 마을은 산을 끼고 있잖아. 거기서 과일을 따 오거나 짐승을 잡으면 돼. 그렇게 하면 마을 식량을 축내지 않을 수 있고,

강제노동을 당한 느낌도 들지. 도망칠 게 걱정이라면 다 같이 가자고."

문 밖에 펼쳐진 산을 엄지로 가리키며 경행이 씩 웃었다.

"나는 멧돼지 전골이 먹고 싶구만."

"어머나, 멧돼지 전골이라니 낭만이 있네요."

영림은 얼굴을 빛냈으나 호룡은 오싹한 듯 어깨를 치켜올렸다.

"웃기지 마! 멧돼지가 사는 부근은 재앙의 숲이라고!"

"재앙의 숲……."

또 나왔다. 영림과 경행은 얼굴을 마주보았다.

"여러분이 말씀하시는 그 재앙의 숲은 대체 어떤 곳인가요?"

조심스럽게 묻자 호룡은 벌레 씹은 표정을 지었지만, 경행과 진우가 눈빛으로 재촉하자 할 수 없다는 듯 이야기를 시작했다.

"말 그대로 저주받은 숲이야. 발을 들인 사람에게는 재앙이 내려와. 지금까지 배고픔을 견디다 못해 숲에 들어간 멍청이들은 전부 짐승에 물리거나 이상한 병에 걸려 죽었어. 전대 두령도."

호룡의 말에 의하면 재앙의 숲은 일 년 내내 안개가 끼어 있는 음습한 장소로, 발을 들이자마자 귀신 우는 소리 같은 불길한 소리가 울려 퍼진다고 했다. 과일나무나 맑은 물이 풍부하고 살찐 짐승들도 서식하는 장소지만 그것을 잡으려고 들어갔다가는 반드시 짐승들에게 둘러싸여 물려 죽는다는 모양이다.

운 좋게 짐승의 습격을 받지 않은 자도 안개에 무슨 독 기운이 서려 있는 건지 도중에 길을 잃고 만다. 격렬한 통증에 눈을 뜨면 전신이 퉁퉁 붓고, 피부가 녹아 있는 경우도 있다고 했다. 심지어 그런 자들은 자신이 대체 어떤 일을 겪었는지 전혀 기억하지 못한다고 한다.

수십 년 전부터 그런 일이 여러 번 이어진 결과, 사람들은 숲을 끔찍하게 두려워하며 접근도 하지 않게 되었다.

그런데도 운람의 부친에 해당하는 두령은 무모하게 그 재앙의 숲에 들어가서 사슴을 사냥해 왔다고 한다. 읍은 잠시 기쁨으로 달아올랐으나, 그 며칠 후 사슴을 잡아먹은 두령과 읍 사람 몇몇이 고통에 시달리다가 죽었다. 그것을 보고 재앙의 숲에서 무언가를 가져오면 숲에 들어간 사람뿐만 아니라 읍 전체에 재앙이 내린다는 사실을 알게 되었다고, 호룡은 말했다.

"재앙의 숲에 들어가면 짐승이야 잡아올 수 있겠지. 하지만 우리는 그런 짓 안 해. 저주받을 테니까."

진심으로 두려워하는 호룡의 모습에 미신을 별로 믿지 않는 성격의 영림은 살짝 고개를 갸웃했다.

'주가와 관련이 있는 분들은 감정이 풍부하고……, 조금 겁이 많구나.'

황가 사람들은 자신의 눈과 몸으로 직접 확인한 것이 아니면 믿지 않는 경향이 있다.

탁한 기운이니, 비명이니, 부종이니, 저주받은 고기니, 하는 말을 들어도 '정말일까' 하고 무심코 고개를 갸우뚱하게 된다.

눈앞까지 기근이 닥쳐왔으니 금기의 장소고 뭐고 당장 들어가서 식량을 얻으려고 노력한 두령의 행동은 실로 정당하다는 생각이 들었으나, 남령 백성들은 그보다 천벌과 저주를 더욱 두려워하는 모양이었다.

"하지만 난 멧돼지 전골을 먹고 싶다고. 그렇게 정했으니 가자. 남자 손이 필요해."

"그러니까, 안 간다고!"

"에이, 그렇게 서운한 소리를 하면 우리끼리만 산에 들어가서 그대로 도망쳐버리는 수가 있어. 물론 추녀님도 데리고."

경행은 어른스럽지 못하게, 그리고 포로답지 못하게 생떼를 썼다.

그러나 오랜 세월 알고 지낸 영림은 알 수 있었다. 말투가 가벼워 보이지만, 이렇게 된 이상 경행은 결코 물러서지 않는다. 경행 또한 고집 센 황가의 남자다.

"뭐라고?! 당신들, 보자 보자 하니까 적당히 좀 해!"

"그쪽이야말로 이제 큰소리치는 건 슬슬 그만두지 그래? 나 하나도 어떻게 못 했는데, 지금은 취관장까지 와 있잖아. 우리가 멧돼지 전골을 먹으러 가는 길을 이젠 아무도 막지 못해. 얌전히 우리한테 강제노동을 시키라고. 처벌 같은 느낌을 확보해주려는 거잖아."

"잠깐만, 나도 같이 멧돼지 사냥을 가는 건 이미 결정된 사항인 건가?"

"재앙의 숲에는 절대로 들어가지 말라니까! 당신들만 죽고 끝나는 게 아니야. 짓밟힌 숲이 화가 나서 읍에 저주를 뿌리면 어쩔 셈이야!"

호룡과 경행, 그리고 진우가 각자 멋대로 떠들어대고 있는데 시끄러웠던 건지 아직도 침상에 엎드려 있던 행 할멈이 "으으" 하고 신음했다. 운람도 팔짱을 끼고 입을 다물고 있었다.

'못미더운 포로라 정말 면목이 없어요.'

영림은 어쩔 줄을 모르겠는 기분을 느꼈다.

'하지만 멧돼지 전골…….'

그러나 하얀 지방이 적당히 낀 고기가 머릿속을 온통 점령해서 가슴을 꾹 눌렀다.

사실은 포로로서 자기 분수를 알고 재앙의 숲에 가려 하는 경행을 막아야 할 터였다.

이성과 욕망이 격렬하게 교차했다. 마음이 마구 뒤흔들려 찢어질 것만 같았다.

영림이 태도를 정하지 못하고 있는데 운람이 생각지도 못한 발언을 했다.

"……괜찮을 것 같은데?"

놀랍게도 경행이 재앙의 숲에 들어가는 것을 인정하는 말이었다. 영림이 퍼뜩 고개를 들었다.

"어차피 당신들, 아무리 막아도 재앙의 숲에 갈 테고 이 여자한테서 눈을 뗄 생각도 없잖아? 도망을 허락할 수는 없으니 나도 같이 산에 갈게."

"뭐라고……?!"

그 말에 호룡이 언성을 높였다.

호룡은 난폭하게 조카의 어깨를 붙잡고 흔들었다.

"농담하지 마. 너, 지금 네가 무슨 소릴 했는지 알기는 하는 거야? 만약──.”

“그럼 달리 무슨 방법이 있는데?”

그러나 쌀쌀맞은 대답을 듣고는 숨을 헉 들이켰다. 운람의 의도를 이해했기 때문이었다.

어차피 황경행은 말려도 제멋대로 행동할 테고, 추녀에게서 눈을 떼지도 않으리라.

계속 호위들에게 둘러싸여 있으면 주혜월을 괴롭히는 건 불가능하다. 그렇다면 차라리 위험한 산에 보내서 전력을 분산시키는 편이 틈을 노려 '사명'을 다하는 데 유리하다──.

“그래도…….”

“내가 하겠다고 했잖아. 삼촌은 입 다물고 있어.”

방심시키는 게 먼저라고 변명하면서, 이 소심한 삼촌이 완전히 꼬리를 말아버렸다는 사실을 운람은 이미 꿰뚫어보았다.

상황은 이미 막다른 골목에 다다른 것과 마찬가지였다. 이것을 타개하기 위해서는 금기의 구역에 발을 들여서라도 도박을 하는 수밖에 없다.

계속 끌려다니기만 해서는 냉해도 증세도 피할 수 없고, 읍은 겨울을 넘기지 못할 것이다.

“저기, 운람……. 만약에 무리한 일을 너무 강요하고 있는 거라면…….”

“별로.”

긴박한 분위기를 앞에 두고 여자가 중재를 하려 했지만, 운람은 느긋한 말투로 가로막았다.

"원래 다른 사람들과 다르게 난 산을 마음대로 돌아다녔거든. 오늘은 조금 더 깊은 곳으로 들어가려는 것뿐이야. 아니, 포로의 도주를 손 놓고 지켜보는 유괴범이 세상에 어디 있어?"

입꼬리를 치켜올리니 호롱은 머쓱한 듯 혀만 찼다.

"말해 두겠는데 난 안 가. 아침부터 자꾸 배가 아프단 말이지."

"알았어, 알았어."

끝까지 허세를 부리려고 하는 삼촌의 말은 성의 없는 맞장구로 흘려보냈다.

'이 흐름에 올라타도 괜찮은 걸까…….'

일련의 대화를 지켜보던 영림은 그런 갈등을 느꼈으나,

"그래서 결국 갈 거야? 안 갈 거야?"

"갈게요!"

한쪽 눈썹을 치켜올린 운람의 질문에 즉답하고 말았다. 등산을 거부할 인간은 없다.

'게다가…….'

운람의 옆얼굴을 흘끔 훔쳐보았다.

영림에게는 노림수가 하나 더 있었다.

***

울창하게 우거진 숲속에서 나뭇가지를 헤치고 걷기 시작해 어느덧 반각이 지났다.

진우는 풀을 밟는 소리를 들으며 가끔 주위를 둘러보았다.

여러 겹으로 빽빽하게 심어진 나무에 햇빛이 다 가려져서 낮인데도 어두운――재앙의 숲.

찌는 듯한 기후와 지형적인 문제로 안개가 발생하기 쉬운 장소이긴 하다. 숲속 깊은 곳으로 들어감에 따라 이곳저곳에서 하얀 안개가 피어오르는 모습이 보였다. 때때로 바람이 불면 짐승 우는 소리인지 비명인지 모를 소리가 울려 퍼져서, 확실히 무시무시한 장소였다. 죽은 채 그대로 썩어버린 짐승 사체도 있었는데, 여하간 공포심이 강한 인간은 겁을 집어먹는 게 충분히 납득이 되는 환경이었다.

그러나 감정 기복이 별로 없고 야영에 익숙한 진우 입장에서는 그렇게까지 두려워할 가치가 없었다.

안개는 안개다. 비명 같은 소리는 드문드문 보이는 나무 구멍이나 바위 틈새로 바람이 불어들어 나는 것일 뿐이다.

굳이 신경 쓰이는 부분이 있다면 짐승이 좋아하는 나무가 이곳저곳에 있어서 그것을 피해서 걷기 힘들다는 정도일까. 실수로 열매를 밟아 터뜨리기라도 하면 그 냄새에 이끌린 짐승이 쓸데없이 많이 몰려들 수도 있다.

저주라기보다는 짐승의 습격을 받아 절벽에서 떨어질 가능성이 더 높아 보였기에 진우는 아까부터 신중하게 경계하는 자세를 취하고 있었다. 피부가 짓물렀다는 이야기는 아마 안개 속에 독충이나 나비 가루 등이 섞여 있어서가 아닐까.

"어머나, 이것 좀 보세요. 잠깐 멈추었다 가요. 이 나무에 자란 버섯, 설마 영지인가요?! 어머, 이쪽에는 맹독을 지닌 사인이(死人

茸)가……. 아앗, 이건 노관초(老鸛草)! 부자(附子)도, 그 친구들도 이렇게나 많이!"

한편 앞서 걷는 주혜월——즉 황영림은 진우의 경계 따위는 전혀 개의치 않고 풀과 나무를 보며 눈을 빛내더니 쪼그려 앉았다. 때때로 정성스럽게 뿌리를 캐서는 짊어지고 있던 바구니에 넣었는데 그 무게는 진우가 보아도 상당히 나갈 정도였다.

선두를 걷던 경행이 여러 번 대신 짊어지겠다고 제안했으나 여자는 그럴 때마다 말도 안 되는 소리 말라는 듯 단호하게 고개를 가로저었다. 사려 깊은 성격이라서기보다는 보물을 빼앗기기 싫어하는 어린애 같았다.

조금은 줄이는 편이 낫지 않을까, 하고 충고했지만 여자는 생글생글 웃으며 운람을 돌아보더니 "하지만 이것들을 읍의 밭에 심어놓으면 의사가 필요 없어지거든요"라고 대꾸했다.

황영림의 바로 뒤에서 걷던 운람은 그런 말을 듣고 웃거나 짜증을 내지 않고 쌀쌀맞게 어깨만 으쓱했다.

다른 사람에 비해 유연하다고는 하나 운람 역시 남령의 백성이다. 재앙의 숲에 들어오는 데 거부감이 있었으리라. 표표한 걸음걸이는 여전했지만 얼굴은 다소 굳어져 있었다.

그래도 굳이 따라온 것은 아마 틈을 노려 '주혜월'에게 위해를 가하려는 의도 때문이리라.

하지만 진우와 경행의 강력한 호위 때문에 손을 대지 못하고 있었다.

게다가 황영림 자신도 태평한 것 같지만 전혀 빈틈이 없다.

'예상했던 것보다 몸을 쓰는 방식이 능숙해.'

풀숲을 걸을 때도 자세가 무너지지 않고, 가장 체력 소모가 적은 걸음걸이를 유지하는 황영림을 보며 진우는 그런 생각을 했다.

추녀는 고귀한 여성이다. 운동 부족 정도가 아니라 운동하는 방법 자체를 모르는 자가 대부분이다. 익숙하지 않은 산에 들어왔으니 사 반 각도 되지 않아 주저앉을 줄 알았는데, 황영림은 명랑한 표정을 계속 유지하고 있었다.

어차피 금방 뻗어버릴 테니, 그렇게 되면 이 무모한 추녀를 자신이 들쳐 업고 바로 읍으로 돌아가야겠다고 무의식적으로 생각하던 진우는 의외의 전개에 아쉬움을 느꼈다. 그리고 그런 자신의 모습에 살짝 고개를 갸웃했다.

거치적거리는 존재가 없는데 왜 아쉬움을 느껴야 한단 말인가.

"윽……. 아무래도 무겁네요. 흙이 묻은 상태 그대로 넣어서 그런가 봐요."

잠시 후 겨우 조심스럽게 약한 소리를 하기에 진우는 억지로 바구니를 빼앗았다.

"내놔."

"앗, 하지만……."

"바구니 속에 있는 내용물에는 별 관심이 없어. 빼앗지 않을 테니 이리 내."

"그, 그렇겠죠. 죄송해요. 그럼 잘 부탁드려요."

예의바른 여자는 진우를 향해 살짝 고개를 숙였다.

머리카락이 어깨로 차르르 흘러내리는 소리까지 들릴 정도의 거리감.

'……가깝군.'

진우는 불현듯 그런 생각을 했다.

요명의 아내 후보, 그것도 필두 후보라 불리는 여자와 취관장인 진우 사이에는 본래 깍듯한 예의로 이루어진 거리가 있다. 어젯밤처럼 끌어당겨 안거나, 지금처럼 지근거리에서 대화를 나누는 일은 추궁 안에서는 결코 일어나지 않을 상황이었다.

계속해서 표정을 바꾸고 눈을 반짝이면서 풀숲을 뛰어다니는 여자를 지켜보는 상황도.

"아……. 그, 그렇지만 생각해 보니 그건 당연한 일이네. 당신은 그렇게 하인처럼 내게 헌신하면 되는 거야."

황영림은 진우의 시선을 느끼고 주혜월인 척해야 한다는 필요성을 느낀 모양인지 쌀쌀맞게 턱을 홱 치켜들었다.

말투나 표정은 그럴싸했지만 자꾸만 '영림다움'이 배어 나온다는 사실은 자각하지 못하는 모양이었다.

'이러면서 악녀인 척을 하는 건가.'

진우는 순간적으로 입을 꾹 다물었다.

어째서일까.

무표정하다는 평판이 있는 자신인데, 이 추녀를 보고 있으면 높은 빈도로 자꾸 웃음이 난다.

"나 참, 그나저나 정말 경사가 심한 산길이네. 걷기만 해도 장딴지 근육까지 단련이 될 것 같아. 최고잖아? 산은 인간한테 약초를 따라는 거야, 단련을 하라는 거야? 대체 어느 쪽이야?"

“멧돼지를 잡으라는 건지도 모르지.”

“흥, 욕심이 너무 많다니까.”

몸이 가벼워진 황영림은 오라비 경행까지 끌어들여 악녀 연기를 했고, 운람은 의아한 얼굴로 두 사람을 쳐다보고 있었다.

‘이러면서 주혜월인 척을.’

진우는 시선을 돌리고 웃음을 꾹 참았다.

‘다행이다. 무사히 취관장님의 눈을 속인 것 같아.’

시선을 마주치려 하지 않는 진우를 흘끔 돌아본 영림은 가슴을 쓸어내렸다.

취관장이라는 직함에 걸맞게 엄청나게 감이 좋은 진우였지만 성실한 연기가 성공하여 간신히 정체를 들키지 않고 넘어간 모양이다.

‘하지만 방심은 금물이야. 빈틈을 보이지 않도록 조심해야지.’

안심한 순간 바닥에 뻗어 있던 나뭇가지에 발이 걸릴 뻔했기에 영림은 정신을 바짝 차렸다.

등산 이야기가 나왔을 때 여자에게는 위험할 거라면서 진우는 끝까지 난색을 표했다.

지금도 마찬가지였다. 조금이라도 지친 기색을 보이면 금세 끌고 돌아갈 것 같은 기색이 뚜렷하게 느껴진다. 과보호하는 가족과 궁녀들에게 둘러싸여 자란 영림은 그런 분위기를 곧바로 알아차릴 수 있었다.

반대로 평소였다면 영림을 안아서 이동시켜 주고, 몇 초에 한 번씩 몸 상태를 묻곤 하던 경행은 혜월의 모습이 된 후로는 지나친 걱정을 하지 않았다.

그러기는커녕 하루 종일 농사일을 하고, 등산까지 함께 하는데도 제지하지 않는 상황이었다.

아마 그것이 바로 경행이 본래 타인에게 요구하는 체력이고 태도이리라. 지금까지의 영림이 너무 병약했기 때문에 예외적으로 과보호를 했을 뿐.

겨우 오라비와 '평범'한 관계를 맺을 수 있게 되었다고 생각하니, 영림은 이렇게 산에 들어온 일이 너무나 기뻤다. 심지어 산에는 귀중한 약초들이 곳곳에 나 있어서 최고로 즐거웠다.

'게다가…….'

이번에는 시선을 대각선 뒤쪽으로 돌렸다.

일행에게서 너무 가깝지도, 또 너무 멀지도 않은 거리에서 운람이 아무 말 없이 따라오고 있었다.

'읍 사람들에게서 멀어진 이 틈에 저 사람을 어떻게든 우리 편으로 끌어들일 수는 없을까?'

이 등산 이야기에 응했을 때 영림이 몰래 품고 있던 노림수는 바로 운람을 설득하는 일이었다.

영림이 생각한 바로는, 운람은 도무지 생각처럼 처벌이 이루어지지 않는 상황에 초조함을 느끼고 있다. 다른 읍 사람들이 '방법이 없네'라면서 일찌감치 포기하고 가버린 것에 반해, 운람만은 '그래도 어떻게든 해야 해'라고 생각하는 듯했다.

'정말 굉장한 근성이야. 황가의 인간으로서 운람에게 경의를 표

하게 돼.'

읍 사람들 앞에서 아무리 냉소적인 태도를 보여도, 운람이 사실 책임감 강한 인물이라고 생각하게 되는 이유는 아버지의 무덤 앞에서 어쩔 줄 몰라 하는 모습을 보았기 때문일까. 영림은 그 절박한 눈동자가 내내 마음에 걸렸다.

게다가 읍 사람들도 일찌감치 처벌을 포기한 모습을 볼 때, 사실은 공격에 소질이 없는 사람들로 보였다. 공포와 초조함에 휩싸이기 쉽고 그 돌파구를 금세 타인에게서 찾으려 드는 경향은 있지만, 좋든 나쁘든 그것은 일시적인 감정 때문일 뿐이고 사실 근본적으로는 소탈하고 따스한 사람들일 터였다.

영림은 가능하면 그런 사람들이 나쁜 짓에서 손을 떼길 바랐다. 그래서 우선은 운람을 이쪽 편으로 끌어들이려 한 것이다.

'아니, 아무리 생각해도 추녀를 해코지하면 하늘이 맑아진다니 그런 건 이상하잖아.'

처음에는 운람 일행이 정 원한다면 처벌 성공이라는 거짓 보고를 시켜서 세금을 낮추면 된다고 생각했지만, 결국 그것은 아무런 해결도 되지 않는다. 도리를 따르자면 처벌 명령 따위는 무시하고, 자기 영지의 추녀를 해하려는 몹쓸 계획을 꾸민 강 씨의 죄를 폭로해야 하리라.

본래 자신이 끼어들 이유도 없는 다른 영지의 문제지만, 그 점을 무시하면서까지 참견하고 싶을 정도로 영림은 요 사흘 사이 이 읍의 미래를 걱정하게 되었다.

'함께 산을 오르면 강한 단결력이 생긴다고도 하니까…….'

결국 그런 단순한 사고에 근거하여 고개를 끄덕인 영림은 몰래 주먹을 부르쥐었다.

"오오……?! 이건 멧돼지 발자국이잖아. 심지어 여러 마리야. 근처에 사는 모양인데."

그때 선두를 걷던 경행이 반가운 목소리로 외쳤다.

시냇물에 비교적 가깝고, 흙보다 바위가 두드러지는 장소였다.

나무들이 사라지고 갑자기 탁 트인 그 장소는 짐승들이 물을 먹으러 오는 곳인 듯했다. 바위에 진흙 묻은 발자국이 점점이 나 있는 모습이 보였다.

"발자국이 이어지는 방향을 보니 저 부근에 사는 모양이군? 좋아, 내가 잠깐 상황을 보고 오지."

"경행 공, 설마 추녀를 남겨두고 갈 생각인가?"

아무리 그래도 너무 부주의하다고 생각한 모양인지 진우가 운람을 흘끗 쳐다보며 얼굴을 찌푸렸다.

그러나 경행은 천연덕스럽게 웃으며 더욱 대담한 발언을 했다.

"물론이지. 멧돼지 전골을 앞에 두고 뭘 망설이겠어? 아니, 취관장님도 함께 가세."

"뭐?"

놀랍게도 진우까지 이 자리에서 데려가겠다는 말이었다.

"대체 무슨──."

"자, 자, 자. 그렇게 신경질적으로 굴지 말라니까! 냉정하게 생각해 보면 멧돼지 떼와 조우하게 만드는 게 더 위험하잖아?"

경행은 그렇게 말하며 억지로 진우의 팔을 붙잡았다.

"이봐, 운람——. 쓸데없는 짓은 하지 마라! 믿고 있으니까."

"경행 공——!"

그리하여 뿌리치려 하는 진우를 질질 끌고 덤불 속으로 들어가 버렸다.

"저……."

운람과 함께 남겨진 영림은 뭐라 표현하기 힘든 민망함을 느꼈다.

호쾌하고 대범한 성격은 오라비의 미덕이지만 아무리 그래도 운람을 너무 무시했다고나 할까, 상대를 얕보는 것 같은 인상을 주었다.

"죄, 죄송해요. 뭐랄까, 그, 너무 자유로워서……."

"……그러게 말이야."

조심스럽게 사과하자 운람은 감정이 엿보이지 않는 미소를 지었다.

"저기, 하지만 이건 운람을 바보 취급하려는 게 아니고, 그만큼 신용하고 있다는 뜻이에요."

"흐음."

영림이 다급히 몸을 내밀자 운람은 장난스럽게 한쪽 눈썹을 치켜올렸다.

적갈색 눈이 고양이처럼 빛났다.

"그렇고말고요. 운람이라면 분명 이상한 짓은 안 할 거라는 신뢰의 표시예요."

"……그래?"

대답할 때까지 약간 뜸을 들였다고는 하나, 운람이 이렇게 싱글싱글 웃는 모습은 처음 본 기분이었다.

영림은 상대의 마음 속으로 조금 더 들어가기 위해 열심히 고개를 끄덕였다.

"그럼요, 그럼요."

"그럼 말이야, 그런 상황에서 이렇게 말하면 깜짝 놀랄지도 모르겠지만——."

다음 순간 운람은 갑자기 웃음기를 싹 지우고, 분위기를 확 바꾸었다.

재빨리 꺼낸 단도가 망설임 없이 영림의 목에 들이밀어졌다.

"옷, 다 벗어."

서늘한 칼 끝이 핏방울을 만들어냈다.

"땅바닥에 손과 무릎을 짚고. 큰 소리를 내면 죽일 거야."

"어머나……."

상처 입은 짐승처럼 사나운 눈빛을 짓는 운람을 마주보면서 영림은 천천히 제자리에 무릎을 꿇었다.

물가 근처는 온통 바위투성이였다. 마침 무릎을 꿇은 부근의 바위는 검게 변색되어 있었고, 만져 보니 까칠까칠하고 불길한 소리가 났다.

"……지금, 정말로 놀랐어요."

바위에 짚은 손바닥에 정말로 식은땀이 배어 났다.

* * *

일직선으로 덤불 속을 빠져나가는 경행을 향해 진우가 목소리를 높였다.

"경행 공, 대체 무슨 생각이지? 추녀를 적의 손아귀에 남겨 놓고 오다니, 제정신인가?"

"괜찮아. '괜찮다'는 내 감은 결코 빗나간 적이 없으니까. 게다가 피붙이를 제쳐 놓고서라도 멧돼지를 사냥하는 건 무관의 본분으로서 가장 중요한 과제지. 그렇지 않아?"

"무슨 헛소리를……."

도통 이해가 되지 않는다고 판단한 진우는 붙잡혔던 팔을 뿌리치고 발걸음을 돌렸다.

그러나 왔던 길을 되돌아가려 한 그 순간, 등 뒤에서 경행이 유난히 낮은 목소리로 말했다.

"헛소리? 무슨 소릴 하는 거야. 이건 진심이야."

그 말투에는 등골이 오싹해질 정도의 박력이 담겨 있었다.

순간적으로 뒤를 돌아본 진우를 향해 경행은 조용히 입꼬리를 올리며 웃었다.

"해로운 짐승은 빨리 잡아야지. 하늘을 거역하고 제 분수도 도리도 모르는 짐승은 말이야."

"……경행 공?"

"이 너머에 동굴이 보이는군. 좁지만 길이 통하는 것 같아. 분명 사람이 여러 번 지나다녔기 때문일 거다."

경행은 의아한 기분에 미간을 찌푸리는 진우의 말에는 대꾸하지 않고 계속해서 덤불을 헤치고 들어갔다.

영문 모를 불온함을 느끼고 그 뒤를 따르니 경행의 말대로 바위 속에 감춰진, 멧돼지 굴이라고 하기에는 너무 그럴싸한 동굴이 있었다.

"찾았다."

"……이게 대체 뭐지?"

경행은 그 물음에 아무런 대답도 없이 똑바로 동굴을 향해 다가갔다.

허리를 숙이고 입구를 들여다보며 재빨리 안을 확인한 뒤, 팔을 집어넣어 안에 있는 무언가를 끄집어냈다.

"나는 말이야, 취관장. 향장이 천민들에게 명령했다는 '주혜월' 납치를 아무래도 이해할 수가 없었어. 대체 그런 짓을 할 이유가 무엇이었을까?"

사실 경행과 진우는 어젯밤 불침번을 서는 동안, 영림의 머리맡에서 시간을 때울 겸 잡담을 나누었다.

그때 진우에게 이 납치 사건이 향장의 지시였다는 사실을 말해 놓은 상태였다.

그런 상황에서 지금 경행이 의문을 표하자 진우는 살짝 고개를 갸웃했다.

"이 향은 냉해를 입고 있지. '주혜월'을 해악의 근원으로 내세우면 백성들의 불만이 그쪽으로 향하지 않겠나?"

"하지만 산 제물을 바치고 싶다면 천민들에게 그 역할을 맡기면 되잖아. 그런데 강 씨는 그러지 않았어. 그럼 진심으로 '주혜월'을 재앙의 근원이라 믿고 증오하고 있느냐 하면, 뜻밖에도 그냥 납치만 했을 뿐 살해 명령도 내리지 않았지. 보고도 이틀에 한 번, 구두로만 하라는 거야. 증거조차 요구하지 않아. 너무 무성의해."

묵직한 소리를 내며 질질 끌려나온 그것은 커다란 상자였다.

천으로 여러 겹 감겨 있고, 사람 눈을 속이기 위해서인지 진흙을 덧칠해 놓았다.

경행은 신중한 손놀림으로 그것을 벗겼다.

"그렇다면 이 납치는 진정한 목적이 아니라, 단순한 눈속임일 거야. 강 씨는 추녀가 납치되었다는 커다란 사건을 꾸밈으로써 다른 무언가에서 관심을 돌리려 한 거지——나는 그렇게 생각했어. 아니, 그런 **지적을 받았다**고 해야 하나."

정말로 총명한 분이야, 하고 어깨를 으쓱하는 경행에게서는 평소의 쾌활함 대신 날카로울 정도의 진지함과 박력이 느껴졌다.

"무언가에서 관심을……? 지적받았다니, 누구에게……?"

진우는 당황스러워하며 중얼거렸지만 두 질문 중 하나의 답변은 금세 밝혀졌다.

"관리가 높은 사람에게서 감추고 싶어 하는 것은 보통 뻔하지. 모반이나, 과거의 실수나, 그게 아니면——."

투박한 손이 교묘하게 매듭을 풀고 천을 벗겨냈다.

속에서 나온 것은 중후한 옻칠 상자였다.

"부정행위지."

그리고 뚜껑을 열자 그 속에서 대량의 금이 나왔다.

"이건……!"

"강 씨는 꽤 많이 모아 놓은 모양이군. 이 옻칠 상자, 추적을 피하려는 의도였는지 전국에 유통되는 평범한 물건으로 고른 것 같은데 아쉬워. 천이 염색된 모양이 독특하거든. 강 씨의 저택에서 본 적이 있어."

숨을 들이켜는 진우 옆에서 경행은 유능한 무관 그 자체의 손놀림으로 옻칠 상자에 무슨 장치나 증거가 남아 있지 않은지 확인했다.

"아무래도 '주혜월' 납치 뒤에는 꽤나 복잡한 음모가 얽혀 있는 모양이야."

별것 아니라는 태도로 선명한 진상에 접근해가는 경행에게 진우는 압도당했다.

왕도에는 거의 머무르지 않고 늘 원정만 다닌다는 괴짜. 여동생 바보에 숨 막히는 성격, 정치적 거래 따위는 생각도 하지 않는다는 소문이 있는 사람이지만 역시나 그 황후의 조카이며 황영림의 오라비였다.

보통내기가 아니다.

진우는 한동안 경행의 뒷모습을 지켜보다 문득 고개를 들고 입을 열었다.

"경행 공."

"오, 뭐지? 취관장도 좀 거들어주지 않겠어? 굳이 가져갈 필요는 없지만 개수와 상태는 기억해 두고 싶거든. 나 혼자만의 증언으로는 신빙성이 떨어지니까 함께 증인이 되어줘."

"그건 상관없는데, 지금은 그보다 먼저 해야 할 일이 있다."

낮은 목소리로 지적하자 경행은 "이봐, 이봐" 하고 한탄하듯 목소리를 높였다.

"바로 영림에게 돌아가자고? 건강한 영림이라면 이 읍의 남자 한둘 정도는 쉽게 해치울 수 있어. 나와 동설이 호신술을 가르쳐 놓았으니까."

"아니, 그게 아니고."

진우는 담담하게 대답하며 검을 빼들었다.

"경행 공이 아까부터 다래 열매를 잔뜩 밟고 다니지 않았나. 그 때문에――멧돼지 대군이 와버렸다."

"뭐?!"

기겁해서 뒤를 돌아본 경행의 시선 끝에서는 살던 곳을 짓밟힌 분노를 내뿜는 멧돼지들이 침을 뚝뚝 흘리며 이쪽을 쳐다보고 있었다.

＊＊＊

"자, 옷을 벗어. 속옷도 다."

"……그건, 좀."

운람이 칼을 들이밀자 영림은 까칠까칠한 바위를 어루만지며 식은땀을 흘렸다.

'최근 들어 참 다양한 아수라장을 경험했다고 생각했는데, 이건 또 새로운 종류의 위험이네.'

소위 말하는 정조의 위기인 셈이었다.

지금까지 짐승과 한 우리에 들어가는 신세가 되기도 하고, 주살을 당할 뻔한 적도 있었지만 기본적으로 영림은 늘 추녀 대접을 받았기에 이런 종류의 위기를 맞이한 적은 없었다.

그러나 잘 생각해 보면 여자 포로를 성적으로 괴롭히는 것은 너무나 있을 법한 상황이며, 그런 예상을 전혀 하지 못했다는 것 자체가 자신이 세상 물정을 몰라도 너무 몰랐다는 사실을 통감하게 하는 일이었다.

"저기, 진정해요……. 그건 저기, 이 건강미 넘치는 몸에 구미가 당기는 건 이해가 안 가는 것도 아니지만, 그런 행위는 서로 마음을 통한 부부지간에만 하는 일이에요."

"하, 내가 당신을 보고 욕정을 느꼈다고 생각하는 건가? 건방지게 굴지 마."

영림 나름대로 달래려고 했지만 운람은 내뱉듯 말하더니 단도를 쥔 손에 더욱 힘을 주었다.

"천민인 내가 당신의 옷을 다 벗기고 점 개수까지 센다면, 그것만으로도 추녀로서의 당신은 '죽음'을 맞이하는 거라더군. 참 다행이야. 한순간에 끝나는 데다 아프지도 않은 방법으로 죽을 수 있어서."

요컨대 '주혜월'을 '천한 백성의 손에 더럽혀진 여자'의 위치로 떨어뜨리겠다는 이야기였다.

"거친 방법은 피해 줬으니 감사하라고."

"감사할 여지가 어디 있나요?"

"뭐?"

저도 모르게 대꾸하자 운람은 훗 웃더니 영림을 세차게 바위 위로 쓰러뜨렸다.

"그럼 거칠게 당하고 싶은가 보네."

"싫어……!"

날뛰었으나 단도를 쥔 손이 재빨리 입을 틀어막았다. 그리고 다른 한 손으로는 영림의 두 손을 한꺼번에 붙잡고 바위 위로 꾹 눌렀다. 몸 위로 올라탄 운람이 무릎을 짓누른 바람에 꼼짝도 할 수가 없었다.

심장이 순간적으로 빠르게 뛰었다.

"……평범한 여자였다면 여기서 얻어맞았겠지."

운람은 눈을 부릅뜬 영림을 숨결이 닿을 정도의 거리에서 내려다보았다.

틀어막았던 입에서 손을 뗀 대신 마치 협박하듯 단도를 눈앞에서 흔들어댔다.

"뼈가 부러지고 옷이 찢어지고 목소리도 내지 못하는 상태에서 더럽혀지는 거야. 원치 않는 자식의 씨앗이 몸 속에 쑤셔 넣어질 테고."

운람은 문득 눈을 내리깔고 조용히 중얼거렸다.

"——얼마나 무서웠을까."

"운, 람……."

운람은 숨을 들이켜는 영림을 향해 다시 고개를 들고 싱긋 웃었다.

"하지만 당신은 추녀니까 알몸을 보여주는 것만으로도 충분하대. 참 좋겠네."

운람의 기척은 위태로웠다. 낮은 목소리로 협박하는 말투와 아직 앳된 느낌이 남은 천진한 말투가 뒤섞였다.

한 걸음 실수하면, 역린을 건드리게 된다——.

그 감각이 영림에게서 말을 빼앗았다.

가만히 올려다보고만 있었더니 운람이 살짝 고개를 갸웃했다.

"흐음, 안 우네. 뜻밖인데."

"……."

"이럴 때 추녀님이라면 시끄럽게 떠들어댈 줄 알았는데 똑똑하구나. 하지만……."

운람은 얼굴을 바짝 들이밀고 한층 낮은 목소리로 말했다.

"울어."

증오와 짜증이 뒤섞여 부글부글 끓는 듯한 말투에 영림은 소름이 끼쳤다.

"꼴사납게 매달리란 말이야. 땅바닥에 이마를 비비면서 빌어. 겁을 먹으라고."

——콱!

"……."

격정을 못 이긴 운람의 단도가 영림의 목 바로 옆에 꽂혔다. 저도 모르게 얼굴이 굳어졌다.

그래도 울음을 터뜨리지 않는 영림을 보고 운람은 짜증이 난 듯 미소를 지었다.

"뭐야, 아직도 안 울어? 당신, 진짜 배짱 두둑하네."

"……."

"실실 웃기나 하고……. 당신을 보고 있으면 구토가 올라와. 납치를 당해도 무섭지 않다, 다 같이 사이좋게 지내자, 라고? 지금 누구 놀려? 그야 저 정도 호위에게 보호를 받는다면 위기감도 안 느껴지겠지만 당신은 전혀 모르겠지, 우리가 이렇게까지 절박한 상황이란 걸."

운람은 단도를 집어던지고 영림의 머리카락을 움켜쥐고서 억지로 고개를 들게 했다.

"당신이 추락하지 않으면 우리가 뭘 잃게 되는지를!"

"뭘 잃게 되나요?"

하지만 영림은 운람을 똑바로 바라보며 차분히 물었다.

"운람. 당신은 무엇을 잃는 게 가장 두려운가요?"

"무슨——."

"당신은 나를 해치지 못해요. 왜냐하면 당신은 계속 두려워하고, 고민하고 있을 뿐이니까요."

허를 찔린 운람이 눈을 부릅떴다.

"뭐?"

비웃어주려고 입을 벌린 그 순간.

저항도 하지 않고 이쪽을 가만히 올려다보던 상대가 눈에 보이지도 않을 정도의 속도로 벌떡 일어났다.

——콱!

그리고 운람의 **입안에** 무시무시한 정확도를 자랑하며 무언가가 쑤셔 박혔다.

입천장으로 단단한 감촉이 느껴졌다.

날카로운 무언가가 목젖을 찌를까 말까 하는 아슬아슬한 지점에 멈춰 있었다.

"움직이지 말아요. 안쪽에서부터 목구멍이 찢겨지는 경험을 하고 싶지 않으면."

영림이 움켜쥔 것은 날카롭게 쪼개진 바위 파편이었다.

운람은 식은땀이 솟는 것을 느꼈다.

목젖에 날카로운 무언가의 끄트머리가 와 닿은 수준이 아니었다. 몸 안쪽에 '날붙이'가 삼켜진 공포.

말 그대로 손가락 하나 까딱하는 정도, 아니, 속삭이는 말 한 마디, 침을 삼키는 동작 하나로 몸에서 가장 부드러운 부분이 갈가리 찢겨지게 된다.

움직임을 멈춘 운람을 보고 주혜월의 얼굴을 한 여자가 난처한 듯 미소를 지었다.

"있잖아요, 운람. 당신은 자기가 그저 고민에 빠져 있을 뿐이란 사실을 잘 알고 있죠? 정말로 누군가를 해칠 결심을 했다면 그렇게 긴 이야기를 늘어놓지 않고 잽싸게 해치웠을 테니까요. ……바로 이렇게."

온화한 미소와 과격한 행동. 그 차이에서 박력이 느껴졌다.

운람은 그저 온실 속 화초인 줄만 알았던 이 귀족 여성에게 완벽히 제압당한 자신을 느꼈다.

'어느 틈에 이런 무기를.'

시선의 움직임만으로 운람의 의문을 알아차린 모양이었다.

여자는 오른손으로 파편을 계속 들이민 채 반대편 손으로 지면을 쓰다듬었다.

"무기의 출처가 궁금한가요? 여기예요."

가느다란 손가락이 가리킨 곳에는 검게 변색된 바위가 있었다.

바위 자체는 거의 대부분 땅 속에 파묻혀 있었으나, 마치 껍데기가 벗겨지듯 바깥쪽 부분이 얇게 갈라져 있었다. 여자는 그것을 재빨리 뽑아 들고 칼 대신 사용한 것이다.

"바위는 너무 뜨거우면 이렇게 파직 갈라지는 경우가 있답니다. 어느 분인지 몰라도 여기서 불을 피우고 제대로 끄지 않은 거예요. 장작이 숯으로 변해서 지글지글 천천히 바위에 계속 열을 가한 거죠. 제법 날카롭죠?"

여자가 살짝 고개를 갸웃하는 바람에 파편 끝이 목젖에 거의 닿을 뻔했다.

"……!"

"미안해요, 겁을 줄 생각은 아니었어요. 아, 하지만……."

여자는 황급히 날을 뒤로 빼려다가 문득 생각을 고쳤는지 장난스럽게 얼굴을 들이밀었다.

"혹시 이걸로 '형세 역전'이 된 것 아닐까요?"

동시에 왼손으로는 바위 틈새에 꽂혀 있던 운람의 단도를 뽑아 멀리 휙 던져버렸다.

"……!"

"이야기를 좀 들어 달라고 말로만 호소해서는, 남자 분들은 잘 안 들어주신다는 걸 저도 학습했기 때문에……. 협박하는 것 같아

죄송하지만 제 생각을 조금만이라도 들어주시지 않겠어요? 안 될까요?"

난처한 듯 눈썹을 축 늘어뜨리는 여자는 얼핏 보기에는 아름답고 가냘픈 분위기였지만, 날붙이를 들이민 그 손에는 망설임이 없어서 도저히 도망칠 수가 없었다.

운람은 몸이 굳어진 채 상대를 쳐다보았다.

"저기, 모르겠어요? 운람. 이 바위 지대는 풀숲도 탁 트였고, 맑은 물도 풍부하죠. 분명 수많은 생물들이 이곳에서 쉬어갈 거예요."

"……?"

운람은 추녀의 입에서 제일 먼저 튀어나온 그 말의 진의를 도통 파악할 수가 없었다.

"짐승뿐만 아니라 사람도 온다는 거예요. 맑은 물에 이끌려서 잠시 이곳에 주저앉아 배라도 채우고 갈까 생각하게 되죠. 여기서 불을 피우는 건 분명 자연스러운 흐름이었을 거예요. 그런데 대체 누가 불을 피웠을까요?"

무슨 말인지 대강 눈치를 챈 운람은 숨을 들이켰다.

여자는 날붙이를 들이민 손과 똑같이 흔들림 없는 눈빛으로 이쪽을 응시하고 있었다.

"당신의 말을 믿는다면 읍 사람들 중 당신보다 먼저 이 재앙의 숲 깊은 곳에 발을 들인 사람은 당신 아버님밖에 없어요. 그리고 그분이 옛날 피운 불이 이 바위를 쪼개고 지금 저를 구했죠."

목소리는 온화했다.

협박을 하는 것도 아닌데, 마치 신탁처럼 운람의 마음속에 스며

드는 목소리였다.

"이 추녀를 죽이지 말라고, 아버님께서 말씀하시는 것 같지 않나요?"

"……!"

운람은 눈을 크게 부릅떴다.

쉽게 동요하고 사람을 사랑하고 미워하고 기적에 매달린다.

내뱉듯이 묘사했던 남령 백성의 특징은 당연히 운람 자신에게도 해당된다.

두령의 행동이 추녀를 구했다.

단순한 우연에 불과할 사실이 엄청난 무게를 띤 채 운람의 마음을 뒤흔들었다.

——아버지가, 눈앞의 여자를 구했다.

"아버님의 유지라고 생각하면 조금은 이야기를 들어줄 마음이 생기지 않나요?"

완전히 굳어버린 운람에게서 여자는 살며시 날붙이를 떼어내 던져버렸다.

흉기가 사라진 지금이야말로 반격의 기회인데도 운람은 정신이 멍해져서 움직일 수가 없었다.

"우선 사과부터 할게요. 제 태도가 당신을 불쾌하게 했다면 정말 미안했어요. ……처음 나온 외유와 광대한 논밭 때문에 제가 생각해도 유난히 더 들떠 있었네요."

주혜월의 얼굴을 한 여자가 얌전히 고개를 숙였다.

그러고는 머쓱한 듯 뺨을 손으로 감쌌다.

"변명을 하자면 '그 어느 때라도 긍정적으로 행동하자'라는 게 저 나름대로 한 각오의 표명인 셈이었거든요. 왜냐하면 전 반드시 행복해야만 하니까요."

날카로운 바위 파편은 흉기를 쥐고 있던 손마저 상처 입힌 모양이었다.

하지만 피가 주르륵 흐르는 손바닥을 쳐다보지도 않는 그 모습에 압도당해, 운람은 말없이 상대를 응시했다.

저도 말이에요, 하고 여자가 눈을 내리깔았다.

"옛날에 어머니를 잃었어요. 제 목숨과 맞바꾸어 어머니의 목숨을 발받침 삼아 얻은 삶인데 쉽게 한탄할 수는 없잖아요. '무척이나 행복해, 살아 있다는 건 즐거워'——제가 그렇게 생각하며 살지 않으면 어머니도 성불하지 못하실 거예요."

생각지도 못했던 고백에 어떻게 반응해야 좋을지 알 수 없었다.

그러나 여자는 너무 많은 이야기를 한 게 부끄러웠는지 금세 비밀을 덮어 감추려는 듯 평상시와 다름없는 미소를 지었다.

당신도, 하면서 피투성이가 된 손을 뻗었다.

"당신도 그렇지 않나요, 운람? 자신 같은 게 후계자가 되었다며 고민하고, 아버님의 인생을 더럽혔다고 생각하고 있는 건 아닌가요?"

운람의 뺨에 피로 물든 따스한 손바닥이 닿았다.

"그래서 더더욱 읍을 지키고, 아버님의 오명을 필사적으로 씻으려 하는 것 아닌가요? 그것이 유일한 속죄라고 믿고."

"……하, 그럴, 리가……."

그런 기특한 생각 따위, 자신이 할 리가 없다.

"내가 그렇게 착한 인간인 줄 알아?"

운람은 쉰 목소리로 고함을 질렀으나 여자는 "아뇨" 하고 단호하게 반론을 막았다.

"운람, 정말 모르겠어요? 아버님의 묘를 바라보는 당신의 눈동자는 고뇌로 가득했어요. 게다가……."

이어지는 말이 운람의 마음을 뒤흔들었다.

"당신이 묘비에 새긴 글씨, '용(龍)'이라는 복잡한 글씨는 글을 모르는 농부가 하루아침에 정확히 쓸 수 있는 게 아니에요.

——'용'은 말이다, 천자님을 가리키는 글자야.

그때 운람의 머릿속을 스친 것은 아주 오래 전 들은, 태룡의 목소리였다.

——즉 '용'이라는 이름을 가진 자는 이 읍의 왕이라는 뜻이지. 참 거창하지 않으냐?

천민치고는 드물게 학문을 즐기던 태룡은 어떻게든 읍 사람들을 교육시키려고 어린애들을 모아서 글자를 가르쳤다. 물론 학생들 입장에서는 그런 것보다 논에 가서 일하는 편이 낫다고 소란을 피우며 제대로 이야기를 들어 주지도 않았지만.

——네 이름에 있는 '우(宇)'는 커다란 것을 의미하지. 네 '지(芝)'는 아주 잘 듣는 약초. 어때, 굉장하지? 자랑스럽지~?

태룡은 놀고만 싶어 하는 아이들 하나하나를 붙잡아서 기쁜 얼굴로 지식을 가르쳐주었다.

하지만 아들 운람은 그런 '수업'을 받은 적이 없었다. 태룡이 '강

당'이라 부르던 비축 창고에 운람은 절대 들어가려 하지 않았기 때문이었다.

왜냐하면 운람이 같은 방에 발을 들이면 아이들이 싫어하면서 도망쳤기에.

'불순물'인 자신이 있으면 아버지가 읍 아이들에게조차 얕보이고 만다.

그것을 깨달은 운람은 태룡이 아무리 열심히 설득하고 주위에서 어이없어 해도 고집스럽게 '수업'을 거부했다.

하지만 때때로 비축 창고 벽 바깥에 등을 기대고 아버지의 말을 몰래 듣곤 했다.

——천민이지만 우리에게는 어엿한 이름이 있지. 왕도 있어. 내가 이 읍을 꼭 지켜내고 말 거다.

종이도, 목간도, 붓도 없이 목소리에만 의지해서, 발 밑의 지면에 글자를 썼다가는 지우기를 여러 번.

가슴이 터질 것만 같은 외로움이 넘쳐나 금세 산으로 도망치곤 했다.

불순물인 운람은 농사일도 돕지 않고 나가서 놀기만 한다, 아버지 가르침을 제대로 듣지도 않는다고 사람들은 말했다.

그걸로 족했다.

이 읍에 자신이 있을 곳이 없는 이유는 게으름뱅이이기 때문이다. 그런 이유가 훨씬 받아들이기 쉬웠다.

언제나 항상——아버지의 등을, 까르르 웃는 아이들을, 갈구하는 눈빛으로 바라본다는 사실 따위는 들키고 싶지 않았다.

"있잖아요, 운람. 내 눈에는 당신이 계속 괴로워하는 것처럼 보였어요."

바로 코앞에서 들린 목소리에 헉, 하고 정신을 차렸다.

여자는 꿰뚫어버릴 것 같은 강렬한 눈빛으로 이쪽을 바라보고 있었다.

"당신은 아버님을 존경하고 사랑하지 않았나요? 어머님을 안타까워하지 않았나요? 읍의 일원으로 인정받고 싶지 않았나요?"

"……."

"그렇다면 읍을 지키기 위해 비열한 방법을 사용해서는 안 돼요. 당신도 알고 있잖아요? 그래서 제게 쉽게 손을 댈 수 없었던 거죠."

맑은 눈동자에 할 말을 잃었다. 뺨에 닿은 손은 녹아내릴 듯 따스했다.

반격해야 한다. 하다못해 반론이라도.

그렇게 생각하는데도 결국 입을 뚫고 나온 말은 어린애가 하는 변명이나 다름없었다.

"……그럼 나보고 어쩌란 건데?"

태룡이 쪼갠 것일지도 모르는 바위. 여자의 차분한 이야기. 먼 옛날의 기억. 그것들이 마구 뒤섞여서 운람의 마음을 격렬하게 헤집어 놓았다.

여자의 지적을 부정할 허세도 더 이상은 부릴 수가 없었다.

"그래. 난 두령께 은혜를 갚고 싶었어. 뭐 문제 있어? 읍을 위해 헌신하고 또 헌신하면서, '불순물'인 나까지 키워주셨다고. 바보처럼 착하기만 하고……. 아무도 무덤을 만들어주지 않는 데다 재앙 취급만 하고, 그건 너무 이상하잖아!”

목소리가 떨렸다.

어설프게 만들어 놓은 묘의 모습이 눈앞에 되살아났다. 그것이 운람의 목구멍에서 분노와 슬픔을 터져나오게 만들었다.

내내 마음속 깊은 곳에 꼭꼭 숨겨 두고만 있던 마음은 한 번 넘쳐흐르니 산을 뚫고 폭발하는 용암 같은 기세로 솟구쳤다.

“그 사람은 읍을 지키려 했을 뿐인데……. 재앙의 숲에 들어갔다가 죽는 바람에 공적도, 인망도 전부 재가 되어버렸어.”

태룡은 언제나 읍을 걱정했다. 냉해가 닥쳐도 안이하게 누군가를 책망하지 않고 어떻게든 식량을 얻어 보려 애썼다. 그러다 금기의 숲에 들어가 목숨을 잃고 말았다.

읍을 위해 했던 행위. 하지만 태룡이 죽은 순간 사람들은 감사는커녕 금기를 범한 어리석은 놈이라며 돌을 던지는 쪽을 택했다. 재앙이 두려웠던 탓에.

“하지만 내가 당신을 괴롭혀서 읍을 지키면……, 나도 두령도 영웅이 될 수 있어.”

불순물이라 불리던 자신의 존재가 억울했다. 두령의 오점에 불과하고, 아무리 발버둥쳐도 읍에 녹아들 수 없는 자신이.

향의 남자에게 더럽혀진 어머니의 잘못일까. 아무도 원치 않는데 태어나고 만 자신의 잘못일까.

친부모조차 탄생을 바라지 않았던 운람에게조차 항상 깊은 애정을 주었던 태룡.

아주 작은 한 조각이라도 좋으니, 태룡에게 뭔가 갚고 싶었다.

그러나 학식도 인망도 없고 그저 지저분하기만 한 자신에게는 이런 방법밖에 없었다.

"추녀를 괴롭히면 정말로 냉해가 그칠 거라고 믿나요?"

"그럼 뭘 어떻게 하면 되는데?!"

차분히 이어지는 질문을 운람은 고함으로 틀어막았다.

아니, 이젠 그것밖에 방법이 없다. 설령 냉해가 끝나지 않는다 해도 주혜월을 추락시키지 않으면――재앙의 원흉으로 내세우지 않으면 읍 사람들의 증오는 계속 두령을 향할 테니까.

"나는……, 이것밖에, 할 수 있는 게 없어……!"

이름에 '용'이라는 글자가 없는 자.

두령에게서 그 무엇 하나 물려받지 못한, 반푼이 같은 자신에게는――!

"운람."

피를 토하는 듯한 고함 앞에서 여자가 취한 행동은 뜻밖이었다.

"이 글자, 읽을 수 있어요?"

자세를 고쳐 앉아 바위에 글자를 쓴 것이다.

손바닥에 맺힌 피로 쓴 그것은 단 두 자였다.

운람(雲嵐).

"……내 이름이잖아."

나직이 중얼거리자 여자는 환한 미소를 지었다.

"두 번째 글자인 람(嵐). 이것은 벼를 쓰러뜨리는 격렬한 비바람이라고 생각할 수도 있겠지만, 사실은 푸르디푸른 산의 기운을 뜻하는 단어예요."

"……."

"그리고 첫 번째 글자인 운(雲). 비 우(雨)는 나중에 추가되었기 때문에, '운'이라는 글자는 원래 이렇게 썼답니다."

여자는 가느다란 손가락으로 비 우(雨)를 지우고 남은 운(云)이라는 글자를 다정하게 가리켰다.

"위쪽의 이 짧은 가로줄은 하늘을 흐르는 구름이에요. 그 아래는 몸을 꿈틀거리는 용을 의미하죠."

"뭐……?"

"운람. 구름 속에는 용이 있어요."

그 말을 들은 순간 운람은 조용히 숨을 들이켰다.

용.

넋이 나간 표정의 운람에게 여자는 온화하게 말을 이었다.

"왕도에서는 말이죠, 자식 이름에 '용'을 붙이지 않아요. 용은 하늘의 황제. 글자가 너무 위대해서 자식의 복을 빼앗아가기 때문이에요."

글을 배운 사람이라면 분명 '용' 자를 이름에 붙이는 건 피하고 싶었을 거예요.

그 말을 들은 운람의 머릿속에는 머쓱하게 웃는 태룡의 모습이 떠올랐다.

분에 넘치는 자신과 선조들의 이름을 민망하게 하나하나 읊어 나가는 그의 모습이.

――참 거창하지 않으냐?

무의식적으로 움켜쥔 주먹이 떨리기 시작했다.

"구름이란 곧 짙게 끼는 것, 울욱(鬱郁)한 것. 무언가가 시작되기 전, 기운이 꽉 차고 풍요롭게 부풀어 오른 장소에 힘차고 긍지 높은 용이 그 몸을 숨기고 있는 거예요."

여자의 말에는 때때로 난해한 단어가 섞인다. 하지만 그 아름다운 말들이 자꾸만 운람의 마음을 흔들었다.

"무겁게 드리워진 구름을 겁내지 말아요. 당신은 솔선해서 지저분한 일을 도맡고, 그 누구보다 먼저 읍을 지키려 하는 용감한 사람이에요."

온화했던 태룡의 얼굴.

아무리 밀쳐내고 고개를 돌려도 태룡의 눈빛은 늘 따스했다.

왜 몰랐을까.

"당신이야말로 이 읍을 뒤덮은 구름을 통솔하는 용이 아닌가요?"

자신은 먼 옛날 이 땅에 태어났을 때부터 이미 받아들여진 존재였다.

아버지의 뒤를 이을 이 읍의 왕으로 낙점되어 있었다——.

"……나, 는……."

노려보기를 포기한 탓일까.

부드러워진 눈매에 눈물이 고였다.

운람이 얼굴을 일그러뜨리며 떨리는 목소리로 말했다.

"그 사람이……, 좋았어."

"네."

"항상……, 아버지라고, 부르고 싶었어. 뒤를 잇고……, 읍을 지키고…….”

지금은 이제 멀어져버린 아버지의 모습이 떠올랐다. 무엇이든 아낌없이 내주는 주제에 결코 보답을 바라지 않는 긍지 높은 사람이었다. 비뚤어진 운람을 책망하지 않고 끈기 있게 계속 다가와 주었다.

읍을 사랑하고, 아내의 정신적 지주가 되어 주고, 아들을 지키다가――마지막에는 경멸 속에서 죽어갔다.

운람이 감사의 말을 전할 틈도 없이.

격렬한 마음이 전신을 뒤흔들어서 운람은 결국 양손으로 얼굴을 가렸다.

“나는 그 사람의, 진짜 자식이, 되고 싶었어……!”

감추고 있던 본심을 토해내자 여자는 딱 한 번 운람의 머리를 안아주었다.

“되어 보자고요.”

하늘을 비추는 태양처럼 힘찬 말이었다.

“아버님이 부끄러워하지 않으실 방법으로 읍을 지키는 거예요.”

그리고 운람의 뺨을 양손으로 감싸고 들어올렸다.

“운람, 내 옆으로 와요.”

마치 하늘을 가르고 땅을 비추는 빛처럼 눈이 부셨다.

운람은 천천히 이야기하는 여자를 말없이 바라보았다.

“내가 당신을 반드시 지켜줄게요. 그러니까 당신도 왕으로서 이 읍을 지키도록 해요. 여자를 범하는 방법으로 울분을 해소하지 말고, 비열한 술책을 쓴 향에 복수를 하는 거예요.”

그 내용은 과격했다. 선량하지도 않고 자애롭지도 않다. 사람을 싸움터로 끌어내는 그 모습은 분명 악녀라 할 수 있으리라.

그런데도 뺨을 감싸고 눈동자를 똑바로 들여다보는 여자는 운람이 지금까지 본 그 어떤 여자보다 아름답고, 진지하고, 신성해 보였다.

"……당신."

후, 하는 한숨이 흘러나왔다.

어떤 표정을 지어야 좋을지 알 수가 없었으나, 입술이 멋대로 쓴웃음을 그렸다.

"엉망진창이야."

"아주 가끔 그런 말을 들어요."

"자길 습격하려 한 한 남자를 아군으로 끌어들이다니."

"어머나, 농담도 참. 습격당한 건 당신이잖아요?"

시원스럽게 대꾸하며 여자가 키득 웃었다.

어느 틈엔가 바위에 던져 놓았던 파편을 집어들고, 여자는 장난스럽게 그것을 운람 쪽으로 들이밀었다.

"당신은 질 나쁜 여자한테 협박을 당한 거예요. 운람, 얌전히 내 동료가 돼요."

"——푸핫."

운람은 결국 폭소를 터뜨리고 말았다.

한동안 어깨를 떨다가 머리를 쓸어올리며 웃음을 그쳤다.

처벌을 포기하고 향을 배반하고 이 여자 쪽에 붙는다——엄청난 결단인데도 마음은 마치 여름 하늘처럼 맑았다.

"알았어. 당신은 진짜 못 이기겠네."

"다행이네요."

여자는 피어나는 꽃처럼 웃더니, 어째서인지 바위 파편을 다시 움켜쥐었다.

불온한 태세에 운람이 미간을 찌푸리자 여자는 이상하게도 명랑하게 웃었다.

"있잖아요, 운람. 동료가 되어줘서 정말 고마워요. 벌써부터 이런 제안을 하다니, 깜짝 놀랄 수도 있겠지만——."

"……뭔데?"

고작 며칠 알고 지낸 사이인데, 어째서인지 알 수 있었다.

이 뻔뻔한 여자가 이런 태도를 취할 때는 어처구니없는 일이 일어난다는 걸.

여자의 시선을 따라가 등 뒤를 돌아본 운람은 예상대로 얼굴을 일그러뜨렸다.

"아아아! 미안! 한 마리 놓쳤다!"

"검 던져! 엎드려!"

덤불 속에서 침을 뚝뚝 흘리는 멧돼지와 그것을 뒤쫓던 경행 및 진우가 엄청난 기세로 달려오고 있었다.

멧돼지의 눈에는 핏발이 서 있었다. 누가 봐도 위험한 상태였다.

"동료로서 함께 멧돼지를 사냥하자고요. 자, 목소리 한 번 내고 가죠!"

"지금……."

순간적으로 단도를 집어들며 운람이 절규했다.

"진짜로 놀랐거든!"

6. 영림, 유혹하다

석양에 물든 수면이 첨벙 흔들렸다.

"휴우……."

온몸을 깨끗하게 씻은 영림은 한동안 커다란 통 속에 앉아 눈을 감고 있다가, 금세 고개를 가로저으며 맨발인 채로 통 밖으로 나왔다.

흠뻑 젖은 속옷을 벗은 후, 읍 여성에게서 빌린 낡았지만 마른 옷으로 갈아입었다.

충분히 물기를 닦지 않은 채 옷을 갈아입은 바람에 천이 피부에 달라붙었다. 하지만 어쩔 수가 없다. 젖은 머리를 하나로 묶으며 영림은 주위를 흘끔 둘러보았다.

저녁의 어둠에 잠긴, 읍 외곽.

마을 안에 드문드문 존재하는 저수용 연못. 영림은 그중에서도 가장 작고 덤불에 뒤덮여 있는 곳을 골라 통을 운반해 달라고 부탁했다. 짐승의 피로 다 젖은 몸을 씻고 싶었기 때문이었다.

재앙의 숲에서 멧돼지를 사냥한 지 한나절. 경행과 진우, 그리고 운람이 잡은 멧돼지는 무사히 읍으로 운반되어 처리를 기다리고 있었다.

영림도 물론 거들었기에 이렇게 피투성이가 된 것이다.

'운람도 정말 잘해줬어.'

새롭게 '동료'가 된 운람을 떠올리자 입가에 미소가 피어올랐다.

무기를 다루는 데 능숙한 무관 두 명 사이에 섞여서 얼굴이 굳어 있긴 했지만 운람은 성의껏 사냥에 참가해주었다.

전투 행위에 너무 집중하는 바람에 거북한 침묵이 내려앉을 뻔했을 때, 열심히 비명을 지르며 분위기를 북돋워 주었던 것도 운람이었다. 잘 움직이지 않는 기질의 황가나 담담한 성격의 현가만 있어서는 그런 상황이 일어나지 않는다.

영림은 시끌벅적하게 돌아오던 길을 떠올리며 에헤헤, 하고 웃었다.

'운람이 설득에 응해줘서 정말 다행이야.'

아니, 뭐, 나중에 돌아보니 온화하게 타일렀다기보다는 목젖에 칼날을 들이밀고 협박했을 뿐이라는 느낌도 들지만.

그러나 오라비들은 언제나 '남자를 상대할 때는 이 정도로 강하게 나서야 한다'고 말했고, 무엇보다 운람 자신이 납득한 듯 후련한 표정을 지었으니 아마 괜찮을 것이다.

'읍 사람들 모두가 받아들여준 것도 정말 기쁜 일이야.'

게다가 읍 사람들의 반응을 떠올린 영림의 미소는 더더욱 환해졌다.

재앙의 숲에서 돌아온 운람, 그리고 사냥해 온 멧돼지를 처음 보았을 때 호룡을 비롯한 읍 사람들은 공포를 감추지 못했다.

하지만 경행이 예술적으로 멧돼지를 해체하자 차츰 흥미가 느껴졌는지 사람들이 모여들었다.

경행, 그리고 진우. 단 두 명이서 너무나도 쉽게 해체하는 그 모습에 경계심을 푼 모양이었다.

무엇보다 사람들의 공포를 누그러뜨린 것은 해체한 멧돼지를 두 사람이 자세히 설명해준 일이었다.

"잘 들어. 이 멧돼지는 아주 젊고 건강해 보이지? 고기 부분에 하얗게 기름이 껴서 굉장히 맛있어 보이지만 사실 이건 전부 기생충——벌레다. 이걸 먹으면 이 벌레가 내장을 다 파먹어서 가끔 생명을 잃을 때가 있어."

"목구멍의 식도 근처가 부어 있는 것도 문제야. 병이 난 거지. 이런 걸 먹으면 마찬가지로 죽는다."

야영 경험이 많은 두 사람은 고기 해체에도 정통했다.

어떤 고기는 먹어서는 안 되고, 어떤 고기는 먹어도 된다. 이렇게 하면 위험하고, 이것만 지키면 안전하다.

구체적이고 현실적인 해설은 읍 사람들의 지식을 압도했다.

"하지만 전에 두령이 잡아 온 사슴은 깨끗했는데? 빈틈없이 익혀서 먹었고."

"아, 그건 재앙의 숲 곳곳에 맹독성 버섯이 군생하고 있더군. 건드리기만 해도 피부가 짓무르는 버섯인데, 사슴이 그걸 먹으면 살과 내장에 독이 생기지. 혹시 똥 색깔을 기억하고 있나? 그걸로 알아볼 수 있다. 참고로 이 멧돼지는 안전해."

"거기까지는 몰랐지……."

모든 질문에 두 사람이 너무나 쉽게 대답해주자, 사람들은 차츰 이해했다.

전대 두령이 재앙의 숲에서 잡아 온 사슴을 먹고 죽은 것은 벌레나 독 때문이었다는 것을.

한 마디로 명확한 원인이 있었을 뿐——저주가 아니었다는 이야기다.

"안개, 음침한 소리, 피부 짓무름, 위험한 짐승 고기. 재앙의 숲의 저주로 여겨지던 그것들의 원인이 무엇인지 대략 짐작이 가요. 아마 적절한 대비를 하면 전부 회피할 수 있을 거예요."

조금씩 침착성을 되찾아 가는 읍 사람들에게 영림이 냉정하게 말했다.

불길한 소리, 짐승들이 모여들기 쉬운 나무, 피부를 짓무르게 하는 독.

영림의 눈에는 숲이 내리는 '재앙'이 전부 인위적인 것으로 보였다. 아마 미신을 잘 믿는 읍 사람들의 성질을 이용해 누군가가 '재앙의 숲'이라는 전설을 만들었으리라.

누군가——재앙의 숲에 읍 사람들이 다가오면 안 된다고 생각한 누군가가.

'아마 강 씨겠지?'

지금은 그것도 추측에 불과하다. 가능한 한 빨리 경행과도 의논해야겠다는 생각에 영림은 일단 그 사실을 덮고 읍 사람들에게 미소를 지었다.

"숲이 위험한 장소라는 건 사실이고, 경계심도 필요해요. 하지만 굶주림은 그 이상의 위기예요. 확실한 대책을 세운 뒤 숲의 은혜를 누리자고요."

처마에 매달아 놓은 멧돼지를 보고 침을 꿀꺽 삼킨 읍 사람들이

고분고분 고개를 끄덕였다.

앞으로 며칠 안에 이 대량의 식재료를 손에 넣을 수 있다. 그것도 훈련을 받고 숲에 들어가면 더욱 많이.

느닷없이 찾아온 희망에 매달리지 않고는 견딜 수가 없으리라.

"저……, 이 멧돼지, 조금만 나눠 줄 수 없을까? 우리 남편이 감기에 걸렸는데 기력을 좀 북돋워주고 싶어. 옷이 다 피투성이가 되었으니 갈아입을 옷이 필요하지? 그거랑 교환하자."

처음 말을 꺼낸 사람은 젖먹이 아이를 안은 읍의 여자였다.

그것을 계기로 목욕통과 맑은 물, 낡은 농기구 등 사람들이 차례차례 물건을 가져와 멧돼지와 바꾸어 달라고 요청했다.

영림 일행이 흔쾌히 승낙하자 사람들은 더욱 호의적으로 변했다. 시간이 오래 걸리는 해체 작업도 싱글싱글 웃으며 지켜보다 마침내 돕기 시작하고, 급기야는 농담을 나누다 폭소를 터뜨리며 어깨를 칠 정도였다.

사람들의 노골적인 변모에 영림과 운람은 얼굴을 마주보았으나 결국 두 사람 다 쓴웃음만 지을 뿐이었다.

그러나 어깨를 움츠린 운람의 표정이 평소보다 훨씬 부드럽다는 사실을 영림은 눈치 챘다.

'표정도 풍부하고, 붙임성 있는 분이야.'

영림은 간질간질한 기분을 곱씹으며 따뜻한 물을 두 손으로 퍼냈다.

추녀로서 모든 사람들에게 공경 받던 영림은 사실 누군가와 공동 작업을 한 경험이 적다.

거침없는 웃음과 소탈한 농담, 친근하게 두드리는 어깨.

그런 모습을 볼 때마다 가슴속에 진한 감동과 기쁨이 솟아났다.

'굉장히……, 즐거웠어.'

가식 없는 웃음이 기뻤다. 자기 영지의 백성이 아니라는 사실을 알고는 있지만, 그들이 기뻐하는 얼굴을 더 보고 싶고 더 친근하게 어울리고 싶은 마음을 막을 수가 없었다.

아마 운람도 마찬가지였으리라. 아무리 체념한 척해도 같은 읍 사람들의 심성이 사실은 따스하다는 사실을 알고 있으니, 도저히 사람들과의 교류를 포기할 수가 없을 것이다.

'이걸 계기로 운람과 다른 사람들 사이가 좋아지면 좋겠네.'

따뜻한 물통 안에 펴져 있던 머리카락을 한 줌으로 모아 쥐고 물을 짜면서 그런 생각을 했다.

이런 분위기라면 운람이 완전히 읍 안에 녹아들 날도 그리 멀지 않아 보인다.

완전히 우호적으로 변한 읍 사람들은 심지어 헌신적이라는 느낌마저 들 정도였다. 피투성이가 된 영림 일행을 배려하여 입욕을 권한 것도 읍 사람들이었다.

"이봐, 이봐. 당신들, 그런 꼴로 돌아다니면 찝찝하지 않아? 강에 가서 좀 씻고 와. 아니, 물통에 따뜻한 물 좀 받아다 줄까?"

"어이――, 행 할멈. 언제까지 쿨쿨 자고 있을 거야? 나와서 일 좀 해."

"그렇지, 갈아입을 옷도 필요하겠어. 우리 집에 있는 헌옷 어때? 추녀님은 내 걸로 괜찮다 치고……, 운람은 키가 크니까 우리

남편 옷이 맞을지 어떨지."

의욕이 생긴 그들은 운람의 집에 성큼성큼 걸어 들어와 행 할멈을 시켜 물을 끓이게 했다.

조금 친해졌다고 생각하자마자 금세 거리를 좁히는 사람들 앞에서 운람도 영림도 어쩔 줄 몰라 했지만 결국 그들의 기세에 밀려 목욕을 하게 되었다.

하지만 경행을 비롯한 남성진은 강에 가서 목욕하는 것으로 충분했으나, 여자인 영림은 그럴 수도 없었다. 바로 근처에 읍의 여자들이 목욕할 때 쓰는 공용 저수지가 있었지만 그 물은 세탁 및 생활용수로 사용하고 있었기에 짐승의 피를 씻어내는 것은 망설여졌다.

그래서 커다란 통을 빌려 읍 외곽에 있는 작은 저수지로 향하게 된 것이다.

'여기라면 조금은 마음 편하게 목욕할 수 있고——.'

영림은 조심스럽게 허리를 굽혔다.

통 바로 옆에는 연못 물을 끓이고 젖은 옷을 말리기 위한 불을 피워 놓았다.

'겨우 혜월 님과 대화를 할 수가 있어.'

그랬다. 영림은 내내 혼자 불을 마주할 기회를 노리고 있었다.

살짝 몸을 젖혀 멀찌감치 있는 덤불을 돌아보니 이쪽에 등을 돌리고 서 있는 진우가 보였다.

너무나도 쉽게 "그래, 편하게 해!" 하고 보내 준 경행과 달리 진우는 목욕하는 동안 '주혜월'을 감시해야겠다는 주장을 굽히지 않았다.
아무리 사람들 마음이 누그러졌다고는 하나 언제 적의의 칼날을 들이밀지 모르고, 또 물에 빠질 수도 있다는 이유였다.
천천히 시간을 들여 목욕하고 싶다고 말하니 '기다리는 것은 익숙하다', 맨살을 보이기 싫다고 하니 '그런 불경한 짓을 하지 않는다'라고 했다.
하기야 여자가 아쉽지 않을 취관장이 추녀, 심지어 '미움 받는 여자'의 목욕 장면을 엿볼 일은 없을 거라는 생각이 들어서 결국 영림도 승낙했다.
물통도 모닥불도 진우가 빈틈없이 준비해 주었기에 고맙기는 했지만.
'으으……, 호의가 부담스러워. 내가 그렇게 못미더워 보였나?'
모닥불에 머리카락을 늘어뜨리고 말리면서 영림은 풀이 죽어 한숨을 내쉬었다.
몸이 바뀌었으니, 원래 모습일 때와 달리 다들 자신을 방치해 줄 거라고 생각했다.
그런데 자신이 자립하거나 열심히 남을 보살펴주려고 하다 보면 어느 샌가 상대가 자신을 돌봐주는 꼴이 되어버린다.
방금 전에도 운람이 '추녀가 뭐 하는 거야'라면서 어이가 없다는 얼굴로 영림에게서 무거운 고기를 빼앗아 처마에 매달아 주었을 때, 조금은 속상한 마음이 느껴졌다.
'근면성실한 운람은 귀여워……. 굉장히 귀엽긴 하지만…….'
자애로운 얼굴로 남을 지켜보는 역할은 자기 스스로 직접 하고 싶은데.

풀이 죽어 어깨를 축 늘어뜨리던 영림은 머리카락 끝에서 물방울이 뚝 떨어지는 바람에 정신을 차렸다.

이러고 있을 때가 아니다.

"혜월 님, 들리세요? 혜월 님."

몸을 말리는 시늉을 하면서 흔들리는 불길을 바라보았다.

애초에 이 시간에 만나자고 사전에 약속을 한 적도 없고, 마침 저녁 식사 시간이니 연결되지 않을 가능성이 높았다.

'머리카락을 핑계로 사 반 각 정도는 버틸 수 있지 않을까. 제발 내 목소리가 들리기를…….'

멀찍이서 서성이는 진우에게 들키지 않도록 목소리를 낮추고 불길을 최대한 몸으로 가리면서 영림이 속삭였다.

"어서 염술을 써 주세――."

『왜 이렇게 늦었어!』

실제로는 영림이 말을 끝맺기도 전에 염술이 연결되었다.

새빨간 윤곽이 훅 부풀어 올랐다가 금세 꺼졌다. 흔들리는 불꽃 한가운데에 눈썹을 치켜올린 자기 자신의――혜월의 모습이 나타났다. 목소리는 낮추었지만 촛대를 몸에 최대한 바짝 붙여서 박력 넘치는 얼굴이 한가득 보였다.

『내가 벌써 몇 번이고 몇 번이고 몇 각이고 몇 각이고 계속 염술을 시도했는데 넌 대체 지금까지 어디서 뭘 하고 있었던 거야!』

『이것이, 염술……! 영림 님, 보이세요? 괜찮으세요? 아니, 그 모습은 대체 뭔가요!』

『진심으로 걱정하고 있었습니다만……. 혹시 느긋하게 목욕하던 중이셨습니까?』

목소리를 높이는 혜월의 양옆에 함께 있었는지, 리리와 동설도 고개를 내밀었다.

아무래도 셋이서 촛대를 사이에 두고 빙 둘러앉아 있었던 모양이다.

영림 입장에서는 여자 셋에게 둘러싸여 설교를 당하는 기분이었다.

“미, 미안해요. 저도 쉬고 있었던 건 아니었어요. 피투성이가 되는 바람에 몸을 씻어야 해서.”

『피투성이?!』

변명처럼 설명하자 셋이 일제히 숨을 들이켰다.

“네, 이쪽에 온 이후 농사일을 만끽했고, 오늘로 말하자면 등산해서 멧돼지 사냥까지 했기 때문에 몸이 너무 더러워져서…….”

『……농사일?』

『등산?』

『멧돼지 사냥?』

일제히 허무한 표정을 지은 여자들을 대표하여 혜월이 땅 속 깊은 곳에서 울려 퍼지는 듯한 목소리로 물었다.

『너 말이야……, 아무리 자발적으로 따라갔다고는 해도 유괴범한테 납치를 당해서 포로가 된 상황이잖아? 그런데 왜 시골에서 여생을 즐기고 있는 분위기인 거야? 뭘 태평하게 등산이나 하고 있어?』

"네?"

영림이 움찔하며 몸이 굳어졌다.

혜월이 무지막지하게 화를 내고 있었다.

"그, 그러게요. 왜 등산을 했을까요. 그건 바로 거기에 산이 있으니까……."

『그만 됐어. 네 헛소리를 듣고 있어 봤자 끝이 없으니까. 내 질문에 짧게 대답해.』

미간을 꾹 누르며 단호하게 말하는 혜월 앞에서 영림이 "네" 하고 얌전히 고개를 끄덕였다.

『우선, 무사한 거지?』

"네. 아주 건강해요. 잘 자고 잘 먹고, 즐겁게 잘 지내고 있어요."

『아, 그래. 그리고 유괴범의 정체는 뭐고, 거긴 어디야?』

"저를 납치한 건 이 향에서 천민이라 불리는 자들이에요. '주혜월'을 괴롭히라는 명령을 받고 이 읍으로 데려왔다고 했어요."

최대한 담담하게 대답하자 혜월이 조용히 숨을 들이켰다.

『뭐라고?』

"말씀드리기 어렵지만……, '주혜월'을 납치한 건 다른 영지의 자객이 아니라 남령 백성이에요. 글쎄 이 냉해가 추녀 탓이고, 원흉인 여자를 괴롭히면 하늘의 분노도 사그라질 거라는 이야기였어요. 그러면 세금도 깎아주겠다고, 향장인 강 씨가 꼬드겼다나 봐요."

경위를 설명하자 혜월은 충격을 받은 듯 입을 다물었다.

『……강 씨가 진지하게 탐색에 나섰던 것은 다 연기고, 처음에 보였던 적의가 진심이었구나.』

마침내 혜월은 자조하며 고개를 숙였다.

『내가 '시궁쥐'라서? 재능 없는 여자는 영지에 복을 내려주지도 못한다고? 자기 영지 백성에게까지 천재지변의 원흉 취급을 받다니……. 그렇게까지 미움을 받았을 줄이야, 정말 우스운 일이네.』

"아니에요, 혜월 님."

그러나 영림은 그 말을 단호하게 가로막았다.

"이건 좋고 싫음의 문제가 아니에요. 당신에게는 아무 잘못도 없어요. 궁지에 몰린 백성이 있고, 그 약점을 파고든 악당이 있어요. 이건 그런 이야기예요."

영림의 말에 매달리듯 혜월이 고개를 들자, 영림은 몸을 바짝 내밀었다.

"실제로 벌써 며칠 지나지 않았는데 읍 사람들 모두가 마음을 열어 주었어요. 다들 그저 배가 고프고, 불안하고, 짜증이 나는 마음을 누군가에게 풀고 싶었을 뿐인 거예요."

『…….』

혜월은 눈가가 살짝 젖은 채 입을 꾹 다물었다.

"그러니 혜월 님, 고개를 숙이지 마시고 백성들을 궁지에 몰아넣은 그 몹쓸 인간을 찾아내 응징하자고요. 그리고 운람과 다른 사람들——이 읍과 남령을 구할 방법을 생각해보는 거예요. 그것이 우리의 역할이에요."

『……그러게.』

이윽고 혜월이 결심한 듯 고개를 끄덕였기에 영림은 안도하여 가슴을 쓸어내렸다.

"그래서 그쪽 상황은 어떤가요? 작은오라버니가 혜월 님을 잘 보좌해 주고 있나요?"

『보좌해 준다기보다는…….』

그러나 경창의 이름이 나온 순간 기껏 등을 곧게 폈던 혜월이 자포자기한 표정으로 돌아왔다.

『매일같이 아주 지독하고 끈질기게 나를 괴롭히고 있어. '그런 자세로 있으면 금방 정체를 들킬걸'이라는 둥, '저런, 저런. 황영림씩이나 되는 인물이 오라비에게 생글생글 웃으며 차 한 잔 내주지 않는 건가?'라는 둥.』

자꾸만 비위에 거슬리게 구는 경창이 곁에 있는 바람에 혜월은 상당히 부담이 되는 모양이었다.

『네 이야기만 나오면 입을 열자마자 노도와 같은 칭찬을 퍼부으면서 나한테는 노도와 같은 빈정거림뿐이야. 그것도 하루하루 시간이 갈수록 빈정거리는 정도가 더 심해져. 늘 실실 웃고만 있지만, 굉장히 집요하고 싫은 남자야.』

『하지만 경창 님이 사정없이 주의를 주신 덕분에 정체를 들키지 않고 지금까지 버틴 거잖아요.』

다른 가문의 남자를 싫어하며 깎아내리는 혜월의 말에 리리가 황급히 끼어들어 타일렀다.

한편 영림으로 말하자면 혜월의 발언을 듣더니 놀라서 눈을 휘둥그렇게 떴다.

"어머나. 그럼 작은오라버니는 혜월 님이 굉장히 마음에 드셨나

보네요.”

『뭐?』

“작은오라버니는 마음에 든 상대에게 일단 대대적으로 심술을 부린답니다. 때리고 또 때려도 계속해서 다시 일어나는, 근성 있는 사람을 자기 사람으로 인정하고 그 후로는 어마어마하게 귀여워하세요.”

혜월은 입을 딱 벌리더니 몸을 부르르 떨었다.

『뭐야, 그게? 황가에는 괴짜밖에 없어? 당신들, 머리가…….』

『혜월 님과의 거리감은 일단 차치하고, 경창 님은 아주 잘 처신해주고 계십니다.』

심각하게 불경한 발언을 내뱉을 것만 같은 혜월의 말을 가로막고 옆에서 동설이 끼어들어 이야기의 궤도를 돌려 놓았다.

『무대에서 현가의 조수가 발견되었다며 탐색대를 그쪽으로 유도하셨습니다. 이것은 탐색대가 천읍으로 향하지 못하게 하려는 술책이었지요.』

영림은 잠시 생각에 잠겼다가 고개를 가로저었다.

“아니야. 작은오라버니는 아직 우리가 어디 있는지 모르실 거야. 조수는 우리를 납치한 자들이 탐색을 교란시키기 위해 떨어뜨려 놓았던 물건이야. 당사자가 그렇게 말했어.”

『그랬군요.』

“하지만 생각해 보면……, 일개 백성이 아무리 향장의 지시였다고는 해도 다른 가문의 조수를 갖고 있었다는 게 신기해.”

나직이 중얼거린 영림은 가만히 불길을 바라보며 지금까지의 경위를 정리해 보았다.

냉해가 남령을 덮쳤다. 백성들은 불안에 빠지고 향장은 아마도 그것을 우려했으리라. 그래서 책임을 혜월에게 덮어씌워 백성들의 적의가 그쪽을 향하도록 조작했다. 그리고 궁지에 몰린 천읍 사람들에게 '주혜월'의 모습을 한 영림을 납치하여 괴롭히라고 지시했다.

"현가의 조수 외에……. 제전용 의상 옆에 황가의 조수도 떨어져 있었지."

그러고 보니, 옷에 진흙을 묻힌 것도 운람을 비롯한 읍 사람들의 소행이었을까.

확인하는 것을 잊고 있었다.

하지만 그렇다면 운람은──그것을 지시한 강 씨는 복수의 조수를 갖고 있었다는 말이 된다.

조수는 귀족 남성이 몸에 지니고 다니는 물건이다. 정해진 직공만이 제조할 수 있는 희소한 물건이며, 위조하고 싶어도 변경의 향장이라면 아예 볼 기회조차 없을 것이다.

즉, 그에 상응하는 신분의 인물이 그에 상응하는 지식을 이용하여 그것을 준비했다는 말이 된다.

"……빈곤한 백성들 뒤에는 향장이. 하지만 향장보다 더욱 뒤에 한 명이 더 있는 것 같네."

『주가를 이용하여 '주혜월'을 함정에 빠뜨리고, 그 책임을 황가와 현가에 덮어씌우려 하는 흑막이란 말이군요?』

리리가 재빨리 맞장구를 쳤다.

이것은 예전 귀비였던 주아미가 금가의 궁녀를 가장하고 혜월을 살해하라는 명령을 내렸을 때와 똑같다.

자신의 손을 더럽히지 않고 누군가를 괴롭히는 방법.

말려든 경험이 있는 리리는 이해가 빨랐다.

『나 참……. 권력자란 놈들은 하나같이 지긋지긋한 인간들뿐이라니까.』

『그 흑막은 현가와 황가 외——즉 금가나 남가, 둘 중 한 곳이라고 생각하면 될까요?』

동설이 재빨리 묻자 영림은 고개를 가로저었다.

"단정 짓는 건 아직 시기상조라고 생각해. 우선 향장의 의도를 확인해야지. 적어도 운람을 비롯한 이 읍 사람들을 궁지에 몰아넣은 건 그 자니까, 톡톡히 반성하게 만들어 줘야겠어."

『운람?』

"이 유괴 사건의 주범인 읍의 청년이야. 두령의 후계자인데 굶주림에 시달리는 읍을 어떻게든 구해야겠다는 생각밖에 머릿속에 없는, 책임감이 강한 인물이야."

읍을 위해 최선을 다하다가 나를 비축 창고에 가두고, 식사를 주지 않고 논밭에서 일을 시켰지, 하고 눈을 가늘게 뜨며 영림이 이야기하자 세 여자들도 금세 사정을 알아차렸다.

아, 진짜로 괴롭히려 했는데 전혀 겁을 먹지 않았구나, 하는 사실을.

"후후, 책임감 강한 성격은 리리를 꼭 닮아서 정말 사랑스러워. 나를 덮치려 한 적도 있었지만 금세 생각을 고쳐먹었지 뭐야. 같이 멧돼지 사냥을 하며 친해져서 정말 다행이라는 생각이 들었지. 그의 미소를 지켜주고 싶어."

가볍게 들려 오는 불온한 말의 연속에 얼굴이 뻣뻣해질 것만 같았다.

하지만 요점은 이 추녀가 여전히 같은 방법으로 궁지를 손쉽게 모면했다는 이야기였다.

『어떤 상황에서도 흔들림 없는 대범함, 역시 대단하십니다…….』

『바람둥이 같으니라고…….』

나직이 중얼거리는 두 궁녀의 목소리는 들은 체 만 체하고 영림은 난처한 얼굴로 뺨을 손으로 감쌌다.

"그런데 향장까지는 확실하게 응징해야겠다고 결심했는데, 그 뒤에 있는 존재를 지금의 나로서는 캐낼 수가 없어. 아마 향장과 몰래 접촉이 있는 누군가겠지만……."

『그거라면.』

이번에는 혜월이 제안했다.

『마침 내일 다과회가 열려. 추녀들을 통해 각 가문의 동향을 알아낼 수 있을지도 몰라.』

"다과회?"

『'주혜월'이 납치당하는 바람에 추녀들이 불안해하고 있어. 그것을 풀어 달라고 전하가 부탁하셨어. 조금 후에 사전 회의를 하러 오실 거야. 내가 잘 해낼 수 있을지 불안하긴 하지만…….』

우울한 듯 한숨을 내쉰 혜월이 문득 뭔가 깨달은 듯 고개를 들었다.

『아니, 잠깐. 네가 무사히 돌아오면 다과회를 열 상황이 아니게 되겠지?』

"아."

『지금 당장 돌아올 수는 없어? 천읍은 향에서 다리 하나만 건너면 되는 거리 아냐?』

"어머, 아무도 보고하러 가지 않았나요?"

영림이 눈을 깜박거렸다.

"흔들다리를 읍 사람들이 끊어버렸어요. 그쪽으로 돌아가려면 산을 빙 돌아서 먼 길을 가야 하기 때문에 여자 걸음으로는 한나절 꼬박 걸린대요."

『그렇구나……. 그럼 다과회까지는 내가 알아서 하는 수밖에 없겠네.』

"아니면 지금 바로 원래 몸으로 돌아갈 수는 없을까요? 혜월 님이 이 읍에서 며칠을 보내셔야 하겠지만……."

조심스럽게 묻자 혜월은 안타까운 얼굴로 고개를 가로저었다.

『'기'는 많이 모였는데 불의 기운이 너무 강해서 아직 충분하게 짜낼 수가 없어. 만전을 기해서 도술을 쓸 수 있는 건 아무래도 내일 이후나 되어야 해.』

"그렇군요."

『게다가 도술은 대상자와 몸이 접촉된 상태에서만 쓰고 싶어. 떨어져 있으면 대상자의 전신에 술법이 미치지 못해서 멍이나 손목 같은, 몸의 일부만 바뀔 수가 있거든. 그러면 곤란하잖아.』

일부만 바뀌는 게 가능하단 말인가, 하고 눈을 동그랗게 뜨자 혜월은 머쓱한 듯 어깨를 으쓱했다.

『영혼만 떼어내서 바꾸는 술법보다 육체의 일부만을 바꾸는 술법이 사실은 더 어렵고, 기도 더 많이 써야 해. 보통은 어렵지. 하지만 이곳은 나와 가장 상성이 좋은, 불의 기운이 가득한 땅이야. 무슨 일이든 다 일어날 수 있어.』

"혜월 님은……, 정말로 뛰어난 도사였군요."

『폭주하지만 않으면 말이지.』

도술에 복잡한 감정을 품고 있는 듯한 혜월은 자조적인 말투로 대답했다.

『도술을 처음 배웠을 때는 자주 실패했어. 공중으로 뜨려다가 추락하거나, 고양이의 의식을 조종하려다 내 팔이 고양이가 되어버리거나.』

"그건 또 그것대로 굉장한데요."

영림은 저도 모르게 중얼거렸다.

그러다 문득 혜월이라는 인간의 자기평가가 너무나 엄격하다는 생각이 들어 고개를 갸웃했다.

"그런 일이 가능한 사람은 아무리 대륙이 넓다 한들 혜월 님밖에 안 계실 텐데요. 마치 용의 기운을 두르고 신통력을 조종했다는 시조님 같지 않은가요? 정말 훌륭한 재능이에요."

『불경한 데에도 정도가 있지. 용의 기운은 하늘의 은총이지만 도술은 기껏해야 주술을 동원해 음양의 이치 틈새로 힘을 끌어내는 데 불과해. 그래서 도사들이 탄압당한 거잖아. 도술을 쓸 수 있다는 게 알려지면 지금은 박해 대상이 되는 시대야. 우리 아버지도 그것 때문에 몰락했고.』

혜월은 몸을 부르르 떨었다. 그래서 지금까지 이 힘을 주위에 밝히지 않았던 모양이었다.

이렇게까지 자존감이 낮은 이유도 분명 도술로 칭찬받아 본 적이 없었기 때문인 듯했다.

혜월은『아무튼』하고 불안한 얼굴로 촛대에 얼굴을 들이댔다.

『웬만하면 내일을 목표로 해서 돌아와줘. 듣자하니 그냥 형식적인 포로인 것 같은데? 사정을 아는 경행 님께 부탁드리면 언제든지 읍을 빠져나올 수 있지 않겠어?』

"그렇……겠죠. 하지만 취관장님은 몸이 바뀌었다는 사실을 모르시고, '구조대가 올 때까지 읍에 머무르겠다'고 합의했는데 갑자기 방침이 변경되었다는 걸 어떻게 말씀드려야 좋을지……."

『뭐?』

손으로 뺨을 가린 영림의 독백에 혜월이 얼어붙은 것처럼 중얼거렸다.

『왜 거기서 취관장님이 나오는데?』

"……어머? 아직 말씀드리지 않았나요? 어젯밤 취관장님이 읍을 찾아내서 독자적으로 강을 건너 이쪽에 합류하셨어요."

『뭐라고?!』

불꽃이 갑자기 훅 부풀어 오르는 바람에 영림은 당황했다.

"아, 저기, 지금, 저쪽 덤불에서 여길 감시하고 계시니까, 진정하고——."

『지금 이게 진정할 일이야?! 뭐야, 너, 벌써 전하의 감시하에 놓여 있었던 거야?! 이미 몸이 바뀌었다는 사실이 취관장님을 통해 전하께 알려져 있었던 것 아니냐고!』

"그, 그렇지 않아요!"

지금 혜월의 그 비명이 혹시 진우에게 들리지 않았을까 싶어서 영림은 등 뒤를 흘끔흘끔 쳐다보며 필사적으로 상대를 달랬다.

"그치만 취관장님은 이 자리에 계시는걸요. 전하께 보고 같은 건 못 해요."

『지금은 못 해도 나중에 '바뀌었습니다'하고 보고할 게 뻔하잖아! 어떻게 할 거야, 내 고생도 전부 물거품이야! 분노로 미쳐 날뛰는 전하께 벌을 받을 건 나라고!』

"바뀐 것 자체를 꿰뚫어보시진 못했어요!"

최대한 목소리를 낮추고 영림은 빠른 말투로 말했다.

"괜찮아요. 취관장님은 저를 완전히 혜월 님이라고 생각하고 계세요. 자, 저는 예상 문제집까지 만들어 가며 밤낮으로 단련한 몸이에요. 얼마나 완벽하게 변신했는지 보증도 받아 놓았다고요. 그렇지, 동설?"

『네……, 네에.』

주인지상주의의 필두 궁녀가 시선을 스윽 피하는 모습에 영림은 당황했다.

"동설?"

『저, 이미 정체를 꿰뚫어보았지만 그냥 내버려두고 있다……는 가능성은 없을까요?』

다음으로 리리가 조심스럽게 입을 열었다.

『아니, 당신의 악녀 흉내, 말도 안 되게 엉성하다고. 그걸 꿰뚫어보지 못한 게 오히려 더 신기해.』

"말도 안 되게 엉성……."

귀여워하던 궁녀의 충격적인 지적에 영림은 말문이 막혔다.

"너무해, 리리. 넌 내 노력을 항상 그렇게 생각하며 지켜보고 있었어……?"

『앗, 아니……! 바보 취급하려는 게 아니고! 하지만 순수한 사실이라고나 할까…….』

"괜찮다니까. 정기적으로 고함을 지르며 화를 내고 있고, 딱딱 끊어지는 단호한 말투도 늘 염두에 두고 있어."

영림은 슬픔으로 가슴을 꾹 누르며 오기가 나서 반론했다.

『말투의 문제가 아니에요. 무의식적으로 공벌레를 갖고 놀고 있지 않나요? 신이 나서 꺅꺅거리며 진흙탕 속에 손을 집어넣고, 아랫사람에게도 소탈하게 말을 걸고, 그러고 있진 않겠죠?』

"앗……."

그러나 실눈을 뜬 리리가 지적하자 영림의 말문이 턱 막혔다.

지적받은 부분 전부, 이미 짚이는 데가 있었기 때문이었다.

살짝 숨을 들이켜는 영림의 모습에 혜월이 더욱 눈썹을 치켜올렸다.

『거 봐. '완벽한 변신'은 무슨! 들켰을 게 뻔하잖아!』

"그, 그치만……. 만일 꿰뚫어보았다면 지적하지 않았을까요? 취관장님이 입을 다물고 계실 이유가 없어요. 즉, 들키지 않았다는——."

『교만도 적당히 해. 아아, 정말 믿을 수가 없네. 나조차 이 숨 막히는 동설을 이레나 속였는데 넌 사흘도 못 버티는 거야? 무능하기는!』

"윽, 그러니까 괜찮다고요……. 혜월 님, 말의 칼날이 너무 날카로워요. 가슴이 아파요……."

웬만해서는 꿈쩍하지 않는 기질이기는 하나, 정면에서 '무능하다'는 비난을 들은 건 처음이었기에 동요하고 말았다.

귀도 가슴도 아픈 바람에 영림은 처절한 표정을 지었다.

『아니, 저 방금 공벌레를 만지지 말라고 주의를 주지 않았어요? 왜 학습을 못 해요? 바보야?』

"으윽……, 아파……!"

『그래, 그렇게 들떠 있지 말란 말이야. 이 바보 같은 여자야.』

"아, 아야야……!"

감정이 북받친 리리와 혜월은 목소리를 억누른 만큼 박력을 담아 영림을 몰아붙였다.

지금까지 동설의 담담한 설교 정도밖에 들어 본 적 없는 영림은 주가 여자들의 가슴을 후벼 파는 단어 사용에 저도 모르게 귀를 틀어막고 고함을 지르고 말았다.

그러나――그것이 문제였다.

"이봐! 괜찮아?!"

덤불 너머에서 안색이 바뀐 진우가 뛰어온 것이다.

"어, 취관장님?!"

기겁한 영림이 순간적으로 자세를 낮추고 작게 웅크렸다. 피부에 달라붙는, 속옷이나 다름없는 헌옷밖에 입고 있지 않았기 때문이었다.

"대, 대, 대, 대체 왜 이쪽으로?!"

"비명 소리가 들렸다. 습격——을 당한 건 아닌 모양이군. 상처가 아픈가?"

하지만 진우는 영림의 차림새 따위는 안중에도 없는지 검을 쥔 채 주위를 한 바퀴 둘러보았다.

그러고는 웅크려 앉은 영림을 눈을 가늘게 뜨고 쳐다보았다.

"멧돼지 사냥 때 입은 부상인가? 이리 보이도록."

"네?!"

예상 못 했던 전개에 어지간한 영림도 식은땀을 흘렸다.

'아……. 아아, 그래. 내가 「아프다」고 소리를 질러서…….'

아마 혜월 일행의 목소리는 불에서 멀리 떨어져 있었기 때문에 들리지 않았으리라. 즉 진우 입장에서는 목욕을 마치고 불을 쬐던 여자가 갑자기 몸을 웅크리더니 아프다고 비명을 지른 상황인 셈이었다.

'그, 그건 걱정될 만도 하네……! 아아, 이게 무슨 어리석은 짓이야.'

황급히 불 쪽으로 시선을 돌렸다.

혜월 일행은 '취관장'이라는 단어를 듣고 상황을 파악했는지, 불에 비치지 않는 곳으로 물러난 모양이었다.

그 점에 안도하면서도 심장은 아직까지 격렬하게 쿵쿵 뛰고 있었다.

염술을 사용한다는 사실——자신들이 뒤바뀌었다는 사실을 들켜서는 안 된다.

게다가 이 속옷 차림이나 다름없는 모습을 보이는 것도 피하고 싶었다.

"아, 아뇨! 전혀! 전혀 아프지 않아요. 상처도 문제없고요! 걱정하실 필요 없어요! 자, 자! 이제 걱정 말고 그만 물러나주세요!"

"……왜 그렇게까지 당황하지? 뭘 감추고 있는 건가?"

하지만 진우의 의심을 괜히 더 부추긴 모양이었다.

아름다운 미간을 좁힌 진우가 한층 더 날카롭게 영림을 노려보았다.

"혹시 손바닥 말고 다른 곳도 부상을 입었나? 검에 베였거나, 타박상인가? 어쨌든 빨리 처치하는 편이 좋아. 숨겼다가 방치하면 악화되는 수가 있다. 이곳은 설비가 잘 갖춰진 후궁이 아니니."

"저, 정말 다친 곳 따위 없어요. 저기요, 취관장님. 저, 지금 속옷 차림이나 다름없는 모습이거든요. 그 모습을 보이는 것이 너무나도 부끄러워요. 아무튼 일단 물러나주세요."

"안전과 체면 중 어느 쪽이 더 중하지? 첫 출전을 나온 애송이도 아니고 이 정도로 꿈쩍할 리가 없지. 빨리 감추고 있던 상처를 드러내."

어째서일까. 영림이 사실을 설명하면 설명할수록 상대는 그녀가 부상을 입었다고 강하게 확신하는 듯했다.

"너는 때때로 도가 지나치게 무모한 짓을 하니 말이지."

그것은 예전에 파마의 궁을 연속으로 쏘다가 혼절한 영림의 전과를 가리키는 말이었지만 본인은 그 사실을 알아차리지 못했다.

"아뇨, 아무튼 일단 물러나주시면……."

"호오."

고집스럽게 물러나라고 재촉하자 진우는 턱을 쓰다듬더니 몸을 살짝 뒤로 뺐다.

그러고는 영림을 가만히 응시했다.

"예전에 파마의 궁 때문에 부상을 입었을 때 황영림이 주위의 염려를 완고하게 거부한 적이 있었는데……. 어째서일까, 지금 너는 주혜월인데 그때의 모습이 겹쳐지는군——."

"자요, 구석구석까지 살펴보세요."

영림은 할 수 없이 일어나서 진우에게 양 손을 뻗었다.

'윽……. 왠지 취관장님한테 농락당하는 기분이야.'

내심 이를 갈았다. 혹시 자신은 상대의 손바닥 위에서 놀아나고 있는 것이 아닐까.

하지만 이 직무에 충실한 남자가 만일 몸이 바뀐 상태를 꿰뚫어 보았다면 요명에게 보고하기 위해 바로 확인할 터——영림 본인에게서 몸이 바뀌었다는 사실을 인정하는 말을 들어내려 추궁했을 것이다.

일부러 봐줄 이유도, 못 본 척할 이유도 없을 터였다.

'그렇다면 역시 알아차리지 못한 거야.'

흘끔 시선을 들다가, 진지하게 자신의 전신을 확인하는 진우와 눈이 마주쳤다.

여자에게 익숙한 진우는 실제로 칠칠치 못한 차림새에도 동요하지 않고, 마치 무기 점검이라도 하듯 담담하게 몸 이곳저곳을 확인하고 있었다.

"――정말로 손바닥 외에는 다친 곳이 없어 보이는군. 하지만 목의 이 상처는 뭐지?"

마침내 점검을 마친 진우가 험악한 얼굴로 실눈을 떴다.

긴 손가락이 가리킨 곳은 운람의 단도에 베여서 희미하게 출혈이 있었던 장소였다.

"고양이에게 긁혔어요."

"거짓말은 도움이 되지 않는다."

순간적으로 운람을 감싸자 진우가 눈을 번득이며 노려보았다.

"정직하게 사정을 말해."

"싫어요."

딱 잘라 거부하자 뚱한 표정을 지은 진우가 "조금 더 솔직하게, 사람 말을 들을 수는 없는 건가" 하고 짜증 섞인 목소리로 중얼거렸기에 영림은 무심코 대꾸하고 말았다.

"어머나. 가족도 남편도 아닌 남자분의 말을 제가 따를 필요가 있나요?"

그 순간 진우는 움직임을 우뚝 멈추었다.

"……."

실제로 진우는 그 순간 심장이 불타는 듯한 감각을 맛보았다.

추녀가 목욕하는 동안 진우가 망을 보았던 것은 어디까지나 직무상의 이유였다. 덤불 너머로 보였다 안 보였다 하는 모습에는 예의바르게 등을 돌리고 있었고, 실제로 마음은 전혀 움직이지 않았다.

머릿속에는 그저 익숙지 않은 목욕통에서 여자가 물에 빠지지는 않을지, 들개나 읍의 백성이 적의를 드러내며 쫓아오지는 않을지, 그런 생각만 가득한 채 서 있었다.

목소리를 억누른 비명이 들려온 것은 바로 그때였다.

검을 빼들며 순간적으로 진우가 떠올린 모습은 파마의 궁을 당길 때의 영림이었다.

이 여자는 결코 보는 눈이 있는 앞에서는 약한 소리를 하지 않는다.

식은땀을 흘리면서도 등을 곧게 펴고, 피를 흘리면서도 미소를 짓다가 나중에 기절하는――그런 여자다.

사람이 없는 곳에서 겨우 혼자가 되고 나서야 참고 있던 비명이 터져 나온 것이 아닐까, 하는 생각이 들었다.

습격이 있다면 그 어떤 적이라도 베어 버리고, 상처가 났다면 반드시 찾아내 이번에야말로 처치를 하리라.

그렇게 결심하고 뛰어갔는데 여자는 여전히 고집스럽게 굴었고, 이쪽에서 걱정하는 것조차 민폐 취급했다.

심지어 '가족도 남편도 아닌 남자'라니.

'……그건 맞는 말이야.'

통렬한 말이라기보다 절대 반론을 허용하지 않는 옳은 말이었기에 진우는 충격을 받았다.

이 여자는 추녀. 황태자 요명의 아내가 될 여자다.

그런 여자가 고분고분 따를 남자가 있다면 그것은 어디까지나

가족과 요명이지, 자신이 아니다.

"……취관장님?"

눈앞의 여자가 조심스럽게 이쪽을 올려다보고 있었다.

젖은 목덜미에 달라붙은 머리카락. 얇은 천에 감싸인 가냘픈 몸.

관자놀이를 타고 흐른 물방울이 쇄골에 툭 떨어지는 모습을 바라보며 진우는 문득 생각했다.

이 여자의 머리를 쓰다듬을 남자는 자신이 아니다.

보드라운 몸을 안고 끌어당길 남자는 자신이 아니다.

만일 이 의지력 있는 여자가 언젠가 누군가의 앞에서 눈물을 흘린다면, 그것을 닦아 줄 남자는 자신이 아니라 요명이리라고.

"……남편이라면."

정신을 차리고 보니 여자의 뺨에 흐르는 물방울로 손을 뻗고 있었다.

"따르는 건가?"

"네?"

"만일 내가 너를 취하면……, 너는 내 말을 따를 것인가?"

취관장. 후궁에서 남자가 얻을 수 있는 얼마 안 되는 명예직.

하급 비라면 하사도 받을 수 있는 직함.

"그럼 내가 데려가버릴까?"

여자의 뺨에 손을 대며 진우는 그렇게 속삭였다.

'……그러니까.'

한편 영림으로 말할 것 같으면, 진우에게 뺨을 내준 채 완전히 굳어 있었다.

'지금 취관장님이, 뭐랄까, 구혼 같은 말씀을 하신 것 같은데.'

혹시 자신이 몰랐을 뿐, 진우와 혜월은 서로 호감을 갖고 있는 사이였을까.

'아냐, 아냐, 아냐, 이건 그러니까 그냥 되로 주고 말로 받는, 그런 말인 거야. 깜짝 놀랐네.'

영림은 열 살도 되기 전부터 요명의 아내 후보로 점 찍혀 있던 입장이었다. 남자의 유혹을 받은 적도 없고, 이럴 때 어떻게 행동해야 좋을지 전혀 알지 못했다.

"농담을……."

"농담? 아닌데."

등을 휙 돌리자 진우는 뒤따라오듯 등 뒤에서 머리카락을 한 줌 집어들었다.

"의외로 진심이다."

목소리는 낮지만 열기를 띠고 있었다.

"그……."

그렇군요, 하고 맞장구를 칠 뻔하다가 입을 다물었다.

이런 식으로 그냥 흘려 들어도 되는 화제가 아니었다.

'어, 어쩌지……?!'

새삼스럽지만 숨결이 귀에 닿을 것 같은 이 거리가 자꾸 신경 쓰였다. 바로 옆까지 다가온 진우의 신장이 유달리 생생하게 느껴졌고, 머리카락을 쥔 그의 손은 피부에 직접 닿지 않아도 열기가

느껴지는 듯했다.

'일단 손을 놓아 달라고 하는 게 좋겠지. 그러니까……, 진정하고, 상대의 눈을 바라보면서 조금씩 뒷걸음질을……. 아니, 그건 숲에서 곰을 조우했을 때의 대처법이고.'

처음 겪는 사태에 조용히 혼란에 빠져 있는데 문득 발 밑의 장작이 탁 튀었다.

그 소리에 영림은 퍼뜩 정신을 차렸다.

'동요하고 있을 때가 아니야!'

불길 너머에서 혜월 일행이 지금 그야말로 이 대화를 전부 '보고' 있다.

그렇게 생각하니 피가 끓어오를 정도의 수치심이 밀려왔으나 그 이상으로 강렬한 사명감이 느껴졌다.

몸이 바뀐 상황을 들켰다고 단정 짓고는 무척이나 애태우고 있는 혜월.

혜월 앞에서 훌륭하게 '주혜월'을 연기하는 모습을 보여 안심시켜야만 한다.

'그러기 위해서 세세한 설정을 계속 공부해 왔잖아. 정신 똑바로 차려, 영림!'

괜찮다. 그야말로 이런 상황에 관한 혜월의 생각을 바로 얼마 전에 듣지 않았던가.

'남자 분이 호의를 보이면……「유혹한다」!'

머릿속에 눈을 가늘게 뜬 혜월의 의기양양한 답변이 되살아났다.

——만일 멋진 남자 분이 내게 다가온다면? 당연히 온갖 수단과 방법을 동원해 유혹해서 사랑의 포로로 만들어버릴 거야.

과연, 마음 내키는 대로 살아가는 주혜월이다.

자신이라면 그 애정을 받아들이는 일조차 망설이며 우두커니 멈춰 서 있겠지만 혜월은 과격하게 받아치겠다고 한다.

이렇게 통쾌할 수가.

솔직히 뭘 어떻게 해야 좋을지 전혀 생각이 나지 않았지만, 조금이라도 혜월에게 다가가려 노력해야 한다는 생각에 영림은 각오를 다졌다.

"……저를 취하시겠다고요?"

최대한 자신감에 찬 미소를 지으며 상대를 마주보았다.

눈을 살짝 가늘게 뜬 진우를 가만히 응시하며 영림은 반대로 손을 뻗었다.

——의미심장한 눈빛으로 바라보고, 맨살을 쓰다듬고, 시선을 돌리지 못하게 할 거야.

그 말 그대로 살며시 뺨에 손을 얹었다.

"남편이 되기만 한다면 저를 복종시킬 수 있을 거라 생각하세요? 농담도 잘 하시는군요."

숨을 들이켠 상대를 바라보며 도발적으로 고개를 갸웃했다.

"당신이 나를 따르는 거예요. 모든 것을 다 내주지 않으면 용서하지 않겠어요, **진우 님**."

회심의 대사를 던지며 영림은 순간적으로 불길을 쳐다보았다.

'이런 느낌 어때요! 혜월 님!'

불길 너머에서 지옥도가 펼쳐지고 있는 줄은 꿈에도 모른 채.

"무, 무, 무, 무슨 짓을 하는 거야, 저 바보가……!"

촛대에서 뒷걸음질을 치면서 혜월은 최대한 억누른 목소리로 고함을 질렀다.

사실은 있는 힘껏 비명을 지르고 싶지만 만에 하나 상대에게 들릴 수도 있다고 생각하니 그건 불가능했다.

아니, 의도는 알겠다.

아마도 영림은 지난번에 자신이 했던 말을 곧이곧대로 받아들이고 '주혜월'로 완벽히 변신하기 위해 진우를 유혹하고 있다는 사실은.

'왜! 넌! 악행은 그렇게나 싫어하면서 악의도 없이 날 궁지에 몰아넣는 건데?!'

가능하다면 지금 당장 불꽃 너머로 뛰어들어 영림의 어깨를 잡고 격렬하게 뒤흔들고 싶었다.

"이, 이건, 엄청난 도발이네요……. 이 자리에서 바로 덮치는 건 아니겠죠, 설마?"

"아니, 취관장님, '금세 도가 지나치게 무모한 짓을 한다'는 발언으로 미루어볼 때 역시 정체를 꿰뚫어보고 계신 것 같은데……."

리리도 동설도 식은땀을 흘리며 불길에 비치는 광경을 뚫어져라 보고 있었다.

차라리 저 불을 꺼버리고 이 전개에서 시선을 돌리고 싶다. 하지만 그럴 수도 없다.

지금 당장 불 너머로 고함을 질러 영림을 막고 싶다.

하지만 그러면 몸이 바뀐 상황이 결정적으로 폭로되고 만다.

세 여자들은 갈등의 소용돌이에 휘말린 채 꼼짝도 하지 못했다.

『……나를, 복종시키겠다고?』

불꽃 너머에서는 드디어 눈을 가늘게 뜬 진우가 자신의 뺨을 만지는 영림의 팔을 움켜쥐었다.

얼음 같다고 묘사되던 눈동자에 지금, 억누를 수 없는 열기가 엿보이는 모습이 멀리서 보아도 뚜렷했다.

마치 먹잇감을 노리는 매처럼.

압도적인 집념으로 가련한 작은 새를 결코 놓치지 않는다——.

『그래요.』

영림이 턱을 치켜들고 '주혜월'다운 말투로 딱 잘라 말하자, 세 사람은 서로 손까지 맞잡고 소리 없는 비명까지 질렀다.

'으아아아!'

그만해. 제발 그만해. 눈앞의 그 남자가 내뿜는 열정이 안 느껴지는 거야?

집착이 강하기로 유명한 현가의 남자를 자극해 놓고 무사히 끝날 거라 생각하는 거야?

『그럴 각오가 없다면 거창한 말 따위는 하지 말아요.』

상대가 진짜 각오하면 어쩌려고 그래!

세 여자들의 절망도 모르고 불꽃 너머의 영림과 진우는 아무 말 없이 서로의 동향을 살피듯 응시하고 있었다.

"——꽤나 편리한 술법이군, 이건."

그때 문득 서늘한 목소리가 들려와서 세 여자는 어깨를 파르르 떨었다.

"헉……!"

완전히 경계심이 풀려 있던 등 뒤.

거기에 팔짱을 낀 채 아름다운 미소를 짓고 있는 요명이 서 있었다.

요명 옆에서는 경창이 헤헤 웃으면서 "미안하다" 하고 중얼거리며 뺨을 긁적거렸다.

'으아아아아아악!'

세 사람은 일제히 핏기가 싹 가시는 것을 느꼈다.

"저, 저전, 전……!"

"전전 노래는 그만 불러도 된다."

혜월이 거품을 물 뻔했지만 요명이 딱 잘라 말했다.

그리고 우아한 동작으로 촛대에 다가가더니 불꽃을 검토하듯 손가락을 살짝 내밀었다.

"이것은 지금 바로 저쪽에서 벌어지고 있는 일인가? 영림 쪽에서는 이쪽의 모습이 보이나?"

"네? 저, 그……."

"대답하라."

"아, 예. 저어, 촛불 불꽃이기 때문에 저쪽에 비하면 비치는 범위가 작습니다만……. 너무 가까이 다가가면 전하의 모습과 목소리가 저쪽까지 전해져서――."

노려보는 뱀 앞의 개구리가 된 심경으로 대답하던 혜월은 문득 알아차렸다.

지금 요명은 불꽃에 비치는 '주혜월'을 '영림'이라 불렀다.

그리고 또한 염술을 조종하는 혜월을 보고도 아무런 의문도 품지 않은 모양이었다.

그렇다면.

"전하께서는……, 혹시……."

제대로 문장도 되지 못한 질문을 끝까지 듣지도 않고 요명은 천천히 눈을 가늘게 떴다.

"설마 내가 알아차리지 못했다고 생각한 것이냐?"

그것이 대답이었다.

혜월은 털썩 무릎을 꿇고 싶은 기분이었다.

"아니……, 하지만 그럼……. 그렇다면, 왜 아무 말씀도……."

신음하듯 묻자 요명은 촛대에서 시선을 떼고는 혜월 쪽을 돌아보았다.

수려한 얼굴에는 그야말로 황태자다운 온화한 미소가 떠올라 있었다.

"――소중한 사람이 상처를 입었을 때 어쩔 도리를 모를 정도로 흐트러지는 것은 현가의 피가 지닌 특성이지. 사랑하는 자를 품에 안고 가두어 지키려 하는 일은 자연스럽고, 당연한 모습. 이전의 나는 그렇게 생각했다.

"……예."

"하지만 아니었지. 감정의 제어력을 잃고 성급하게 적을 벌하려 하던 나는 오히려 사랑하던 사람을 궁지에 몰아넣었다. 동시에 특정 가문의 추녀에게 지나치게 휘둘리는 황태자의 모습은 다섯 가문의 균형을 크게 흔들었겠지."

저도 모르게 숨을 들이켰다.

지난번 몸이 바뀐 사건 이후로 성장한 바가 없었다니, 말도 안 되는 생각이었다.

요명은 자신이 영림을 사지로 몰아넣은 일, 그리고 황태자로서 가져야 할 자제심을 잃었던 일을 그 누구보다 후회했다.

이 서늘한 표정의 이면에는——바깥에서 볼 때는 전혀 헤아릴 수 없을 만큼의 회한과 스스로를 향한 분노, 그리고 각오 등이 뜨겁게 소용돌이치고 있었다.

"이젠 두 번 다시 감정에 휘말려 상황 판단을 그르치지 않겠다. 다른 가문의 추녀를 팽개치고 영림이 있는 곳에만 뛰어가는 일도 해서는 안 돼. 나는 이 영국의 황태자이기에."

'황태자'라는 단어를 입에 담을 때의 지극히 짧은 순간.

억지 미소를 띠고 있던 얼굴에 긴장감을 되찾고 요명은 찌르는 듯한 시선으로 불길을 들여다보았다.

"헉……!"

혜월의 눈에 휘오오……! 하고 바람이 으르렁거리는 광경이 비쳤다.

아니, 발을 걷어올리지도 못하고 촛대의 불꽃조차 흔들지 못하는, 이 실재하지 않는 바람은 바로 용의 기운이었다.

사람의 호흡을 빼앗을 수도 있는 압도적인 용의 기운이 아주 짧은 한순간 이 방을 채웠다.

과거의 일을 반성하고 격정을 억누르고 있는 요명.

하지만 요명이 지금 보인 이 미쳐 날뛰는 감정의 편린만으로도, 혜월은 물론이고 냉정한 동설과 기가 센 리리, 심지어 뻔뻔한 경창까지도 할 말을 잃고 입을 다물어버렸다.

"주혜월이여. 이번에 몸이 바뀐 사건은 내가 금지하기 전에 일어난 일일 테지. 그렇다면 그 이유로 너를 벌하지는 않겠다."

"……."

혜월은 아무 대답도 하지 않았다. 아니, 대답할 수가 없었다.

전에 비구름을 불렀을 때처럼 난폭한 태도를 보이는 것보다 지금의 미소가 훨씬 무시무시했다.

"저……, 그……."

"영림이 어디로 납치되었는지는 이미 어떤 자에게서 정보를 얻어 두었다. 그러나 나는 이제 두 번 다시 문제를 졸속으로 해결하는 일을 허락하지 않아. 영림을 구하러 가는 것은 **이쪽** 상황이 어느 정도 정리된 후로 하겠다."

"어떤 자……? 상황이, 정리……?"

떨리는 목소리로 물었으나 대답을 얻지는 못했다.

『――이봐, 큰일났어!』

불꽃 너머에서 갑자기 고함 소리가 들려 왔기 때문이었다.

『목욕은 이제 끝났겠지? 미안하지만 빨리 돌아와 줘야겠어! 그 황가의 호위가 당신을 불러! 혹시 간병 경험이 있느냐고!』

일동이 황급히 돌아보니 서로를 마주보는 두 사람 옆으로 누군가가 뛰어왔다. 짧은 머리의 일부를 묶은 청년이었는데, 차림새는

지저분하지만 얼굴은 아름다웠다.

아마도 이 자가 영림이 '운람'이라 부르던 읍 두령의 아들이리라.

『행 할멈은 아침부터 상태가 안 좋은 것 같았는데, 아까부터 계속 구토를 하고 있고……. 행 할멈뿐만이 아니야. 삼촌도, 근처 다른 주민들도 차례차례 토를 하고 설사가 멈추지 않는다고 해.』

운람은 아름다운 얼굴을 일그러뜨리며 살짝 숨을 헐떡이고 있었다.

그러고는 불안을 억누르려는 듯 마른침을 삼키며 쉰 목소리로 말했다.

『제발 도와줘. 이건 아마……, 전염병일 거야.』

라고.

7. 막간

차츰 석양이 내리는 가운데 강 씨는 무릎을 꿇은 자세 그대로 원망을 담아 위쪽을 노려보았다.

"제길……."

누각 바로 옆에 설치된 사당.

하나같이 신앙심이 돈독한 남령의 백성들은 툭하면 신에게 기도를 올리러 오곤 했기에, 향장인 강 씨 또한 부지 이곳저곳에 사당을 만들어 놓고 참배를 하곤 했다.

지금은 특히 주혜월의 무사 귀환을 기원하며 식사도 끊고 하루 종일 기도를 올리고 있는──겉으로는 그런 상태지만 강 씨의 마음속에 그런 성실함은 손톱만큼도 존재하지 않았다.

"제길, 제길, 제길……."

존재하는 것이라고는 사태가 도무지 생각처럼 풀리지 않는다는 초조함뿐이었다.

"왜 황태자가 꼼짝도 안 하는 거지?"

온종일 정중한 말을 엮어내던 그 목소리는 지금 짜증으로 갈라져 있었다.

그도 그럴 것이, 이렇게나 강 씨가 주혜월 납치사건으로 요란한 소동을 피우고 있는데 황태자 요명은 의연한 태도를 무너뜨리지 않는 것이다. 태평하게 저택에 눌러 앉아 백성들과 세상 돌아가는 이야기까지 나눌 정도다.

예상 밖의 사태에 강 씨는 '온화한 통치자'의 가면이 거의 벗겨질락 말락 할 정도로 짜증이 나 있었다.

'자기 추녀가 납치를 당했는데 왜 그쪽으로 관심을 집중시키지 않는 거지? 만일 이대로 계속 저택에 머물러 있다가 장부 조사라도 시작하면…….'

끔찍한 기분에 얼굴을 일그러뜨릴 뻔한 것을 간신히 꾹 참았다.

이미 장부는 없애버렸다. 애당초 주위에는 관계가 매우 긴밀한 친척밖에 두지 않는다.

발각될 리가 없다――자신이 향민 수를 속이고 탈세에 손을 댔다는 사실은.

'제길……. 냉해만 없었으면 일이 더 잘 풀렸을 텐데.'

저녁이 되어도 여전히 어두컴컴하게 구름이 뒤덮인 하늘을 올려다보며 강 씨는 무릎을 꿇은 채 혀를 찼다.

과거시험에서 별다른 성적을 거두지 못하고 변경의 땅으로 밀려난 강 씨.

자존심만은 남들보다 유달리 강했던 강 씨가 이 배치에 이의를 제기하지 않은 이유는 이 향이 중앙에서 적당히 멀고 사리사욕을 채우기에 적절한 땅이었기 때문이었다.

세금은 보통 왕도로 보고되는 호적에 따라 액수가 정해진다. 따라서 강씨는 시간을 들여 등록상의 호적 수를 줄여, 본래 내야 할 세금보다 훨씬 적은 액수만 향에 부과시켰다.

남은 쌀은 당연히 강 씨의 몫이었다. 변경에 접한 동령에 일단 유통을 시켜서 금으로 바꾸고 안개가 짙은 산 속 동굴에 숨겨 놓았다. 사람들이 가까이 다가가지 못하도록 일부러 '재앙의 숲'이라는 미신까지 만들어 놓을 만큼 용의주도했다.

나무에 구멍을 뚫어 기이한 바람소리가 나게 만들고, 짐승들이 좋아하는 열매가 열리는 나무를 많이 심어 사람이 짐승의 습격을 받기 쉽게 꾸몄다. 처음 몇 년 동안 자객을 보내 입산자를 혼절시킨 뒤 전신에 독을 발라서 돌려보낸 것도 효과가 있었으리라. 지금은 읍이나 향에서 '재앙의 숲'에 함부로 들어가는 자가 없다.

그렇게 긴 세월에 걸쳐 조작함으로써 강 씨는 야무지게 금을 모을 수 있었다.

그런데도 요 2년간 가뭄과 냉해가 연속으로 찾아오는 바람에 수확량이 완전히 줄어버렸다.

명목상의 주민 수가 너무 적으면 평소에는 세금이 줄어서 좋지만, 반대로 향에 식량난이 닥쳤을 때 고생하게 된다. 죽과 소금, 의복 등 왕도에서 보내는 구제품의 양 또한 호적 수에 맞춰서 오기 때문이다.

덕분에 타 영지에 비해 죽이 통 내려오지 않아, 향민들은 불만을 품기 시작했다. 분노가 왕도를 향하는 것까지는 괜찮지만 부정행위를 들킬 경우 봉기가 일어나리라.

다른 때 같았으면 여기서 천읍을 제물 삼아 백성들의 불만을 그쪽으로 돌리게 만들었을 것이다. 오로지 그 이유만으로 강 씨는 그 더러운 인간들을 이곳에 살게 해주고 있었다.

감정적이고 궁지에 몰리면 금세 다른 누군가를 질책하지 않고는 견디지 못하는 남령 백성들의 성질을 강 씨는 잘 알고 있었다. 그렇기 때문에 강 씨는 천읍이라는 '배출구'를 제공해주었다.

향민들의 세금을 줄이는 한편 천읍에 무거운 세금을 부과하고, 입는 옷과 머리 길이까지 규정하여 차별 의식을 강화했다. 흉년이 들면 읍의 여자들을 긁어모은 뒤 봉기를 일으킬 만한 향의 남자들이 마음대로 할 수 있게끔 제공했다. 고작 그런 조치만으로도 온소에서는 벌써 20년이나 봉기가 한 번도 일어나지 않았다.

따라서 이번에도 그 방식으로 역경을 극복하려 했는데 반 달쯤 전에 생각지도 못한 간섭이 끼어들었다.

"나 참, 그 끔찍한 놈이 눈독을 들이는 바람에——."

"여어, 또 기도야? 아주 지극정성이네."

한숨을 내쉬며 혼잣말을 하려는데 갑자기 등 뒤에서 누가 말을 거는 바람에 강 씨는 움찔했다.

젊고 품위가 느껴지는 목소리.

그 목소리의 주인은 푸른색을 기조로 한 옷을 입은 무관이었다. 늘씬한 몸에 눈가의 점이 인상적인, 곱상한 남자다.

이름은 남임희(藍林熙). 남가 추녀 방춘의 예무관으로서 외유에 따라온 남가의 차남이다.

워낙 유능했기에 남가의 후계 경쟁에서 장남보다 우위에 있다는 평판이 있는 사내였다.

"나는 신앙심이 별로 없는 편이지만 그래도 옆 영지로서 정이 있으니, 같이 기도나 드리고 갈까?"

그런 말을 속삭이며 임희는 강 씨 바로 옆에 무릎을 꿇었다.

세련된 귀공자 그 자체인 동작으로 향을 집어 들어 농작신에게 바쳐진 향로에 꽂았다.

"주혜월 님이 빨리 발견되고 구조되게 해주소서."

눈을 감고 마음에도 없는 말을 태연하게 중얼거리는 임희의 모습에 강 씨는 입가를 일그러뜨렸다.

그러자 임희는 마치 그것을 알아차리기라도 한 듯 눈을 번쩍 뜨더니 강 씨를 보고 싱긋 웃었다.

"후후, 하지만 실제로 납치사건이 빨리 해결되면 당신은 파멸하겠지."

"……."

시선을 피하는 강 씨를 궁지에 몰아넣듯 임희가 말을 이었다.

"황태자 전하는 의외로 냉정하신 분인 모양이야. 추녀가 납치당했는데도, 비정하다고 수군거리든 말든 직접 나서지 않고 가만히 앉아서 지휘에만 몰두하고 계시는 걸 보니. 기껏 당신이 흘려놓은 증거에도 전혀 달려들지 않아."

얇은 입술에 유쾌한 미소가 떠올랐다.

"풍년제 기간 내내 납치 사건에 휘둘릴 거라는 예상은 빗나가버렸어. 냉정한 수사가 이어지고, 그 과정에서 당신의 탈세가 들킬지도 몰라."

"……당신이……."

정중한 말투를 간신히 유지하고 있으나 분노를 억누른 바람에 강 씨의 목소리는 필요 이상으로 낮아졌다.

"당신이 내게 주혜월을 납치하라고 귀띔하지 않았습니까?"

그랬다. 흉년이 들어 조급해진 강 씨를 어느 날 갑자기 찾아온 자가 있었다. 바로 남임희였다.

본래 남령의 변경에 있는 온소는 영지의 일부가 남가가 다스리는 동령에 접해 있었다.

두 영지는 산으로 가로막혀 있으나, 그래도 먼 왕도보다는 훨씬 빈번하게 물자가 오고갔다. 그래서 남임희가 아무에게도 알리지 않고 이 향을 찾아왔을 때 강 씨는 정중히 맞아들였다.

하지만 남임희는 생각지도 못한 협박을 하더니 그에 더불어 거래를 제안했다.

——탈세하고 있지?

마치 별 것 아닌 잡담처럼 임희는 그렇게 말을 꺼냈다.

——호적을 조작해서 세금을 줄이고 있잖아. 풍년이 들 때는 좋겠지. 하지만 올해는 냉해가 있어. 실제보다 호적에 사람 수가 적으면 왕도에서 보내주는 죽의 양도 줄고 백성들은 굶주리게 돼. 불만도 커지겠지.

강 씨는 처음에는 꿈쩍도 하지 않았다. 자신에게는 천읍이라는 불만 해소용 수단이 있었기에.

하지만 임희의 진짜 목적은 다음 부분에 있었다.

——그리고 사실 이곳이 올해 풍년제를 치를 곳으로 뽑혔어. 우리 황태자님은 성실한 분이시지. 개최지로 선발된 향의 내력은 빠짐없이 조사해 보시거든. 그러면……, 어떻게 될까?

그 말을 들은 강 씨는 느닷없이 어둠 속으로 떨어져 내리는 기분이 들었다.

황태자 요명이 얼마나 유능한지는 변경의 향장도 잘 알았다.

그런 요명이 만일 이곳을 꼼꼼히 조사해 볼 경우, 국가에 부정 행위를 들키게 된다.

임희는 입을 다문 강 씨의 어깨에 손을 얹고 싱글싱글 웃으며 말을 이었다.

——옆 영지라는 정이 있으니, 좋은 제안을 하나 하려 하는데.

그리고 임희는 이렇게 말했다.

첫째, 백성들의 불만을 줄이기 위해 주혜월을 악당으로 내세울 것. 이 냉해도, 죽이 적은 것도 전부 주혜월의 덕이 없다는 이유와 결부시키면 된다.

둘째, 풍년제 도중에 주혜월을 납치할 것. 죽이든 괴롭히든 그건 상관없다. 아무튼 사람들의 이목을 그쪽으로 집중시킨다. 그러면 황태자도 그쪽으로 관심이 쏠릴 테고, 세금 조사도 자연스럽게 느슨해진다.

——우리는 서로 협력하는 관계야. 당신은 청렴하다는 평판을 유지하면서 우리는 주혜월을 함정에 빠뜨릴 수 있어. 이 일이 성공하면 당신을 동령의, 여기보다 더 넓은 향의 장으로 삼아주지.

상대가 협박 후 제안한 보수는 강 씨의 귀에 몹시도 감미롭게 들렸다.

원래 강 씨는 이 변경의 향에, 탈세하기 쉬운 곳이라는 생각 이상의 애착이 없었다. 자신의 재능은 보다 넓고 보다 풍요로운 땅에서 발휘되어야 한다고 지극히 당연하게 생각하고 있었기 때문이었다.

남임희의 손만 잡으면 파멸을 면할 수 있다. 아니, 그것을 넘어 동령의 풍요로운 땅을 다스릴 수도 있다.

다른 영지라 해도 원래 교류가 있었던 곳이다. 분명 잘 해낼 수 있으리라.

'그렇게 생각했는데……, 계획이 엉망진창이 되어버렸어.'

그러나 실제로 문관의 세계밖에 모르는 강 씨는 무관들의 유능함을 과소평가했다.

설마 그 자리에서 황경행이 추녀를 지키겠다며 따라갈 줄은 생각도 못 했다. 조수를 던져 놓으면 수사 대상이 금세 현가로 쏠릴 거라고만 생각했다. 심지어 수사를 다른 방향으로 유도했음에도 불구하고 취관장 진우가 단신으로 읍을 향했다는 정보도 있었다.

하수인들도 강 씨의 예상보다 몇 배는 빠르게 탈주할 기색을 보였다.

지금 와서는 두령의 아들에게 일을 떠맡기기 위해 임기응변으로 증거 문서를 써주었던 일을 후회할 정도였다. 나중에 입막음을 하면 될 거라고 안이하게 생각했으나, 늘 등 뒤에서 황태자가 눈을 빛내고 있는 지금 묘한 행동을 취할 수는 없었다.

'황경행과 취관장에게 증거 문서의 존재를 들키기 전에 읍을 통째로 「처리」해야 해.'

마음은 급했지만 방법이 없었다.

지금 느닷없이 천민들이 죽어 나가면 오히려 이목을 끌 것이다.

"어떻게 해야 합니까? 진상이 발각되면 당신도 무사하진 못할 겁니다. 제가 잡혀간다면 공범인 당신도 실각할 게 분명합니다."

"아니, 저런. 기껏 타개책을 준비해 온 나를 그렇게까지 노려볼 필요가 있나."

강 씨가 을러대자 임희는 살짝 어깨를 으쓱하더니 품에서 어떤 것을 꺼냈다.

그것은 작게 접은 종이였다.

"이게 뭐죠……?"

"주혜월을 납치한 천민이 보낸 협박장."

"……?"

강 씨가 의아한 마음에 고개를 갸웃하자 임희는 "……이라는 설정. 물론 위조지"라고 덧붙였다.

"여기엔 말이야, 유괴범들의 호소가 씌어 있어. 냉해로 읍이 가난해지고 병이 퍼졌다. 그래서 추녀를 납치했다. 추녀의 목숨이 아까우면 약을 내놓아라——라는 내용이야."

강 씨는 갑자기 튀어나온 '병'이라는 단어가 이해되지 않아 미간을 찌푸렸으나, 금세 의도를 이해했다.

"그렇군요……. 읍을 불태울 만한 대의명분을 준비한다는 의미입니까?"

"그래, 높으신 분들이 계시는 향에 병을 옮겨 올 수는 없지. 지금까지는 온정으로 살려 두었던 천민들도 더 이상은 지켜줄 수 없어. 따라서 도리를 아는 향장은 마음을 독하게 먹고 읍에 불을 지르는 거야."

"주혜월과 무관 황경행 님은……."

"추녀는 천민들에게 더럽혀지고, 절망해서 자살하는 거야. 황경행은 추녀를 지키지 못했다는 죄목으로 그 뒤를 따르는 거고.”

임희의 매끄러운 설명에 강 씨는 계속해서 고개를 끄덕였다.

확실히 추녀란 그 무엇보다 정조를 중요하게 여기는 존재다. 천민들에게 납치당하고 병까지 얻었다면 자살하는 것도 이상하지 않다. 무관 또한 곁에 있었는데도 천민들이 추녀를 더럽히는 일을 막지 못하고 돌림병이 돌게 내버려두어서야 황태자 볼 낯이 없으리라.

‘그렇구나, 몰래 입막음을 하기가 어렵다면 당당히 처리할 이유를 날조하면 그만이지.’

가슴속에 퍼진 감정은 안도와 감탄뿐, 거기에 양심의 가책은 전혀 없었다.

“하지만……, 천민들은 보통 편지 따위 쓰지 않는데요. 협박장만을 증거 삼아 읍을 불태우면 전하와 다른 가문이 의심하지 않겠습니까? 만에 하나 황경행이 살아남아 읍에 병 따위는 퍼지지 않았다고 증언이라도 하면…….”

“그 점은 괜찮아.”

신중한 질문에 임희는 싱긋 웃었다.

“이미 병을 퍼뜨려 놓았으니까.”

“뭐라고요……?”

“후후, 전야제 밤에 천민들을 유도해서 병의 씨앗을 읍에 가져다 놓았지. 발생 원인이 무엇인지 그들은 전혀 모르겠지만. 아마 지금쯤 병이 퍼지기 시작하지 않았을까?”

하얀 피부의 곱상한 남자가 즐거운 듯 웃었다. 이 ‘타개책’은 전야제 시점에서 이미 시작되었다는 이야기였다.

강 씨는 공범자인 자신에게조차 지금까지 손바닥 안을 보여주지 않았던 임희에게 희미한 짜증을 느꼈다.

그러나 이 심모원려(深謀遠慮)가 바로 자신을 구해주리라 생각하니 거기에 매달리는 수밖에 없었다.

"역시 대단하시군요."

"아니, 뭐. 나보다는 **주군**의 생각이니까."

"남가의 당주님 말씀이신가요? 역시 날카로운 분이라는 소문이 맞았군요. 아드님인 임희 님도 이토록 두뇌가 명석하시니 남가의 안녕은 앞으로도 걱정이 없겠습니다.

여자 따위에게만 의지하는 주가 본가에 비하면 강 씨는 남가 쪽을 더욱 높이 평가하고 있었다.

자존심을 자극하며 치켜세우는 말이었으나 임희는 옅은 웃음만 지을 뿐이었다.

"그거 고맙군."

그 이지적인 눈동자에 경멸의 빛이 떠올라 보인 것은 착각이었을까.

"자, 향장님. 이제 당신은 우연을 가장해서 현가와 금가의 예무관을 소집하도록 해. 이런 협박장이 왔는데 전하께 폐가 되지 않도록 내밀히 거래에 응하고 싶지만 향의 호위만으로는 불안하니 거래 장소에 함께 가 달라고 부탁하는 거지. 그때 사정을 모르는 천민들이 와서 병이 났다고 호소하면――그 다음은 알겠지?"

"예무관들을, 읍에 병이 퍼졌다는 사실의 증인으로 만드는 거로군요."
"그렇지. 예무관쯤 되는 신분과 신용이 있으면 증인으로서 나무랄 데 없으니까. 눈 밝은 전하를 모셔 가는 건 아무래도 불편하니까 데려가는 데는 그 정도가 딱 좋아. 특히 누명을 쓴 현가에서는 적극적으로 현장에 나설 거야."
강 씨는 재빨리 계획을 반추해본 뒤, 문득 미간을 찌푸렸다.
"하지만 천민은요? 그렇게 정확한 시점에 증상을 호소하러 오겠습니까?"
"오겠지. 그렇게 하게끔 유도하기 위해 식량과 맞바꿔 산으로 보고하러 오게 만들었으니까."
임희는 향이 묻은 손을 닦기 위해 품에서 손수건을 꺼내려다가 문득 떠오른 듯, 그것을 얼굴에 둘둘 말아 보였다.
"『아아, 겨우 와 줬군요, 운람 군!』"
임희가 그 상태로 기운 없는 소리를 내자 워낙 선이 가는 체형 덕분에 꽤나 병약해 보였다.
이런 거지, 하고 천을 벗으며 임희는 키득키득 웃었다.
통 속을 알 수 없는 청년의 모습에 강 씨는 등골이 오싹해졌다. 마침 하늘을 나는 새가 퍼덕퍼덕 날갯짓하는 소리를 기회 삼아 대화를 끝내려 했다.
"그렇군요. 그럼 저는 바로 무관들을 소집하러 가겠습니다."
"응, 잘 부탁해. 아, 하지만 황가의 예무관은 부르지 마. 전하와 관계가 깊으니까."
"알겠습니다."

짧게 이야기를 끝낸 강 씨는 예의바르게 눈인사를 건넨 뒤 그 자리를 벗어났다.

분명 먼발치에서 보면 추녀의 무사 귀환을 기도하며 무릎을 꿇고 있는 향장과 무관으로밖에 보이지 않았으리라.

하늘을 가로질러 날아간 새——비둘기가 도착한 곳, 높은 누각에서 어떤 인물이 문득 이쪽을 돌아보았다는 사실을 알아차리지 못한 채 강 씨는 저택으로 돌아갔다.

8. 영림, 간병하다

목욕하던 곳에서 돌아온 영림 일행은 두령의 오두막에 펼쳐진 광경에, 조용히 숨을 들이켰다.

"우……, 우욱……."

"우웩……, 컥……."

통을 품에 안은 사람들이 등을 굽히고 격렬하게 구토를 하고 있었다.

입고 있는 옷의 엉덩이 부분이 더러워진 자도 많았고, 지독한 냄새가 풍겼다. 괴로움에 신음하는 아이들과 갓난아기 울음소리가 방 곳곳에 울려 퍼졌다.

"지금까지도 여름 식중독 정도는 걸리곤 했는데, 이렇게 갑자기 사람들이 차례차례 쓰러지는 건 처음이어서……. 뿔뿔이 흩어져 있으면 다들 겁먹으니까 일단 여기 모아 놨어."

운람이 굳은 목소리로 말했다.

"이건……."

"이질이야."

넋이 나간 영림, 그리고 진우가 중얼거리자 이미 방 한구석에 있던 경행이 답했다.

눈 아래로 천을 둘둘 감은 채 계속 구토하는 사람들에게 통을 나누어주고 있었다.

"아무리 덥다고는 해도 햇빛이 약한 여름이니 일사병은 아니겠지. 먹은 음식이나 물에 문제가 있었던 것 같군."

"이질……. 그래도 이렇게까지 진행이 빠르다니."

영림이 미간을 찌푸렸다.

이질이란 격렬한 설사를 주요 증상으로 하는 병의 총칭이다. 그 안에는 경증의 식중독부터 목숨을 잃을 수도 있는 중증 전염병까지 포함된다. 구토를 동반하며, 심지어 이렇게까지 많은 사람들이 동시에 고통스러워하고 있다면 이번에는 후자일 가능성이 높았다.

환자들 중에는 방금 전 멧돼지 고기를 나눠 달라고 부탁하던 여자들도 있었다. 그 후 몇 각도 지나지 않았는데. 이 진행 속도를 내버려두면 며칠 안에 읍 안의 모든 사람들이 발병할 가능성도 있다.

'대체 왜? 설마……, 아까 해체한 멧돼지?'

한순간 그런 생각이 스쳤으나 아니, 그것치고는 발병이 너무 빠르다. 애당초 짐승의 고기가 원인이라면 제일 그것을 많이 만진 영림 일행이 무사할 리가 없었다.

"원인은 아직 몰라. 하지만 행 할멈과 호룡은 어젯밤부터 이미 가슴이 답답하고 설사 증상이 있었다고 하더군. 아마 저 여자들도 자각이 없었을 뿐이지 오늘 아침부터 몸이 좋지 않았을 거야."

경행의 지적에 영림은 '남편이 감기에 걸렸다'던 여자의 말을 떠올렸다.

"그 상태로 그분들이 가족을 돌봤다면……, 환자가 조금 더 늘어나겠네요."

"그래. 원정 중에도 이런 일이 있었지. 여기서 막지 않으면 골치가 아파져."

오랜 세월, 위생적이지 못한 전장에서 집단생활을 해 온 경험은 이럴 때도 냉정했다. 의관 가계 출신은 아니지만, 남들을 돌보기 좋아하는 성격 때문에 군의관 비슷한 노릇까지 할 정도였다.

영림의 약초 지식 중 어느 정도는 이 오라비에게서 배웠다고 할 수 있다.

"너는 맹물을 안 마셨지?"

"네. 제 손으로 얻은 식재료 외에는 먹지 않았어요. 씻지 않은 손으로 입을 건드리면 안 된다는, 어린 시절 배운 가르침을 늘 지키고 있고요."

평소의 호탕하고 대범한 태도는 온데간데없이 날카로운 눈빛으로 묻는 오라비를 보고 영림은 야무지게 고개를 끄덕였다.

"여기서는 손을 씻었어도 입을 만지지 마라. 물은 전부 끓여서 마시고."

"잘 알고 있어요. 마침 산에서 캐 온 노관초가 있으니까 달여 올게요."

"그래, 부탁해. 나는 토사물과 오물이 주위에 너무 튀지 않도록 노력할 테니."

"조심하세요. 이따가 끓인 물을 가져올게요. 그리고 술도."

"부탁한다."

짧은 대화를 통해 남매는 각자의 역할을 확인했다.

영림은 발걸음을 휙 돌려 약초를 놓아 둔 문 밖으로 나가면서도 차례차례 지시를 내렸다.

"운람, 이 읍에 독한 술이 있나요? 여러 번 증류한 게 있으면 주세요. 어서. 취관장님은 장작 준비를 부탁드려요. 강, 가능하면 상류의 물을 떠다가 많이 끓여주시면 좋겠어요."

"협력은 하지. 그러나——추녀인 네가 백성들을 간병하겠다는 말인가?"

하지만 거기서 진우가 엄격하게 목소리를 높였기에 영림은 재빨리 돌아보았다.

"하지 않을 이유가 어디 있나요?"

"없을 리가 없을 텐데. 자기 자신이 고귀한 몸이라는 분별력을 갖도록. 병에 잠식되고 싶은 건가?"

"네, **이 몸**을 병들게 해서는 곤란하죠. 그러니까 간병을 하겠다는 거예요."

덩치 큰 남자도 위압당할 정도의 박력을 내뿜는 취관장 앞에서 영림은 가슴에 손을 얹고 주장했다.

"병, 그중에서도 이질은 배설물과 토사물, 그리고 오염된 물과 식사를 통해 눈 깜짝할 사이 퍼져나가죠. 이곳은 좁은 읍이에요. 이 몸을 지켜야 하기에 더더욱 병이 퍼지기 전에 손을 쓰려는 거예요."

목소리도 눈동자도 흔들림이 없다.

가녀린 몸에서는 굳건한 대지를 연상시키는 의지가 배어 났고, 그 강한 의지는 진우마저 압도할 정도였다.

이 여인이 눈앞의 인간들을 구하고 싶어 하는 이유는 얄팍한 도덕심 때문이 아니다. 각오로 굳게 다져진 본능 같은 것이다. 누가 어떻게 반박한다 해도 즉시 그것을 논파하리라.

적어도 '주혜월'의 몸을 위험에 노출시켜서는 안 된다는 자제심은 있는 모양이었다. 그렇다면 그 점에 단단히 못을 박아 두고, 병마에 휩쓸리지 않도록 지켜보는 수밖에 없다.

거기까지 재빠르게 계산한 진우가 고개를 끄덕였다.

"……조금이라도 무모한 짓을 할 것 같으면 바로 짊어지고 산을 넘어서라도 향으로 데려가겠다."

"감사합니다. 약초를 따러 가는 길까지는 같이 갈게요."

여자는 최대한의 양보조차 가벼운 미소로 받아치고는 다시 한 번 진우를 재촉했다.

"한시라도 빨리 물을 끓여주세요. 절 위해서 할 수 있는 모든 노력을 기울여 주신다고 하셨죠?"

"……뭐가 어떻게 돼서 그런 얘기가 된 거지?"

아연한 표정을 지으면서도 진우는 지시에 따랐다.

"이봐."

그러나 이번에야말로 문 밖으로 나가려 했던 영림을 이어서 운람이 운람이 불러 세웠다.

"이건……, 가벼운 병이지? 다들, 금방 낫는 거지?"

적갈색 눈동자에는 어색한 웃음으로는 미처 다 얼버무리지 못한 긴장의 빛이 떠올라 있었다.

운람이 입속으로 삼켜버린 진짜 질문이 무엇인지는 명백했다.

——이건 재앙 같은 게 아니지?

"운람."

영림은 운람을 돌아보고 똑바로 시선을 맞추었다.

그리고 뺨을 쓰다듬어 주고 싶은 것을 꾹 참고, 최대한 천천히 이야기했다.

"병의 증상과 규모, 그리고 원인은 지금 아직 몰라요. 하지만 한 가지 알고 있는 건, 지금 고통스러워하는 분들께 적절한 처치를 하지 않으면 병이 더 멀리 퍼져나가리라는 것뿐이에요. 반대로 지금 제대로 대처하면 병이 퍼지는 걸 막을 수가 있어요."

"……."

평상시에는 의기양양하던 눈동자가 흔들리고 있었다. 그 모습을 보고 영림은 알았다.

그들은 이런 식의, 무시무시한 미지의 사태에 '맞서는' 일에 익숙지 않다는 것을.

남령의 주민들은 감정이 풍부하다. 풍부한 상상력은 도술을 부리는 데에 적합한 한편, 괴로워하는 타인에게 과하게 감정이입을 하게 만들어 공포를 낳고 그 공포에서 또한 증오를 낳게 만든다.

"운람……. 이건 네가……, 재앙의 숲에, 들어갔기 때문에 벌어진 일 아냐……?"

그때 방 안쪽에서 힘없는 목소리가 들려 왔다.

떨리는 목소리로 그런 말을 내뱉은 것은 통을 끌어안고 있던 여자였다. 아까 제일 먼저 멧돼지 고기를 얻으러 왔던 여자.

여자는 입꼬리로 침을 흘리며 떨리는 손가락을 들이밀었다.

"우리가, 갑자기 병이 난 건, 그 멧돼지를, 해체했을 때부터, 였잖아……?"

"두령은, 재앙의 숲에서 사슴을 사냥해서 잡아먹고, 죽었어. 역시, 재앙의 숲에 손을 대서는, 안 됐던 거야……."

이곳저곳에 웅크리고 있던 어른들이 한 명, 또 한 명 고개를 들었다.

눈에 핏발이 선 채 통을 붙잡고 있던 그들은 원망 어린 얼굴로 운람을 응시했다.

방금 전까지 서로 마주보고 웃으며 어깨를 두드리면서 함께 멧돼지를 해체했는데, 말이다.

"뭐야, 그게──."

운람은 어금니를 악물고 신음하듯 낮은 목소리로 말했다.

"바로 좀 전에 다들 저주 같은 건 거짓말이었다고 납득했잖아. 두령이 죽은 건 저주가 아니라 벌레나 독 때문이었다고."

그러자 그것이 방아쇠를 당긴 양, 주위 사람들이 한층 더 짙은 감정을 드러냈다.

"그럼 왜 아직 멧돼지를 안 먹은 우리까지 이런 병에 시달리는 건데!"

"저주 같은 건 없다고 말했던 거기 있는 높으신 분은 어차피 외부인이잖아! 이 읍에는, 이 세상에는, 사실 저주가 존재한다는 걸 모르는 거야! ……우웩, 웩……."

"천벌이야! 주혜월에게 벌을 주지 않아서……, 네가 그 악녀한테 속아서, 태평하게 재앙의 숲에 들어가는 바람에, 우리한테, 천벌이 내린 거야!"

"전부 너하고 주혜월 탓이야!"

괴로울 테고 힘이 들 터였다. 너무나도 쉽게 감정이 흔들리는 그들은 궁지에 몰리면 그 강렬한 감정을 외부로 토해내지 않고는 견딜 수가 없을 것이다.

그렇게 형체를 빚은 증오는 전염이 된다.

병보다 훨씬 빨리, 그리고 강렬하게.

구름이 태양을 가리면 그 아래의 논이 순식간에 어두워지듯이, 거실에 모여 있던 사람들이 일제히 눈동자를 증오의 빛으로 물들여 갔다——.

운람은 무의식적으로 매달리듯 삼촌 호룡을 돌아보았으나, 오히려 더 놀라서 숨을 들이켜고 말았다.

평소 웬만하면 운람을 감싸 주던 호룡이 지금은 새파래진 얼굴로 이쪽을 노려보고 있었기 때문이었다.

"제발 그만 좀 해……."

통을 끌어안고 있는 호룡은 괴로워 보였다. 가쁜 숨을 헐떡이며, 호룡은 도저히 못 참겠다는 듯 고함을 질렀다.

"제발 그만 좀 해, 형님도, 너도! 도대체 왜 재앙을 뿌리고 다니는 거야!"

"삼촌——."

"나는 말렸잖아, 어?! 형님도! 그런데 둘 다 재앙의 숲에 들어갔다가 나와선, 의기양양한 얼굴로 재앙을 뿌리고 다니는 거야! 난 이제 뒤처리하는 것도 지긋지긋해!"

호룡의 고함에 운람은 완전히 무너져 내렸다.

난폭하지만 소심하고 사람이 좋다. 입으로는 불평을 늘어놓으면서도 태룡이나 운람을 나쁘게 말한 적은 없었던 호룡. 그런 그가 설마 그런 생각을 품고 있었을 줄이야.

"그래! 공연히 소란을 피우다가 결국 재앙을 끌고 오는 점까지 똑같아!"

"애초에 태생부터 글러먹은 너 따윌 거둬 준 게 잘못이었어!"

"향의 어느 놈 자식인지도 모르는 이 '불순물' 같으니라고!"

"전부 너하고 주혜월 탓이야!"

호룡의 말에 동조한 사람들은 이제 이야기의 주제가 무엇이었는지도 잊어버리고 제멋대로 떠들어 댔다.

"마을을 괴롭히다니! 당장 나가, 이 재앙 덩어리!"

——휘익……!

결국 분위기에 휩쓸린 아이들이 아궁이 옆에 굴러다니던 부싯돌을 집어 들어 운람을 향해 던지고 말았다. 바로 얼마 전 영림에게 재앙의 숲의 존재를 알려 준 소년이었다.

"위험해!"

영림은 순간적으로 운람을 감싸며 앞으로 나섰으나,

——탁!

실제로 돌은 영림에게 맞지 않고 불똥을 튀기며 바닥에 떨어졌다.

"기운이 넘치는군."

순간적으로 검을 뽑아든 진우가 돌을 튕겨낸 것이다.

"돌을 던질 체력이 있다면 간호할 필요도 없겠어. 밖에 나가서

길바닥에 쓰러져 죽어라."

담담하게, 하지만 어린애 상대로도 가차 없이 협박하는 취관장의 말에 정신을 차린 소년은 "흑……." 하고 눈물을 글썽이며 스스로를 감싸듯 머리를 부둥켜안았다.

고요해진 방 안에 여자의 목소리가 울려 퍼졌다.

"여러분, 진정하세요."

영림이었다.

영림은 부들부들 떠는 소년의 팔을 잡고 살며시 머리에서 떼어놓았다.

"몸이 힘들 때는 마음도 살벌해지는 법이죠. 하지만 그렇기 때문에 지금 체력을 분노하는 데 쓰는 건 너무 아깝다고 생각해요."

소년이 퍼뜩 놀라 추녀를 올려다보았다. 아니, 소년뿐만 아니라 이 자리의 모든 어른들도.

그런 취급을 받았는데 화를 내지도 않고 울음을 터뜨리지도 않은 채 온화한 말투로 늘어놓는 그 이야기는 신기하게도 사람들의 귀에 스르르 스며들었다.

"병을 누군가의 탓으로 돌린다면 그 또한 상관없어요. 단, 운람이 아니라 저 하나만을 미워하세요. 저는 남령에 재앙을 가져오는 무시무시한 악녀잖아요?"

미소 짓는 여자는 오히려 용의 의지를 전달해준다는 무녀처럼 고요한 위엄을 내뿜고 있었다.

여자는 할 말을 잃어버린 사람들을 한 명 한 명 바라보았다.

"복수하고 싶나요? 누군가에게 책임을 덮어씌우고, 돌을 던지고 매도하고 싶은가요? 그렇다면 자유롭게 해요. 단, 그것은 당신들이 회복된 후의 일이에요."

계속해서 구토하며 통에서 고개를 들지도 못하던 사람도 넘쳐흐르는 기백에 한순간 병을 잊었는지 추녀를 가만히 마주보았다.

"저는 '주혜월'이라는 이름을 짊어진 몸이에요. 명예로운 그 이름을 걸고, 여러분의 생명을 단 하나도 이 손바닥에서 떨어뜨리지 않을 거예요."

헌옷을 입은, 아무 재능도 없다던 여자는 마치 왕 같은 관록을 풍기며 단호하게 말했다.

"당신들의 코를 움켜쥐고, 빠져 죽을 정도로 탕약을 부어줄 테니 각오해요."

그러고는 발걸음을 획 돌리더니 우두커니 서 있던 운람의 팔을 붙잡고 밖으로 끌고 나왔다.

"운람. 난 이제부터 노관초를 달일 거예요. 당신은 읍 안의 모든 집들을 둘러보며 술을 구해 오고, 환자를 찾아줘요."

약초를 줄줄이 매달아 놓은 처마 밑에 도착하자 시원시원한 손놀림으로 설사에 효능이 있는 약초만 골라 소쿠리에 담았다.

"이질은 무엇보다 오물과 거기에 닿은 손가락, 물을 통해 전염돼요. 이미 증상을 보이는 사람은 반드시 이곳으로 데려와서 격리시켜요. 그때 절대 손으로 입을 만지면 안 돼요."

"……."

"입과 코에 두건을 둘러요. 토사물과 오물은 절대 건드리지 말고요. 술과 끓인 물로 최대한 손을 소독해야 해요. 적절한 준비만

갖추면 간병하면서도 병이 옮을 일은 없을 거예요."

"……그렇게 헌신한다 한들."

등 뒤에 서 있던 운람이 나직이 중얼거렸다.

목소리가 몹시 떨리고 있었다.

"뭐가 달라진다는 거야……."

"운람."

"이 읍은 늘 그랬어. 의지하고 매달리다가 도움이 안 된다는 사실이 밝혀지면 금세 내버리면서 원망하지. 살아나면 감사하긴 하겠지만……, 한 명이라도 죽으면, 전부 '네 탓'이 된다고!"

영림은 억누르던 말투에서 완전히 바뀌어 피를 토하듯 운람이 고함을 지르는 소리를 돌아보지 않은 채 듣고 있었다.

"이놈이고 저놈이고 제멋대로 매달리고, 제멋대로 원망해! 아무리 열심히 비위를 맞춰 봤자 뭐가 달라진다는 건데! 나는 영원히 외부인이고, 두령도 성불 못 할 거야!"

표표하던 태도를 집어던지고 눈꼬리에 눈물까지 글썽이는 모습을 운람이 남에게 보이고 싶지 않을 거라고 생각했기 때문이었다.

"아무리 뛰어다녀 봤자——."

"운람, 절대 손으로 눈물을 닦으면 안 돼요."

운람이 짜증에 못 이겨 눈물을 닦으려던 그때, 영림이 차분하게 말했다.

마치 등 뒤에 눈이 달린 듯한 그 모습에 운람이 놀라서 동작을 멈추자 여전히 처마에 팔을 뻗고 있던 추녀가 천천히 말을 이었다.

"눈을 비비면 안 돼요. 코를 풀어도 안 돼요. 병은 거기서 옮아요. 만일 눈물을 참을 수 없다면 하늘을 올려다보면서 말리도록 해요."

"아니……."

"간병하는 사람에게――누군가를 구하려 하는 사람에게 울고 있을 시간 따윈 없어요."

목소리는 상냥하다.

하지만 반론을 허락하지 않는 엄격함이 느껴졌다.

입을 다물어버린 운람을 보고 영림은 잠시 생각하다가 약초에 묻은 흙을 털면서 잘라 말했다.

"제 지인 중에 '태어날 때부터 왕'이라고나 할까, 아주 고결하고 긍지 높은 분이 계세요."

"……아무리 숨기려 해도 황제 아니면 황태자잖아."

운람이 나직이 중얼거렸지만 영림은 가볍게 그 말을 무시했다.

"그분이 어떻게 그렇게 긍지가 높을 수 있는가 하면, 그것은 책임감이 강하기 때문이에요. 그분은 적이라고 판단한 자에게는 엄격하지만 약한 자에게는 몹시 상냥하죠. 죄인이든, 출신이 복잡하든, 어리석든, 반항적이든, 지극히 자연스럽게 자기가 지켜줘야 한다면서 전부 품 안으로 끌어안죠."

적이라면 여자에게도 짐승에게 잡아먹히는 형벌을 서슴지 않고 내리는 완고함.

하지만 자기 자신의 실수에는 남들보다 훨씬 엄격하고, 한 번 한 약속은 반드시 지키는 성실한 남자.

한결같고 가끔 서투른 모습을 보이는 요명을 떠올린 영림은 가벼운 미소를 지었다.

"그분은 말이죠, 지켜야 할 상대에게서 사랑받고 싶다는 생각은 하지 않아요. 지극히 당연한 사실이라는 듯, 그저 지켜야 하는 상대이기 때문에 지킬 뿐."

그제서야 영림은 자신을 응시하는 운람을 돌아보았다.

"왕이란 말이죠, 운람. 딱히 백성이 자신을 공경하기 때문에 지켜주는 게 아니에요. 그저 백성이 백성이기 때문에 지킨다. 당신의 아버님도 그러셨던 게 아닐까요?"

왕.

그 단어가 운람의 전신을 관통했다.

'확실히 그랬어…….'

두령이었던 아버지는 운람이 아무리 반항해도 계속해서 아들을 지켜주었다. 감정적이고 금세 불평을 늘어놓는 읍 사람들도 인내심을 갖고 이끌어주었다.

역경에 처해도, 늘 같은 편이었던 읍 사람들에게서 부조리하게 매도당해도.

아버지는 끝까지 이 읍의 '왕'이었던 게 아닐까.

"운람."

여자가 이름을 불렀다.

엄격하게, 마치 의식이라도 집행하듯이.

"그 이름이 부끄럽지 않게 행동하도록 해요."

똑바로 이쪽을 바라보는 시선을 느낀 순간, 운람은 그때까지 가슴속 깊은 곳에 똬리를 틀고 있던 무언가가 크게 요동치는 감각을 맛보았다.

——운람.

마음속으로 그 울림을 굴려 보았다.

'운람. 이름에 용이 깃든 자.'

가득 낀 구름 속에 하늘의 왕을 품고, 푸르디푸른 산의 기운을 이끄는 자.

그 이름이 자신에게 나아갈 길을 제시해 준 느낌이 들었다.

'지키는 거야, 이 읍을.'

설령 감사받지 못한다 해도, 누군가가 자신에게 돌을 던진다 해도. 같은 편으로 봐주지 않아도.

자신이야말로 아버지가 후계자로 인정한 이 읍의 '왕'이므로.

마치 순간적으로 구름이 갈라지고 빛이 비쳐드는 듯한 느낌이 들었다.

느닷없이 탁 트인 시야 속에서 지극히 자연스럽게 운람은 결심했다.

"진정이 된 모양이네요."

천천히 숨을 토하는 운람을 보고 여자가 장난스럽게 미소를 지었다.

"자, 시간이 없어요. 읍 순찰을 부탁할게요. 목소리 한 번 내고 가요."

"……그래."

고개를 끄덕이며 운람은 자신의 가슴을 꾹 누르고 거기서 타오르기 시작한 열기를 느꼈다. 전신을 뒤덮는 열기였다.

이 순간 어디서 누가 무엇을 하고 있는지, 읍 안을 헤집고 다녔던 자신은 샅샅이 다 알고 있다. 한 각 내에 모든 읍 사람들을 확인하여, 건강이 나빠진 사람을 찾아내서 끌고 오리라.

자연스럽게 자신의 역할이 떠올랐다.

'게다가……. 그래, 임에게 보고도 해야 해.'

냉정함을 되찾은 머리가 문득 향에서 온 사자의 존재를 떠올렸다.

겁 많고 심약해 보이던 그 청년. 그와는 오늘 밤에도 산에서 만날 약속이 되어 있었다.

'곤란한 일이 생기면 의지하라고 했지.'

임의 발언이 생각났다.

당근과 채찍 전략일지도 모르지만 적어도 회유하려 드는 것을 보니, 그만큼 이쪽의 존재를 중시하는 모양이었다.

그 점을 파고들어 잘만 교섭하면 약과 의사를 마련해줄지도 모른다.

가냘픈 팔로 열심히 약초를 긁어모아 흙을 털고 있는 여자를 바라보며 운람은 주먹을 부르쥐었다.

이 여자의 등 뒤에서 보호만 받는 남자이고 싶지는 않다.

"——난 읍을 둘러보고 오겠어. 그리고 그 후, 다시 한 번 산에 다녀올 거야."

"네? 하지만 이제 곧 밤인데요."

"알다시피 난 밤눈이 밝아. 이 풀이 잔뜩 필요한 거지? 따 올게."

걱정스러운 듯 돌아보는 여자를 향해 운람은 힘차게 고개를 끄덕였다.

"하지만……."

"횃불 하나 있으면 충분해. 그 산은 내 집이나 마찬가지니까. 어쩌면 더 좋은 걸 가져올 수 있을지도 몰라."

사자를 통해 향을 협박해서 약초를 뜯어낸다.

반드시 성공할 방법이다.

"운람……."

"'목소리 한 번 내고 가자'면서?"

여자가 몸을 내밀었지만 본인의 입버릇을 이용해 막았다.

난처한 듯 눈썹을 축 늘어뜨리는 여자를 보고 운람은 문득 입꼬리를 올리며 웃었다.

"정말 당신의 그 뻔뻔함, 본받고 싶다니까."

"뻐, 뻔뻔한가요……?"

"그만큼 욕을 얻어먹고도 표정 하나 바뀌지 않는 여자를 그것 말고 뭐라고 표현해야 하는데?"

말문이 막힌 상대를 내버려둔 채, 운람은 재빨리 발걸음을 돌렸다.

"그럼 다녀올게."

운람은 한 손만 치켜든 뒤, 고양이처럼 그 자리를 스르르 벗어났다.

"어휴, 정말."

망설임 없는 뒷모습을 지켜보며 영림은 슬쩍 한숨을 내쉬었다.

"정말이지 불의 기운이 강한 분들은 한 번 결심하면 일직선이라니까."

머릿속에는 운람 말고도 혜월과 리리의 모습이 떠올랐다.

과격한 성격을 지닌 남령 사람들. 쉽게 마음이 흔들리고 다른 사람을 미워하지만 그래도 근본적으로는 사람을 깊이 믿는다. 그리고 불타는 사랑을 품고 정신없이 내달린다.

"……뻔뻔하다는 말을 듣고 말았네."

후후 웃으며 처마를 돌아보았다. 그리고 한동안 그 자세로 매달아 놓았던 약초를 소쿠리에 옮겨 담던 영림은 갑자기 그것을 툭 떨어뜨렸다.

"아――."

안 돼, 하고 약초를 다시 주우려다 저도 모르게 입을 다물었다.

뻗은 손끝이 희미하게 떨리고 있었다.

"……부끄러워라."

주먹을 꽉 부르쥐었지만 그래도 떨림이 멎지 않는 손을 영림은 가슴에 꾹 눌렀다.

이런 모습을 누군가에게 보일 수는 없었다.

'미안해요, 운람. 잘난 척 잔소리를 했지만 저도 읍 사람들에게 매도당했을 때…….'

영림은 입술을 깨물었다.

'……슬펐어요.'

손가락에는 방금 전에 달랬던 소년의 손의 감촉이 아직 남아 있었다.

작고 따스하고, 분명히 한 번은 영림을 걱정하듯 뻗어 왔던 손.

하지만 바로 그 손으로――소년은 자신들에게 돌을 던졌다.

'나는 얼마나 어리석은 인간일까.'

약초가 쏟아진 지면을 내려다보고 있자니 머릿속에 읍 사람들의 목소리가 차례차례 되살아났다.

――당신들, 인생이 되게 즐거워 보이네?!

――이 멧돼지, 조금만 나눠줄 수 없을까?

――우리 집에 있는 헌옷 어때?

이야기를 나누면 나눌수록 읍 사람들은 모두 명랑해졌다. 입을 크게 벌리고 웃으며 친근하게 어깨를 감싸 안았다.

식량을 서로 나누고 옷을 공유한 순간, 영림은 자신이 완전히 이들과 하나가 되었다고 생각했다.

"정말 엄청난 바보였어."

쓴웃음을 지으려 했지만 잘 되지 않았다.

'뭘 잘난 척했던 걸까.'

완전히 마음을 터놓았다고 생각했다. 항상 명랑하게 대하고 성실하게 마주하면 그 어떤 상대와도 친해질 수 있을 거라고만 생각했다.

적의가 소용돌이를 쳐도 괜찮다. 왜냐하면 자신에게는 그 어떤 상황도 즐길 각오와 굳은 의지가 있으니까. 그렇게 자만하지 않았던가.

――그건 그, 그런 울음소리를 내는 동물이라고 생각하면…….

——남들에게 미움을 받으면 조금 설레곤 한답니다.

자신의 과거 발언들을 떠올린 영림은 얼굴을 찌푸렸다.

"그럴 리가, 없었는데 말이야……."

영림은 마음속으로 '혜월 님, 미안해요'라고 중얼거렸다.

지금 정말 절실하게 혜월에게 사과하고 싶었다.

'혜월 님은 항상 이런 마음을 가슴속에 품고 지냈던 걸까? 난 정말 손톱만큼도 몰랐어. 사람에게 미움 받는다는 게 이렇게나 무섭고, 이렇게나……, 슬픈 일일 줄은.'

미움 받는 일이 두려운 건 분명 상대를 좋아하기 때문이리라.

그 가슴속에 들어가 자신의 마음을 내밀었기 때문이리라.

그렇기 때문에 정을 보답받지 못하는 일이 이토록 괴롭다.

혜월이 미움 받기를 그렇게나 두려워했던 이유는 그만큼 타인을 갈구했기 때문이었다. 마음속 깊은 곳에서 사람을 사랑하고 있었기 때문에.

그런 당연한 사실을 이제야 알아차렸다.

"……."

영림은 주먹을 꾸욱 부르쥐었다.

따스한 미소를 보았던 만큼, 자신을 노려보는 읍 사람들의 표정이 가슴을 푹 찌르는 듯했다.

증오에 찬 목소리. 망설임 없이 돌을 던지려 휘두르는 팔.

너무나도 쉽게 손바닥을 뒤집을 수 있는, 그 정도 관계밖에 구축하지 못한 자기 자신이 한심했다.

한동안 땅바닥을 내려다보던 영림은 자신이 고개를 숙이고 있었다는 사실을 알아차리고는 손을 들어 천천히 뺨을 어루만졌다.

"고개를, 들어야 해."

그것은 아주 오래 전에 했던 맹세였다.

가슴을 펴고 숨을 깊이 들이마시고 시선은 앞으로.

기운찬 목소리를 내면서——자신은 웃어야 한다.

그렇지 않으면 어머니가 결코 성불하지 못하리라.

"괜찮아."

작은 목소리로 중얼거리면 마음은 금세 그 방향으로 따라오게 되어 있다.

영림은 고개를 들고 의식적으로 평소와 다름없는 미소를 지었다. 온화하고 희망에 찬 다정한 미소를.

'운람까지 포함해서 반드시, 이 읍을 지키겠어.'

왕은 백성을 지킨다. 설령 자신의 마음이 보답 받지 못한다고 해도.

그렇다면 왕을 떠받치는 추녀 또한 마찬가지다.

"나야말로 운람, 당신을 본받아야 해."

자신보다 훨씬 큰 상처를 받았을 텐데도, 금세 고개를 들었던 운람.

운람이 영림의 사소한 한 마디에 얻은 위로만큼, 아니, 그 이상으로 영림은 운람의 모습을 보고 용기를 얻었다.

애당초 이 몸은 혜월의 것이다. 두 눈 멀뚱멀뚱 뜨고서 허무하게 백성들의 목숨을 잃게 해 혜월의 이름에 먹칠을 할 수는 없다.

"자, 목소리 한 번 내고 가자."

이제 손은 떨리지 않는다.

영림은 이번에야말로 약초를 주워 모은 뒤 꽉 움켜쥐어 다발로 만든 주먹에 힘을 꽉 주었다.

미움 받는 일이 얼마나 슬픈지 잘 알았다.

하지만 자신은 이미 상대를 지키기로 결심했다.

이 마음이 전달되도록 최선을 다할 것이다.

"이질은 괴로운 병일 거야. 특히 나의 귀여운 운람을 매도한 사람은 분명 그렇게까지 마음이 격렬하게 흐트러질 정도로 괴로웠을 테니까……."

——투둑투둑투둑……!

둔한 소리를 내며 뿌리와 줄기가 서로 떨어져 나갔다.

"아주 쓴, 잘 듣는 약을 지어 줘야겠어."

약초를 노려보는 눈동자에 강한 의지의 빛이 깃들었다.

"하룻밤 안에 다 낫게 해줄 거야."

낮게 중얼거린 영림은 실내로 돌아갔다.

***

"오늘은 내가 먼저 왔군."

약속 장소——재앙의 숲 입구에 도달한 운람은 땀을 닦으며 한숨을 내쉬었다.

여기까지 거의 쉬지 않고 달려왔기 때문에 체력은 바닥을 드러내고 있었으나, 마음은 지금까지 느껴본 적 없는 성취감으로 가득

했다.

옅은 구름에 뒤덮인 달을 올려다보며 시간을 따져 보았다.

주혜월에게 다녀오겠다고 말한 후로 대략 삼각은 흐르지 않았을까. 그 사이 읍 전체를 둘러보고 환자와 술을 운반하고 산에 들어와 약초를 캐는 등, 이 이상 더 할 수 없을 만큼 열심히 일했다.

이렇게 근면한 하루를 보낸 경험은 처음일지도 모른다.

어울리지도 않게, 하고 어깨를 으쓱하면서 운람은 가슴을 꾹 눌렀다.

정말이지 자신답지 않게 감상적인 무언가가 그곳에 들어 있었기 때문이었다.

"지켜봐주는 거지, 두령?"

질 낮은 천으로 둘둘 말아 품 속에 넣어 둔 것은 얇게 깨진 바위 조각이었다.

추녀를 덮치려 했을 때 상대가 사용한 '칼날'.

아버지가 불을 붙이는 바람에 갈라졌다는 그 바위였다.

바위에는 여자의 피와 멧돼지의 피가 묻어 있었으나, 운람은 그것을 강물로 헹궈서 몰래 가지고 돌아왔다.

그리고 태룡의 유품이라고 생각하기로 했다.

'그 여자라면 「어머나, 부싯돌도 될 수 있고 칼로도 쓸 수 있는 멋진 유품이네요」라고 말할 것 같지만.'

어딘가 살짝 어긋나 있고 묘한 데서 현실적인 그 추녀를 떠올리니 웃음이 조금 났다.

재주 없고 무능한, 남령에 재앙을 가져오는 시궁쥐라고들 하던 그 여자.

그런데도 지금 자신은 그 추녀에게 모든 희망을 걸고 있다.

그 어느 때도 흔들림 없는 온화한 미소를 보고 있으면 이상하게 용기가 났다.

분명 괜찮을 것이다. 이 역경도 언젠가 극복할 수 있을 것이다.

"아앗, 죄송합니다, 기다리시게 해 드렸군요. 이야── 진짜 일이 너무 바빠서."

그때 덤불 안쪽에서 불꽃이 흔들리는 횃불을 든 남자가 나타났다.

향에서 온 사자──임이었다.

여전히 얼굴을 검은 복면으로 가린 임이 태평하게 잡담을 꺼내려는 것을 가로막고 운람은 용건만 말했다.

"읍에 병이 퍼졌어. 내가 증거 문서를 들고 황태자를 찾아가는 게 싫다면 의사와 약을 보내 줘."

"네?"

임은 복면 너머로도 알 수 있을 정도로 멍한 표정을 지었다.

"네? 병이라고요? 어라? 증거 문서……?"

"이질이야. 엄청난 기세로 퍼져나가고 있어. 이젠 주혜월 처벌이나 하고 있을 때가 아니야."

말을 잃은 임에게 운람은 몸을 내밀고 협박했다.

"우리는 처벌에서 손을 떼겠어. 하지만 이쪽엔 증거 문서가 있어. 당신들이 우리에게 악행을 명령했다는 문서가 말이지. 폭로당하기 싫으면 약초를 내놔."

임은 잠시 넋이 나가 멍하니 있다가 마침내 운람이 진심이라는 사실을 알았는지 눈에 띄게 당황했다.

"그, 그렇게, 갑작스럽게……. 당신들은 공범이고 실행범이에요. 밀고해봤자 벌 받을 건 뻔하잖아요."

"그래. 당신들을 길동무 삼아서 말이지."

가볍게 대꾸하자 임은 할 말을 잃었다가 겨우 신음하듯 입을 열었다.

"저……, 저는 그 판단을 못 합니다."

"그렇겠지. 그러니까 빨리 향에 돌아가서 강 씨한테 전해줘. 한나절 후 내일 정오에 이곳으로 약을 챙겨서 의사를 데려오라고. 안 오면 바로 황태자한테 증거 문서를——."

"아뇨."

그러나 임은 그 말을 가로막더니 매달리는 눈빛으로 운람을 쳐다보았다.

"그 말, 향장님한테 직접 하시면 안 될까요?"

"뭐?"

"어제도 말씀드렸던 것 같은데, 사실은 지금 산기슭 쪽에 향장님이 와 계시거든요. 호위도 같이요. 조금 삼엄한 분위기이긴 하지만요."

예상 밖의 전개에 놀라고 있는데 임은 "향장님도 이 일을 굉장히 염려하고 계십니다"라고 말을 이었다.

"병이 퍼졌다면 더더욱 그렇죠. 당신은 툭하면 증거 문서를 들먹이며 협박하지만 굳이 그런 짓을 안 해도 읍에 병이 퍼졌다는 건 향 입장에서도 아주 중대한 문제라고요."

"흐음, 향장님이 우리 같은 천민들의 위기에 가슴 아파하신단 말이야?"

운람은 비아냥거리며 대꾸했으나 임은 진지하게 고개를 가로저었다.

"아뇨. 지금 향에 황태자 전하와 추녀님들……, 아주 높으신 분들이 와 계시니까요."

향과 읍 사이는 다리 하나로 가로막혀 있을 뿐이다. 읍에 병이 퍼지면 언제 향으로 넘어올지 모른다.

향장이 병에 대해 알면 아주 난리가 나서 어쩔 줄 모를 것이라는 말에 운람은 입술을 뒤틀었다.

천민들의 읍에서 겪고 있는 고난 그 자체보다 고작 그 몇 명에게 병이 옮는 일을 더 걱정하는 건 비위에 거슬리는 일이었으나 충분히 이해는 된다.

운람은 그 자리에서 강 씨와의 면회를 승낙했다. 이쪽 입장에서도 시간이 별로 없다.

임과 함께 산을 내려가서 산기슭으로 향했다.

일단은 주위를 경계하면서 걸었으나 딱히 자객의 습격을 받지는 않았다. 운람은 마침내 숲이 끝나고 탁 트인 장소에 도착했다.

"——왔군요."

그곳에는 창백한 달빛을 등 뒤로 받으며 강 씨가 서 있었다.

백성을 상대할 때도 늘 존대를 하고 등을 곧게 펴고 선 그 모습은 누가 봐도 청렴한 인물로 보였다.

하지만 임이 말한 '호위'일까, 강 씨의 뒤에는 활과 검을 든 남자 몇 명이 서 있고 심지어 전원이 얼굴에 천을 두른 모습을 보고 운람은 당황했다.

임이 얼굴을 가린 것은 천민인 운람에게 얼굴을 보이고 싶지 않아서였겠지만 왜 강 씨와 호위들까지 얼굴을 가려야 한단 말인가.

"저희, 사실 전하께 들키지 않으려고 몰래 이 자리에 온 거거든요. 조금이라도 안 들키려고 일단은 변장을 한 거예요."

운람의 당황을 알아차렸는지 등 뒤에 서 있던 임이 소곤소곤 말했다.

꽤나 어설픈 변장이라고 생각했지만 황태자에게 거래를 들키기 싫다는 말은 납득이 됐다.

강 씨는 황태자의 동향을 상당히 신경 쓰고 있었다. 그렇다면 임의 말대로 증거 문서 운운하기보다는 병의 심각성을 주장하는 편이 나을지도 모르겠다고 운람은 생각하기 시작했다.

"서론을 한참 늘어놓을 만한 성품도 아닐 테니, 일단 그쪽 이야기를 먼저 들어 보겠습니다."

"——읍에 병이 퍼지고 있어."

강 씨가 먼저 말을 꺼냈기에 운람은 단적으로 말했다.

"이질이야. 설사와 구토가 멈추지 않아. 늙은이 젊은이 구별 없이 사람들이 픽픽 쓰러져 나가고 있어. 글쎄, 병이라는 건 저주가 아니고 토사물이나 그걸로 더럽혀진 물을 통해 옮겨진다고 하더라고."

운람은 애써 최대한 냉정한 말투로 말했다. 병은 저주나 재앙이 아니라, 명확한 원인과 경로를 통해서 퍼진다는 사실을 알고 있다——이제 공포에 농락당할 자신이 아니라고 주장하기 위해.

"지금은 산에서 캐 온 약초로 버티고 있지만 그걸로는 부족해. 향에서 보관하고 있던 약초를 나눠 줘. 영양가 있는 식량도. 의사도. 그렇지 않으면……."

자, 여기서는 증거 문서를 들먹이며 협박할까, 아니면 향으로 감염이 퍼질 가능성을 암시하면서 협박할까.

하지만 운람이 말을 끝맺기 전에 향장이 물었다.

"너무 부풀려 이야기하는 것 아닙니까?"

"뭐라고?"

"향에서 소장하고 있는 약초는 농사 기술이 뛰어난 동령에서 들여 온 고급 약초입니다. 병이라며 소란을 피워서 그것을 빼앗아 돈으로 바꾸려는 건 아니겠지요?"

불쾌해진 운람이 눈썹을 치켜올렸다.

"그런 짓을 왜 해?"

역시 천민의 위기 같은 건, 말 그대로 이 남자에게는 강 건너 불구경이었다.

아니면 다른 사람들 이목이 있으니 조금이라도 사태를 축소시키려는 걸까.

어쨌든 강 씨를 설득하려면 병이 얼마나 심각한지 자세히 호소하고, 향에도 영향이 갈 수 있다는 사실을 강조하는 편이 좋아 보였다.

"읍 전체가 고통에 신음하고 있어. 바로 방금 전까지 건강하게 걸어다니던 남자가 지금은 오물을 흩뿌리며 나뒹굴고 있다고. 어린애들은 울고, 여자들은 축 늘어졌지. 이대로는 읍 사람들이 다 죽을 거야."

향장과 등 뒤에 서 있던 남자들이 모두 숨을 들이켰다.

운람은 더욱 적극적으로 몸을 내밀었다.

"남의 일이라고 생각하지 마. 이질은 물을 통해 전파되는 거야. 읍과 향 사이는 강으로 가로막혀 있지만, 잘 들어. 그건 같은 물이 흐르고 있다는 말과 똑같아. 논농사나 생활용수에도 같은 물을 쓰고 있어. 무슨 의미인지 알겠지?"

큰소리를 친 순간 향장은 험악한 표정을 지으며 등 뒤의 남자들을 돌아보았다.

"……중대 사안입니다. 이 자가 말한 내용을 토씨 하나 틀리지 말고 전하께 보고하세요. 제 호위로는 여기 있는 이 사람과 시동 하나만 남겨 주시면 충분합니다."

"예."

남자들은 재빨리 대답한 뒤, 임과 활을 든 소년 하나만 남기고 향으로 돌아갔다.

"두령의 아들 운람이여, 그렇게 말해주어서 고맙습니다."

호위들의 뒷모습을 지켜보던 강 씨가 이윽고 운람을 돌아보며 자세를 고쳤다.

엄숙한 분위기에 옆에 서 있던 임이 무릎을 꿇었다.

우두커니 서 있는 운람을 보고 기분 나빠하는 기색도 없이 강 씨가 말했다.

"약초를 준비하겠습니다. 의사도, 식량도."

"……주혜월 건은?"

"이젠 됐습니다. 당신들은 손을 떼세요. 감세도 어떻게든 노력해 보겠습니다."

파격적인 제안이었다.

눈을 둥그렇게 뜬 운람을 향해 강 씨는 의젓한 미소를 지었다.

"천읍 또한 이 향의 일부. 병고의 위기에 팔을 걷어붙이고 나서는 게 더 중요하죠. 주혜월 때문에 읍이 책임을 지지 않도록 손을 쓰겠습니다. 이용하는 것처럼 되어버려서 미안합니다."

말하는 내용이 인격자 그 자체였기에 운람은 당황했다.

고결한 척하지만 사실은 거만한 남자일 거라고만 생각했는데, 이런 국면에서는 위정자로서의 관록을 발휘하는 모양이었다.

강 씨 또한 이 향의 '왕'인 걸까, 하고 운람은 문득 생각했다.

"자, 약초는 추후 보내드릴 테니 당신은 먼저 읍으로 돌아가세요. 다들 당신의 귀환을 목이 빠져라 기다리고 있을 테니."

"그거 고맙네."

이렇게 온화한 대우를 받으니 왠지 근질근질한 기분이었다.

하지만 생각해 보면 이 향장은 천민 상대로도 항상 정중한 태도를 유지하는 남자였다. 덕치사상을 염두에 두고 있는지, 아니면 선량한 자신에게 도취되어 있는지 모르겠지만 이쪽에 실리가 있다면 환영할 만한 일이겠지.

'이제 **그 여자**한테만 의지하지 않아도 읍을 지킬 수 있어.'

안도와 충족감. 그 두 가지 감정을 품고, 운람은 내려놓았던 약초 바구니를 집어 들었다.

그리고 산으로 향하려다 문득 생각이 나서 뒤를 돌아보았다.

"아참, 향장. 처벌을 그만둔 이상 주혜월은 언제 향으로 돌려보내면──."

──푹, 푸욱……!

그때 가슴에 충격이 느껴졌고, 운람은 뒤로 세차게 쓰러졌다.

바구니와 약초가 나뒹굴고 동시에 옆구리에 불타는 듯한 열기가 느껴졌다.

"아니, 그렇게 갑자기 돌아보지 마시라고요. 빗나갔잖아요."

손을 흔들흔들 내젓던 임이 불쾌하다는 듯 중얼거렸다.

땅바닥에 벌렁 드러누워 있는 자신의 가슴에는 화살이, 옆구리에는 단도가 박혀 있었다.

시동이 가슴을 쏘았고, 임이 옆구리를 찔렀다는 사실을 이해하기까지는 잠시 시간이 걸렸다.

"으……, 크윽……!"

고통에 몸을 뒤틀자 임이 아무렇게나 걷어찼다.

허억, 허억, 하고 거친 숨을 몰아쉬는 운람의 옆에 쪼그려 앉은 임이 처음으로 검은 복면을 벗었다.

"**똑똑한 아이였구나**, 운람."

거기서 나타난 것은 눈물점이 인상적이고 피부가 하얀 남자의 얼굴이었다. 얇은 입술에는 미소가 떠올라 있었다.

병약한 분위기 따위는 손톱만큼도 없었다. 평소의 겁먹고 어쩔 줄 몰라 하는 말투도 사라지고 남자는 유난히 느릿느릿 말했다.

"굳이 증거 문서 이야기를 꺼내지 않고, 병이 얼마나 무서운지에 대해서만 이야기해줘서 고마워."

"……무……슨……."

고통이 머릿속을 활활 불태우는 것만 같았다. 숨도 제대로 쉴 수 없었다.

무의식적으로 손을 뻗었으나 임은 더럽다는 듯 뿌리치며 일어섰다.

"이제 나도 **주군**께 야단맞지 않을 수 있겠네. 이번에는 돌발 상황이 너무 많아서, 사실은 좀 초조하던 참이었거든."

무슨 말을 하는지 알 수가 없다.

임이 걸어나서자 오히려 강 씨가 그 자리에 무릎을 꿇었다.

"이 훌륭한 유도 솜씨, 역시 대단하십니다. 임희 님."

어째서인지 임을 다른 이름으로 부르면서.

임희라 불린 남자는 강 씨를 향해 대범하게 고개를 끄덕였다.

"아니, 아니. 그 정도까진 아니야. 향장님이야말로 내가 사자 역할을 맡은 걸 다른 가문의 예무관들에게 들키지 않도록 신경 써줘서 덕분에 살았어."

"황송합니다."

임은 강 씨의 수하가 아니었단 말인가. 왜 향장이 임에게 고개를 숙이고 있는 것일까.

시야 끄트머리에 비치는 남자들의 모습을 멍하니 좇으며 운람은 떨리는 목소리로 말했다.

"뭐가, 어떻게……."

"저런, 아직 숨이 붙어 있었네?"

미소를 머금은 임——아니, 임희의 목소리가 유난히 멀게 느껴졌다.

"그럼 착한 아이였으니 특별히 상으로 가르쳐주지. 왜 우리가 이렇게 저자세로 네 요망을 들어 주었는지. 그건 읍에 병이 퍼질 것을 '알고 있었기' 때문이야."

급속히 흐려지려던 의식이 그 말에 아주 조금 각성했다.

"뭐……?"

가슴이 쿵쿵 뛰었다.

숨을 죽인 운람을 내려다보며 임희가 싱긋 웃었다.

"너도 말이야, 천민 상대로 증거 문서까지 만들어주지, 증거 제출도 필요 없다고 하지, 방식도 일임하겠다고 하고 착수금도 지불하겠다지, 손을 떼고 싶다면 막지 않겠다지……. 그렇게 일이 술술 풀리는 걸 보고 이상하다고 생각 안 했어?"

"헉……."

"조금만 생각해 보면 알 수 있잖아. 금방 입막음을 할 생각이기 때문이었단 걸."

그제야 임희의 말뜻을 알아들은 운람의 안색이 변했다.

"설, 마……!"

설마 임희가 운람과 향장을 만나게 해준 이유가.

사람들이 보는 앞에서 읍의 위기를 호소하게 만들었던 이유가.

"고마워. 너희 읍을 **불태울** 정당한 이유를 만들어줘서."

볼일이 끝난 읍을 통째로 불태워서 입막음을 할 생각이었기 때문이었다니.

“잠……, 윽…….”

“납치 ‘주범’의 시체를 가져가서 사람들에게 보고하고 싶지만, 병에 잠식된 천민의 시체를 가지고 돌아가서야 앞뒤가 안 맞으니까 미안하지만 여기서 객사해 줘야겠어.”

그럼 이만. 그 말과 함께 임희 일행은 돌아가버렸다.

운람은 한동안 그 자리에 뒹굴다가 어금니를 빠득 악물었다.

‘제기랄…….’

비지땀이 배어 나고 팔다리가 떨렸다. 금방이라도 정신이 아득해질 것만 같았다.

——하지만, 아직 기절하진 않았다.

“허억……, 허억…….”

옆구리에 박힌 단도를 뽑으려다 생각을 고쳤다.

뽑으면 피가 솟아나서 금세 생명을 잃을지도 모른다. 그렇다면 그것은 지금 할 일이 아니다.

대신 운람은 가슴을 더듬었다.

화살이 가슴에 꽂혀——부서지고 만 바위 파편을 꺼내기 위해.

시동이 쏜 화살은 바위 방패에 가로막혀 운람의 심장까지는 닿지 않았다.

“하, 핫……! 갖고 오자마자, 벌써, 이렇게 영험하다니…….”

쓴웃음을 지으려니 입꼬리가 부들부들 떨렸다.

덜덜 떨리는 손으로 파편을 들어올리니 새벽이 오려면 아직 먼, 어둠에 잠긴 하늘에 아버지의 얼굴이 보이는 듯했다.

"아버지……."

주혜월은 재앙을 믿지 않는다고 했다.

하지만 주혜월 역시 하늘의 의지로 볼 수도 있는 우연——기적만큼은 무의식적으로 받아들이는 듯했다.

그렇다면 자신도 기적을 믿어도 되지 않을까.

'아버지. 날 지켜준 거야?'

운람은 옆구리를 꾹 누르며 자리에서 일어섰다.

지금은 아직 죽을 수 없다. 향에서 읍을 불태우러 온다는 소식을, 그 위기를 전해야 한다.

"부탁해, 아버지……."

목소리를 내면서.

한 걸음 한 걸음 산 속으로 들어갔다.

이 산 너머에 자신이 지켜야 하는 읍이 있다.

"내가 읍을, 지킬 수 있게 도와줘……."

운람은 눈을 번득이며 읍으로 향하는 길을 걷기 시작했다.

* * *

창으로 비쳐든 옅은 햇빛이 영림 일행에게 새벽의 도래를 알렸다.

"오늘도……, 흐리겠네요. 빨래하기 좋은 날씨는 아니겠어요."

"뭐, 어차피 세탁에 쓸 맑은 물도 충분치 않으니까."

아침 햇빛이 약한 모습을 보고 영림이 눈썹을 축 늘어뜨리자 옆에서 경행이 태평하게 말했다.

하지만 얼굴을 가린 천 속으로 유일하게 보이는 눈가에는 짙은 그늘이 드리워져 있었다.

"아니, 다들 끊임없이 계속 구토를 하잖아."

"뭐, 이질이니까요. 큰오라버니와 취관장님이 물 끓이는 달인이어서 정말 다행이었죠."

영림도 느긋하게 고개를 끄덕였지만 역시 목소리에서는 피로가 배어나왔다.

그도 그럴 것이 이들은 지금 이 시간까지 식사도 수면도 제대로 취하지 못했다.

수많은 사람들의 발병 이후로 하룻밤이 지났다.

영림 일행은 열심히 통을 갈아주고 약을 달여 먹였다. 물을 끓여 통과 옷을 끓인 물로 소독했다.

울다가 체력이 다 떨어진 아이가 있으면 달래주고, 체내의 수분을 너무 많이 잃은 자가 있으면 소금을 조금 섞은 맑은 물을 먹였다. 끓인 물은 아무리 많아도 부족했기에 진우 또한 밤을 새워 열심히 강 상류로 가서 물을 길어다 끓였다.

운람이 적극적으로 환자들을 데려온 덕분에 석양이 내릴 무렵에는 이 오두막 안에 도저히 환자들을 다 눕힐 수가 없어서, 할 수 없이 야외에 멍석만 깔고 그곳에 눕혔다.

이곳저곳에서 신음 소리가 들리고 지독한 악취가 풍기는 광경은 누가 봐도 처참했기에 막 운반되어 온 읍 사람들은 공포를 감추지 못했다. 그래도 영림 일행이 최선을 다해 간병하다 보니 그들도 차츰 진정이 되었다.

이질에는 식사나 오염수 등 반드시 원인이 있다.

오물을 건드려서는 안 된다. 맹물을 그냥 마셔서는 안 된다. 몸에 들어간 독소를 배출해야 한다. 언젠가 열은 나겠지만 이것은 일시적인 현상이다. 체내의 수분을 잃는 것은 위험하니 조금씩이라도 탕약을 마실 것. 탕약에는 설사와 열을 완화시켜 주는 효과가 있다는 이야기.

사람들이 묻기 전에 먼저 설명하고 탕약을 들이미는 일을 반복하다 보니 사람들은 점점 안도하기 시작했다.

병은 무섭다. 하지만 이제부터 자신에게 무슨 일이 일어날지를 알고, 대응 수단도 준비되어 있다면 조금은 안심할 수 있다.

먼저 와 있던 사람들 중에서 발병이 빨랐던 행 할멈 같은 사람은 이미 설사와 구토가 멎어 가고 있었다. 그것이 눈에 보일 정도여서 다행이었다. 이 병은 하루 이틀이면 낫는다——자신들의 고통에는 끝이 있는 모양이다. 그런 '사실'에 사람들은 냉정해질 수 있었다.

아직도 많은 백성들의 증상이 낫지 않았지만, 이미 어느 정도 전망을 세울 수 있다고 봐도 될 터였다.

"초기에 탕약을 처방할 수 있었던 것도 도움이 되었겠지만, 이 이질 자체가 경미한 부류라 정말 다행이에요."

"하하핫, 이걸 경미하다고 말할 수 있는 네 호방함에는 정말 감탄이 나오는구나."

곰곰이 생각하며 고개를 끄덕이는 여동생을 보고 경행은 웃으며 말했다.

전장에서는 사소한 동요도 치명상으로 직결된다. 아무리 가벼운 복통도 병사 여럿이 동시에 발병하면 부대 전체의 질서가 흐트러진다. 이번에도 한 끗 실수했으면 읍 전체가 혼란 상태에 빠지고, 공황을 일으킨 백성들이 차례차례 서로에게 병을 옮겨서 충분히 '무서운 전염병'으로 발전할 수 있었으리라.

"어디, 밖에서 잔 사람들을 좀 보고 와야겠구나. 너는 실내에 있는 자들을 부탁한다."

"네."

둘이서 서로 마주보고 고개를 끄덕인 뒤 각자의 '담당 구역'으로 향했다.

워낙 이른 아침이어서인지 대부분의 백성들이 신음하면서도 잠들어 있었다.

영림은 조심스럽게 그 모습을 지켜보고 있었으나, 그 중 한 명이 "으……." 하고 팔을 뻗으며 물을 원하는 모습을 보였기에 재빨리 다가갔다.

눈을 뜬 그 사람은 호룡이었다.

"드세요."

구토의 전조가 없는 것을 확인하고 물을 먹였다.

몇 모금 마시는 모습을 지켜본 뒤 아주 자연스럽게 탕약 그릇으로 바꿔 내밀자 호룡은 그 순간 "우웩……." 하고 탁한 비명을 질렀다.

"더럽게 맛없네……."

"특별히 잘 듣는 약이거든요."

"절망의 맛이 나……."

"특별히 잘 듣는 약이거든요."

영림은 생긋 웃으며 잘라 말한 뒤, 호룡의 코를 움켜쥐고 탕약을 목구멍에 쏟아 넣었다.

"우웩……. 물……."

"한 번에 너무 많은 수분을 섭취하면 토하는 수가 있으니 지금은 참으세요."

입가심을 할 물을 갈구하는 목소리도 온화하게 무시했다.

호룡은 입을 막고 "우웨엑……." 하고 신음했으나 구토도 설사도 무사히 멎은 듯했다.

"이건 인간이 먹을 맛이 아니야……. 내 약에만 독을 넣은 건 아니겠지……?"

"설마요. 회복되고 있다는 게 스스로도 느껴지잖아요?"

"그치만, 다른 녀석들은 더, 맛있게……, 먹잖아……."

"느끼는 방식이 사람마다 다르답니다."

영림은 미소를 지으며 대답했다.

참고로 운람을 '불순물'이라고 모욕한 남자가 **느낀 방식**은 이 정도가 아니었으나, 그 점 역시 **사람마다 제각각** 다르기 때문에 영림이 알 바는 아니었다.

"아니면 탕약을 먹지 않고 계속 오물을 토하는 게 나을까요?"

"……."

호룡은 단념한 듯 눈을 감고 다시 누웠다.

힘없는 한숨이 흘러나왔다.

"우리한테 화가 난 거지? 이런 이기적인 놈들이 다 있느냐고."

그러다 나직이 중얼거렸다.

영림이 미소를 지은 채 아무 대답도 없자 호룡은 다시 한숨을 내쉬었다.

"……미안했어."

한숨 속에 녹이듯 작은 사과의 말을 곁들여서.

퀭해진 눈 밑에 멍처럼 짙은 그늘이 드리워져 있었다.

목에 낀 가래를 기침으로 뱉어내는 동작에도 어쩔 도리 없는 피로감과 비통함이 섞여 있었다.

"난 그 녀석을 질투했어."

'그 녀석'이 누구를 가리키는지는 금세 알 수 있었다.

"두령이……, 형님이 죽고 나서 당연히 동생이 뒤를 이을 거라고 생각했거든. 하지만 형님이 선택한 건 동생인 내가 아니라……, 향의 피를 물려받은 그 녀석이란 게……, 분했어."

입을 닦아 주던 영림이 움직임을 멈추었다.

"그랬군요."

차분한 맞장구에서 달아나듯 호룡이 고개를 돌렸다.

"우린 결국 천민에 불과해. 주위엔 적밖에 없지. 모두 함께 똘똘 뭉치지 않으면 금세 짓밟히고 말아. 그래서 숨 쉬기가 갑갑할 정도여도 필사적으로 뭉쳐 있는 거야. 하지만……, 그 녀석만은 항상 표표한 태도였어."

호룡은 입술을 뒤틀며 딱 한 번 코를 훌쩍거렸다.

"외부인 취급을 받아도 아무렇지 않은 얼굴이었다고. 형님의 애정을 듬뿍 받고 자란 주제에 은혜도 몰라. 미움을 받아도, 소외를 당해도 전혀 아무렇지 않다는 얼굴이……."

질투가 났어, 하고 속삭이듯 호룡이 말했다.

자신뿐만이 아니라 읍 사람들 누구나가 혼자 자유로워 보이는 운람을 부러워했다고.

"그치만."

약한 햇빛이지만 막 잠에서 깬 몸으로는 눈이 부신 모양이었다.

호룡은 창으로 비쳐드는 햇빛을 막으려는 듯 팔로 눈을 가렸다.

"역시 형님의 보는 눈이 옳았던 거야. 그도 그럴 게, 아무 말이나 제멋대로 떠들어대는 우리한테……, 저 녀석은 계속해서 손을 내밀고 있잖아."

고요해진 실내에 꾹꾹 억누른 오열이 울려 퍼졌다.

"역시 그 녀석은……, 형님의 자식이야……."

"——네."

영림은 이번에는 진심에서 우러나는 미소를 지으며 고개를 끄덕였다.

그리고 탕약에 뜨거운 물을 섞어서 조금 연하게 만들어주었다.

"운람이 돌아오면, 꼭 그 말을 본인에게 들려 주세요."

목젖을 떠는 남자 옆에 탕약 그릇을 내려놓은 영림은 자리에서 일어났다.

이 자리에 있는 환자들은 이제 괜찮을 것이다. 그들 대부분이 쉬는 사이 영림 자신도 건강을 관리하고 몸가짐을 정돈할 필요가 있었다.

오물이 묻지 않도록 조심하기는 했지만 옷에는 땀이 배었고, 눈 밑 그늘도 심했다. 너무 지친 모습을 보이면 추녀로서의 품위가 떨어진다는 비판을 받게 될 것이다.

아주 조금이라도 '주혜월'과 재앙을 연결시키는 근거를 제공해서는 안 된다. 운람을 공격할 요소도.

하지만 가볍게 걸음을 돌리려고 한 순간 발 밑이 출렁출렁 흔들렸다.

"……읏."

수면 부족, 그리고 피로였다.

쓰러질 뻔하는 바람에 숨을 들이켜기는 했지만 다행히 기절하는 데는 익숙했다.

순간적으로 한쪽 다리를 당겨 넘어지지 않고 버티면서 영림은 제자리에 주저앉았다.

'하마터면 머리부터 찧을 뻔했어.'

머리를 무릎에 묻고 한동안 호흡을 가다듬는 사이 현기증이 가라앉았다.

다행이다, 하고 천천히 고개를 든 순간 영림은 눈을 깜빡였다.

"……어?"

왜냐하면 방금 전까지 누워 있던 호룡이, 주위에서 자고 있던 사람들이.

일제히 몸을 일으켜 당황한 얼굴로 영림을 향해 손을 내밀었기 때문이었다.

"아……."

눈이 마주치자 그들은 놀란 기색으로 손을 뺐다. 하지만 오히려 그 때문에 그들이 '순간적으로' 손을 내밀었다는 사실을 알 수 있었다.

쓰러질 뻔한 영림을 보고 저도 모르게 펄쩍 뛰었던 것이다.

"그……."

어정쩡한 자세로 손을 내민 그들에게 어제까지의 소탈한 분위기는 없었다.

대신 그 얼굴에는 쓰디쓴 회한과 망설임이 배어 있었다.

그랬다, 늘 감정을 노골적으로 드러내며 주저함이 없는 그들이 망설이고 있는 것이다.

눈앞의 여자에게 자신들이 손을 내밀 자격이 과연 있을지.

"이, 이런 말을, 우리가 하는 것도 좀 그렇지만……."

조심스럽게 말을 꺼낸 것은 어제 제일 먼저 운람을 몰아세운 여자였다.

"그……, 괜찮, 아?"

"네……?"

"아니, 당신, 한 숨도 안 잤잖아. 사람들 간호하고, 우는 애들은 달래고……. 우리가 험한 소리를 해도 조용히 견디면서."

어제는 사납게 몰아붙이듯 말하던 사람이 지금은 말을 어물거린다. 한 마디 한 마디를 힘겹게 밀어내듯 말하다 결국 난처해졌는지 한숨을 내쉬었다.

"……아니, 아무리 생각해도 우리가 그런 걸 물으면 안 되겠지."

그러더니 내밀었던 손을 가슴 앞에서 부르쥐었다.

여자뿐만이 아니었다. 주위 남자들도 그랬다. 아니, 이 오두막에 누워 있던 모든 사람들이 눈을 뜨고 고개를 들어 상황을 파악했는지 미안한 듯 눈을 내리깔았다.

원래의 그들이었다면 약간의 충돌이 벌어져도 금세 미안한 기색 하나 없이 사과하고 화해를 했으리라.

하지만 지금은 그러지 않고, 넘어진 사람을 일으켜주려 손을 내미는 일조차 망설인다. 자신들이 제멋대로 굴었다는 자각이 있기 때문이 분명했다.

식량을 가져다주면 기뻐하며 반가워하고, 병마에 시달리면 욕설을 퍼붓고, 그러다 또 간호를 해주면 감사를 하다니.

어색한 침묵이 주위를 가득 메웠다.

그 거북한 분위기를 깬 것은 앳된 목소리였다.

"……죄송해요."

그것은 호룡의 바로 옆 멍석에서 잠들어 있던 소년——어제 돌을 던진 소년이었다.

기껏 몸을 일으킬 정도까지 회복되었는데도 고개를 푹 숙이고 있다. 작은 손은 영림에게 매달리려는 듯 뻗어 왔다가 용서받기를 포기했는지 금세 내렸다.

"추녀님 탓이라고 해서 죄송해요. 이렇게……, 비틀거릴 때까지 간호해 주셨는데."

어린 눈동자에 눈물이 고였다.

"돌을 던져서 죄송해요."

그 말을 들은 어른들도 차례차례 얼굴을 일그러뜨리며 고개를 숙였다.

병이 낫고 있는 지금, 어제 자신들이 얼마나 평정을 잃고 부조리한 짓을 했는지 스스로 통감하게 되었던 것이다.

이렇게나 이기적인 자신들을 운람과 추녀는 헌신적으로 계속해서 돌봐주었다.

가능하다면 사과와 감사를 하고 싶다.

하지만 그건 너무 뻔뻔한 이야기다.

죄책감과 자기혐오가 그들에게서 평소의 소탈함을 빼앗았다――.

"아이참, 정말."

하지만 그때 한숨 섞인 가벼운 목소리가 들려 왔다.

읍 사람들은 고개를 홱 들고 추녀의 표정을 보았다가 더욱 눈을 커다랗게 떴다.

"다들 말은 잘 한다니까."

추녀는 손이 많이 가는 어린애를 바라보는 듯 쓴웃음을 짓고 있었다.

"일어나기가 힘든데, 손을 좀 빌려줄래요?"

미소를 지은 추녀는 소년을 향해 손을 뻗었다. 그리고 소년이 뒤로 뺐던 팔을 붙잡고 거기에 기대면서 일어서려 했다.

당황한 소년이 그 팔을 잡아주자 추녀는 미소를 지으며 천천히 몸을 일으켰다.

"일으켜줘서 고마워요. 나에 대한 사과는 이걸로 끝내도록 해요. 나머지는 운람에게 해요."

영림은 멍한 얼굴로 자신을 올려다보는 소년을 차분히 내려다보았다.

'인간관계란 참 재미있네. 도저히 생각처럼 풀리지 않아.'

자신의 팔을 살며시 쓸어내렸다. 소년이 세게 꽉 쥐었던 부분에 그 손바닥의 온기가 퍼져나갔다.

친해졌다가 순식간에 내쳐졌다가, 다시 이렇게 손을 잡았다가.

계속해서 바뀌는 태도는 불성실하고 이기적인 모습이 맞는데도, 계속해서 색채를 바꾸는 그 광경이 가슴속으로 밀려든다고 느끼는 자신은 이상한 걸까.

아름답기만 한 것도 아니고 결코 단순하지도 않은 이 관계.

하지만 그렇기에 더욱 묵직한 현실감과 선명함을 띠고 마음속에 불어든다.

쉽게 손에 넣었던 그 거침없는 웃음보다, 지금 이렇게 어색하게 건네는 사과의 말을 더 소중히 아끼고 싶다고――영림은 생각했다.

"아, 아뇨, 역시 이렇게 하죠. 어제의 태도를 반성하신 분들은 자, 이 탕약을 제가 이따 다시 돌아올 때까지 다 드셔야 해요."

"헉."

호롱 옆에 놓아 두었던 질주전자를 들어올리자 읍 사람들의 안색이 일제히 굳어졌다.

그도 그럴 터였다. 효능을 최우선으로 고려하면서 미각을 파괴할 정도의 맛으로 조합된 탕약이었으니.

"그래도 그……, 증상이 많이 진정됐으니, 이젠 안 먹어도……."

"그거, 걸레를 짠 물하고 벌레가 꼬인 시체를 섞은 것 같은 맛이

나던데…….”

“다 드셔야 해요, 알았죠?”

그렇게 못을 박자 사람들은 고분고분 “예…….” 하고 고개를 끄덕였다.

영림은 키득키득 웃으며 제대로 호흡을 가다듬은 뒤 자리에서 일어섰다.

“자, 목소리 한 번 내고 가죠.”

잠기운은 완전히 사라졌다. 전신이 가벼웠고 갑자기 시야가 탁 트인 기분이었다.

이 기세를 몰아 화장실도 다녀오고 옷도 갈아입어야겠다.

그 후 사람들 하나하나의 병세를 확인하고 정도에 따라 잠자리를 바꿔줘야 한다.

바람에 실려 통에 담긴 독기운이 날아와서는 안 되었기 때문에 통도 깨끗이 씻어 놓아야 한다.

할 일이 차례차례 떠올랐지만 그것은 오히려 영림에게 활력을 주었다.

‘아, 하지만 슬슬 혜월 님에게 연락을 취해야 하는데.’

문 밖으로 나와서 옅은 구름 너머로 붉게 보이는 아침 해를 바라보던 영림은 문득 그렇게 생각했다.

어젯밤에는 진우가 난입하고, 또 병이 났다는 보고가 들어와 염술을 다급히 중단해버렸다.

탕약을 달이는 동안에는 비밀리에 대화를 할 경황이 없었고, 그 후로는 계속 진우가 불을 지키고 있었기 때문에 마찬가지로 염술을 쓸 수가 없었다.

결국 그 이후 혜월과 제대로 이야기를 나누지 못했다. 꽤나 걱정하고 있을 터였다.

'나는 나중에 눈을 붙이고, 취관장님 먼저 쉬시라고 해야겠다. 물 끓이기를 계속 맡겨놓고 있었으니까. 그래야 내가 불을 쓸 수 있어. 그래, 큰오라버니도 좀 쉬시라고 해야지.'

머릿속에서 순서를 정리했다.

마침 그때 경행이 돌아왔기에 말을 걸려 했다.

그러나 영림은 오라비가 유난히 복잡한 표정을 짓고 있는 것을 발견했다.

"큰오라버니?"

"……이번 이질의 원인이 뭔지, 계속 생각해 보았는데 말이다."

경행이 턱짓으로 따라오라는 신호를 했다.

그리고 어떤 방향을 향해 걸으면서 목소리를 낮추고 이야기를 꺼냈다.

"식중독이라고 하기에는 이 읍 사람들은 최근 들어 죽밖에 먹은 것이 없어. 착수금 대신 채소도 받았다고 하지만 확인해 보니 식중독을 일으킬 만한 재료는 없었지."

"저도 그게 신기했어요. 역시 물에 문제가 있었다고 생각하는 게 타당할까요?"

"아니. 나도 처음에는 썩은 물을 마신 게 아닐까 생각했는데, 이렇게 많은 인원이 동시에 이만큼의 증상을 보이는 건 부자연스러워. 그래서 발병한 자들을 찾아다니며 이야기를 들어 보았지."

아무래도 경행은 간병과 병행하여 경위 조사를 한 모양이었다.

그 말에 의하면 맨 처음 설사와 구토를 시작한 사람은 행 할멈, 그리고 체력 차이 때문인지 호룡의 발병은 조금 늦기는 했지만 아마 이 때쯤부터 호룡도 이질에 시달리던 것으로 추정된다. 그런데 같은 음식을 먹고 한 집에서 자는 운람은 이질에 걸리지 않았다.

그 외에 빠르게 구토가 시작된 사람은 젖먹이 아이가 있는 옆집 남자와 또 그 옆집 아이였다. 그들은 같은 음식을 먹지는 않았으나, 어떤 공통점이 있었다.

"남자는 갓난아기가 기저귀를 더럽히는 바람에, 아내가 아이를 달래는 사이 대신 빨래터에서 빨래를 했다고 해. 어린애도 뛰어다니느라 땀이 나서 그 빨래터에서 물을 끼얹었다더라고."

제일 큰 저수지의 물을 사용했다는 점이었다.

"병이 난 아기의 용변이 그 물에 섞였다는 말인가요?"

영림이 미간을 찌푸렸다.

저수지의 물은 세탁이나 생활용수로도 사용되며, 식수와는 명확하게 구별되지 않았다고 하니 그럴 가능성도 있어 보였다.

하지만 경행은 고개를 가로저었다.

"전대 두령 때부터 사용한 물을 저수지로 도로 쏟지 못하게 했다더군. 그 덕분에 배탈이 나는 사람이 줄어들어서 읍 사람들은 '저수지에 사는 농작신은 깨끗한 물을 좋아한다'고 믿고 규칙을 철저히 지켰다고 해."

"그럼 왜……."

영림이 중얼거리자 경행이 걸음을 멈추었다.

그러고는 저수지의 어떤 부분을 가리켰다.

"저거야."

흐릿하게 빛나는 아침 해를 반사하는 저수지, 그 가장 깊은 곳에 작은 사당이 있었다. 이 일대의 논밭을 지키는 농작신을 모시는 사당이었다. 돌로 쌓은 간소한 사당. 그 기둥에 무언가가 얽힌 채 흔들리고 있었다.

대부분이 물에 잠긴, 반짝반짝 붉게 빛나는 아름다운 무언가가.

"……!"

눈을 커다랗게 뜬 영림은 그 정체를 파악하고 숨을 헉 들이켰다.

"저건……!"

"지난번 봉납 의식 때 금가에서 보낸 제전용 의상. 그 허리띠인 것 같다."

그런 물건이 왜……, 하고 물으려다가 영림은 금세 답을 찾아냈다.

"행 씨가 전야제 날 향에 있었죠……. 향에서 훔쳤나 보네요."

"그래. 본인에게 들었어. 향에서 연회가 열렸을 때, 그 틈을 노려 식량과 돈이 될 만한 것을 훔쳐 왔다고. 먹을 수 있는 것은 먹고 먹을 수 없는 의상은 농작신께 바치기로 했다는 거야. 옷은 산속 사당에, 허리띠는 연못 안 사당에. 제단이 세워졌던 무대에 불을 지른 일에 죄책감을 느꼈나 봐."

거기서 경행은 눈을 내리깔며 말했다.

"——병의(病衣)라는 전술이 있는데."

"병의?"

"이질에 걸린 자의 오물과 땀을 옷에 일부러 묻혀서 그것을 적병사나 포로에게 입혀 돌려보내는 거지. 그렇게 해서 적진에 병을 퍼뜨리는, 금기의 전술 중 하나다."

눈을 커다랗게 뜨는 여동생을 보고 경행은 부끄러운 듯 입술을 뒤틀었다.

"참 더럽지, 전장이란 곳은? 나는 그런 전술을 좋아하지 않아. 하지만 그 일 때문에 다른 가문 출신의 참모부관과 한 번 싸움이 벌어진 적이 있었어. 그놈은 그런 수법을 좋아했거든. 합리적이라면서."

"……설마 금가가 병에 잠식된 옷을?"

영림은 얼굴이 새파래진 채 뒤를 돌아보았다.

하지만 금세 스스로 그 답을 부정했다.

무대에는 현가의, 그리고 혜월의 방에는 황가의 조수가 놓여 있던 일이 떠올랐기 때문이었다.

——**유도**.

어느 가문으로 이어지는 단서가 발견된다 해도, 함부로 덥석 물어서는 안 된다.

"……그 '합리적인 수법'을 좋아하는 부관은 어느 집안의 분이셨나요?"

마른침을 꿀꺽 삼키는 여동생을 바라보며 경행이 고개를 끄덕였다.

"금가는 언제나 그 높은 자존심을 지키는 방법을 선택하지. 황가는 정면 승부를 좋아해. 주가는 전략 따위 없고, 그저 감정이 가는 대로 행동할 뿐. 개개인의 무술이 뛰어난 현가는 술책을 부린다는 발상조차 없어. 그래서 참모로는 남가가 가장 적합하다고들 하지."

전장에서의 대화가 떠올랐을까.

천 너머로도 경행의 쓰디쓴 표정이 들여다보이는 듯했다.

"남가는 나무의 성질을 갖고 있어. 기본적으로 모두가 온화하고 이성적이지. 하지만 학문에 밝고 이론을 중시하는 남가에서는 때때로 정에 휩쓸리지 않고 태연하게 사람을 해칠 수 있는 자도 태어나곤 해. 그 부관은 그런 부류의 남자였다."

"그분의 이름은……."

"남임희."

경행이 짧게 대답했다.

"추녀 남방춘의 동복 오라비지."

영림은 말하는 것도 잊고 입을 다물어버렸다.

수많은 생각들이 머릿속에서 엄청난 속도로 휘몰아쳤다.

제전용 의상은 본래 '주혜월'이 입을 예정이었다. 풍년제 본 행사에서 혜월이 그것을 입고 요명과 함께 기도를 올리게 되어 있었다.

남가는 혜월을 해치기 위해 금가에서 보낸 옷을 병의로 만들었던 걸까.

그것을 **우연히** 읍 사람들이 가져갔다고?

그리고 허리띠로 인해 오염된 물로 밥을 짓고 빨래를 했다――?

그럼, 왜, 아니, 그렇다면.

"이건 제 생각인데요."

영림은 입을 꾹 다물었다가 조용히 이야기를 시작하려고 할 때였다.

"이봐, 정신 차려!"

하지만 그때 남자의 날카로운 목소리가 그것을 가로막았다.

뒤를 홱 돌아보니 오두막 근처에서 진우가 소리를 지르고 있었다.

진우는 새로 조달해 온 것으로 보이는 장작과 물통을 집어던지고, 누군가의 어깨를 부축하고 있었다.

일부만 묶은 짧은 머리의 청년――운람이었다.

"운람!"

놀란 영림과 경행이 다급히 집 쪽으로 뛰어갔다.

"운람! 돌아왔군요! 세상에, 그렇게 지칠 때까지 약초를――."

캐다니, 하고 말을 이으려다 영림은 입을 다물었다.

운람이 약초 바구니를 짊어지고 있지 않다는 사실을 알아차렸기 때문이었다.

아니, 그 정도가 아니라.

"운람?"

그가 걸어온 듯한 길에 점점이 피가 떨어져 있었다.

"어떻, 게――."

진우의 품속으로 쓰러져 질질 미끄러지듯 무릎을 꿇은 운람의 옆구리에 꽂힌――단도.

크게 숨을 들이마시는 영림을 향해 운람은 딱 한 번, 고개를 들려 했다.

"빨……리……."

"운람! 운람, 무슨 일이에요! 이 칼은 대체 어떻게 된 거죠?!"

"전부……, 도망……."

비명을 지르는 영림 앞에서 완전히 새파랗게 질려버린 입술이 힘없이 떨렸다.

"도망치라고요? ――운람?! 운람!"

운람은 얕은 숨을 내쉬더니 그 자리에 털썩 쓰러져버렸다.

9. 혜월, 의심하다

시간은 잠시——혜월이 염술을 통해 전염병 소식을 들었을 때로 거슬러 올라간다.

"말도 안 돼……."

연기만을 피워 올리는 촛대 앞에서 혜월은 멍하니 주저앉아 있었다.

이미 염술은 끊어졌다. 사태를 심각하게 여긴 영림이 바로 모닥불에 물을 끼얹고 "미안해요, 나중에 꼭" 하면서 사과도 하는 둥 마는 둥 한 채 그 자리에서 뛰쳐나갔기 때문이다.

또한 요명의 모습도 없었다. 전염병 소식에 표정이 험악해져서 재빨리 방을 나가버렸던 것이다.

지금 혜월 곁에는 긴장된 표정의 리리와 동설만이 남아 있었다.

"이걸 어쩌란 거야……."

혜월은 무의식적으로 머리카락 속에 양손을 쑤셔 넣고 덥석 움켜쥐었다.

전염병. 그것도 오물을 마구 뿌리고 다니는 끔찍하게 더러운 병——이질.

고귀함을 중요시하는 추녀가 그런 것에 걸리기라도 했다가는 다 끝장이다. 평판이 완전히 무너지고 두 번 다시 회복할 수 없다. 읍과 영림의 안녕만큼이나 자신의 사회적 죽음이 두려워진 혜월은 덜덜 떨었다.

"대체 나보고 어쩌란 거야?"

아니, 할 일은 알고 있다. 방을 나가기 전 요명이 명령했으니 말이다.

요명은 완전히 혼란에 빠진 채 '한시라도 빨리 읍에 구조를'하고 읍소하는 혜월의 말을 가로막고 이렇게 말했다.

지금은 아직 구조를 보낼 때가 아니다. 너는 다과회를 끝내라, 라고.

'그럼 대체 언제 구조를 보내겠다는 거야? 애초에 이 긴급사태에 다과회를?'

혜월은 당연히 반론하고 싶었으나 요명은 상대해주지 않았다. 요명의 주장은 이랬다.

만일 '주혜월'이 납치당한 곳에서 병에 걸릴 수도 있다는 사실을 다른 가문에서 알면, 그들은 그것을 약점으로 잡고 혜월을 실각시키려 할 것이다――즉 '더러운 여자'라는 평판을 퍼뜨려 끌어내리려 하리라.

그러니 그보다 앞질러 다과회를 열어서 '주혜월'의 평판이 떨어질 것을 막아야 한다는 이야기였다.

즉, 정보전인 셈이다.

자신은 그런 건 못 한다고 혜월은 외쳤지만 그 이상의 반론은 허락하지 않은 채 요명은 나가버렸다.

요명이 대체 무슨 꿍꿍이인지 다 파악하기는 힘들었지만 명령받은 이상 따르는 수밖에 없었다.

알고는 있으나 도저히 정신적으로 따라갈 수가 없어서 혜월은 이렇게 주저앉아 있었다.

"와, 정말 놀라운 전개였네."

그때 분위기에 어울리지 않게 느긋한 목소리가 들려 왔다.

혜월은 느릿느릿 뒤를 돌아보고는 목소리의 주인을 알아보고 얼굴을 찌푸렸다.

경창이었다. 그는 요명을 배웅한 뒤 다시 돌아온 듯했다.

경창은 굳어 있는 여자들을 신경 쓰지 않고 방 안으로 들어와 허락도 없이 혜월 앞에 앉았다.

할 일이 없는지 불이 꺼진 초를 촛대에서 빼내서는 손가락으로 굴리고 있었다.

"주혜월 님, 저기 말이야."

잠시 후 경창이 신중하게 입을 열었기에 혜월은 저도 모르게 경계했다.

'뭘 멍하니 앉아 있느냐고 하려는 걸까? 지금은 비아냥거리는 말을 도저히 견딜 수가 없는데.'

요 며칠간 경창은 혜월 옆에 딱 붙어서 몸이 바뀌었다는 사실을 주위에 들키지 않도록 지도함과 동시에 예무관으로서 알아 온 조사의 진척 상황을 공유하고 있었다.

지금은 옷에 진흙을 묻힌 사람이 그가 아니라고 확신할 수 있는 데다, 이 저택에서 혜월이 편하게 이야기를 나눌 수 있는 상대는 사정을 잘 아는 경창 하나뿐이었다.

그래도 경창 특유의 깐족깐족 빙빙 돌려 말하는 그 말투를 지금의 자신은 대응할 수 없을 것만 같은 기분이었다.

"미안하지만 지금은 당신하고——."

"미안해."

하지만 대화를 거절하려는 차에 경창이 갑자기 사과하는 바람에 혜월은 꿀먹은 벙어리가 되어버렸다.

"뭐?"

"설마 전하가 일찍부터 꿰뚫어보고 그냥 내버려두고 계셨을 줄이야. '절대 들키지 않게 해주지'라고 잘난 척하며 네게 연기 지도까지 해놓고……. 난 지금 너무 부끄러워. 충격적인 전개에도 정도가 있지."

아무래도 괜히 뜸을 들인 게 아니라 단순히 머쓱했던 모양이었다.

민망한 듯 뺨을 긁적이는 경창을 보니 혜월은 문득 경계심이 풀리는 느낌이 들었다.

하지만 그와 동시에 마음속에 고여 있던 불안과 짜증이 단숨에 해방되고 말았다.

혜월은 경창이 양보한 만큼 사정을 봐주지 않고 덤벼들어서 상대를 단숨에 몰아세웠다.

"……그래, 그렇다니까. 이제 어떻게 할 거야? 처음부터 자백했다면 오히려 죄도 더 가벼웠을 테고, 움직이기도 더 편했을 수도 있잖아."

"응."

"전하는 격노하시고 황영림은 병에 말려든 데다 나는 다과회를 강요당하고 있지. 모든 방향에서 최악이야."

"그러게."

이렇게 금세 다른 사람 탓으로 돌리는 것이 자신의 가장 큰 결점이라고 스스로도 생각한다.

그래도 감정의 격류를 막을 수가 없어서 터져나오는 대로 경창을 몰아붙였으나 의외로 경창은 가만히 그 말을 들어주었다.

"으음──. 하지만 어쨌든 전하는 일단 몸을 바꾼 죄는 묻지 않겠다고 해주셨잖아."

심지어 위로의 말까지 건넨다.

그러나 혜월은 그 말을 고분고분 받아들일 수 없어서 대꾸했다.

"하지만 황영림의 '부정(不貞)' 죄는 분명 내게 뒤집어씌워질 거야."

"전하는 그렇게 도량이 좁은 분이 아니야. 게다가 영림도 꼭 병에 걸리리라는 보장은 없어."

"안 걸린다는 보장도 없잖아."

"다과회도 동설과 내가 협력하면 분명 잘 풀릴 테고."

"그럴 리가 있냐고!"

낙관적인 소리만 늘어놓는 남자를 향해 혜월은 결국 째지는 비명을 지르고 말았다.

"당신들도 그랬잖아. 난 재주도 없고 무능한 '시궁쥐'라고! 아무것도 할 줄 모르고, 아무 재능도 없는 내가 다과회를 성공시킬 리가 없어!"

"글쎄, 그럴까?"

하지만 여전히 냉정한 목소리가 돌아왔다. 혜월은 순간적으로 입을 다물었다.

"난 너라면 잘 해낼 거라고 생각해."

경창은 평소처럼 능구렁이 같은 미소가 아니라 진지한 표정을 짓고 있었다.

"무슨……."

"아니, 적어도 넌 도망치진 않았잖아."

경창은 어깨를 살짝 으쓱했다. 별것 아닌 그 말투에 혜월은 반론할 말을 잃었다.

"며칠 지켜보면서 알았어. 너는 금세 화를 내고 금세 비명을 지르지. 도망치고 싶다고, 이제 그만 봐 달라고. 하지만 그렇게 소리를 지른다는 건 '아직 도망치지 않았다'는 뜻이야. 너는 요란하게 소란을 피우면서도 결국 언제나 버티고 있어."

여동생이 떠올랐는지 경창은 키득키득 웃었다.

"그에 비해 영림을 봐. 그 애는 도망치고 싶다는 약한 소리는 안 하지만 그 대신 이거 큰일인데, 싶으면 즉시 판단을 내리고 괴한에게 납치를 당하면서까지 도망쳐버려. 그것도 나름 시원시원하긴 하지만."

우리가 꼬드긴 일이기도 하고, 라는 말도 덧붙이면서.

혜월은 경창의 말을 어떻게 받아들여야 좋을지 알 수가 없어서 시선을 돌렸다.

"……하지만 맨 처음에 도망친 건 나였어. 걸교절 밤, 나는 이 몸에서 도망치기 위해 황영림의 몸을 빼앗았다고."

"처음엔 그랬지."

경창은 여전히 꿈쩍도 하지 않았다. 미소를 지은 채 초를 촛대에 다시 꽂아 놓았다.

"결국 그 한 번으로 질려버렸잖아? 그 후로는 얌전하게 잘 지내던데. 서투르지만 나름대로 노력도 하고, 우리가 빈정거려도 꾹 참았지. 어쩌다 실수로 다시 몸이 바뀐 후에도 정신 못 차리고 허둥거리면서도 전하와 정면으로 맞섰잖아."

"……도망칠 틈도, 방법도 없었으니까."

"응. 그래서 결과적으로는 도망을 안 친 거야."

경창이 싱긋 웃자 영림과 이목구비가 꼭 닮았다는 사실이 문득 느껴졌다.

어디까지나 결과에만 집착하는 그 사고방식까지 포함해 역시 그들은 남매였다.

"'시궁쥐' 같은 소릴 해서 미안했어. 물론 지금 네 기예와 재능은 아직 멀었지만, 그래도 네게는 그런 자신과 맞서 발버둥치는 용감함이 있어."

아아, 하고 혜월은 얼굴을 일그러뜨릴 뻔했다.

도대체 황가 인간들은 하나같이 왜 이렇게 자신이 가장 듣고 싶어 하는 말을 너무나도 쉽게 해주는 걸까――.

"그러니까 즉, 그거야. 네게는 근성이 있어. 이건 굉장히 중요한 점이야. 빛나는 근성!"

"……."

그리고 다들 왜 이렇게 '근성'을 사랑할까.

혜월은 입꼬리를 파르르 떨었다.

"아니, 근성만 가지고는 사태가 전혀 해결이 안 되잖아."

"하지만 근성이 없으면 첫걸음조차 떼지 못해. 근성은 모든 것의 기초야."

대단한 거라고, 하고 소탈하게 어깨를 두드린 뒤 경창은 재빨리 방을 나가버렸다.

"그럼 전하도 이제 우리를 그냥 내버려두는 작전을 접으신 모양이니, 대체 무슨 생각을 하시는지 한 번 여쭤보고 올게. 넌 다과회 준비를 해."

그런 말을 남긴 채.

'……겨우 그 말을 하려고 일부러 돌아온 걸까?'

혜월은 평소답지 않게 우호적인 남자의 뒷모습을 저도 모르게 멍하니 지켜보았다.

"혜월 님, 다과회 준비를 하시겠습니까?"

기회를 엿보고 있었는지 등 뒤에서 동설이 조심스럽게 말을 걸었다.

혜월은 뒤를 돌아보며 아까와 전혀 다르게 지극히 자연스럽게 고개를 끄덕일 수가 있었다.

"그래."

해야지. 자신이 할 수 있는 일을, 할 수 있다고 믿고.

'딱히 경창 님한테 격려받아서 할 수 있게 된 건 전혀 아니지만.'

가슴속으로 그렇게 중얼거렸다.

기뻤다거나, 마음이 편해졌다거나, 그런 건 전혀 아니지만——

할 수밖에 없다.

강 씨와 관련이 있는 가문을 확인하고 적대적인 추녀들을 견제하기 위한 정보전——다과회를.

"도와줘."

혜월이 단호하게 말하자 동설과 리리는 얼굴을 마주보더니 힘차게 "네" 하고 대답했다.

그리하여 그 후로 이각 정도 지나 심야에 접어들었을 무렵.

중정으로 나온 혜월이 하늘 높은 곳에 떠 있는 으스름달을 비틀거리며 올려다보았다.

"지친다……."

"단숨에 너무 의욕적으로 덤비니까 그렇죠."

등 뒤에 있던 리리가 어이없다는 듯 말했다. 리리 본인도 지쳤는지 하품을 씹어 삼키고 있었다.

그도 그럴 것이 '황영림'이 주최하는 다과회에 걸맞은 내용이 되도록 차와 다과 선택, 가구 배치, 향 준비, 꺼낼 화제 검토까지 이 시간이 되도록 정신없이 준비했던 것이다.

동설은 최종 확인을 하기 위해 다실로 향했고, 혜월과 리리는 잠시 숨을 돌리기 위해 바깥 바람을 쐬러 나와 있었다.

"평소라면 매일 밤 연회를 여는 풍습이 있었을 텐데, 납치 사건 때문인지 전면자숙에 들어갔네요."

"그러게……."

고요해진 저택의 중정을 둘러보며 두 사람은 중얼거렸다.

복도에서 보이는 추녀들의 방은 하나같이 불이 꺼져 있었다.

분명 날짜가 바뀔 시간대에는 각 가문의 예무관들이 추녀의 방 앞을 지키는 규칙이 있었을 텐데, 그 모습도 보이지 않는다.

혜월은 분명 밤 연회를 기대했을 텐데 그것이 없으니 일찍 자러 간 모양이라고 경멸을 담아 단정지었다.

이전에는 예무관에게 막연한 동경을 품은 적도 있었지만 지금은 다른 가문의 추녀가 납치당해도 그들이 제대로 수사에 협조하지 않는다는 사실을 알고 있다. 그렇기 때문에 '주혜월'이 그렇게 코앞에 있는데도 진우밖에 알아차리지 못했던 것이다.

추녀도, 예무관도 결국에는 다른 가문의 인간이며 빈틈없는 적이다.

유일한 예외는 상식을 벗어날 정도로 어처구니없이 사람이 좋은 황가의 인간들뿐――.

"어머?"

문득 그때 덤불 안쪽 정자에서 문득 사람 그림자가 나오는 모습을 보고 혜월과 리리는 걸음을 멈추었다.

그림자의 정체를 알아보고 놀랐다. 경창이었다.

"경창 님――과 방춘 님?"

경창을 따라 나온 인물을 보고 혜월과 리리는 한층 더 눈을 휘둥그렇게 떴다.

놀랍게도 경창의 부축을 받으며 정자를 나온 사람은 남가의 추녀 방춘이었던 것이다.

한순간 혹시 밀회의 현장인가 싶었지만, 주위에서 남가의 궁녀들이 황송한 표정으로 경창에게 고개를 숙이고 있었고 방춘의 걸음걸이도 휘청거리는 걸 보면 그렇지 않다는 사실을 알 수 있었다.

"몸이 안 좋아진 방춘 님을 경창 님이 도와주고 있는 상황인 걸까요……?"

"적어도 수상한 관계는 아닌 것 같네."

리리가 미간을 찌푸리자 혜월은 고개를 끄덕였다.

그것을 뒷받침하듯, 이쪽을 본 방춘이 고개를 들고 기쁜 듯 미소를 지었다.

"영림 언니, 무슨 일이세요?"

혜월은 의식적으로 '황영림'의 가면을 고쳐 쓰고 방춘의 말에 답했다.

"잠이 오지 않아서 잠시 숨을 돌리러 나왔답니다. 방춘 님이야말로 이리 깊은 시간에 무슨 일인가요?"

"부끄럽게도 이 더운 밤에 집중을 하다 보니 몸이 안 좋아져서요……. 마침 경창 님께서 지나가시던 길에 저를 보고 도와주셨어요."

방춘은 작은 동물을 연상케 하는 조심스러운 태도로 작게 대답했다.

"밤중에, 그것도 자기 방도 아닌 정자에서 '집중을 했다'고요?"

"네……. 그, 저기……."

몸집 작은 소녀가 혜월의 눈치를 보며 우물쭈물했다.

그러자 경창이 옆에서 대신 설명했다.

"방춘 님은 주혜월 님과 우리 형, 경창의 무사를 빌며 시조신께 바치는 천자문을 필사하고 계셨던 거야. 역시 학식이 풍부하다고들 하는 남가의 추녀. 실로 멋진 필적이야."

"아, 아뇨, 그건……."

그러자 수줍음이 많다는 평판이 있는 방춘이 양 소매로 얼굴을 가렸다.

"제가 할 수 있는 건 고작 이 정도뿐이라, 정말 죄송할 따름이에요……."

"심지어 그걸 자기 방에서 늦게까지 불을 켜고 하는 게 아니라, 밖에서 침침한 달빛에 의지해서 하고 있었다는 마음가짐이 정말 아름다워. 난 제발 다른 가문의 추녀들도 본받아 줬으면 했을 정도야."

"아니, 저, 그게……."

경창이 계속 칭찬하자 방춘은 어둠 속에서도 알아볼 수 있을 정도로 얼굴을 붉히고 필사적으로 중얼거렸다.

"너무, 그렇게 말씀하지 마세요. 청가 님이 아시면, 그……, 그리 좋게 생각하시지는 않을 것 같아요."

'아아, 청가 님이라면 분명「어머나, 보란 듯이 선행을 하다니」라고 한 마디 하겠지.'

방춘의 발언을 듣고 혜월은 왜 방춘이 정자에서 몰래 필사를 하고 있었는지 이해했다.

자존심 세고 독자적인 미학을 갖고 있는 금청가는 '누군가를 생각하며 성실하게 조금씩 만들었습니다' 하는 등의 촌스러운 행위를 싫어한다. 청가의 생일에 방춘이 일부러 궁녀들을 모아서 커다란 종이에 각자 한 마디씩 쓰게 한 축하 편지도 바보 취급하며 받아주지 않았을 정도로.

그리고 이 저택에 주어진 방춘과 청가의 방은 바로 옆이다.

방춘은 금가의 궁녀들이 무심코 '선행'을 눈치 챌 것을 걱정했으리라.

"제가 혜월 님의 무사를 믿고 싶어서 멋대로 한 일이니……. 게다가 다른 가문 분들께까지 폐를 끼치게 되어서 정말 죄송할 뿐이에요."

눈을 글썽이며 그렇게 말하는 방춘을 보고 혜월은 가슴속이 따뜻해졌다.

'늘 어쩔 줄 몰라만 하는 추녀인 줄 알았는데, 인정이 많잖아.'

적어도 추녀들 중에서 '주혜월'을 걱정해주는 사람은 영림을 제외하면 방춘뿐이리라.

'그러고 보니 정중한 말투와 보호욕을 자극하는 느낌이 황영림하고도 닮았어.'

나무 성질과 흙 성질은 원래 닮은 데가 많은 성질이라고 한다.

왠지 모르게 영림이 자신에게 미소를 지어주는 것만 같아, 혜월은 드물게도 다른 가문의 추녀를 온화하게 추켜세웠다.

"방춘 님은 정말로 속 깊고 상냥한 분이시군요."

"아, 아뇨, 전혀 그렇지 않아요!"

하지만 방춘은 양 손을 파닥파닥 내저었다.

"속 깊고 상냥한 건 영림 언니시잖아요. 영림 언니는 제 동경의 대상이에요. 이번에도 이렇게 마음고생을 하실 만큼 혜월 님을 걱정하시는데, 혜월 님은 정조도 잊고 방탕한 발언을 하시다니…….”

“정조도 잊고?”

신경 쓰이는 말이 들려 혜월은 저도 모르게 되물었다.

“앗.”

방춘은 아차 싶었는지 안색이 달라지며 입을 가렸다.

그 모습이 더욱 혜월의 관심을 끌었다.

“방탕하다는 건 무슨 말인가요?”

“아뇨, 그게…….”

커다란 눈동자가 촉촉해진 방춘이 경창을 흘끗 쳐다보았다. 그러더니 새삼 마음을 굳혔는지 “아무것도 아니에요”라고 말하는 방춘을 보고 혜월은 슬슬 짜증이 났다.

“방춘 님, 부디 말씀해주세요. 혜월 님의, 대체 어떤 부분이 정조를 잊었다는 말인가요?”

재주도 없고 무능하며 눈치도 없고 권력자에게 아첨하는 여자. 그런 험담이라면 지금까지도 많이 들었다.

하지만 부정을 의심받을 만한 행동은 한 적이 없다.

“죄, 죄송해요. 제가……, 말실수를.”

“그런 말실수를 하실 리가 없잖아요. 화내지 않을 테니 부디 말해봐요.”

몸을 들이밀며 캐묻자 방춘은 마치 야단맞은 강아지처럼 입을 열었다.

“저……, 듣고 말았어요. 혜월 님이 예무관님들에게, 그……, 욕망, 을 품었다고 말씀하시는 걸.”

"뭐라고요?"

이 말에는 경창도 놀랐는지 그렇게 물었다.

방춘은 부끄러운 듯 눈을 꽉 감았다.

"혜월 님은 늠름한 남자분들을 아주 좋아하신대요. 그래서 외모가 아름다운 취관장님이나 각 가문의 예무관님들이 아주……, **멋져** 보인대요. 주최 가문이라는 입장을 이용해서 그분들과 이야기를 나누다가 미약이라도 한 번 먹여 볼까, 하고 말씀하셨어요."

혜월은 말을 잃었다.

"어차피 하사될 수도 있는 최하급비가 될 테니, 그 정도 '즐거움'은 허락될 거라고. 저, 깜짝 놀라서……. 조용히 야단을 쳤더니 혜월 님이 저한테 함구령을 내리셨어요."

온몸의 핏기가 싹 빠져나가는 기분이었다.

방춘은 대체 무슨 말을 하는 걸까.

혜월은 그런 말을 단 한 번도 **한 기억이 없는데**.

"……정말로, 혜월 님이 그런 말씀을?"

작은 동물처럼 사랑스럽고 추녀들 중에서 가장 무해한 남방춘. 어쩌면 누군가가 방춘에게 그런 거짓말을 했는지도 모른다. 이용당하고 있을 뿐인지도 모른다.

그러나 방춘은 슬픈 듯 눈물을 지으며 잘라 말했다.

"네. 확실하게요. 여기 오는 마차 안에서도 욕망에 찬 눈빛으로 예무관들을 바라보셨어요."

심장이 더욱 빠르게 뛰었다.

대체 뭘 하고 싶은 걸까.

방춘은 왜 '황영림'에게 이런 거짓말을 하는 걸까.

'주혜월'이 성적으로 방탕한 여자라는 인식을 심어주려 하는 방춘의 목적은 대체 무엇일까.

혜월은 숨 쉬는 것도 잊고 눈앞에 있는 몸집이 작은 여자를 바라보았다.

――빈곤한 백성들 뒤에는 향장이. 하지만 향장보다 더욱 뒤에 한 명이 더…….

머릿속에 생각에 잠긴 채 중얼거리는 영림의 목소리가 떠올랐다.

더럽혀진 제전용 의상. 그 범인은 황가 형제가 아니었다. 떨어져 있던 황가의 조수. 현가로 이어지는 단서. 정보의 편린이 차례차례 떠올랐다가 사라져갔다.

대체 누가 '주혜월'을 함정에 빠뜨리려 하는가.

"저, 하지만, 불의 기운이 강한 분들은 원래 성에 개방적이라고들 하니까……, 주가 특유의 농담일지도 모르죠. 부디 너무 마음에 담아 두지 마세요. 경창 님께 폐를 끼친 데다 영림 언니께도 불쾌한 기분을 맛보게 해 드려서 정말, 정말로 죄송해요."

방춘은 마지막으로 그렇게 덧붙이고 나서 새삼 신세를 진 감사 인사를 하고 사라졌다. 혜월은 그 모습을 멍하니 바라보았다.

후기

안녕하세요, 나카무라 사츠키입니다. 여러분의 성원 덕분에 놀랍게도 3권을 발매하게 되었습니다. 정말 감사합니다.

자, 이 3권, 기대에 부응하고 싶은 마음을 담아 새로운 캐릭터를 등장시키기도 하고 영림의 마음을 조금 더 깊이 파헤치는 등 엄청나게 의욕적으로 펜을 놀렸습니다만……, 너무 많이 나아간 나머지 이미 본편을 읽으신 분들은 아시겠지만, 그……, 3권으로 끝이 아닙니다(작은 목소리).

한 페이지에 들어가는 행 수를 늘렸음에도 불구하고 이번에는 후기 페이지가 한 장밖에 안 될 만큼 여유가 없습니다.

4권의 테마를 한마디로 정리하자면 '반격'일까요. 사상 최대로 궁지에 몰린 영림, 그리고 의외의 성장을 한 혜월이 어떻게 나설지 기대해주시면 기쁘겠습니다. 앗, 요명과 진우의 출연도 당연히 있어요! 아니, 이건 미리 선언해둬야 할 것만 같네요……. 특히 요명…….

새삼스럽지만 이런 작가를 항상 빈틈없이 이끌어주시는 편집자님, 정말 감사합니다.

아름다운 일러스트를 그려주신 유키카나 선생님(이번 핀업, 너무 좋아서 심장이 터질 뻔했어요), 디자이너님, 최고의 코미컬라이즈를 진행해주시는 오히츠지 에이 선생님(제로섬 연재분이 이제는 제 일용할 양식입니다)께도 다시금 감사의 말씀을 드립니다.

그리고 독자 여러분께도 특대의 감사를. 부디 4권에서 다시 만날 수 있기를 바랍니다.

2021년 11월 나카무라 사츠키

못미더운 악녀입니다만

~추궁접서 교체전~

3

2023년 7월 25일 제1판 제1쇄 인쇄
2023년 7월 30일 제1판 제1쇄 발행

지음 | Satsuki Nakamura
일러스트 | Kana Yuki
번역 | 김예진

발행인 | 오태엽
편집팀장 | 이수춘
편집담당 | 이예솔
표지 디자인 | Design Plus
라이츠사업팀 | 이은선, 조은지, 정선주, 신주은
출판영업팀 | 김정훈, 이강희
제작담당 | 박석주

발행처 | (주)서울미디어코믹스
등록일 | 2018년 3월 12일
등록번호 | 제 2018-000021
주소 | 서울특별시 용산구 한강대로 43길 5

인쇄처 | 코리아 피앤피

Futsutsuka na Akujo de wa gozaimasu ga
~Suuguu Chouso Torikae Den~
2021 by Satsuki Nakamura, Kana Yuki
All rights reserved.
Original Japanese edition published by Ichijinsha Inc.,Tokyo.
Korean translation rights arranged with Ichijinsha Inc.

Korean edition, for distribution and sale in Republic of Korea only.
한국 내에서만 배본과 판매가 가능한 한국어판.

인지는 작가와의 협의하에 생략합니다.
잘못된 책은 구입하신 곳에서 교환해 드립니다.
문의 | (02)791-0786